Jan Beck

Die Nacht

Wirst du morgen noch leben?

Thriller

PENGUIN VERLAG

FSC www.fsc.org MIX Papier aus verantwortungsvollen Quellen FSC® C014496

Klimaneutral* Druckprodukt ClimatePartner.com/14044-1912-1001

Penguin Random House Verlagsgruppe FSC® N001967

1. Auflage 2021

in der Penguin Random House Verlagsgruppe GmbH,
Neumarkter Straße 28, 81673 München
Vermittelt durch die Literarische Agentur Kossack
Umschlag: bürosüd GmbH
Umschlagmotiv: bürosüd GmbH
Redaktion: Kristina Lake-Zapp
Satz: Buch-Werkstatt GmbH, Bad Aibling
Druck und Bindung: GGP Media GmbH, Pößneck
Printed in Germany
ISBN 978-3-328-10667-8
www.penguin-verlag.de

Dieses Buch ist auch als E-Book erhältlich.

1 Hanna Carlsen

Sie war frei. Ausgeklinkt aus der Welt, aus dem Job, aus allem, was ihr bevorstand und bis vor Kurzem noch unausweichlich erschienen war. Hier auf dem Moselsteig, dem sie nun schon seit fast drei Wochen folgte, löste sich ihr altes Leben von ihr ab wie eine Haut, die zu eng geworden war.

Wie selbstverständlich orientierte sie sich an den Hinweisschildern des Fernwanderwegs, die erst in Koblenz enden würden, irgendwann übernächste Woche. Es ging über idyllische Hügelkuppen und Weinberge, von Ort zu Ort, immer die Schleifen der Mosel entlang – und es war herrlich.

Sie war so stolz auf sich. Sie, die sich *zu oft in Sachen hineinsteigerte*, die *gelassener werden musste*, wie ihr alter Herr schon seit Jahren predigte, wanderte durch eine wildfremde Gegend, ohne Karten, ohne Navigation, nur mithilfe ihrer eigenen fünf Sinne. Sie genoss die Landschaft, die Orte, den Fluss, die Freiheit …

Ganz besonders die Freiheit. Sie wollte leben. *Richtig* leben. Und dafür musste sie frei sein – genauso frei wie hier.

Sie hätte nicht geglaubt, dass ausgerechnet das Wandern ihre Begeisterung für Land und Leute wecken würde. Bisher war sie stets weit weggefahren, meistens geflogen. Sie hatte ihre Urlaube auf den Malediven verbracht, in Dubai, den Vereinigten Staaten, sogar bis nach Australien und Südafrika war sie schon gekommen. Dabei schien das Geheimnis der perfekten Reise gar nicht darin zu liegen, wie viele Kilometer zwischen dem Reiseziel und der gewohnten Umgebung lagen. Das Geheimnis war die Zeit und womit man sie füllte. Neben der körperlichen Anstrengung war auch die Beschäftigung mit dem Weg selbst zu einem wesentlichen Teil ihres Tagesablaufs geworden. Anfangs hatte sie noch die Navigationsapp ihres Handys benutzt, hatte nebenbei Nachrichten an ihre Freunde getippt und telefoniert und sich ständig verlaufen. Jetzt, wo ihr Smartphone tief in ihrem Rucksack verstaut war und sie sich nur auf das konzentrierte, was vor ihr lag, passierte das nicht mehr.

Sie schloss die Augen und atmete tief die frische Luft ein.

Ja, sie war frei.

Obwohl sie heute erst spät losgekommen war und die Dämmerung bereits einsetzte, würde sie ihr Tagesziel Cochem problemlos erreichen. Man konnte sich hier gar nicht verlaufen. Im Zweifel hatte man immer den Fluss, der sich durch die Landschaft wand und einen früher oder später wieder einfing. Außerdem war alles wunderbar beschildert. Wie auch kurz hinter Bruttig-Fankel, wo sie der nächste Wegweiser über einen steiler werdenden Pfad in ein Waldgebiet hineinführte.

Rasch verjüngte sich der schmale Steig. Erste Ästchen und dorniges Gestrüpp ragten in den Weg hinein und streiften ihre nackten Beine. Sie achtete nicht darauf, und sie merkte auch nicht, dass das Gelände immer unwegsamer wurde. Sie duckte sich unter den tief hängenden Ästen hindurch und staunte über die Natur, die sich so unberührt entfalten konnte, als kämen nur selten Menschen vorbei. Gerade als sie Zweifel hegte, ob sie wirklich richtig war, entdeckte sie den nächsten Hinweispfeil.

Erleichtert stieg sie über verrottende Baumstämme, fühlte das

Laub des Vorjahrs unter ihren Füßen, genoss die würzige Luft und wollte jubeln vor Glück.

Zwei Stunden später war sie sich dieses Glücks nicht mehr so sicher. Anscheinend hatte sie sich doch verlaufen. Langsam wurde es dunkel. Als es dann auch noch zu regnen begann, blieb sie stehen, kramte ihr Handy aus dem Rucksack und versuchte, damit auf den richtigen Weg zurückzukommen. Doch der Empfang war schlecht, zu schlecht für eine Datenverbindung, die sie für die Navigationsfunktion brauchte. Außerdem hatte sie tags zuvor nicht daran gedacht, das Ladekabel anzuhängen, weshalb sich der Akku schnell leerte.

Als der Bildschirm ihres Smartphones erlosch, wusste sie, dass sie ein Problem hatte. Das hier war niemals der richtige Weg. Sie hatte weder einen Anhaltspunkt, wo sie steckte, noch konnte sie sagen, aus welcher Richtung sie gekommen war.

Über ihr rauschten die Blätter. Der Regen durchbrach die Baumkronen, tropfte und prasselte, drang in jede Pore. Die Kleidung klebte nass an der Haut, das Wasser staute sich in ihren Schuhen. Die langen schwarzen Haare fielen ihr ins Gesicht. Sie zitterte, obwohl die Luft so schwül war wie in einem tropischen Regenwald.

Durchatmen, sprach sie sich Mut zu, dabei verspürte sie nackte Angst. Sie wünschte sich, jemand wäre bei ihr.

Nein, das tue ich nicht, schimpfte sie sich selbst. Sie musste lernen, auf eigenen Füßen zu stehen. Sie hatte sich Situationen wie diese zwar nicht herbeigewünscht, aber durchaus damit gerechnet. Allerdings hatte sie nicht geahnt, wie schrecklich sie sich anfühlen würden.

Es war mittlerweile so dunkel, dass es ihr schwerfiel, Umrisse zu erkennen. Sie hatte noch nie erlebt, dass es im Freien nicht die geringste Lichtquelle gab – keinen Mond, keine Sterne, keine

Straßenlampen, keinen Lichtdom über einer fernen Stadt, nicht einmal ein Glühwürmchen. Sie blinzelte die Regentropfen weg, riss die Augen weit auf und starrte doch nur in völlige Finsternis.

Sie strich sich die klatschnassen Haare aus dem Gesicht und versuchte noch einmal, ihr Handy in Gang zu bringen, das sie umklammert hielt, als wäre es der letzte Rettungsanker der Zivilisation. Aber es erschien nur das rote Akku-Symbol.

Als sie an den letzten Müsliriegel dachte, den sie vor einer Stunde gegessen hatte, spürte sie, wie ihr Bauch vor Hunger rumorte. Sie hätte mehr Essen mitnehmen sollen, aber wer rechnete schon damit, sich hier zu verlaufen, wo sich ein Ort an den anderen reihte und es immer irgendwelche Orientierungspunkte gab? Überall an der Mosel hatten sich Menschen niedergelassen. Überall stieß man auf ihre Spuren.

Überall, nur hier nicht.

Plötzlich leuchtete der Himmel auf, gleißend, als wäre der Blitz direkt über ihr aus den Wolken gezuckt. Beim Anblick der Bäume um sie herum, die sich für den Bruchteil einer Sekunde in unheimliche Schemen verwandelten, hätte sie am liebsten aufgeschrien. Sie verspürte den Drang loszulaufen, egal, wohin. Doch das wäre ebenso sinnlos wie irrational gewesen. Denn eigentlich war gar nichts passiert. Nicht einmal der Donner war zu hören. Sie zählte die Sekunden, und erst bei siebzehn hörte sie das leise Grollen, das fast vollständig von den Geräuschen des Regens verschluckt wurde.

Siebzehn Sekunden mal dreihundertdreiunddreißig Meter pro Sekunde … macht fünf oder sechs Kilometer, überschlug sie die Entfernung des Gewitters im Kopf. Sechs Kilometer hörten sich nach einer sicheren Distanz an. Vielleicht zog das Unwetter ja vorbei. Vielleicht auch nicht.

»Mach dich nicht verrückt!«, sagte sie laut, wohl wissend, dass niemand sie hören konnte, selbst wenn sie schrie.

Sie musste einen Weg finden, aus dieser Situation herauszukommen, auch wenn ihr klar war, dass eine Nacht unter freiem Himmel sie nicht umbringen würde. Selbst im schlimmsten Fall konnte es also kaum *richtig* schlimm werden.

Gerade als sie neuen Mut fasste, blitzte es wieder. Die Baumgespenster um sie herum strahlten heller, und sie kam bloß bis zehn, bevor wütender Donner das Prasseln des Regens verdrängte. *Zehn mal dreihundertdreiunddreißig macht drei Komma drei Kilometer*, rechnete sie aus. Wind kam auf, so plötzlich, als hätte jemand den Schalter eines Ventilators umgelegt.

Gleich ist das Gewitter hier.

Baumkronen tanzten im Wind, Äste knarrten und schlugen aufeinander.

Noch befand sie sich auf dem Rücken jenes Hanges, auf den sie die Schilder gelotst hatten. Und Blitze schlugen immer auf dem höchsten Punkt eines Geländes ein. Sie musste schnell nach unten, bis die unmittelbare Gefahr gebannt war.

Zögernd machte sie einen ersten Schritt nach vorne, wobei sie die Hände ausstreckte und in die Dunkelheit tastete, um nicht versehentlich gegen ein Hindernis zu stoßen. Ihre linke Hand traf auf einen Ast. Sie duckte sich, fühlte mit der Rechten die Rinde eines weiteren Baumes, ging weiter und spürte, dass sich das Gelände vor ihr nach unten neigte.

Die Richtung stimmt.

Schnell wurde es steiler. Nicht gefährlich steil, aber doch so, dass sie sich konzentrieren musste, während sie einen Fuß vor den anderen setzte. Das nasse Laub unter ihren Füßen war rutschig. Wie auf Schmierseife glitt sie ein Stück nach unten, ruderte Halt suchend mit den Armen, fing sich wieder …

Und sah es.

Ein Licht, das sie im ersten Moment für einen Blitz gehalten hatte. Mit klopfendem Herzen zählte sie die Sekunden. Aber es donnerte nicht. Stattdessen blitzte es erneut. Dieses Licht konnte nichts mit dem Gewitter zu tun haben. Was nur eine Schlussfolgerung zuließ: Es musste von Menschen kommen.

Ich bin gerettet!, jubelte sie innerlich und schämte sich im selben Moment für ihren hysterischen Ausbruch. *Was für ein Abenteuer.* Da verlief sie sich in einem Wäldchen inmitten von Dörfern, die man kaum verfehlen konnte, und kam sich am Ende vor, als hätte sie nach einer mehrtägigen Wüstenodyssee die rettende Oase gefunden.

Sie beschleunigte ihre Schritte. Immer öfter sah sie jetzt das Licht, mal nur ein schwaches Funkeln, dann, wenn der Winkel stimmte und der Wind die Bäume bog, ein Strahlen, das alles vor ihr ausleuchtete, sodass sie den Waldboden erkennen konnte und noch schneller vorwärtskam.

Auch der Himmel war nun hell, Blitz und Donner folgten fast unmittelbar aufeinander.

Kein Kilometer mehr.

Die Regentropfen, die sie zwischen den Bäumen erwischten, waren dick und kalt. Sie hätten auch Hagelkörner sein können, so hart, wie sie sich beim Aufprall auf die nackten Hautstellen anfühlten.

Alles egal. Sie war jetzt eine Marathonläuferin, die auf der Zielgeraden ihre letzten Kräfte mobilisierte und den entscheidenden Sprint hinlegte. Nichts und niemand würde sie mehr davon abhalten, über die Ziellinie zu gelangen, nicht einmal Hagel, nicht einmal …

Da erkannte sie es.

Das Licht kam nicht von einem Hof oder einer Straßenlaterne, wie sie gedacht hatte. Es kam von einem Fahrzeug.

Das Auto stand schräg auf dem Weg, das Heck hangabwärts

zeigend, sodass die Frontscheinwerfer nach oben gerichtet waren und genau jene Stelle ausleuchteten, an der sie den Hang hinunterkam.

Ein Unfall?, fragte sie sich.

Das hätte ihr gerade noch gefehlt. Sie, die fremde Hilfe benötigte, musste womöglich gleich jemand anderem helfen. Aber bestimmt hatte dieser andere ein Handy dabei, mit dem sie den Notruf wählen und dann im Auto warten konnte, bis die Einsatzkräfte eintrafen. Autos waren faradaysche Käfige. Das Gewitter konnte ihr darin nichts anhaben.

Es blitzte wieder und donnerte beinahe zeitgleich. Sie musste sich beeilen. Das Gelände wurde noch steiler. Äste kratzten über ihre nackten Arme, die Beine und das Gesicht, schürften die Haut auf, rissen an ihren Haaren, doch ihr war alles gleich. Nur mit Mühe hielt sie die Balance, rutschte aus, stieß mit dem Kopf gegen einen Ast, rutschte schneller und verlor das Gleichgewicht. Mit Wucht schlug sie auf dem Waldboden auf, stürzte den Abhang hinab, direkt auf den Wagen zu. Sie sah einen Stamm, der immer größer wurde, versuchte, ihn mit nach vorne gestreckten Armen abzublocken, war aber viel zu schnell. Ihre Arme knickten weg wie Streichhölzer, und sie knallte mit dem Brustkorb gegen das Hindernis, das sich als Straßenpfosten herausstellte. Für einen Moment blieb ihr die Luft weg. Ihr wurde schwarz vor Augen. Sie zwang sich zu atmen. Mühsam hob sie den Kopf und stellte fest, dass das rettende Fahrzeug nur wenige Meter entfernt war, doch alleine würde sie nicht aufstehen können. Aber wie sollte sie sich sonst bemerkbar machen? Sie hörte den Motor des Fahrzeugs laufen und betete, dass es so lange stehen bliebe, bis ihr etwas einfiel.

Den Kopf zur Seite gedreht, hustete sie kraftlos, blinzelte den Regen weg – und sah schließlich etwas, was sie unglaublich erleichterte.

Beine, die näher kamen. Wegen des grellen Scheinwerferlichts konnte sie bloß einen schattenhaften Umriss erkennen.

Angestrengt hielt sie den Kopf oben. Ihr Nacken schmerzte beinahe so sehr wie ihr Brustkorb.

Jetzt sah sie die Gestalt in voller Größe, konnte aber weiterhin kein Gesicht sehen.

Nur die Silhouette, die sich langsam zu ihr herunterbückte.

Ich bin gerettet, dachte sie.

ERSTER TAG

2

Inga Björk, Europol

Während Björk auf die Monitore starrte, ließ sie Daumen und Mittelfinger ihrer rechten Hand über den scharfkantigen Rand der Computermaus gleiten, wie sie es häufig machte, wenn sie nichts weiter tun konnte, als zu warten.

Seit einer Stunde saß sie nun schon vor den Kamerabildern aus Wien. Längst hatte sie alle Perspektiven den entsprechenden Kartenpositionen auf Google Maps zugeordnet. Die Aufnahmen kamen aus dem dritten Wiener Gemeindebezirk, genauer gesagt vom Schwarzenbergplatz, ganz in der Nähe des Hochstrahlbrunnens und der französischen Botschaft.

Bisher hatte sie nichts Verdächtiges entdeckt: Autos, Partyvolk, Fahrradfahrer, Touristen, verliebte Pärchen, dazwischen ein älterer Mann mit Rollator – untypisch zu dieser Zeit, in der das Nachtleben aufblühte und die Alten froh waren, in ihren eigenen vier Wänden in Sicherheit zu sein.

In Sicherheit war auch sie, an einem der Monitorplätze des Europol-Hauptgebäudes in der Eisenhowerlaan in Den Haag, fast tausend Kilometer Luftlinie von jenem Geschehen entfernt, das sich auf den Bildschirmen abspielte. Dabei war Sicherheit ihr geringstes Problem. Was sie gerade tat, ließ sich bestenfalls als halb offiziell bezeichnen. Wer wollte, konnte sie genauso gut der Spionage beschuldigen oder ihr vorwerfen, ihre Zielperson schamlos zu stalken.

Stalken. Sie ließ das Wort lautlos über die Lippen gleiten, lachte auf, presste den Kaugummi an den Gaumen und nahm einen Schluck Energydrink. Wie so oft in ihrem Leben befand sie sich in einer Situation, in der sie überzeugt war, das Richtige zu tun, auch wenn sie es für sich behalten musste.

Da entdeckte sie ihn.

Mit Kappe, Brille und ungewohntem Bartschatten – aber doch eindeutig er: Christian Brand, Ex-Spezialeinheitsbeamter, seit ein paar Monaten offiziell beschäftigungslos. Seine geschmeidigen Bewegungen, seine unverändert durchtrainierte Statur und seine Wachsamkeit verrieten ihr, dass er inoffiziell alles andere als *beschäftigungslos* war.

Okay, auch die sperrige Umhängetasche hätte ihr gereicht, um das zu sehen.

Sie verspürte ein Prickeln, das sie längst verloren zu haben glaubte. Ganz am Anfang ihrer Europol-Karriere hatte es sich manchmal eingestellt, wenn sie ein Gesicht in der Menge wiedererkannte, schneller als irgendein Computer es konnte. *Super Recogniser* nannte man Leute wie sie. Weder falsche Bärte noch Make-up, nicht einmal Jahrzehnte, die zwischen einem Fahndungsfoto und dem heutigen Aussehen einer Person lagen, änderten etwas daran: Ein Gesicht, das sie sich einmal eingeprägt hatte, konnte sie immer wiedererkennen. Und das war Fluch und Segen zugleich.

Brand ging langsam, was nicht zu ihm passte. Björk musste bei dem Anblick an einen Bogen denken, der bis zum Zerreißen gespannt war. Den Kopf gesenkt, starrte Brand auf den Asphalt, als ginge es ihn nichts an, was um ihn herum geschah. Dabei wusste Björk, dass er alles mitbekam. Nur die Falle, in die er gleich tappen würde, schien er nicht zu bemerken.

Was tust du bloß?

Sie kaute nervös auf ihrem Kaugummi. Die Härchen an ihren Unterarmen stellten sich auf. Sie rieb mit den Händen darüber und lehnte sich in ihrem Stuhl zurück, ohne den Bildschirm aus den Augen zu lassen.

Sie hatte bloß zufällig von der Aktion in Österreich erfahren, die Europol mit den lokalen Behörden koordinierte und die heute Nacht über die Bühne gehen sollte. Ein Kollege aus dem Cybercrime Centre, mit dem Björk ein paarmal ausgegangen war, war vor zwei Tagen über den Namen jenes Mannes gestolpert, der vor einem Jahr in diesem haarsträubenden Fall an ihrer Seite gestanden hatte. Das Verbrechen hatte für alle Beteiligten Konsequenzen gehabt. Die Nachwehen der Geschichte dauerten bis heute an. Manche Spuren würden für immer eingebrannt bleiben. In Björks Seele – und auf ihrer Haut.

Unwillkürlich zog sie die Ärmel ihres eng anliegenden Tops über die Handgelenke und verschränkte die Arme.

Sie warf einen Blick auf ihr Smartphone, das entsperrt auf dem Schreibtisch lag. Christian Brands Kontakt war aufgerufen. Sie konnte ihn jederzeit warnen. Was sie schon den ganzen Tag über hätte tun können. Oder gestern. Aber sie hatte dichtgehalten. Nicht aus Pflichtgefühl oder Angst vor dienstrechtlichen Konsequenzen, sondern weil sie es nicht glauben konnte und mit eigenen Augen sehen wollte.

Brand wurde verdächtigt, einem internationalen Kunstfälscher-Ring anzugehören. Die Behörden waren ihm auf der Spur, seit er es geschafft hatte, sich den sogenannten Bundestrojaner einzuhandeln, mit dem der österreichische Staat seine Bürger bespitzelte. Wenn sie an Brands geliebtes Handy dachte, ein Uralt-Modell der Marke Nokia, wunderte sie sich nicht darüber. Bestimmt hatte er keinen blassen Schimmer, wie man im Internet anonym blieb. Was er als Einsatzmitglied der Spezialeinheit

Cobra ja auch nie nötig gehabt hatte. Dennoch fiel er mit seiner Ablehnung gegenüber der vernetzten Welt aus dem Rahmen und auch aus seiner Generation, die das Vor-Computer-Zeitalter gar nicht mehr miterlebt hatte.

Brand blieb an einer Straßenbahnhaltestelle stehen und drehte sich zur Seite. Erst jetzt sah sie seine Umhängetasche ganz. Sie war groß genug, um ein mittelformatiges Bild darin zu transportieren. Er nahm sie von den Schultern und stellte sie zwischen seine Füße, behielt die Riemen aber in den Händen. Wieder fiel ihr auf, wie sehr er sich darum bemühte, einen entspannten Eindruck zu machen. Wenn es darauf ankam, handelte Brand schneller und kompromissloser als jeder andere Polizist, den Björk je gesehen hatte. Das hatte ihn letztlich seine Karriere gekostet.

Sie richtete sich wieder auf und legte die rechte Hand auf die Maus zurück. »Was mach ich bloß mit dir?«, fragte sie in den Monitor hinein und vergrößerte den Ausschnitt. Doch Brands pixeliges Abbild gab ihr keine Antwort. Er stand einfach nur da, eine Minute, dann zwei, ohne dass das Geringste passierte.

Sie fuhr mit dem Mauszeiger seine Konturen nach. Ein Teil von ihr wünschte sich, dass die Aktion nicht klappte. Dass alles nur ein Missverständnis war. Dass Christian Brand nach seinem Ausscheiden aus dem EKO Cobra nicht wirklich die Seiten gewechselt hatte.

Andererseits reizte sie die Vorstellung, dass er jetzt sein künstlerisches Talent zu Geld machte. Illegal hin oder her – Kunstfälschung hörte sich für sie ähnlich belanglos an wie all jene Sachen, mit denen sie sich hauptsächlich bei Europol beschäftigte.

Björk fühlte Ärger in sich aufsteigen, wie immer, wenn sie über Sinn und Unsinn ihrer Arbeit nachdachte. Offiziell leitete sie die Abteilung *Strukturierte Serienverbrechen*, die nach der Sache im letzten Jahr ins Leben gerufen worden war. Allerdings wartete sie bisher vergeblich darauf, ihre Befugnisse auch einsetzen zu können. Sie war eine One-Woman-Show, die nur im Bedarfsfall Leute zugeteilt bekam. Was vor allem daran lag, dass es wesentlich weniger perfide, psychopathisch veranlagte Serientäter gab, als Filme, Serien und der True-Crime-Hype einen glauben machen wollten.

Dabei wurde ihre Spezialfähigkeit durchaus gerne für andere Zwecke eingesetzt. Beim *Analyseprojekt Cannabis* zum Beispiel, was ihr unzählige Anfragen zur Bilderauswertung bescherte. Sie war nicht stolz auf die vielen kleinen Fische, die mit ihrer Hilfe für etwas zur Strecke gebracht wurden, das in der halben Welt bereits erlaubt war. Weitere Schwerpunkte bei Europol waren Zigarettenschmuggel, Geldfälschung oder Korruption im Sport. Die Regierungen der Partnerländer setzten teils absurde Prioritäten, und Björk fühlte sich wie ein Instrument in fremden Händen. Hätte sie nicht schon ein- oder zweimal zu oft in ihrem Leben einen Neuanfang gewagt – es wäre wohl ein guter Zeitpunkt dafür gewesen.

Nun aber, mit Christian Brand an dieser Wiener Straßenbahnhaltestelle, kam neuer Nervenkitzel. Sie hätte darauf gewettet, dass er den Kollegen entwischen würde. Die eigentliche Frage war nicht ob, sondern wie. Sie konnte sich diese True-Crime-Liveshow ansehen, ohne sich wirklich um Brand sorgen zu müssen. In Lebensgefahr brächte ihn so ein Kunstdeal nicht. Und mit den rechtlichen Konsequenzen würde er wohl auch noch fertig werden.

Als sie sich gerade wieder zurücklehnen wollte, tauchte ein Mann auf und steuerte zielsicher auf Brand zu. Dieser drehte sich weg, etwas zu auffällig. *Die kennen sich*, dachte Björk. Der andere war kleiner und rundlicher als Brand, doch sie glaubte zu erkennen, dass die beiden in etwa gleich alt waren.

Gleich jung, verbesserte sie sich. Ein Jahrzehnt jünger als sie.

Der Mann erreichte die Haltestelle, stellte sich neben Brand und bewegte seinen Mund. Brand erwiderte etwas. Björk konnte es nicht von den Lippen ablesen, aber Brands Körpersprache war eindeutig: Das Auftauchen des anderen schien seine Pläne zu gefährden. Als der Mann dann auch noch versuchte, an Brands Umhängetasche zu gelangen, stieß Brand ihn weg, so fest, dass der andere taumelte und beinahe das Gleichgewicht verlor. Aber er fing sich wieder und nahm sofort einen neuen Anlauf.

Im Bildhintergrund blitzten die Scheinwerfer der Straßenbahn auf. Die beiden Männer wurden handgreiflich, hielten sich am Kragen gepackt und waren zu abgelenkt, um die herannahende Bahn zu bemerken. Auch die Beamten in Zivil, die jetzt aus mehreren Richtungen gleichzeitig ins Bild traten und die Haltestelle anvisierten, entgingen ihnen. Genau wie der dunkle Kastenwagen, der hinter der Straßenbahn ausscherte und diese mit hohem Tempo überholte. Plötzlich war überall Action.

Björk ahnte, was das hieß: *Zugriff*.

Jeden Moment würde das Einsatzkommando aus dem Transporter springen und die beiden festnehmen. Aber es war zu früh. Bisher war nichts passiert, von einer kleinen Meinungsverschiedenheit unter Erwachsenen abgesehen. Was war mit der Übergabe?

Der Kastenwagen bremste an der Haltestelle scharf ab und verdeckte die Sicht. Björk verlor Brand und den anderen Mann aus den Augen, sah aber, dass die Beamten in Zivil, die von allen Seiten auf die Haltestelle zukamen, plötzlich rannten. Einer hielt seine Hand ans Ohr. Ein anderer hatte eine Waffe im Anschlag.

Björk war schon fast enttäuscht darüber, dass der Einsatz ohne verwertbare Tathandlung zu Ende gehen würde … da raste der Kleintransporter wieder los, nur wenige Momente bevor die

Beamten ihn erreichten. Als Björk die Haltestelle wieder sehen konnte, waren sowohl Brand als auch der andere Mann verschwunden. Was nur einen logischen Schluss zuließ: Sie waren im Transporter.

Björk setzte sich gerade hin. Ihr Herz schlug schneller. Sie wusste: Was sie gerade beobachtet hatte, war kein normaler Zugriff gewesen. Der Transporter hatte nicht zum Plan gehört. Jedenfalls nicht zu dem von Europol oder den Österreichern.

Hatte Brand ihn organisiert? Weil er damit gerechnet hatte, überwacht zu werden? Aber welche Rolle spielte der andere Mann?

Einer der Beamten rannte dem Wagen hinterher, was so aussichtslos war, dass es beinahe lächerlich wirkte. Im Hintergrund zuckten Blaulichter über Häuserwände, dann tauchten Einsatzwagen auf, die von den anderen Männern hastig herbeigewinkt wurden.

Eilig ging Björk die übrigen Kamerapositionen durch, die dem Einsatzteam zur Verfügung standen, und sah den Transporter kurz durch eine weitere Einstellung rasen, Richtung Stadtpark, bevor er rechts abbog und aus dem überwachten Bereich verschwand.

Sie klickte alle wertlos gewordenen Ansichten weg, rief Verzeichnisse mit verfügbaren Live-Bildern aus Wien auf und schickte sie an die Bildschirme, während sie mit einem Auge auf Google Maps und die vermutete Fluchtroute schielte. Zaunergasse, Neulinggasse – nichts. Einmal glaubte sie, den Wagen entdeckt zu haben, an der Landstraßer Hauptstraße, doch er war nicht mehr als ein Schatten, angestrahlt von Dutzenden Scheinwerfern wartender Fahrzeuge, die er mit hohem Tempo passierte, bevor er in einer Nebenstraße verschwand, in der es keine Kameras gab.

Björk überschlug die Möglichkeiten, die ihr blieben. Sie konnte sich nicht in den digitalen Behördenfunk einklinken. Sie sah das Handy vor sich liegen. Doch Brand anzurufen, würde nichts bringen. Selbst wenn er dranging: Was sollte sie ihn fragen? Was ihm sagen? Und wie sollte ihm das helfen?

»Brand!«, schimpfte sie, als ihr klar wurde, dass ihr nur die Zuschauerrolle blieb – falls sie es überhaupt schaffte, das Fahrzeug wiederzufinden.

Sie atmete tief durch und rief neue Kamerapositionen auf, die mit dem zurückgelegten Weg des Transporters zusammenpassen konnten, sah Straßen, Autos, vereinzelte Passanten, vor allem aber Häuserwände, Abertausende anonyme Fassaden einer Stadt, die sie kaum kannte. Aber das machte nichts. In der digitalen Welt war eine Stadt wie die andere, und dank Google Maps und dem standardisierten Kameraverzeichnis von Europol fand Björk sich intuitiv darin zurecht, ganz gleich, ob Madrid, Bukarest oder Nikosia.

Sie wettete, dass die Kollegen in Wien den Transporter längst verloren hatten, denn durch welche Bildkanäle auch immer sie zappte, Blaulichter sah sie keine, und für Hubschrauberüberwachung war gefälschte Kunst wohl doch eine Nummer zu klein.

Ich finde dich, dachte sie und zog einen Mundwinkel in die Höhe. Mit neuem Mut und dem Jagdtrieb eines Spürhunds verfolgte sie das Phantom des Transporters und ließ sich auch nicht aus der Ruhe bringen, als sie ihn einige Minuten lang nicht finden konnte.

Bis sie plötzlich einen Volltreffer landete.

Als wollte man sie mit der erfolgreichen Flucht verhöhnen, stand der Wagen mitten im Bild einer Webcam beim Sophiengarten am Donaukanal.

Björk sah ihn von schräg hinten. Die Hecktüren standen offen, ebenso die Fahrertür und eine Schiebetür an der Seite.

Am Boden hinter dem Wagen entdeckte sie zwei Schatten.
Sie betrachtete den Bereich genauer.
Und sah, dass es keine Schatten waren.
Es waren Menschenkörper.

ZWEITER TAG

3 Hanna Carlsen

Sie träumte vom Moselsteig, vom falschen Weg und dem Gewitter, in das sie geraten war. Nun schien sie das Unwetter zu verfolgen, denn egal, welche Richtung sie nahm, die Blitze schlugen stets knapp hinter ihr ein und rissen sie beinahe um. Sie rannte und rannte und wusste dabei, dass sie nicht entkommen konnte. Sie stoppte und fuhr herum. »Lass mich!«, schrie sie panisch in den Nachthimmel hinein und weckte sich damit selbst. Die Bedrohung verblasste, und übrig blieb allein die Dunkelheit.

Es war nur ein Traum. Jetzt bin ich wach. Alles ist gut.

Doch das stimmte nicht. Schnell merkte sie, wie sie zitterte. Regelrecht schlotterte. *Aber es ist doch Sommer*, wunderte sie sich.

Angestrengt starrte sie ins schwarze Nichts.

Sie hörte sich atmen, laut und schnell, zu schnell, um annehmen zu können, es ginge ihr gut. Ihr Körper gierte nach Sauerstoff. Dabei war es nicht stickig. Luft blies ihr ins Genick. Frische, kalte Luft. Doch sie brachte sie nur mit großer Anstrengung und sehr flach in ihren Brustkorb hinein.

Hatte sie getrunken? Filmrisse nach zu viel Alkohol hatte sie schon erlebt. Doch ihr war nicht schlecht. Nur entsetzlich kalt.

Es surrte laut, scheinbar aus allen Richtungen zugleich. Sie räusperte sich. Das Geräusch schien sie zu durchdringen, waberte hohl in ihren Ohren.

Sie schluckte. Ihr Mund war völlig ausgetrocknet. Sie saugte Spucke zusammen, schluckte wieder, verschluckte sich, hustete und wollte sich gleich darauf die Ohren zuhalten, so laut hallte das Husten nach.

Was machte das für einen Sinn? Träumte sie vielleicht? Sie träumte viel und oft ... doch das hier fühlte sich ganz anders an. In Träumen nahm sie es gelassen hin, wenn Naturgesetze außer Kraft gesetzt waren – wenn sie plötzlich fliegen konnte oder die Zeit stillstand. Hier hingegen wurde die Situation mit jeder Sekunde realer und gleichzeitig verwirrender.

Ihre Stirn schmerzte. Als sie den Kopf bewegte, klebte die Haut kurz am kalten, harten Untergrund fest, was sie an einen Fliesenboden denken ließ.

Hatte sie womöglich einen Unfall gehabt? Waren die verstörenden Sinneseindrücke die Folge einer schweren Gehirnerschütterung? Sie wusste gar nichts mehr. Nicht, wo sie herkam; nicht, wo sie war; nicht, wo sie hinwollte. Als hätte jemand die Löschtaste gedrückt.

Sie versuchte, ihre Gliedmaßen zu bewegen, aber die waren taub. Der Gedanke an Lähmungen setzte neues Adrenalin frei. Ihr Puls beschleunigte sich. Ein dunkles, unheilvolles Gefühl bahnte sich seinen Weg. Sie wollte nach Luft schnappen, was ihr allerdings immer noch schwerfiel. Irgendetwas stimmte nicht.

Nichts stimmte hier.

»Hilfe!«, rief sie und merkte, wie kraftlos sie war. Dennoch dröhnte ihre Stimme so laut, dass sie es kein zweites Mal versuchte.

Ihr Genick schmerzte. Sie entspannte die Halsmuskulatur. Ihr Kopf kippte wieder nach vorne und berührte die kalte Oberfläche, auf der er vorhin gelegen hatte. Auch die Druckstelle an der Stirn schmerzte jetzt, doch gleichzeitig begriff sie, dass sie nicht lag, sondern aufrecht stand.

Sie grübelte so lange, bis ein Tunnel vor ihrem inneren Auge erschien. Ein … senkrechter Tunnel …

Ein Brunnen, dachte sie und fühlte, wie ihr Herz zu rasen begann. Ein Brunnen ergab Sinn. Oder ein anderer enger Schacht, in den sie gestürzt sein musste und an dessen Grund zu wenig Platz war, um ausgestreckt liegen zu können. Man hörte ja immer wieder von solchen Unfällen. Ein Kind fiel beim Spielen in ein enges Loch, und dann musste man einen parallelen Rettungsschacht bohren, und damit das Kind nicht erstickte, musste man Luft zu ihm hinunter pumpen – was das Surren und die kalte Luft erklärte, die ihr in den Nacken blies.

Ein Brunnen.

Was für ein Pech musste man haben, um versehentlich in einen Brunnen zu stürzen?

Aber so schrecklich ein solcher Unfall klang, beruhigte sie der Gedanke auch ein Stück weit. Sie war bereits gefunden worden und wurde mit Luft versorgt. Jeden Moment würde jemand nach ihr rufen, und sie könnte endlich antworten, und die Nachricht, dass sie lebte, würde sich oben wie ein Lauffeuer verbreiten und die Rettungskräfte noch schneller machen lassen … Ja, genau so würde es sein. So musste es sein.

Da sah sie ein Licht. Nicht von oben, sondern von vorne. Und dieses Licht entzündete einen neuen Funken in ihrem Kopf.

Sie erinnerte sich an den Wald. An Blitz und Donner. An Licht, das zwischen den Bäumen hindurch in ihre Richtung strahlte.

Scheinwerfer, die den Wald erleuchteten …

Das Auto.

Die Gestalt.

Die Gestalt, die sie eisern gepackt und hochgerissen hatte, so brutal, als wäre sie nicht eben erst den bewaldeten Abhang hinuntergestürzt und verletzt auf der Böschung liegen geblieben.

Die Gestalt, die sie zum Auto gezerrt und auf den Rücksitz verfrachtet hatte. Die Gestalt, an der ihre Versuche, sich zu wehren, hoffnungslos abgeprallt waren.

Den Nadelstich in ihrer Armbeuge.

Dann … nichts mehr.

Kein Unfall. Kein Tunnel. Das hier ist anders. Das hier ist … ABSICHT.

Sie riss die Augen ganz auf und musste mehrmals blinzeln, um halbwegs klar sehen zu können. Als sie die Quelle des Lichts erkannte, schrie sie auf vor Schreck, vor Entsetzen, vor Angst, und ihr Schrei dröhnte in ihren Ohren bis weit über die Schmerzgrenze, aber sie schrie weiter, so lange, bis ihr die Luft ausging.

Nicht weit von ihr entfernt stand ein Mann. Nackt und kahl. In einem riesigen, durchsichtigen Behältnis.

Zunächst glaubte sie, er sei tot, ein toter Menschenkörper, eingelegt in Formaldehyd wie das Exponat einer pathologischen Sammlung.

Doch er bewegte sich.

Er drehte den Kopf, er blinzelte und starrte, schien aber nichts außerhalb seines Behälters wahrnehmen zu können. Ein Kranz aus grellweißem Licht strahlte auf ihn hinab, was seinen Kopf und die Schultern zum Leuchten brachte und aussah, als hätte er einen Heiligenschein.

Ihr Herz hämmerte wild. Sie musste sich auf ihren Atem konzentrieren, damit ihr nicht schwarz vor Augen wurde. Wie durch einen Schleier erkannte sie dunkle Wände. Eine Halle? Aber das, was sie um sich herum spürte, war nicht rau wie eine Wand, es war … glatt. Glatt und kalt. Glas?

Sie wusste: Das hier war kein Traum – es war echt. Es war auch kein Unfall – es war Absicht. Kein Pech – und doch.

Sie wollte weinen und konnte nicht. Sie wollte die Augen

schließen. Vergessen. Einschlafen und in der Normalität erwachen. Hätte sie bloß nie mit dieser dämlichen Selbstfindung angefangen.

»Hallo?«, wimmerte sie, dann noch einmal: »Hallo? Hallo?«, immer lauter, bis es wieder in ihren Ohren dröhnte. Der Mann reagierte tatsächlich, er bewegte den Kopf, sein Blick streifte sie, verharrte aber nicht. Er war genauso orientierungslos wie sie. Und er sah sie nicht.

Er rief etwas zurück, zuckte zusammen und machte ein schmerzerfülltes Gesicht.

Sie hatte bloß einen dumpfen Laut gehört.

Obwohl sie die Aussichtslosigkeit jedes weiteren Kontaktversuchs erahnte, versuchte sie, sich aufzurichten, doch ihre Extremitäten waren eingeschlafen und gehorchten kaum ihren Befehlen. Sie streckte die Wirbelsäule durch, drückte und schob, hob die Schultern, legte sie an die glatte, kalte Wand hinter sich und presste, bis sie es tatsächlich ein Stück nach oben schaffte und merkte, dass sie plötzlich besser Luft bekam, weil ihr Körper nicht mehr so stark zusammengekrümmt war. Allerdings verstärkten sich die Schmerzen im Brustkorb im selben Ausmaß, wie sich ihre Lungenflügel aufblähten, was sie an ihren Absturz erinnerte, an den Straßenpfosten, an die Rippen, die sie sich geprellt, wenn nicht gar gebrochen hatte.

Ihre Arme und Beine begannen zu kribbeln, bis das Ameisenlaufen der aufwachenden Gliedmaßen so intensiv wurde, dass es die Schmerzen für kurze Zeit verdrängte.

Sie keuchte. Schwitzte. Ihr war jetzt nicht mehr kalt, dafür aber zunehmend übel. Sie vermied es, zu dem Mann hinüberzusehen. Sie fühlte ihr jagendes Herz und die Schweißperlen, die ihr vom Kopf über den Körper rannen.

Ungehindert von Kleidung.

Ungehindert von Haaren.

Meine Haare sind weg.

Man hatte sie kahl rasiert.

Tränen sammelten sich in ihren Augen.

Sie hob die Hände zur Brust hoch und versuchte, das Glas von sich wegzudrücken, dagegen zu trommeln, es ins Wanken zu bringen, doch es bewegte sich keinen Millimeter.

4

Benjamin Sommer, 7

Ich bin schon so lange wach, dass ich mich gar nicht mehr erinnern kann, was ich geträumt habe. Ich habe all meine Spielsachen durchgespielt, nach draußen geguckt und den Vögeln zugehört und überhaupt alles gemacht, was ich immer tun soll, wenn Papa noch ein wenig schlafen will. Aber jetzt kann ich echt nicht mehr. Keine Chance.

Ich schleiche auf Zehenspitzen an die Zimmertür, greife zur Klinke und drücke sie vorsichtig runter. Wenn man es ganz langsam macht, quietscht sie nicht so schlimm. Ich schleiche raus in den Flur, genau wie beim Zeichentrick, wenn sich jemand anpirscht, bevor das Reh davonläuft. Draußen merke ich, dass ich Teddy vergessen habe, also husche ich schnell wieder zurück, packe ihn am Ohr und klemme ihn unter den Arm. Sogar den Schnuller darf ich wiederhaben, seit Mama im Himmel wohnt.

»Hallo, Mama«, murmele ich leise, strecke den Arm aus und winke.

Seit sie da oben ist, tun unten alle so, als wäre ich krank. Die Menschen in der Klinik, wo Mama so lange gelegen hat, dass ich sie mir schon gar nicht mehr zu Hause vorstellen konnte. Die Leute, die sich nach der Klinik um Mama gekümmert haben, bis zum Friedhof. Und die Männer, die uns ein paar Tage später zu Hause besucht haben. Die hatten sogar total teure Spielsachen für mich! Aber Papa hat sie rausgeworfen und die Spielsachen gleich mit. Das war echt fies.

Auch Papa sorgt sich furchtbar um mich. Dabei fehlt mir gar nichts. Papa hat mir das mit dem Totsein nämlich ganz genau erklärt. Ich kann meine Mama nicht mehr sehen, aber sie ist trotzdem immer noch da und passt auf mich auf. Als Engel. Ich musste sie erst ein paarmal mit Flügeln malen, um mir das vorstellen zu können. Aber jetzt geht's. Außerdem ist die Mama mit Flügeln viel schöner als die Mama im Krankenhausbett.

Seit letzter Woche darf ich auch wieder zur Schule gehen. Aber dort ist es genauso komisch. Alle werden still, wenn ich zu ihnen komme, und schauen finster. Als könnte es mir wehtun, wenn sie miteinander reden oder lachen. Alle sind furchtbar lieb, machen Geschenke oder fragen mich, ob ich was von ihnen haben will. Letzte Woche hat mir Kai sein Handy zum Spielen geliehen, die ganze große Pause lang, und kein Lehrer hat was gesagt. Manchmal ist es gar nicht so übel, dass Mama im Himmel wohnt, aber manchmal fehlt sie mir auch ganz schrecklich.

Ich gehe aufs Klo und gleich danach in die Küche. Die Cornflakes stehen extra ganz vorne auf der Ablage. Die sind nämlich nur für mich. Leider sind die sauberen Schälchen oben im Schrank. Keine Chance, ohne Klettern ranzukommen, und dabei habe ich mir schon einmal ordentlich wehgetan und musste den ganzen Tag mit Brummkopf im Bett bleiben. Also lasse ich es lieber. Zum Glück ist die Spüle voll mit altem Geschirr. Teilweise riecht es sogar schon. Ich nehme meine Lieblingsschale mit den Bären und halte sie unters Wasser. Mit den Fingern reibe und kratze ich so lange, bis die Reste von gestern weg sind.

Ich mag am liebsten Cornflakes. Ich schütte mir so viele davon ins Schälchen, bis es randvoll ist. Aber das macht nichts, weil trotzdem immer noch Milch dazwischen passt. Die brauche ich übgens jetzt. Ich gehe zum Kühlschrank, und wenn ich meine Finger fest in den Spalt zwischen Tür und Schrank hineindrücke, geht er leicht auf. Ich nehme die Flasche mit der Milch, stelle sie auf den Tisch, lege meine Hände darum, wie Papa es mir gezeigt hat, mache ein angestrengtes Gesicht und drehe den Deckel ganz fest, bis ich ihn ohne fremde Hilfe aufbekomme. Das macht mich stolz.

Als ich die Milch auf die Cornflakes gieße, geht ordentlich was daneben. Aber auch das macht nichts. Ich weiß nämlich schon recht gut, wie man sauber macht. Aber das kommt später. Erst mal sind die Cornflakes dran!

Ich steige auf meinen Stuhl und will schon loslegen, als ich merke, dass ich ja gar keinen Löffel habe! Wie soll man Cornflakes essen ohne Löffel? Ich klatsche mir die flache Hand gegen die Stirn, wie ich es im Fernsehen gesehen habe. Ich steige wieder runter, gehe zur Spüle und ziehe einen alten Löffel aus dem Geschirrberg, der sauber aussieht. Als ich wieder sitze, lade ich mir endlich eine Riesenportion auf den Löffel, schaufele sie in den Mund und …

Igitt.

Total sauer, die Milch! Ich spucke alles wieder aus.

Ich schaue Teddy an. Meistens weiß er, was zu tun ist. Aber gerade ist auch er überfragt. Also muss ich wohl doch Papa wecken. Papa könnte mir die Milch sogar warm machen, und warm schmeckt sie viel besser, aber dafür muss sie zuerst nicht sauer sein.

Als ich die Tür zu Papas Schlafzimmer öffne, so leise ich kann, riecht es komisch. Das tut es schon seit einer ganzen Weile. Papa ist nicht so gut mit dem Wäschewaschen und Putzen wie Mama. Eigentlich kann er es gar nicht. Aber das macht nichts. Es ist nämlich noch keiner erstunken, wie Papa immer sagt. Und dass wir sowieso bald aus der Wohnung raus müssen.

Ich krieche zu ihm ins Bett und stupse ihn an. Zuerst reagiert er gar nicht. Also streichele ich ihm über die Haare. Die sind ziemlich lang geworden, aber ich finde, er schaut sogar besser aus damit als früher, als er noch im Büro gearbeitet hat. Irgendwie sind sie auch ziemlich hart. Ich finde Knödel, die sich zusammendrücken lassen und danach wie Sand zwischen meinen Fingern sind.

Papa ist ein Dreckspatz!

»Papa?«, frage ich leise und stupse wieder.

Endlich tut er was. Er schmatzt und murmelt. Sein Atem riecht scharf, schon wieder, genau wie ganz früher immer, wenn er in der Nacht mit Mama fort war und Maike auf mich aufpassen musste. Am nächsten Tag hatten beide immer furchtbar Kopfweh, was gut war, weil ich dann alles tun durfte, wirklich alles, außer sie zu nerven.

Heute hat Papa fast jeden Tag Kopfweh.

»Papa, die Milch ist sauer.«

»Was?«

»Die Milch ist sauer!«, sage ich lauter.

Papa macht ein Geräusch, das sich anhört wie Schweinegrunzen. Ich mache ihn nach, aber er reagiert nicht.

»Ich will Cornflakes.«

»Ja, ja. Ich komm schon.«

Dabei kommt er gar nicht, sondern bleibt einfach liegen. Gleich darauf schnarcht er sogar. Ich überlege, ob ich ihn noch einmal wecke, kuschele mich dann aber lieber an ihn. Ich habe ihn nämlich lieb. Und ich weiß, dass es umgekehrt genauso ist. Auch wenn ich ihn manchmal nerve. »Ich würde dir nie wehtun«, sagt er hinterher immer, wenn wir uns streiten. Dabei weiß ich, dass Worte genauso wehtun können. Wie zum Beispiel: »Sei still!« Oder: »Du nervst.« Oder: »Mama geht es nicht gut.«

Papas T-Shirt ist ganz feucht. Auch die Matratze ist nass. Ich setze mich auf und schaue mal genauer hin. Papa hat ohne Decke geschlafen – und er hat sogar noch die Schuhe an! Die Schuhe, die eigentlich für draußen sind. Und obwohl nur ganz wenig Licht durch den dicken Vorhang kommt, sehe ich, dass das Bett unten so dreckig ist, als hätte sich das Ferkel vom Bauernhof darin gewälzt. Dort waren wir nämlich mal im Urlaub, Mama, Papa und ich, bis ich so fest gehustet habe, dass wir wegen mir wieder nach Hause mussten.

Ich überlege, ob der Dreck mit unserem Spiel zu tun hat, das Papa mir gestern mindestens tausendmal erklärt hat. Es ist nicht richtig kompliziert, aber total wichtig, dass ich mich genau daran halte. Warum, weiß ich nicht.

»Papa?«, rufe ich und stoße ihn mit der ganzen Hand.

Erschrocken reißt er die Augen auf. »Was? ... Was ist?«, fragt er und fährt hoch.

»Wieso hast du die Schuhe an? Und wieso ist alles dreckig? Gehört das auch zum Spiel?«

Er atmet schnell. Plötzlich wirkt er böse, starrt mich an und sagt: »Rede niemals über unser Spiel. Niemals, hörst du?«

»Ja, ja. Warum bist du so dreckig, Papa?«

»Ich sagte: Niemals! Du weißt doch, warum.«

Ich schmolle.

»Warum, Benni? Hm?«

»Weil dann die bösen Männer kommen«, flüstere ich, und mir wird dabei ganz kalt. Ich habe total Angst vor den bösen Männern, und Papa weiß das genau.

Er schaut mich noch länger böse an. Dann schließt er die Augen, als hätte er Schmerzen, und sinkt auf die Matratze zurück.

»Warum bist du so dreckig?«, frage ich wieder, weil ich die bösen Männer aus meinem Kopf vertreiben muss.

»Mach dir keine Sorgen.«

»Tu ich wohl.«

»Schlaf noch ein bisschen. Komm zu mir.« Er legt seinen Arm um mich und drückt mich an sich.

Papa stinkt. Ich nehme all meine Kraft zusammen, drücke ihn weg und krabbele aus dem Bett. Draußen vor der Schlafzimmertür wische ich mir die Tränen aus dem Gesicht.

5 Eric Dornhoff, Strafverteidiger

Dornhoff schloss die Augen, roch an seinem Espresso und schlürfte die Crema. Dann nahm er einen Schluck in den Mund, schob ihn hin und her, drückte ihn durch die Zähne und konzentrierte sich ganz auf das kleine, sehr sinnliche Erlebnis, das ihm seine mehrere Tausend Euro teure Siebträgermaschine jeden Morgen bescherte. Für ihn war der erste Kaffee des Tages nicht bloß zum Wachwerden da. Er zelebrierte ihn, genau wie viele weitere Freuden des Alltags, die am Mob da draußen spurlos vorübergingen.

Ja, er war privilegiert, das wusste er, und er genoss es in vollen Zügen. Schließlich hatte er sich seinen Status hart erarbeitet. Sein Vater wollte, dass er eines Tages das Kieswerk übernahm, das sich seit Generationen im Familienbesitz befand. Aber die Steine waren nichts für ihn. Er fand sie schrecklich banal, genau wie das Geschäftsmodell seines Vaters, das auf einem staubigen Steinbruch beruhte, der von einer Generation an die nächste weitergegeben wurde, bis eines Tages nichts mehr davon übrig sein würde.

Dornhoff wollte immer schon mehr aus sich machen. Deshalb hatte er sich vom Vater losgesagt, sein Jurastudium im Rekordtempo durchgezogen und nebenbei gleich zwei Jobs angenommen, um die sich sonst keiner riss – Nachtwächter in der Tierklinik, in den Morgenstunden dann Austräger der *Frankfurter Allgemeinen* –, um sich seine erste Wohnung in der Stadt leisten zu können. Die war ein Loch, verglichen mit jenem Anwesen, das er heute besaß.

Er trank den Rest seines Espressos, stellte das Tässchen zum anderen Geschirr in die Maschine, wandelte durchs Wohnzimmer und genoss die Kühle des Carrara-Marmors unter den blanken Füßen. Die Sonne schien kraftvoll durchs rahmenlose Ostfenster und strich über den Richter, der seit fünf Jahren an der Wohnzimmerwand hing. Fünfzehntausend hatte das Bild damals gekostet. Heute war es mindestens das Doppelte wert – wer da sein Geld noch aufs Sparbuch legte, war selber schuld.

Er hörte den Dieselmotor eines Fahrzeugs, das sich die Einfahrt hochquälte. Der Keilriemen quietschte, und obwohl Dornhoff den Wagen nicht sehen konnte, reichte schon der blecherne Klang der Tür, um Mitleid mit dem Fahrer zu empfinden. Vermutlich arbeitete er für einen dieser schrecklichen Lieferdienste, die Ricarda das Zeug brachten, das sie im Internet bestellte. Er hatte sich schon vor Tagen vorgenommen, seine Frau darauf anzusprechen. Schließlich schadete sie damit der heimischen Wirtschaft, der Dornhoff viel zu verdanken hatte. Insbesondere jenem Teil der heimischen Wirtschaft, der es mit dem Steuernsparen übertrieb oder andere Wege suchte, die globalen Geldströme in die eigene Tasche umzuleiten. Die, die erwischt wurden, brauchten anschließend einen Strafverteidiger. Als solcher konnte Dornhoff sie zwar nicht herausboxen, schaffte es aber immer wieder, geheime Deals mit der Staatsanwaltschaft auszuhandeln, die seinen Mandanten eine zweite oder dritte Chance im Leben eröffneten. Keiner war gerissener in diesen Verhandlungen als Eric Dornhoff – und keiner wusste besser, wie man als Anwalt daran mitverdiente.

Der Lieferwagen setzte piepsend die Einfahrt zurück und fuhr davon. Dornhoff ging wieder in die Küche, trank ein Glas Wasser und überflog die Tablet-Ausgabe der *FAZ*. Aber die Nachrichten waren an diesem Tag so unspektakulär wie der Posteingang seines E-Mail-Kontos, den er anschließend aufrief.

Es würde wohl ein ruhiger Tag werden. »Another Day in Paradise«, fiel Dornhoff der Song von Phil Collins ein. Mit der Melodie auf den Lippen stieg er die mächtige Steintreppe ins Obergeschoss hoch. Dort verhielt er sich leise, weil seine Frau Ricarda spät heimgekommen war und mindestens bis Mittag ausschlafen wollte, wie sie ihm irgendwann in der Nacht ins Ohr gelallt hatte.

Eine Stunde später verließ Dornhoff sein Anwesen – geduscht, rasiert, in Schale geworfen und ausgestattet mit ausreichend Zeit, um den Alltags-911er links liegen zu lassen und ein Fahrzeug aus der Garage zu holen, das dieses wundervollen Tages würdig war.

Neben dem Hauseingang lag das Paket, das der Bote vorhin gebracht hatte. Aus bloßer Neugier spähte er hinüber, konnte es anhand der Verpackung aber keinem der üblichen Verdächtigen zuordnen. Also bückte er sich, hob es auf, drehte es um – und staunte: Das Päckchen war an ihn selbst adressiert. Ohne Absender. Es war leicht und viel zu groß für den Inhalt, der frei darin herumrutschte. Was es war, konnte Dornhoff nicht sagen. Irgendetwas Hartes, Kompaktes, doch bestellt hatte er bestimmt nichts. Er runzelte die Stirn, dachte sich aber nichts weiter und nahm das Päckchen mit in die Garage.

Der Anblick seines Fuhrparks verschaffte ihm wie immer ein Hochgefühl. Manche mochten seine Leidenschaft für schöne Autos und Motorräder belächeln oder gar für primitiv halten, aber mit solchen Leuten umgab er sich nicht. Dornhoff hatte viele Freunde, die seine Leidenschaft teilten und ihn für seine Sammlung bewunderten.

Er entschied sich für sein Highlight, den 1960er Mercedes 300 SL Roadster, für den ihm vor Kurzem eine knapp siebenstellige Summe angeboten worden war. Das Ding war ein Goldgriff gewesen. Dornhoff hatte einen Bernie-Madoff-Möchtegern vertreten, dessen Anlagebetrug nicht nur nach exakt derselben Masche lief wie der des ehemaligen Wallstreet-Lieblings, sondern auch in exakt derselben Weise aufflog. Das Spiel mit der Gier funktionierte eben immer wieder aufs Neue – bis am Ende auch den Tätern die eigene Gier zum Verhängnis wurde. Statt eines Honorars hatte Dornhoff sich den 300 SL ausgesucht, der offiziell der Frau seines Mandanten gehörte. So wechselte das Schätzchen in seine Garage und war heute bereits das Dreifache von damals wert.

Das Verdeck stand offen, sodass Dornhoff das Päckchen auf den Beifahrersitz werfen und auf dem ledergepolsterten Fahrersitz Platz nehmen konnte. Alles im SL verströmte Oberklasse und den Luxus einer längst vergangenen Zeit. Damals gab es noch keine elektronischen Helfer für jedes Problemchen, und Dornhoff liebte es. Mit geschickten Handgriffen erweckte er den Motor zum Leben, pilotierte den Oldtimer mit sattem Brummen auf die Straße hinaus und fuhr absichtlich einen Umweg, der ihn an den nobelsten Villen am Lerchesberg vorbeiführte. Er stellte sich vor, wie manchen Nachbarn angesichts des Eine-Million-Euro-Wagens der Neid zerfraß, weshalb er extra viel Gas gab. Die Sonne schien ihm ins Gesicht, eine frische Brise wehte ihm um die Nase, und das Leben hätte nicht besser sein können …

… bis er vor der Untermainbrücke an der Ampel stand und ein paar Teenager sich über ihn und seine »Stinkekarre« lustig machten. Zunächst sah er noch weg, tat so, als müsste er sich ganz auf die Ampel konzentrieren, aber ihm entging keiner ihrer Kommentare. Aus dem Augenwinkel sah er, wie sie sich die Nase zuhielten und eindeutige Gesten machten.

Wenn die wüssten, dachte er, und gleich darauf: *Gut, dass sie es nicht wissen.*

Als die Ampel endlich grün wurde, reagierte der Opelfahrer vor ihm nicht. Dornhoff bemerkte, dass der Mann abgelenkt war und nicht nach draußen sah – bestimmt tippte er gerade auf seinem Smartphone herum. Er hupte, was die Teenager lauthals nachäfften. Dann endlich fuhr der Opel an, und Dornhoff stieg voll aufs Gas, um die Idioten an seinem Auspuff riechen zu lassen.

Bald hatte er sich wieder beruhigt und schaltete hoch. Der Motor arbeitete kraftvoll und präzise wie ein Uhrwerk – deutsche Wertarbeit eben –, aber jetzt hörte er noch ein weiteres Geräusch, das von rechts kam. Eine Melodie und doch keine, ein Gepiepse, nicht von draußen, sondern aus dem Wagen, was aber überhaupt nicht zur alten Technik des Fahrzeugs passte.

Das Paket.

Dornhoff sah zum Beifahrersitz, doch da lag es nicht mehr. Eine Ecke ragte aus dem Spalt zwischen Sitz und Tür auf. Er lehnte sich nach rechts und renkte sich beinahe den Arm aus, um das Päckchen zu fassen zu bekommen. Er hatte es, spürte, wie es vibrierte, doch dann glitt es ihm wieder aus den Fingern.

Noch einmal streckte er sich, griff in den Spalt, ertastete es, packte es an einer Ecke …

… und hörte eine Hupe, die rasch lauter wurde.

6

Benjamin Sommer, 7

Papa fährt total komisch. Beinahe wären wir eben in ein anderes Auto reingekracht, aber wir sind gerade noch rechtzeitig davor stehen geblieben. Teddy ist nach vorne gepurzelt, weil er immer in der Mitte sitzen darf und sich gar nicht anzuschnallen braucht. Jetzt schimpft Papa zum Fenster raus, und ich singe ein Lied, damit ich es nicht höre.

Natürlich hat Papa verschlafen. War ja logisch. Dann hatte er es auf einmal furchtbar eilig, wahrscheinlich wegen der Schule. Wir sind nämlich schon öfter zu spät gekommen. Heute bin ich total gespannt, was die anderen Kinder sagen, wenn sie mich sehen.

Ich strecke mich ganz nach vorne, schaffe es aber nicht, an Teddy zu kommen.

»Papa … Teddy!«, sage ich mit dem Schnuller im Mund. Der muss gleich im Auto bleiben, genau wie Teddy. Ich bin nämlich schon viel zu groß dafür. Aber ich bekomme beides ja nach der Schule wieder.

»Papa!«

»Lass mich in Frieden!«

Ich erschrecke, aber nur kurz. Weil ich weiß, dass er es nicht böse meint. Er muss sich nämlich ganz fest konzentrieren. Mama hat immer geschimpft, wenn Papa Auto gefahren ist und sich nicht ganz darauf konzentriert hat. Mama hat keinen Führerschein gehabt, aber das macht nichts, weil man ja trotzdem schimpfen kann. Außerdem hatten wir den Bus. Oder das Fahrrad. Nur wenn es ganz eilig war oder wichtig, brauchten wir Papa. Zum Beispiel, wenn wir verschlafen haben. Oder als Mama schnell ins Krankenhaus musste.

Jetzt nimmt Papa schon wieder sein Handy und versucht, wen anzurufen. Dabei weiß ich ganz genau, dass man das nicht tun darf, weil es schlecht fürs Konzentrieren ist. Außerdem schaut er immer wieder auf die Zettel, die er vorhin aus seiner Tasche gezogen hat und die jetzt dort liegen, wo Mama früher gesessen hat.

»Lass das, Papa«, sage ich.

»Pscht!«, zischt er nach hinten, und ich wünschte mir, ich könnte Teddy an mich drücken. Aber er liegt immer noch zwischen den Vordersitzen, mit der Schnauze nach unten.

Papa redet so angestrengt mit jemandem, dass er einfach an der Schule vorbeifährt. Ich will ihm sagen, dass er umdrehen soll, aber dann schimpft er. Ich muss schon wieder weinen.

Irgendwie ist heute alles nicht richtig.

Papa fährt weiter, mit der einen Hand am Lenkrad und der anderen am Ohr. Er biegt jetzt um die Ecke, die wir immer nehmen, wenn wir Mama besuchen. Aber das ist doch falsch!

Er telefoniert und telefoniert, und es hört sich nach Erwachsenenzeug an.

Vielleicht hat Papa das mit der Schule und Mama bloß durcheinandergebracht? Ich kann nicht länger still sein. »Papa, die Schule«, sage ich, aber er reagiert nicht, sondern wird immer lauter mit dem, den er anruft. Dann wartet er, hört noch ein bisschen zu und legt einfach auf, ohne sich zu verabschieden.

Er wirft sein Telefon auf den Mamasitz. Dabei weiß ich genau, dass man teure Sachen nicht herumwerfen darf, weil sie davon kaputtgehen. Nur Teddy geht niemals kaputt, sondern muss bloß genäht werden oder eine Runde in der Waschmaschine fahren.

»Papa, ich muss doch zur Schule!«

»Sei still!«, sagt er böse. Er holt sich das Handy zurück und tippt darauf rum, während er fährt. Ohne zu schauen! Ich merke genau, wie wir immer weiter zur Seite ziehen. Ich will schon wieder etwas rufen, da reißt Papa das Fahrzeug so schnell herum, dass mein Kopf gegen die gepolsterte Lehne schlägt. Aber sonst passiert nichts weiter.

Dann sind wir plötzlich bei Mama. Besser gesagt, auf dem Parkplatz davor.

Papa steigt aus und kommt zu mir nach hinten. Er macht mir den Gurt ab, packt mich und stellt mich auf den Gehsteig, als ob ich das nicht alleine könnte.

»Aber Papa, ich muss doch zur Schule!«, sage ich wieder, aber er antwortet nicht. Er nimmt mich an der Hand und zieht mich hinter sich her, zwischen den fremden Grabsteinen hindurch. Es ist derselbe Weg wie immer, vorbei an der traurigen Weide, ganz bis zum Ende, dahin, wo Mama liegt.

Mamas Grab ist total hübsch. Es ist sogar noch ein richtiges mit Erdhaufen und einem Kreuz, das drinsteckt. Mama wurde nämlich in der Kiste begraben. Die meisten Toten werden in kleine Dosen verpackt, damit man sie besser stapeln kann. Ohne Quatsch! Papa hat es mir gezeigt. Sie stehen dann nebeneinander und übereinander in einer riesigen Wand, statt unter der Erde zu liegen.

Papa hat das für Mama nicht gewollt, und ich habe ihn voll verstanden. Erstens, weil es sicher total eng ist in der Dose. Und zweitens ist es doch viel schöner, wenn man unter der Erde liegt und den Blumen beim Wachsen zusehen kann. Auch wenn das mit den Würmern eklig ist.

»Hallo, Mama!«, sage ich und schäme mich, weil ich erst jetzt merke, dass ich den Schnuller drin habe. Ich weiß, dass sie das nicht mag. Ich nehme ihn schnell heraus und verstecke ihn in meiner Hand. Dann frage ich mich, was sie wohl zu unserem neuen Spiel sagt. Papa hat ihr bestimmt schon davon erzählt und dass es total geheim ist, so geheim, dass man nicht mal sagen darf, dass man es überhaupt spielt. Außerdem habe ich richtig Schiss vor den bösen Männern, und nicht mal das darf ich sagen. Aber Mama kriegt sowieso alles mit, weil sie ja von oben zusehen kann.

Auch Papa sagt etwas. Er geht in die Hocke und redet mit Mama, wie er früher mit ihr geredet hat. Er sagt, dass ihm was leidtut.

Ich versuche, mir Mama vorzustellen und wie sie uns gerade anschaut. Aber das geht meistens nur mit Foto oder wenn ich sie als Engel male. In meinem Kopf hat sie schon gar keine Farben mehr.

Papa erzählt jetzt von der Wohnung. Dass er sich Mühe gibt, aber dass alles so schwer ist und er nicht mehr kann. Er glaubt, ich höre ihn nicht, dabei weiß ich seit dem Kindergarten, dass ich Luchsohren habe. Dann weint er. Ich merke es genau, obwohl er seine Augen hinter einer Hand versteckt.

»Gießen wir die Blumen?«, frage ich, um ihn aufzumuntern. Manchmal gießen wir zusammen.

Papa schüttelt den Kopf. »Wir haben keine Zeit, Benni.«

»Aber sie sind schon ganz trocken!«, sage ich. »Dann mach ich es eben alleine.«

»Hast du mich nicht gehört?«, sagt Papa und klingt schon wieder böse. Dabei sind wir hier bei Mama! Sie mag es überhaupt nicht, wenn wir streiten. *Papa und du müsst immer gut aufeinander aufpassen*, hat sie gesagt, als sie noch reden konnte.

Heute ist einfach alles Kacke. Ich weiß, das sagt man nicht. Aber es stimmt.

Papa verabschiedet sich von Mama und weint schon wieder. Dieses Mal fällt es ihm besonders schwer. »Bitte vergib mir«, sagt er.

Ich weiß nicht, was er damit meint, aber ich bleibe besser still.

»Komm jetzt!«, ruft Papa, der schon ein paar Schritte zum Auto vorausgegangen ist.

Ich sage noch schnell Tschüs zu Mama und dass sie gerne ein bisschen Aufpasszeit als Engel von mir abzwacken darf, für Papa, weil ich schon ganz gut alleine klarkomme. Ich weiß nämlich, dass ich stark bin. Auch wenn alle das Gegenteil glauben.

Dann laufe ich Papa nach.

»Fahren wir jetzt endlich zur Schule?«, frage ich, als ich bereits wieder angeschnallt hinten sitze und Teddy umarme.

Papa schüttelt den Kopf. »Keine Schule mehr«, sagt er, steigt ein und startet den Motor.

»Aber ich muss doch jeden Tag zur Schule!«

»Ab heute nicht mehr.«

Ich wundere mich sehr, sage aber nichts.

Papa ist echt stinkig. Er will losfahren, weil der Motor läuft und der erste Gang drin ist – ich kenn mich nämlich mit Gängen aus –, aber dann sinken seine Schultern herab, und er atmet ein paarmal tief ein und aus, bevor er sich zu mir umdreht. »Was hältst du von einem Papatag?«

»Au ja!«, rufe ich. Papatage sind die besten. Wir tun dann nämlich alles, was Spaß macht. Allerdings hätten wir eigentlich schon mit der Nutella anfangen müssen, die an Papatagen doppelt so dick aufs Brötchen kommt wie sonst.

»Lass mich nur schnell noch ein, zwei Sachen erledigen, ja?«, sagt Papa. »Bist du noch ein bisschen brav? Versprichst du mir das? Dann haben wir den ganzen restlichen Papatag für uns.«

Ich werde traurig, nicke aber. Dabei müssen Papatage doch den ganzen Tag lang dauern, von der doppelten Nutella bis zum Sternegucken und der extralangen Gutenachtgeschichte!

»Du bist so tapfer, Mama wäre stolz auf dich«, sagt Papa und grinst mich an.

Ich drücke Teddy fester an mich und nuckele an meinem Schnuller.

7 Eric Dornhoff, Strafverteidiger

Viel hätte nicht gefehlt, und sein 300 SL wäre auf einen Schlag um mehrere Hunderttausend Euro weniger wert gewesen. Aber Dornhoff war instinktiv auf die Bremse gestiegen, als er die Hupe hörte, und hatte seinen Mercedes um Haaresbreite vor einem schmutzigen Audi zum Stehen gebracht, statt frontal in ihn reinzukrachen.

»Hast du keine Augen im Kopf?«, schimpfte der andere durchs offene Fenster.

»Verzieh dich, du Trottel!«, blaffte Dornhoff zurück, bevor es ihm vor Verlegenheit die Kehle zuschnürte und er nicht mehr auf die weiteren Beschimpfungen des anderen reagieren konnte. Mit glühendem Gesicht zerrte er am Ganghebel, bis er endlich den Rückwärtsgang fand und auf die rechte Spur zurücksetzen konnte.

Er war so aufgewühlt, dass er nach ein paar Metern rechts ranfahren musste. Er stellte den Motor aus und atmete mehrmals tief durch. So routiniert er im Gerichtssaal war, so schwertat er sich mit Leuten, die nicht zu seinesgleichen gehörten. Wie die Teenager vorhin. Oder der Audi-Fahrer eben. Typen wie die konnten einem im Handumdrehen den Tag versauen – oder Schlimmeres.

Ich hätte tot sein können, dachte er.

Hätte er einen Frontalen gebaut, wäre dies im SL wohl nicht gut für ihn ausgegangen, selbst bei relativ niedriger Geschwindigkeit.

Der Oldtimer hatte keine Airbags, und die Sicherheitsgurte, die Mercedes beim 300 SL zum ersten Mal überhaupt in einem seiner Autos verbaute, waren ein besserer Witz. Ja, er hätte tot sein können, während der Typ im Audi wahrscheinlich nicht einmal einen Kratzer davongetragen hätte.

Sackgesicht.

Dornhoffs Laune war im Keller. Dabei hatte der Tag so wunderbar begonnen.

Komm wieder runter.

Er versuchte, an etwas zu denken, was ihn aus der Negativspirale herausholen konnte. Und wie immer, wenn er ganz besonders aufgebracht war, dachte er an das elementarste Vergnügen, das es gab.

Sex.

Vielleicht hatte die neue Assistentin heute wieder die scharfen Strümpfe an. Möglicherweise konnte er sie zu einem weiteren Nümmerchen überreden. Die Vorstellung von ihr und ihm im SL … von ihr *auf* ihm im SL, in wilder Ekstase zum Höhepunkt reitend, erregte ihn so sehr, dass seine negativen Gedanken im Nu verflogen. Und wer wusste schon, ob sich der Tagtraum nicht verwirklichen ließe? Sobald er im Büro war, würde er gleich mal die Lage checken.

Er hatte schon die Finger am Zündschlüssel, als die Melodie von vorhin erneut aus dem Päckchen kam.

»Verdammtes Mistding!«, schimpfte er, schnappte sich das blöde Paket und riss es auf. Der Gegenstand, der sich darin befand, fiel zwischen seine Beine.

Ein altes Handy.

Wer schickt mir ein Handy?, rätselte er, nahm es und sah aufs Display.

Unbekannter Teilnehmer.

Ein erster, leiser Zweifel beschlich Dornhoff, ob es wirklich geschickt war, das Ding anzufassen. Vorsichtig legte er es in die aufgerissene Verpackung zurück, startete den Wagen und fuhr weiter.

Das Klingeln hörte auf.

Wer schickte ihm ein Handy und rief ihn darauf an? Was wollte derjenige damit bezwecken? Derjenige ... oder *die*jenige?

Der erotische Gedanke von vorhin geisterte weiter durch Dornhoffs Bewusstsein und erinnerte ihn an seine Stalkerin, die vor ein paar Jahren Rechtspraktikantin in seiner Kanzlei gewesen war. Constanze Bayer. Dornhoff hatte den Fehler begangen, der Brillenschlange mit den tollen Beinen etwas zu viel Aufmerksamkeit zu schenken, worauf sie zur Klette geworden war. Nach dem ersten Mauerblümchensex hatte es nicht lange gedauert, bis sie von Dornhoff verlangte, sich von Ricarda zu trennen. Dabei hatte er ihr eindeutig zu verstehen gegeben, dass er nur mit ihr schlafen würde, wenn es nichts bedeutete – simple Mechanik zwischen Erwachsenen. Sie war damit einverstanden gewesen. Sollte man von einer Jura-Absolventin nicht erwarten können, dass sie wusste, wie man einfache Regeln befolgte? Stattdessen hatte sie ihm die Hölle heiß gemacht. Zunächst versuchte sie es noch auf die erotische Tour. Trug plötzlich ganz andere Sachen als früher und nutzte jede Gelegenheit, Dornhoff allein zu erwischen und dann nicht lange zu fackeln. Doch ihre Aufdringlichkeit stieß ihn zunehmend ab. Er mochte es lieber, wenn er die Frauen eroberte. Als sie seine Ablehnung bemerkte, fing sie an, seine Arbeit subtil zu torpedieren. Mal ging ein Schriftstück verloren, mal wurde eine gerichtliche Frist versäumt, ein andermal kamen Gerüchte über sie und ihn in Umlauf. Irgendwann blieb Dornhoff keine andere Möglichkeit, als Constanze aus der Kanzlei zu werfen. Doch das brachte sie nicht davon ab, immer wieder seine Nähe zu suchen und ihm sogar Briefe und Geschenke nach Hause zu schicken, parfümiert und in Schulmädchenschrift adressiert. Es war pures Glück gewesen, dass Ricarda keinen Verdacht geschöpft hatte.

Also hatte er die Sache geregelt. Eigentlich hatte er gedacht, sie hätte es kapiert. Seit dem letzten Kontakt war über ein Jahr vergangen, und seither hatte er nichts mehr von Constanze Bayer gehört.

Seine Hände schlossen sich fester ums Lenkrad, so fest, dass die Fingerknöchel weiß hervortraten.

Er musste wohl noch deutlicher werden.

Es klingelte wieder.

»Was, verdammt!«, schimpfte Dornhoff und lenkte den Wagen so weit rechts an die Poller heran, wie es ging – trotzdem blockierte er jetzt eine Fahrspur. Wütend griff er nach dem Handy – egal, ob er damit Constanzes Fingerabdrücke verwischte oder nicht –, drückte die grüne Anruftaste und rief: »Lass mich endlich in Ruhe, du Psycho!«

»Guten Morgen, Herr Dornhoff!«, sagte eine Männerstimme.

Er erschrak. »Wer spricht da?«

»Das ist unwichtig.«

»Was soll der Scheiß?«

»Na, na. Sie sind ziemlich schwer zu erreichen, wissen Sie das?«

»Wie wär's mit einem Termin über mein Büro?«

»Ich mache keine Termine.«

»Dann lassen Sie mich in Frieden.«

»Es wird sich aber für Sie lohnen.«

Dornhoff, der bereits drauf und dran gewesen war, das Handy aus seinem SL zu werfen, horchte bei dem Wörtchen »lohnen« auf. »Inwiefern?«, fragte er.

»Indem Sie gleich zum Lebensretter werden.«

»Was? Hören Sie, ich habe echt keine Zeit für diesen Quatsch. Guten Tag.«

Der andere lachte und sprach sofort weiter: »Apropos Leben: Sie können gut mit Revolvern umgehen, habe ich gehört.«

Eine dunkle Schublade öffnete sich in Dornhoffs Erinnerung. Eine, die er gut versperrt hielt, aber auch eine, die ihn regelmäßig in seinen Albträumen heimsuchte. Stets wurde er darin von Polizisten verhört, und immer wieder erzählte er ihnen dieselbe Story. Er hatte sie so verinnerlicht, dass er selbst schon daran glaubte. »Woher zum Teufel ...«

»... ich das weiß? Sagen wir, ich bin gut informiert. Habe ich jetzt Ihre ungeteilte Aufmerksamkeit? Dann hören Sie mir genau zu. Gleich wird wieder ein Revolver im Spiel sein. Wir spielen nämlich Russisches Roulette.«

»Was?«

»Sie sollen mich nicht unterbrechen, sondern mir zuhören.«

Dornhoff sah etwas Großes, Mintgrünes im Innenspiegel auftauchen – einen Bus der Frankfurter Verkehrsgesellschaft. Dieser bremste sich unverschämt knapp an die hintere Stoßstange heran und hupte so laut, dass es Dornhoff durch Mark und Bein fuhr.

»Ich habe keine Lust auf diesen Quatsch!«, schimpfte er in den Hörer.

»Das sollten Sie aber. Wissen Sie, wo ich gerade bin?«

»Sie können mich mal.«

»Ts, ts, ts. Warum so primitiv? Wer sich einen Richter ins Wohnzimmer hängt, sollte eigentlich bessere Manieren haben.«

Dornhoff erstarrte.

»Wissen Sie noch, ob Sie die Haustür abgesperrt haben?«

Er brachte kein Wort mehr heraus. Wie sollte er sich an etwas so Alltägliches, Beiläufiges erinnern? Er hatte das blöde Päckchen gesehen, sich gebückt, um es aufzuheben, und dann …

Habe ich die Tür offen gelassen?

»Genieße ich jetzt Ihre ungeteilte Aufmerksamkeit? Dann hören Sie mir zu: Sie können gleich das Leben Ihrer bezaubernden Gattin retten.«

Der Bus hupte wieder. Dornhoff riss der Geduldsfaden. Er sprang aus dem SL, lief nach hinten, hämmerte gegen die Frontscheibe und sah erst jetzt, dass der Fahrer des Busses nicht der südländische Typ war, den er in seiner Vorstellung gesehen hatte, sondern eine junge Frau, die sich verängstigt in ihrem Fahrersitz zu verkriechen versuchte.

»Verzeihung, ich … ich habe eine Panne!«, stammelte Dornhoff und hob entschuldigend die flache linke Hand, während er mit der rechten das Handy ans Ohr drückte. »Hallo?«

»Das war jetzt knapp«, sagte der andere. »Ihre Frau ist sehr hübsch anzusehen am Morgen. Wäre schade, wenn sich das gleich ändert.«

Dornhoff stellte sich bildlich vor, wie Ricarda geknebelt und gefesselt im Bett lag, hilflos ihrem Peiniger ausgeliefert.

»Sie verdammtes Schwein!«

»Ach herrje … schon wieder so primitiv. Das passt doch gar nicht zu Ihresgleichen. Also, ein letztes Mal: Wir spielen russisches Roulette. Wie üblich ist nur eine der sechs Kammern in der Trommel geladen. Tippen Sie jetzt eine Zahl zwischen eins und sechs in das Handy, oder ich nehme die geladene Kammer.«

»Was soll das?«

»Haben Sie die Aufgabenstellung nicht verstanden?«

»Ich … äh«, stammelte er.

»Also, noch mal ganz langsam, damit auch Sie es kapieren: Ich will, dass Sie jetzt sofort eine Zahl zwischen eins und sechs in das Handy tippen. Damit bleibt Ihrer Frau eine Überlebenschance von gut dreiundachtzig Prozent. Tun Sie das nicht, sind Sie in wenigen Sekunden Witwer. Ihre Wahl.«

»Ich werde überhaupt nichts tun«, wehrte sich Dornhoff trotzig.

»Ganz wie Sie wollen. Fünf … vier …«

»Hören Sie auf damit!«

»Drei …«

Dornhoff riss das Handy vom Ohr und zählte den Countdown im Geiste mit.

Zwei … eins …

Verdammt!, dachte er und drückte die Eins.

8 Hanna Carlsen

Hannas Herz schlug nicht mehr ganz so schnell wie zu Anfang. Sie atmete tief und ruhig und hielt die Augen geschlossen, um den nackten Mann in seinem Glaszylinder nicht sehen zu müssen. Sie wusste, dass sie beide einer fremden Gewalt ausgeliefert waren und dass sie das nicht ändern konnten. Sie wusste auch, dass sie nicht weiter darüber nachdenken durfte. Weil es sie bloß wahnsinnig gemacht hätte. Sie versuchte, in Gedanken an einen fernen Ort zu reisen – auf die Malediven vielleicht, wo sie vor Jahren den tollsten Urlaub ihres Lebens verbracht hatte, zusammen mit ihrem allerersten Freund, den sie damals für den Mittelpunkt ihres Lebens gehalten hatte. Sie holte sich alles ins Bewusstsein zurück. Ließ ihrer Fantasie freien Lauf. Der kalte Luftstrom wurde zu dem des Ventilators an der Zimmerdecke. Das beständige Rauschen zum Rauschen des Meeres, das sie in ihrem Wasserbungalow umspülte, die Dunkelheit zum tintenschwarzen Himmel der Malediven mit seinen Abertausenden von Sternen …

Plötzlich wurde es hell. Hanna riss die Augen auf und war wieder in ihrem transparenten Verlies gefangen.

Ein Scheinwerfer, irgendwo oben zwischen ihrem Behälter und dem des Mannes, warf Licht auf ein Tischchen in der Mitte zwischen ihnen. Etwas stand darauf. Sie musste die Augen zu schmalen Schlitzen zusammenkneifen, um erkennen zu können, was es war.

Ein Handy.

Ein altes Modell, das mit dem Bildschirm nach oben zeigte. Auch der nackte Mann gegenüber hatte es entdeckt und starrte darauf – als es plötzlich zu blinken begann. Das Display leuchtete auf, und wenn sie sich nicht täuschte, veränderte das Gerät Millimeter für Millimeter seine Position, schubweise, wie …

Wie von einem Vibrationsalarm.

Das Ding bewegte sich, zunächst nur zögerlich, dann immer schneller, als würde der Untergrund zunehmend abschüssig. Schließlich kippte es über die Kante des Tischchens und stürzte auf eine Reihe von Dominosteinen auf dem Boden davor, was eine Kettenreaktion in Gang setzte. Ein Stein nach dem anderen fiel um. Die Bahn führte vom Tischchen direkt auf sie zu, bevor sie auf halber Strecke in eine Art Spirale abzweigte.

Hanna starrte gebannt auf die Steine, die jetzt im Kreis umkippten, mit stoisch gleicher Geschwindigkeit, doch je größer der Radius wurde, desto mehr Zeit brauchten sie für eine Runde.

Mehrere Umdrehungen lang konzentrierte sie sich ganz darauf, dann riss sie ihre Augen los, hob den Kopf – und blickte in das Gesicht des Mannes gegenüber.

Ihr Herz setzte für einen Schlag aus.

Konnte er sie sehen? Über ihr selbst leuchtete nichts, unter ihr und um sie herum auch nicht.

Sein Blick verlor sich, driftete den Steinen nach – und rastete erneut ein. Sie starrte in dieselbe Richtung und erkannte weitere Objekte, die sich fahl im Licht abzeichneten.

Da begriff sie.

Es waren nicht bloß zwei Zylinder.

Es waren fünf.

9

Eric Dornhoff, Strafverteidiger

Dornhoff trieb den 300 SL mit weit überhöhter Geschwindigkeit die Gutleutstraße hinunter. Er kuppelte, schaltete in den dritten Gang und drückte das Gaspedal bis zum Anschlag durch. Die nächste Ampel schaffte er gerade noch bei Gelb, mit achtzig Sachen und weiter beschleunigend. Schon lange war der Wagen nicht mehr so sportlich bewegt worden. Es war, als erweckte man ein Rennpferd zum Leben. Alles vibrierte, alles röhrte, der Auspufftrakt verwandelte sich in ein wildes Trompetenorchester, doch das sinnliche Erlebnis war Dornhoff egal.

Er konnte nur noch an zu Hause denken. An Ricarda. Und an das, was möglicherweise gerade mit ihr geschehen war.

Russisches Roulette.

Und dann? Was war passiert? Hatte er richtig gewählt – oder hatte er Ricardas Schicksal besiegelt? Und was sollte diese Anspielung mit dem Revolver?

Sie können gut mit Revolvern umgehen, habe ich gehört.

War es wirklich möglich, dass jemand davon erfahren hatte? Jemand, dem die Ermittlungsakten in die Hände gefallen waren? Dunkle Erinnerungen stiegen auf, an die Sache, die er ganz und gar vergessen wollte, doch sie zu löschen, ließ sein Gedächtnis nicht zu. Er ahnte, dass er sich ihr stellen musste, nicht nur in seinen Albträumen, sondern auch im richtigen Leben.

Nach all den Jahren …

Er hatte den Anrufer nicht mehr danach fragen können. Nachdem er die Eins gedrückt hatte, hatte es ein paarmal geklingelt, als hätte er mit seiner Wahl eine Kurzwahltaste betätigt. Dann war das Ding plötzlich aus gewesen, und egal, was Dornhoff versuchte, er konnte das Handy nicht mehr zum Leben erwecken.

Also war er hinters Steuer des SL gesprungen und hatte ihm die Sporen gegeben.

Als er die Linkskurve am Baseler Platz Richtung Friedensbrücke nahm, neigte sich der 300 SL bedenklich zur Seite und drohte hinten auszubrechen. Doch mit der Erfahrung zahlreicher Männer-Spritztouren und Oldtimer-Rallyes fing er den Wagen wieder ein.

Zum Glück waren Frankfurts Straßen überraschend leer. Wenn er dieses Tempo beibehielt, konnte er in zehn Minuten zu Hause sein. Dann wäre der andere längst fort. Und hätte er wirklich geschossen, wäre Ricarda wohl tot.

Er malte sich aus, wie sie blutüberströmt im Bett lag, weil er sie ihrem Mörder ausgeliefert hatte. Bestimmt würde er den Anblick sein Leben lang nicht vergessen können. Ohne Ricarda würde er nicht mehr derselbe sein, und niemand seiner Freunde würde ihn trösten können. Beim Gedanken an eine Zukunft als Witwer kamen ihm die Tränen. Witwer waren keine Gewinner. Witwer bekamen keine Chancen.

Witwer bekamen Mitleid.

Mit dem linken Hemdsärmel wischte er sich die Tränen aus den Augen und schluchzte.

Zu spät bemerkte er, dass er die Kurve in die Gablonzer Straße am Ende der Stresemannallee nicht mehr schaffen würde. Er trat auf die Bremse, die sofort blockierte. Der Wagen brach aus, Dornhoff riss noch am Lenkrad, hatte aber keine Chance mehr, den Mercedes einzufangen. Er mähte das Schild nieder, dessen rote Linkspfeile vor der gefährlichen Kurve warnten, bretterte durch den Holzzaun dahinter und verfehlte nur um Haaresbreite ein massives Metallgeländer am Bahndamm, während der Wagen über die Wiese schleuderte und unter einem Baum zum Stehen kam.

Dornhoff hielt die Augen geschlossen und keuchte. Der Motor lief so ruhig, als wäre nichts gewesen. Dornhoff wollte lieber nicht wissen, wie die Karosserie aussah.

Wenigstens lebe ich noch. Zum zweiten Mal an diesem Tag hätte er in diesem Wagen sterben können.

Dreckskarre.

Er öffnete die Augen wieder, konzentrierte sich auf die Situation und versuchte, von der Wiese zu kommen. Doch er bemerkte schnell, dass der Wagen am Unterboden aufsaß und die Hinterräder durchdrehten.

Wütend schlug er aufs Lenkrad. Wieso klappte eigentlich gar nichts mehr? Wieso musste alles so entsetzlich schieflaufen? Sein Leben zerbrach vor seinen Augen in tausend Teile – und dabei stand ihm das Schlimmste erst noch bevor.

Ricarda.

Er mühte sich aus dem Fahrersitz und lief über die Wiese, stieg über Zauntrümmer hinweg und ignorierte seine Beine, die zitterten und jeden Moment unter ihm nachzugeben drohten.

Mit hämmerndem Herzen eilte er die Gablonzer Straße hoch.

Jemand rief etwas aus einem Fenster. Dornhoff hörte es, verstand aber nicht, was. Vor seinem geistigen Auge sah er nur noch sein Haus. Die offene Tür. Ricarda tot, oben im Schlafzimmer.

Im Laufen zog er sein Sakko aus, warf es weg, lockerte die Krawatte und riss den obersten Knopf seines sündteuren Hemds ab.

Keuchend erreichte er sein Haus und rannte die Einfahrt hoch. Sein Gesichtsfeld verengte sich zu einem schmalen Guckloch, durch das er seine Haustür anvisierte, und auch dieses Guckloch drohte im Schwarz zu verschwinden. Sein Hinterkopf kribbelte, jedes Geräusch war gedämpft, als hätte ihm jemand eine riesige Taucherglocke übergestülpt.

Er war an der Tür.

Sie war abgeschlossen.

Er nestelte den Hausschlüssel aus seiner Hosentasche. Sperrte auf, hetzte durch den Eingangsbereich und die Steintreppe hoch. »Ricarda!«, rief er wie von Sinnen und platzte, nach Luft ringend, ins Schlafzimmer.

Da war sie.

Sie lebte.

Aufrecht saß sie im Bett und starrte ihn mit großen Augen an, dann schlug sie die Hand auf die Brust und schnappte nach Luft.

»Ricarda!«, schrie er noch einmal.

»Was? Was ist? … Was hast du? Ist was passiert? … Wie siehst du denn aus?«, feuerte sie ihm eine Frage nach der anderen entgegen, während sich grenzenlose Erleichterung in ihm breitmachte.

Ich habe sie geweckt. Es war nur ein Scherz. Ein gottverdammter Scherz. Und ich bin darauf reingefallen.

»Eric, was ist los? Ich mache mir Sorgen!«

Plötzlich musste er lachen. Er platzte regelrecht. Als wäre gerade ein Staudamm gebrochen, ergoss sich ein riesiger Schwall von Glückshormonen in seinen Körper.

Sie lebt. Es ist alles in Ordnung. Mein Leben kann weitergehen.

»Findest du das vielleicht komisch? Jetzt rede schon! Bist du übergeschnappt? Eric, was soll das?« Die letzte Frage schrie sie ihm entgegen.

»Ich … Es ist alles in Ordnung«, sagte er mehr zu sich selbst als zu seiner Frau, die jetzt aufstand und langsam auf ihn zukam.

Ist es das wirklich?, dachte Dornhoff. *Ist wirklich alles in Ordnung?* Wer war dieser Anrufer? Und wie konnte er ihn drankriegen? Dass der Fall mit seiner Erleichterung nicht erledigt war, verstand sich von selbst. Schließlich hatte er wegen diesem Scherzbold seinen SL geschrottet. Er würde den Kerl fertigmachen. Ihn vernichten, nach allen Regeln der Kunst. Wo war das Handy? Würde die Polizei den Anruf zurückverfolgen können?

Die Polizei …

Nein, die Polizei würde er definitiv nicht einschalten können. Er musste die Sache selbst in die Hand nehmen.

Ricarda war bei ihm, führte ihn zur Bettkante und drückte ihn runter. Dann nahm sie neben ihm Platz und rieb ihm den Rücken.

»Was ist denn passiert, um Himmels willen?«

Ihre Zärtlichkeit und Sorge lösten etwas in ihm aus. Plötzlich überkam ihn das Bedürfnis nach Harmonie. Nach Vergessen. Nach etwas Großem, das wegen etwas ganz Kleinem in Gefahr geraten war. »Nichts ist passiert«, sagte er. »Gar nichts. Ich … liebe dich.«

Nicht nur sie schien verdutzt über den spontanen Liebesschwur zu sein – Dornhoff war es selbst. Wie lange hatte er die Worte schon nicht mehr in den Mund genommen? Doch sie trafen wohl zu. Egal, was passierte, Ricarda war der Fels in der Brandung, ohne den sein Leben in seine Einzelstücke zerbrach. Er durfte sie niemals verlieren. Aber wie sollte er ihr erklären, was gewesen war, ohne dabei weitere Fragen aufzuwerfen, die er sich nicht leisten konnte? Weil sie ein Kapitel betrafen, das …

»Eric, jetzt rede endlich. Hattest du einen Unfall?«

Aus heiterem Himmel bot sich ihm ein Ausweg an, der zudem noch der Wahrheit entsprach. »Ja genau … einen Unfall … mit dem SL.«

»O mein Gott. Sag nicht, er ist …«

»Was? Schrott? … Doch, ist er.«

Ihr Gesichtsausdruck ärgerte ihn. Da bekundete er ihr seine Liebe, und sie sorgte sich um den SL?

»Mir geht es gut, danke der Nachfrage.«

»Na, das sehe ich.«

Er wurde noch grimmiger. »Willst du mich provozieren?«

Sie runzelte die Stirn. »Ich? Dich? *Du* platzt doch hier herein und reißt mich wie ein Wahnsinniger aus dem Schlaf. Außerdem dröhnt mir noch der Kopf von gestern. Was erwartest du?«

»Zum Beispiel, dass du dich für mich interessierst. Für *mich*! So, wie ich mich gerade für dich interessiert habe.«

»Was meinst du?«

Er merkte, dass er Gefahr lief, sich in einen gefährlichen Strudel zu reden. Sie durfte nichts von dem Anruf erfahren. »Ich geh mich jetzt um den Wagen kümmern«, sagte er trotzig und stand auf.

»Ruf doch die Polizei. Lass die das erledigen. Ruh dich aus.«

»Nein, das … geht nicht. Nicht weiter schlimm. Ein Blechschaden ohne Unfallgegner. Ich habe mich nur so geärgert. Alles gut.«

»Bist du sicher?«

»Ja«, sagte er und ging.

10

Inga Björk, Europol

»Gleich da vorne«, sagte der Taxifahrer, ohne dass Björk ihn gefragt hätte, und zeigte zu einem Komplex, der sich am Ende einer lang gezogenen Kurve ausbreitete.

Ihre Augen blieben an einem anderen Gebäude hängen, das rechts davon stand und aussah, als hätte ein Kind in einen übervollen Malkasten gegriffen. Ein riesiger blauer Turm mit wuchtiger Goldkugel in der Mitte, der einem Gebäude entwuchs, dessen Fassade aus Dutzenden mosaikartigen Flächen zusammengesetzt war. Keine einzige Kante des Bauwerks war gerade. Mehrere blaue Säulen mit goldenen Kugeln am oberen Ende garnierten das Ganze und ließen es wie eine überdimensionale Geburtstagstorte aussehen.

»Hundertwasser!«, sagte der Fahrer, der sie im Innenspiegel beobachtet hatte. »Müllverbrennung.«

Björk hob kurz die Augenbrauen, wunderte sich über den absurden Zusammenhang, konnte sich aber zu keiner Reaktion durchringen. Von Hundertwasser hatte sie schon gehört. Doch Kunst war gerade das Letzte, was sie interessierte. Erst recht nach den Ereignissen der vergangenen Nacht.

Sie musste wissen, was mit Christian Brand geschehen war. Wer die Schatten hinter dem Transporter waren, die sich nicht mehr regten.

Ob Brand noch lebte.

Sie senkte den Blick, klappte den Laptop zu, packte ihn in die Ledertasche und kontrollierte, ob sie die wichtigsten Dinge griffbereit hatte: den Pass, den Dienstausweis, die Brieftasche. Sie wusste, was sie gleich riskierte. Und dass sie für das, was sie vorhatte, Glück brauchte.

Als sie hielten und Björk dem Fahrer das Geld nach vorn reichte, blieben seine Augen etwas zu lange an den zart verästelten, dunklen Tattoo-Linien hängen, die sich kurz vor ihren Handgelenken im blassen Nichts verloren.

»Nehmen Sie das Geld!«, sagte sie etwas zu harsch. Dabei tat sie ihm damit einen Gefallen. Er wäre nicht der erste Mann gewesen, der gerne gewusst hätte, wie es unter ihrem eng anliegenden, weißen Oberteil mit der Tätowierung weiterging – und womöglich auf *alternative Bezahlmethoden* kam. Er hätte es bereut. »Ich brauche eine Quittung«, ergänzte sie im selben Tonfall.

Wenige Augenblicke später stieg sie die Stufen zum Vorplatz des österreichischen Bundeskriminalamts hoch und spürte, wie ihre Aufregung wuchs. Aber sie musste Klarheit haben.

Muss ich das wirklich?

Das Gute an der Hoffnung war, dass sie Optionen ließ. Klarheit war ein kaltes Schwert, das alle Hoffnung zerschlug. Aber am Ende führte kein Weg darum herum.

Sie fühlte sich schlecht. Der Flug steckte ihr ebenso in den Knochen wie der Schlafmangel. Ein unangenehmer Druck lag auf ihren Augen, und trotz der sommerlichen Temperaturen war ihr kalt. Aber nicht nur deshalb zog sie die Enden ihres Tops weit über die Handgelenke, bevor sie das Gebäude betrat, zum Empfangsschalter ging und ihren Dienstausweis hervorholte.

»Inga Björk, Europol. Herr Fogler erwartet mich«, sagte sie zu einem jungen Mann hinter Panzerglas.

Dieser nickte und griff zum Telefon. Er sprach mit jemandem, dann legte er kopfschüttelnd auf. »Herr Major Fogler ist leider gerade in einer Unterredung.«

»Für die er mich braucht«, ergänzte Björk, obwohl sie wusste, dass das nicht stimmte. Aber sie würde sich keinesfalls vertrösten lassen. Es war schon viel zu viel Zeit für ihre private Anreise draufgegangen.

»Ich fürchte, Herr Fogler ist gerade verhin…«

»Dann sagen Sie mir, wo er steckt, ich finde ihn schon«, fuhr sie dem Mann erneut über den Mund. »Hören Sie, ich bin gerade aus Den Haag eingeflogen, weil Herr Fogler mich für seine *Unterredung* angefordert hat. Er hat bestimmt kein Verständnis dafür, wenn Sie mich hier unnötig aufhalten.« Langsam wurde ihr mulmig ob all ihrer falschen Behauptungen, aber sie hoffte, dass niemand etwas bemerken würde. Je größer eine Behörde, desto weniger wusste die eine Hand, was die andere tat, und mit etwas Glück und Dreistigkeit konnte man das zum eigenen Vorteil nutzen.

Der junge Mann grübelte und sah sich unsicher um.

»Oder holen Sie mir gleich den Direktor«, verlangte sie und gab ihm damit den Rest.

»Okay. Major Fogler ist auf U2. Bitte …« Er gab dem Personal an der Sicherheitsschranke ein Zeichen.

Björk ging durch den Metalldetektor und sah ungeduldig dabei zu, wie ein Uniformierter mit blauen Plastikhandschuhen ihre Tasche durchwühlte. Sie hasste das.

»Danke«, sagte der Polizist, ohne sich weiter für sie zu interessieren.

Björk ging zu den Aufzügen, drückte den Abwärtsknopf und wartete. Je näher sie der Gewissheit kam, desto mehr graute ihr davor. Sie wollte nicht an das Bild denken, das sich in ihre Erinnerung gebrannt hatte, und doch kam es immer wieder hoch.

»Zwei Personen, verletzt oder tot hinter einem Transporter, Sophiengarten … schnell«, hatte sie der Wiener Notrufzentrale keine Minute, nachdem sie den Kastenwagen entdeckt hatte, mitgeteilt und aufgelegt. Wenige Augenblicke später waren die ersten Rettungskräfte vor Ort gewesen, dann auch Polizei und Feuerwehr. Leider hatte es Björk ein Sichtschutz unmöglich gemacht, mehr über Schicksal und Identität der beiden reglosen Körper herauszufinden.

In der Nacht hatte sie Stunden vor den Aufzeichnungen aus Wien verbracht, ohne neue Informationen gewinnen zu können. Sie durfte nicht riskieren, dass ihre heimliche Spionageaktion aufflog, weshalb polizeiinterne Quellen ausschieden. Außerdem gab es eine Nachrichtensperre. Mehr als herauszufinden, dass ein BKA-Polizist namens Fogler der Sache nachging, war bisher nicht drin gewesen.

Sie hatte noch versucht, Brand auf seinem Uralt-Handy zu erreichen – aber er ging nicht dran.

Natürlich nicht.

Die Aufzugstüren öffneten sich. Zum Glück war niemand in der Kabine. Sie trat hinein, wählte das zweite Untergeschoss und versuchte, sich auf das Bevorstehende einzustellen.

Hoffentlich lief sie nicht irgendwelchen Leuten von Europol über den Weg, die sie aus Den Haag kannten. Sie musste inkognito bleiben.

Sie hätte es sich nie verziehen, wenn sie Brand wissentlich …

Die Türen öffneten sich wieder und entließen sie in einen anonymen Gang, von dem ein gutes Dutzend ebenso anonymer Türen abging. *Die Verhör-Etage*, dachte Björk. Sie hatte solche Gänge schon von beiden Seiten des Gesetzes aus betreten. Jetzt stellte sie sich darauf ein, gleich jenen Menschen gegenüberzustehen, die Brand auf dem Gewissen hatten.

Das weißt du noch nicht.

Sie wollte nicht pessimistisch sein. Aber sie hatte gelernt, dass es besser war, das Schlimmste zu erwarten und das Beste zu hoffen. Sie erwartete, dass Brand tot war, und hoffte, dass ... *dass was?*

»Hallo?«, rief jemand hinter ihr.

Sie erstarrte und brauchte einen Moment, um die Unsicherheit zu vertreiben. Dann drehte sie sich um und sah einen Mann mit Brille, dessen Mimik Bände sprach. Sie passte hier nicht rein.

»Major Fogler?«, fragte sie zackig.

Der andere schüttelte unmerklich den Kopf, ließ sich von ihrem Tonfall aber nicht einschüchtern. »Was suchen Sie hier?«, parierte er genauso streng.

Es wäre nicht klug gewesen, ihm die Geschichte von der angeblichen Anforderung durch Herrn Fogler aufzutischen, die sie am Empfang verwendet hatte. »Inga Björk, Europol«, sagte sie, zückte ihren Ausweis und trat dem Mann entgegen. »Interne Ermittlungen. Europol ist hier?«

Der Einfall war so spontan wie hilfreich. Interne Ermittlungen klangen in Polizistenohren nach jeder Menge Ärger, dem man besser aus dem Weg ging.

»Ach so«, sagte der Mann. »Ja. Herr Boersma und Major Fogler sind aber gerade im Verhör.«

Boersma, überlegte Björk. Sie glaubte nicht, den Namen schon mal gehört zu haben. Europol war groß. Allerdings war sie selbst dort inzwischen bekannt wie ein bunter Hund, was vor allem ihrer optischen Erscheinung und deren Wirkung auf die Männerwelt zuzuschreiben war. Er durfte sie keinesfalls sehen.

»Gibt es eine Möglichkeit, das Verhör zu verfolgen, ohne ... Sie wissen schon«, deutete sie an und lächelte wieder, was ihr schon unter normalen Umständen schwerfiel.

Aber ihr Lächeln erfüllte seinen Zweck. Der Mann mit Brille überlegte kurz, schob die Unterlippe nach oben – ein untrügliches Zeichen, dass er gerade Mut fasste – und nickte. »Kommen Sie, hier entlang.«

Er führte sie zu einer Tür, die er für sie aufhielt. Mit klopfendem Herzen betrat sie den halbdunklen Raum und zwang sich, durch den Einwegspiegel in den Verhörraum zu blicken.

11

Hanna Carlsen

Sie hatte Hunger und Durst. Nicht schlimm, aber genug, um das Gefühl von Kälte und Schmerzen zurückzudrängen. Außerdem musste sie langsam aufs Klo und wusste, dass es nur eine Lösung dafür geben würde. Doch die wollte sie so lange hinauszögern, wie es ging.

Sie hatte versucht, die Augen zu schließen und gedanklich auf die Malediven zurückzureisen, was ihr vorhin schon Linderung verschafft hatte. Doch es funktionierte nicht mehr. Ihr Verstand wollte nur noch wissen, was mit ihr und den anderen vier Gefangenen geschehen würde.

Wozu waren sie hier? Was sollten die Installationen und Dominosteine? Sie hätte zu gerne an einen geschmacklosen Scherz gedacht, an eine völlig missglückte *Versteckte-Kamera*-Fernsehproduktion, doch wer Menschen entführte und in Glasröhren gefangen hielt, der machte keine Scherze.

Sie wusste mittlerweile auch, dass in allen Zylindern Leute standen. Abgesehen von dem Mann, der von oben angestrahlt wurde, konnte sie aber keine weitere Person erkennen. Sie hätte nicht mal sagen können, ob es sich um Männer oder Frauen handelte. Sie sah bloß fahle Formen, kahle Körperflächen im indirekten Licht des Scheinwerfers, der an der Decke hing. Doch wenn sie lange genug hinsah, merkte sie, dass sich diese Formen bewegten.

Ich bin eine von fünf.

So schlimm es klang, es beruhigte sie auch. Sie war von Menschen umgeben, die ihr Schicksal teilten. Der Mann gegenüber hatte sogar noch mehr Pech gehabt, weil er hell erleuchtet war und alle ihn sehen konnten.

Aber wozu?

Sie konnte keinen äußerlichen Hinweis erkennen, der ihn besonders gemacht hätte. Er war nicht groß – höchstens einen halben Kopf größer als sie selbst, und von schmächtiger Statur. Hanna schätzte ihn auf um die vierzig und damit wesentlich älter als sie. Vielleicht hatte er Familie, die ihn vermisste? Der Gedanke ließ neue Hoffnung in ihr aufkeimen. Hanna selbst würde nicht so schnell vermisst werden. Sie hatte mehrfach verkündet, dass sie länger nichts von sich hören lassen würde, damit sich keiner Sorgen um sie machte. Bestimmt galt das nicht für alle hier. Würden sie als vermisst gemeldet, womöglich mehrfach am selben Ort, würde auch der öffentliche Druck wachsen. Hanna wusste nur zu gut, wie schnell dieser Druck dazu führen konnte, dass die Behörden mehr taten als üblich. Fünf Entführte würden für ordentlichen Wirbel sorgen. Bestimmt setzte man alle Hebel in Bewegung, um sie zu finden …

Alles nur eine Frage der Zeit, dachte sie, als wieder etwas im Raum zwischen den Säulen passierte. Die Dominosteine, die bisher stoisch ihre Kreisbahnen zogen, liefen auf ein Treppchen zu, kletterten dieses hinauf, bis sich das Geschehen über ihren Köpfen abspielte und zahlreiche weitere Installationen sichtbar wurden. Es schien, als sei der ganze riesige Raum, in dem sie sich befanden, eine einzige Maschine.

Aus den kleinen Dominosteinchen, die jetzt über einen Steg liefen, wurden schnell größere, und das größte in der Reihe stieß am Ende gegen etwas Rundes, Glänzendes. *Eine Metallkugel.* Einer

Moment lang dachte sie, die Reaktion sei zum Stillstand gekommen – doch dann löste sich die Kugel, die mit einem Seil an der Decke befestigt war, aus ihrer Verankerung. Sie rollte über eine gebogene Führungsschiene, die Hanna an einen Flipperautomaten erinnerte, und schwang schließlich frei, knapp über den Zylindern, schnell und lautlos, angestrahlt vom Scheinwerfer an der Decke. Das Licht, das sich am glänzenden Metall der Kugel besonders gut streute, ließ die anderen Gefangenen immer wieder kurz sichtbar werden – wie auch das Entsetzen, das in ihren Gesichtern geschrieben stand.

12 Inga Björk, Europol

Als sie Christian Brand sah, blies sie die Luft aus und musste sich anschließend zwingen, ihre Erleichterung zu verbergen.

Er lebte.

Mehr noch: Es schien, als fehlte ihm so gut wie nichts. Ein Schnitt am Haaransatz, von Zugpflastern zusammengehalten, war der einzige äußere Hinweis auf die dramatischen Ereignisse der vergangenen Nacht.

Brand hatte sich lässig zurückgelehnt, die Hände in den Hosentaschen. Schweigend starrte er die Tischplatte vor sich an. Die alberne Brille war weg, die Kappe auch, dafür konnte man den Bartschatten mittlerweile fast schon als Dreitagebart bezeichnen.

»Was wird ihm denn vorgeworfen?«, fragte der Mann vom Bundeskriminalamt, der hinter Björk stand. Seine Frage verwirrte sie – lag sie ihr doch selbst gerade auf der Zunge.

»Hm?«, machte sie, ohne sich umzudrehen. Sie musste sich erst wieder fassen und an die Lügengeschichte von ihren internen Ermittlungen erinnern.

»Ihrem Mann … Boersma. Ist er irgendwie … in irgendetwas …«

Sie räusperte sich und hielt ihr Zwerchfell auf Spannung. »Das darf ich Ihnen nicht sagen«, antwortete sie.

»Schon klar«, sagte der andere.

Sie konnte beinahe fühlen, wie seine Blicke über ihren Körper strichen. Nicht alle Männer waren gleich. Die meisten schon.

Viel wichtiger war allerdings, was sich im Verhörzimmer abspielte. »Können wir mithören?«, fragte sie.

»Tun wir schon. Aber Sie sehen ja – die schweigen gerade um die Wette. Gleich geht alles wieder von vorne los. Wie bei einem kaputten Plattenspieler.«

»Wer ist der Vernommene?«, erkundigte sie sich unschuldig.

»Ex-Cobra-Beamter«, teilte ihr der Mann vom BKA beinahe ehrfürchtig mit. »Spezialeinheit. Hat die Seiten gewechselt.«

»Ist das so?«

»Wie bitte?«

»Steht seine Schuld schon fest?«

»Wir brauchen bloß noch das Geständnis.«

»Was wird ihm denn vorgeworfen?«

»Dafür, dass Sie mir nichts sagen wollen, sind Sie ziemlich neugierig, Frau Björk.«

Sie drehte sich halb zu ihm um und zwang sich zu einem weiteren Lächeln, das er erwiderte.

Dann sah sie wieder zur Scheibe, weil ein Geräusch aus dem Verhörraum kam. Ein Stuhl knarzte. Einer der beiden Beamten – Fogler oder Boersma – hatte sich aufgerichtet. Sie wusste nicht, wer Boersma und wer Fogler war, bis der Mann mit kreisrunder Hinterkopfglatze den Mund aufmachte. »Na dann, noch einmal von vorn«, sagte er in breitem Wienerisch. »Herr Brand, Ihnen wird zur Last gelegt, in der vergangenen Nacht zwei Männer vorsätzlich getötet zu haben. Ist das richtig?«

Björk erschrak. »Mord?«, fragte sie, mehr an sich selbst gerichtet. Sie erinnerte sich an die Aufnahmen der gestrigen Nacht. Zwei tote Körper auf der Straße, am Ende einer wilden Fahrt in einem Kleintransporter. Natürlich war das kein einfacher Verkehrsunfall gewesen. Aber Christian Brand als Hauptverdächtiger zweier Morde? Das war nicht gut. Die Erleichterung, die sie bis eben noch empfunden hatte, verpuffte.

»Doppelmord«, bestätigte der Mann hinter ihr.

Brand reagierte nicht auf die Anschuldigung.

Fogler sprach weiter: »Die Beweislage ist eindeutig. Sie wurden beim Einsteigen in den Wagen gefilmt und am Leichenfundort von den Einsatzkräften aufgegriffen und zweifelsfrei identifiziert. Wir gehen davon aus, dass Fundort und Tatort identisch sind.«

»Eigentlich hat er sich freiwillig gestellt«, kommentierte der Mann hinter Björk. »Aber der Kerl sagt kein Wort. Nicht einmal zu seiner Verteidigung.«

Das war gut, wusste sie. Der Spruch, dass alles, was man sagte, gegen einen verwendet werden konnte, war durchaus wörtlich zu verstehen. Die beste Strategie war, den Mund gar nicht erst aufzumachen, egal, zu welchem Zweck.

»Ein Mann war bei Ihnen. Wer war das?«

Brand schwieg weiterhin. Hätte Björk ihn nicht gekannt, hätte sie geglaubt, er wollte die beiden Männer provozieren. Dabei fuhr er hier eindeutig eine Strategie. Eine, die Fogler und Beersma genauso kennen mussten wie Björk und jeder Polizist mit etwas Erfahrung.

»Sie wissen, dass Sie sich selbst schaden, wenn Sie uns nicht sagen, um wen es sich handelt. Sie kennen ihn doch.«

Das Dumme an Brands Strategie war, dass ein Faktor gegen ihn spielte: die Zeit. Die Polizei konnte ihr Personal austauschen und nahezu unbegrenzt mit dem Verhör fortfahren, während der Verdächtige mit der psychischen Ausnahmesituation klarkommen musste, zu der physische Strapazen hinzukamen. Schlafmangel, Hunger, Durst, Schmerzen vom stundenlangen Sitzen.

Irgendwann brach jeder Wille. Bei der Polizeiarbeit wurden Strafprozessordnung und Menschenrechte oft großzügig interpretiert und nicht selten gebrochen. Dabei musste man Geständnisse gar nicht aus Verdächtigen herausprügeln. Es reichte, immer wieder dieselben Stellen abzuklopfen, bis die schwächste nachgab.

»Also gut.« Fogler klang resigniert. »Sie sagen kein Wort, Sie wollen keinen Anwalt, aber Sie wollen uns auch nicht verraten, wer Ihr Komplize war. Wissen Sie wenigstens, *wen* Sie da umgebracht haben?«

Keine Reaktion.

»Osteuropäer«, sagte der Mann hinter Björk.

»Osteuropäer«, sagte auch Fogler im Verhörzimmer. »Die haben eine große Familie. Sie wissen, was Sie sich eingebrockt haben?«

»Der ist eiskalt«, hörte Björk hinter sich. »Die sind darauf trainiert.«

Björk nickte, merkte aber, dass der Kerl nicht wirklich Bescheid wusste. Cobra-Beamte waren bestimmt nicht darauf trainiert, mit Verhörsituationen umzugehen. Beamte der Nachrichtendienste vielleicht.

»Gleich will Ihr Kollege wissen, wo er die Waffe versteckt hat«, prahlte der BKA-Mann.

»Wo haben Sie die Waffe versteckt?«, fragte Boersma wie angekündigt. Sein niederländischer Akzent war unüberhörbar.

»Sehen Sie?«

»Jaja, lassen Sie mich einfach zuhören.«

Der Mann hinter ihr schnaubte.

»Bitte.«

»Schon gut.«

»Im Donaukanal«, antwortete Fogler für Brand.

Worauf sich die drei Männer wieder anschwiegen.

Björk grübelte, wie sie Brand helfen sollte. *Ob* sie Brand helfen sollte. Wenn er ein Mörder war, konnte sie nichts für ihn tun. Aber sie glaubte nicht an Vorsatz oder niedere Motive. Wenn, dann musste Notwehr im Spiel gewesen sein oder ein völlig anderer Aspekt, den er verschwieg.

Der Komplize, überlegte Björk. War er der Schlüssel?

Fogler stieß die Luft aus und schüttelte den Kopf. »Die Waffe ist im Donaukanal. Wo sollte sie sonst sein?« Dann, halb dem Europol-Mann zugewandt: »Sehen Sie sich den Kerl doch an. Sieht aus wie ein Unterhosenmodel und hat bestimmt ähnlich viel Grips in der Birne. Sein Glück, dass er den Mund nicht aufmacht, sonst würden wir gleich wissen, dass bloß heiße Luft herauskommt. Kein Wunder, dass er hochkant aus der Cobra geflogen ist. Stimmt doch, oder, Brand?«

Brands Ego anzugreifen, war zwecklos. Dessen war sich Björk sicher. Doch Fogler schien einen neuen Ansatzpunkt für sein Brecheisen zu suchen.

»Ich habe Erkundigungen über Sie eingeholt, Brand. Es heißt, Sie hätten schon immer einen lockeren Abzugsfinger gehabt. Wie viele Menschen haben Sie dienstlich getötet? Sechs? … Sieben? Damit sind Sie einsamer Rekordhalter. Kommen Sie – zwei mehr oder weniger machen keinen Unterschied. Also?«

Der Mann hinter Björk gab einen erstaunten Laut von sich.

Sie drehte sich halb zu ihm um. »Was ist?«

»Das ist jetzt neu.«

Björk sah wieder zu Brand, der erstmals eine Reaktion zeigte. Er senkte den Blick und schüttelte kurz den Kopf.

Das war nicht gut. Sie hoffte inständig, dass Brand sich wieder fing. Er rang mit sich und presste die Zähne zusammen, als wollte er die Worte zurückdrängen, die ihm auf der Zunge lagen. Auch seine Gesichtsfarbe änderte sich jetzt, unmerklich, aber deutlich genug für Björk.

Fogler drängte weiter. »Angeblich haben Sie eine Psychotherapie verweigert, weil Sie nicht genug vom Herumballern kriegen konnten.«

Boersma schnalzte mit der Zunge.

Brand war wie ein Druckkochtopf vorm Explodieren. Aber die Dichtungen hielten. *Noch*, ahnte Björk.

Stille senkte sich über die Männer. Stille, die man hätte in Scheiben schneiden und als Zunder verwenden können.

»Was ist mit diesem Komplizen?«, wandte sich Björk an den Mann, der ihr offensichtlich imponieren wollte, bemüht, ihre Frage beiläufig klingen zu lassen.

»Brand war nicht allein im Transporter. Aber sein Komplize ist keiner der Toten. Der ist spurlos verschwunden. Die Bilder sind zu schlecht, um ihn identifizieren zu können.«

Björk hielt ihren Blick auf Brand gerichtet – und grinste.

Kein Bild ist zu schlecht für mich.

Fogler klappte mit einem Seufzen die Ermittlungsakte zu und sagte: »Meinetwegen. Klopause, Brand.«

Höchste Zeit zu verschwinden, wusste Björk. Und noch etwas wusste sie: dass Brand dem Druck nicht mehr lange würde standhalten können, jetzt, da Fogler seinen wunden Punkt gefunden hatte.

»Ich habe genug gesehen. Niemand darf von den internen Ermittlungen erfahren«, teilte sie dem Mann ohne Namen mit, der bloß verdutzt nickte, und verschwand, so schnell sie konnte.

13 Eric Dornhoff, Strafverteidiger

»Absagen.«

Die Referendarin schaute ihn ungläubig an. »Absagen?«

»Ich habe heute keine Zeit. Vereinbaren Sie einen neuen Termin.«

»Aber die Fristen?«

»Beantragen Sie bei Gericht eine Verlängerung. Erfinden Sie irgendwas. Zeigen Sie mir, dass mehr in Ihnen steckt als das Wissen aus der Uni, Rita.«

Sie sah etwas unbeholfen drein, nickte dann aber und ging. Er schaute ihr nach, und sein Blick blieb an einem Detail hängen, das sich die angehende Rechtsanwältin von seiner Assistentin abgeschaut haben dürfte: die Strümpfe. Die scharfe Trennlinie an der Hinterseite, die knapp unterhalb des Rocksaums in einem aufreizenden Bund endete, machte es ihm unmöglich wegzusehen. War sie etwa an ihm interessiert? War das eine Art Annäherungsversuch? Er hätte es nicht zugegeben, aber er fand Rita durchaus hübsch – ein Argument, das bei ihrer Einstellung eine Rolle gespielt haben mochte. Allerdings war sein Bedarf an Hasardspielen für heute gedeckt.

»Und machen Sie die Tür hinter sich zu«, sagte er noch und räusperte sich, weil seine Aufforderung etwas zu unfreundlich geklungen hatte.

Gleich darauf umhüllte ihn die Stille seines Büros im dreißigsten Stock des Marienturms an der Taunusanlage. Er war mit der Kanzlei erst vor wenigen Monaten in das neue Bürogebäude umgezogen. Als »ganz lautes Ausrufezeichen« hatte er die neue Adresse bei der Eröffnung bezeichnet, und dieses Ausrufezeichen schlug sich auch in der Anzahl der Mandate nieder. Bald würde er mehr Mitarbeiter und vielleicht sogar Partner brauchen, um den Ansturm bewältigen zu können. Er sah sich schon als graue Eminenz, die sich ganz aufs Repräsentieren und die wirklich wichtigen Gespräche konzentrieren konnte, während seine Lakaien die Drecksarbeit für ihn erledigten. Doch dieses Bild hatte heute früh Risse bekommen. Und auch wenn er sich aus lauter Sorge um seine Frau fast totgefahren hatte, kam es ihm nun so vor, als ob plötzlich ein Dorn in jedem Element seines Lebens steckte. Auch in seiner Ehe.

Er starrte auf das Foto von Ricarda auf seinem Schreibtisch. Liebte er sie wirklich? Oder brauchte er sie, weil sie der Kitt im Mauerwerk seines Lebens war, ohne den es wieder in seine Bruchstücke zerfiel? Wäre er ohne sie in Wahrheit heute besser dran?

Zweifellos hatte sie ihm geholfen, zu seinem neuen Ich zu finden. Eric Dornhoff, der Dealmaker. Der Mann, dessen Leben sich um Hochfinanz und Geld drehte. Was so viel angenehmer war, als das, womit er sich zuvor beschäftigt hatte.

Er musste dafür sorgen, dass er die Kontrolle über sein Leben zurückbekam. Und zu diesem Zweck hatte er in den letzten Stunden bereits einiges in die Wege geleitet.

Zum Glück hatte noch keiner die Polizei zur Unfallstelle gerufen. Der Mercedes 300 SL stand noch genauso da, wie er ihn verlassen hatte. Dornhoff hatte bloß schnell das Handy und die Kartonverpackung herausgeholt und dann seinen Versicherungsmenschen angerufen, der sich um alles Weitere kümmern sollte.

Das Mobiltelefon sowie die Verpackung ließ er gerade von einem Freund untersuchen, der bei der kriminaltechnischen Untersuchung arbeitete und ihm noch einen Gefallen schuldete.

Anschließend hatte er Maximilian Kramer kontaktiert und ihn darum gebeten, ein Auge auf Ricarda zu haben. Er hatte behauptet, er habe anonyme Drohbriefe an sie abgefangen, damit sie sich nicht unnötig sorgte. Max war sein Privatdetektiv und gleichzeitig der Mann fürs Grobe. Einer, der keine Fragen stellte, sondern Anweisungen ausführte und sich teuer dafür bezahlen ließ. Genau so jemanden brauchte er jetzt, um Ricarda in Sicherheit zu wissen und sich ganz auf die andere Sache konzentrieren zu können.

Was wollte der Anrufer erreichen? Was sollte das mit dem russischen Roulette? Was war Scherz – und was war echt?

Die Anspielung mit dem Revolver war echt.

Er zog die unterste Schublade auf, nahm das Einlagefach heraus, sperrte das Geheimfach auf und griff nach seiner Smith & Wesson. Irgendwie war er immer an Revolvern hängen geblieben. Keine andere Faustfeuerwaffe war männlicher als ein Trommelrevolver. Er bewunderte die makellose Eleganz, das glatte Metall, die edle Mechanik …

Hatte jemand das Ding in seinem Schreibtisch gefunden? Unwahrscheinlich.

Die Smith & Wesson war seine Versicherung für Notfälle. Eigentlich hatte er überlegt, sie zu entsorgen. Schließlich ging es bei seiner Kundschaft nicht mehr um Geld *oder* Leben. Es ging um Geld *und* Leben. Waffen spielten in der Hochfinanz keine Rolle. Es sei denn, man handelte mit ihnen oder betrachtete sie als Spekulationsobjekt.

Er dachte an die Worte des Anrufers zurück. *Sie können gut mit Revolvern umgehen, habe ich gehört.*

Vielleicht hatte er mal eine beiläufige Bemerkung über seine Smith & Wesson fallen lassen, irgendwann in einem Mandantengespräch oder betrunken auf einer Feier. Eine Prahlerei, die so schnell wieder vergessen war, wie sie ihm manchmal über die Lippen ging.

Außerdem ist die Waffe registriert.

Dornhoff fand immer neue Gründe, die für eine harmlose Erklärung sprachen. Waffenbesitzkarte und Waffenschein waren öffentliche Urkunden. Wer über die entsprechenden Kontakte verfügte, konnte herausfinden, dass er einen Revolver besaß. Außerdem hatte er für den Sachkundenachweis einen Lehrgang absolvieren müssen, der zwar schon ein paar Jahre zurücklag, aber bestimmt ebenfalls Spuren in irgendwelchen Datenbanken hinterlassen hatte.

Alles ganz harmlos. Ein böser Scherz eines Neiders. Kein Grund, sich Sorgen zu machen.

Mit der Smith & Wesson in den Händen überkam ihn die Lust, sie wieder einmal am Körper zu tragen. Er zog einen Mundwinkel hoch. Waffen verliehen Macht. Waffen machten einen Mann zum Mann. Ein Teil von ihm vermisste die Zeit, in der er das Haus nicht ohne den Revolver verlassen hatte. In der er jederzeit hätte einschreiten können, wenn jemand einen Überfall beging oder andere Menschen bedrohte und er zufällig als Erster vorbeikam. Eric Dornhoff, der Held. Er träumte immer wieder davon.

Er nahm die Munitionsschachtel aus dem Fach und schob sechs Patronen in die Kammern. Mit dem satten Einrastgeräusch der Trommel war die Waffe schussbereit. Er visierte die Tür an, durch die seine Referendarin vorhin verschwunden war. Ob sie gerade lauschte? Er hätte nur einen Finger krümmen müssen, um es herauszufinden.

Er stand auf, legte das Holster an, verstaute den Revolver darin und holte ein altes Sakko aus dem Schrank, das etwas weiter geschnitten war als die aktuellen, um die Ausbeulung zu kaschieren.

Gerade als er eine kleine Runde durch die Kanzlei drehen wollte – nur um festzustellen, wie es sich mit Waffe anfühlte, klingelte sein Handy. Sein KTU-Mann.

»Ach, hallo, Martin. Und?«, erkundigte er sich beschwingt.

»Nichts«, kam prompt Martin Schulmanns Antwort.

»Wie – nichts?«

»Null. Keine Abdrücke, ziemlich sicher keine DNA außer deiner. Da hat sich jemand viel Mühe gegeben.«

Dornhoff war enttäuscht. Liebend gerne hätte er sich gleich auf die Jagd gemacht. »Und das Handy?«

»Ausländische Wertkarte. Unmöglich zurückzuverfolgen.«

»Was ist mit Verbindungsdaten?«

»Nicht ohne richterliche Verfügung. Weißt du doch.«

»Läuft es wenigstens wieder?«

»Nein. Ich bin kein Elektroniker, aber für mich sieht es nach Totalschaden aus. Bist du sicher, dass dich jemand darauf angerufen hat?«

»Glaubst du vielleicht, ich bin blöd?«

Schulmann schwieg.

»Kannst du gar nichts tun?«, fragte Dornhoff freundlicher.

»Ich könnte das Ding weitergeben, an ...«

»Auf gar keinen Fall«, unterbrach er den KTU-Mann und ärgerte sich. Welchen Teil von *absolut diskret* konnte man eigentlich missverstehen? »Sonst nichts?«

»Doch ... eine Zahl.«

»Wie – eine Zahl?«

»Na, eine Zahl eben. Handgeschrieben. Unter dem Akku.«

»Gib sie mal durch«, sagte Dornhoff und notierte acht Ziffern auf ein Post-it. Zuerst konnte er nichts damit anfangen. Dann las er sie noch einmal. Und wusste im selben Moment, was sie bedeuteten.

Es war ein Datum.

Das Datum.

»Eric? Bist du noch dran?«

Plötzlich zitterte er. Musste sich hinsetzen. All die Selbstsicherheit, die ihm die Waffe verliehen hatte, war verpufft. Er starrte auf das Post-it, das in seinen Gedanken ein solches Gewicht bekam, dass es ihn nicht gewundert hätte, wenn es gleich die Schreibtischplatte durchbrach.

Sie können gut mit Revolvern umgehen, habe ich gehört.

Keiner der harmlosen Gründe, die er sich aus den Fingern gesaugt hatte, traf zu.

Das alles geschah aus dem einen Grund, der nicht harmlos war.

Dornhoff drückte Schulmann weg. Mehrere Minuten lang saß er auf seinem Chefsessel, als hätte ihn jemand auf Stand-by geschaltet. Er war wie gelähmt, körperlich und geistig, konnte nichts tun, nichts denken, nichts fühlen.

Irgendwann klingelte das Telefon auf seinem Schreibtisch und holte ihn in die Gegenwart zurück. Er musste weitermachen. Auch wenn er sich viel lieber verkriechen wollte. Den Kopf in den Sand stecken und nie wieder auftauchen. Doch das hätte alles bloß noch schlimmer gemacht.

Er musste herausfinden, wer dieser Anrufer war. Und dann musste er die Sache ein für alle Mal erledigen.

Er ging zum Barschrank, genehmigte sich einen doppelten Grappa und goss sich einen weiteren nach.

Als das Zittern weg war, griff er zum Smartphone.

14 Benjamin Sommer, 7

Wir fahren und fahren und fahren. Obwohl ich lauter Sachen mache, die ich sonst nie tun darf, gefällt mir dieser Papatag überhaupt nicht. Außerdem mag ich nicht so lange im Auto sitzen. Manchmal wird mir davon nämlich schlecht. Heute nicht. Dafür rast Papa richtig, und das will ich nicht, weil es mir Angst macht.

Wir sind auf der Autobahn. Das weiß ich, weil alle Autos in dieselbe Richtung fahren und sich ständig überholen. Heute überholen wir aber alle anderen, und die Welt fliegt nur so an uns vorbei.

»Papa, wohin fahren wir denn?«

»Das kennst du nicht.«

»Ist es was Schönes?«

»Nein.«

»Aber wieso fahren wir dann hin?«

»Ich kann nicht fahren und gleichzeitig erklären. Ich muss mich konzentrieren.«

»Fahren und telefonieren tust du aber wohl.« Vorhin hat er es nämlich schon wieder gemacht. Danach hat er sogar auf dem Handy herumgetippt und überhaupt nicht auf die Straße gesehen.

»Ich muss aufs Klo.«

»Mach in die Windel.«

»Aber ich habe doch keine Windel mehr an!«, protestiere ich. »Windeln sind nur was für Babys!«

Papa sagt nichts. Als wäre er im Kopf ganz woanders.

»Ich muss aber echt aufs Klo. Außerdem habe ich Hunger.«

Jetzt schnaubt Papa wie ein Pferd, genau wie ich vorhin. »Von mir aus«, sagt er dann, und bald darauf halten wir tatsächlich an und gehen auf ein niedriges Haus am Rand des Autobahnparkplatzes zu. Als ich das lustige Münzauto davor sehe, erinnert mich das an Mama, die mich immer damit fahren ließ, beim Einkaufen zum Beispiel.

»Papa, darf ich? Hast du Geld? Bitte!«

Er schüttelt den Kopf und sagt: »Du bist doch schon zu groß dafür. Musst du jetzt aufs Klo oder nicht? Hör zu: Wir gehen jetzt da rein, du erledigst dein Geschäft, und ich besorge uns was zu essen. Ich bin gleich wieder da.«

Ich will nicht ohne Papa aufs Klo gehen, schon gar nicht zu den Männern, weil ich da alleine viel zu viel Angst habe, aber Papa verschwindet bereits im Laden. Ich stampfe auf den Boden und möchte am liebsten etwas kaputt machen. Aber das würde Mama nicht gefallen, und ich weiß genau, dass sie mir von oben zusieht.

Vielleicht sollte sie Papa auch zusehen. Vielleicht würde er dann wieder netter sein. Aber zum Weiterdenken komme ich nicht, weil ich jetzt echt dringend muss. Eilig verschwinde ich in einer der Kabinen.

Bald darauf fahren wir wieder. Papa hat mir eine Pizzastange und ein Eis besorgt. Ich halte das Eis in der einen und die Pizzastange in der anderen Hand. Papa hat nichts. Ich will ihm was abgeben. Aber er schaut nur nach vorne und gibt so viel Gas, wie er kann.

Ich beiße abwechselnd in die Pizza und lecke am Eis. Das

durfte ich noch nie, und es ist lustig und schmeckt gut, aber alles wird dreckig, und meine Hände kleben. Das Eis rinnt überall hin, und dann fällt mir auch noch der Belag von der Pizza herunter, sodass ich nur noch ein Teigstück in der Hand habe.

Ich will etwas sagen, doch da klingelt Papas Handy, und er greift sofort hin. Er ist ganz aufgeregt; er schwitzt und hat einen roten Kopf.

»Hallo?«, sagt er und hört dann eine Weile zu. Dabei schüttelt er den Kopf und wird plötzlich laut: »Sie haben mir gar nichts vorzuschreiben! Wegen Ihnen habe ich alles verloren! Alles! Entweder Sie folgen meinen Anweisungen, oder ich gehe morgen früh zur Polizei und alles kommt raus!«

Als ich »Polizei« höre, erschrecke ich. Ich weiß, dass die eigentlich nett sind, aber trotzdem habe ich vor ihnen Angst.

Papa telefoniert immer weiter und sagt Erwachsenensachen. Dann schreit er wieder. Ich mag keinen Schreipapa. Ich singe ein Lied, damit ich ihn nicht höre. Dann muss ich schon wieder aufs Klo, aber ich sage nichts. Papa würde bloß wieder schimpfen.

Er wirft das Handy auf den Mamasitz. Wütend. Ich sehe sein Gesicht im Innenspiegel. Er schaltet vom vierten in den dritten Gang und bremst. Wir fahren von der Autobahn runter, aber wir drehen bloß um und sind dann in der verkehrten Richtung wieder auf der Autobahn drauf.

»Ich will heim«, sage ich.

»Das geht jetzt nicht mehr.«

»Aber du hast mir versprochen, dass wir Papatag machen.«

»Das können wir unterwegs genauso gut!«

»Aber Autofahren ist blöd!«

»Blöd ist, wer Blödes sagt.«

»Du bist blöd.«

»Halt deinen Mund.«

»Mama war viel lieber als du.«

»Sei still, oder ich schmeiße dich raus.«

»Mir doch egal.« Ich kann einfach nicht anders. Es wird immer bloß noch schlimmer, wenn ich den Mund aufmache, und bei Papa auch.

»Pass auf, wie du mit mir redest, oder es wird nie wieder einen Papatag geben.«

»Du bist der blödeste Papa auf der Welt! Ich hasse dich! Ich will zu Mama!«

Ich stoße ihn durch die Lehne in den Rücken. Ich schreie und weine. Ich strampele und schlage mit den Händen auf seine Kopfstütze.

Plötzlich höre ich, wie unter uns die Reifen quietschen. Der Gurt hält mich zurück, sonst würde ich nach vorne purzeln, so fest bremst Papa.

Aber wir sind doch mitten auf der Autobahn! Ich weiß genau, dass man auf der Autobahn niemals stehen bleiben darf. Aber Papa tut genau das. Ich mache große Augen und schaue nach vorne. Papa lenkt den Wagen an die Seite. Ich will etwas sagen und mich schnell entschuldigen, aber ich bringe kein Wort heraus.

Papa schnallt sich ab und kommt zu mir nach hinten. Ich hebe meine Arme und halte sie mir vors Gesicht.

Aber er haut mich nicht. Er umarmt mich ganz fest in meinem Sitz und sagt: »Du bist das Wichtigste auf der Welt. Ich würde dir niemals wehtun. Vergiss das nie, hörst du? Alles wird gut. Alles wird gut.«

15 Inga Björk, Europol

Björk fuhr zu Christian Brands Wohnung hoch, die sich im obersten Stockwerk eines Wohnhauses in der Neubaugasse befand, einem fünfgeschossigen Bau, der noch zu kaiserlich-königlichen Zeiten entstanden sein dürfte. Das verschwenderisch große Treppenhaus hatte genügend Platz für den nachträglichen Einbau eines Aufzugs gelassen. Auch wenn das Teil nicht sehr vertrauenerweckend aussah mit seiner Holzkabine und den vielen schmiedeeisernen, filigranen Verstrebungen, war es doch besser, damit zu fahren, als auf dem Weg nach oben die zahlreichen Wohnungstüren zu passieren, hinter denen immer jemand stehen und sich wundern konnte, was sie hier zu suchen hatte.

Vor einer Stunde war Björk noch beim Sophiengarten gewesen, den sie bisher nur aus den Videoaufnahmen kannte, um die Örtlichkeiten mit eigenen Augen zu sehen. Wo genau hatte der Transporter gestanden, wo hatten die beiden Menschen gelegen, für deren Tod Brand angeblich verantwortlich war? *Osteuropäer*, fiel ihr wieder ein. Fogler vom Bundeskriminalamt hatte das Wort betont, als sei es etwas Unanständiges, aus dem Osten Europas zu kommen. Björk wusste, wie schnell einem die Herkunft eines Menschen den Blick verstellen konnte – im Positiven wie im Negativen. Dabei mochte es durchaus wahrscheinlich sein, dass die beiden an der Kunstfälscher-Sache beteiligt waren.

Der Besuch des Fundortes hatte nichts Neues gebracht. Vom Transporter war nichts mehr zu sehen gewesen. Eine große Wasserlache auf dem Asphalt deutete noch auf die Blutspuren hin, die von der Feuerwehr notdürftig weggespritzt worden waren. Rund um den Garten gab es zahlreiche Versteck- und Fluchtmöglichkeiten. Man konnte am Donaukanal bleiben und schnell nach Norden oder Süden gelangen, sich unter der nahen Rotundenbrücke verbergen, ostwärts im Wiener Prater oder westwärts im Häusermeer des Bezirks Landstraße untertauchen.

Brand hatte keine dieser Möglichkeiten genutzt. Er hatte sich den Behörden gestellt und galt jetzt als Hauptverdächtiger. Allerdings hatte die Polizei noch zu wenig gegen ihn in der Hand. Das Geständnis fehlte, die Tatwaffe ebenso, und ziemlich sicher war den Beamten auch das Motiv ein Rätsel.

Der Aufzug hielt oben an. Björk schob die Eisentür auf und verließ das alte Ding nicht ohne eine gewisse Erleichterung.

Auf der Etage gab es nur zwei Wohnungstüren. Sie musste nicht lange nach der von Brand suchen – es war die mit dem polizeilichen Siegel und dem aufgebohrten Schloss. Genau wie sie erwartet hatte. Die Sache war heiß, und das Bundeskriminalamt verschwendete keine Zeit.

Sie holte ihre Schlüssel aus der Tasche und zerschnitt damit das Siegel. Mit den Fingerknöcheln drückte sie die Tür auf und trat ein.

Der Geruch von Farbe war das Erste, was sie registrierte. Sie wunderte sich nicht, wusste sie doch, dass Brand schon lange malte, glaubte sogar, dass er ihr von einem abgebrochenen Kunststudium erzählt hatte. Ebenso wenig wunderte sie sich über das Chaos überall. Die Kollegen waren bei der Durchsuchung nicht zimperlich gewesen und hatten keine Zeit damit verschwendet, die Sachen wieder an ihren Platz zu stellen. Jede Schublade, jeder Schrank, jedes Behältnis schien durchwühlt worden zu sein, im Gang, im Bad, in der Küche, im Schlafzimmer – und auch im Wohnzimmer, das Björk zuletzt betrat.

Sie ließ ihren Blick über das Chaos gleiten. Über die Couch, die unzähligen Farbtöpfe, die Pinsel, die Weinflaschen, die heruntergebrannten Kerzen, die vollen und die leeren Leinwände und …

Sie erstarrte, als sie das Bild sah. Das einzige im ganzen Raum, das an der Wand hing.

Sie hing an der Wand.

Brand hatte sie in Acryl auf eine riesige Leinwand gebannt. Nackt und gefesselt, die Gliedmaßen zu einem großen X gespreizt.

Sie wusste sofort, welche Szene das war.

Aber Brand hatte sie nicht bloß irgendwie gemalt. Die Ausführung war detailreich, lebensecht, schonungslos. Björk war ein Opfer und doch keins. Sie erkannte ihr schwarzes Baum-Tattoo, das aus ihrem Bauchnabel quoll und sich über den gesamten Körper erstreckte, damit es all die anderen Tätowierungen, die sie nie wieder sehen wollte, verdeckte. Der Baum war so detailreich ausgeführt, dass man meinen konnte, sie hätte Brand dafür tagelang Modell gestanden.

Er hätte ihn nicht besser treffen können.

Er hätte *sie* nicht besser treffen können.

Zitternd trat sie an das Bild heran, hob die rechte Hand und legte die Fingerspitzen auf die schwarze Farbe. Schloss die Augen und ließ sich von den Linien über das Gemälde leiten. Sie fühlte die rohe Wut, mit der Brand es gemalt hatte. Die Leidenschaft. Die Energie …

Sie fühlte – und sie verstand.

Das hier war nichts Sexuelles. Es waren die Dämonen in Brands Kopf. Und die in ihrem eigenen. Es war das, was sie zusammen durchgestanden hatten und noch so viel mehr. Es war Wut auf die Welt. Aber auch Schönheit. Göttlichkeit. Es war … alles.

Sie hörte auf zu atmen. Senkte den Arm und trat einen Schritt zurück. Öffnete die Augen wieder.

Stand da und sah.

Sah.

Bis sie gewaltsam aus ihrem Zustand gerissen wurde.

Sie hörte Schritte im Treppenhaus, die rasch lauter wurden. Hatte sie die Tür offen gelassen? Die Tür, die eigentlich versiegelt sein sollte? Wie viel Zeit hatte sie sinnlos mit diesem Bild verschwendet?

Sie wurde wütend. Nicht auf Brand, sondern auf sich selbst. Kaum schenkte ihr ein Künstler seine Aufmerksamkeit, schmolz sie dahin. Dabei wusste sie es eigentlich besser.

Die Schritte im Treppenhaus verstummten. Einige Sekunden lang hörte sie nichts. Dann drehte sich ein Schlüssel im Schloss. Eine fremde Tür, die sich öffnete und wieder zufiel.

Stille.

Sie stieß die Luft aus.

»Schwerenöter«, tadelte sie den imaginären Brand, wissend, dass er keiner war. Doch sie wollte sich nicht länger mit dem Wie und Warum dieses Bildes auseinandersetzen. Sie verließ das Wohnzimmer, schloss die Eingangstür und begann, seine Wohnung systematisch zu durchsuchen. Nicht nach Computern, Tagebüchern oder anderen Dingen, die das Bundeskriminalamt bestimmt längst mitgenommen hatte.

Sie suchte nach etwas, mit dem nur sie etwas anfangen konnte.

Sie brauchte nicht lange, um es zu finden.

16 Hanna Carlsen

Seit dieses große Kugelpendel seine Kreisbahnen über ihren Köpfen zog und das Licht in alle Richtungen streute, konnte Hanna die anderen Gefangenen gut sehen. Aus Scham hatte sie anfangs ihre Intimzonen bedeckt. Allerdings führte das in der engen Glasröhre zu Verrenkungen, die sie keine fünf Minuten durchgehalten hatte. Genau wie die anderen gab auch sie sich schließlich den fremden Blicken preis. Die Aufregung der anderen war greifbar, jetzt, wo jedem klar sein musste, wie viele sie waren und wie schutzlos sie den Plänen eines Unbekannten ausgeliefert waren.

Sie waren drei Frauen und zwei Männer. Hanna glaubte nicht, die anderen jemals gesehen zu haben. Allerdings war sie sich nicht sicher. Wenn Menschen ihre Persönlichkeit durch einen simplen Haarschnitt verändern konnten, dann verlieh ihnen eine Totalrasur eine völlig neue Identität. Bestimmt hätte sie nicht einmal ihre beste Freundin erkannt, wäre sie in der Fußgängerzone kahl geschoren an ihr vorbeispaziert. Hannas Haare waren glatt, lang und pechschwarz gewesen. Nun waren sie fort.

Ihr Hunger war stärker geworden, noch mehr aber ihr Durst. Sie versuchte, Speichel zusammenzusaugen und zu schlucken, aber das funktionierte nicht gut. Irgendwo hatte sie mal gelesen, dass Durst erträglicher wurde, wenn man etwas unter die Zunge legte, und sei es nur ein Kieselstein – doch sie konnte sich kaum rühren. Wie sollte sie da irgendetwas finden, geschweige denn in den Mund stecken? Es war Ironie des Schicksals, dass sie trotzdem die Blase drückte, so sehr, dass sie dem Druck schließlich nachgeben musste. Gänsehaut überzog ihren ganzen Körper. Sie wollte schreien und heulen, doch das hätte nur weitere Energie verpuffen lassen, also fügte sie sich ihrem Elend.

Je länger sie dort stand, desto weniger Hemmungen hatte sie, zu den anderen hinzusehen. Ihre Gefährten gingen unterschiedlich mit der Situation um. Eine der beiden anderen Frauen hatte sich umgedreht und ihnen den Rücken zugewandt. Sie hielt den Kopf gesenkt und ihr Körper zuckte, woraus Hanna schloss, dass sie weinte, es aber niemandem zeigen wollte. Der zweite Mann schien zwischendurch das Bewusstsein verloren zu haben, weil er mehrere Minuten lang in unnatürlicher Pose in seinem Zylinder hing – genau wie Hanna, bevor sie wieder zu sich gekommen war. Mittlerweile hatte er sich aufgerichtet, schien aber jeden Blickkontakt zu den anderen meiden zu wollen, ganz anders als die dritte Frau und der Mann, der in der hell erleuchteten Röhre stand. Die beiden kommunizierten irgendwie. Die Frau formte Zeichen mit ihren Fingern, und er schickte Zeichen zurück. War das Gebärdensprache? Oder das Fingeralphabet? Hanna beherrschte weder das eine noch das andere. Sie konzentrierte sich ganz darauf, konnte aber nicht einmal den Bruchteil eines Satzes oder irgendeine Bedeutung aus den Zeichen herauslesen.

Ob die zwei sich kannten? Waren sie womöglich ein Paar? Was mochten sie aushecken – und wie konnte Hanna ihnen dabei helfen?

Sie wollte, nein: Sie musste etwas tun. Um sich bemerkbar zu machen, schlug sie gegen das Glas – doch außer ohrenbetäubendem Wummern bewirkte sie damit nichts. Sie bewegte sich, soweit sie es schaffte, drehte sich und stellte sich auf die Zehenspitzen, doch die Leute waren bloß mit sich selbst beschäftigt.

Plötzlich hatte sie dennoch den Eindruck, beobachtet zu werden. Sie reckte den Kopf und sah, wie der Mann, der zwischendurch ohnmächtig gewesen war, sie anstierte. Seine müden Augen sandten eine eindeutige Botschaft: *Gib auf – es ist zwecklos.*

Aber das konnte Hanna nicht. Sie starrte mit weit aufgerissenen Augen zurück und schüttelte den Kopf, doch er reagierte nicht. Offenbar hatte er sich mit seinem Schicksal abgefunden. Und das machte Hanna wütend.

Sie wandte ihren Blick ab und zählte innerlich bis zehn. Dann sah sie sich erneut um. Aus der Fingersprache der zwei Mitgefangenen wurde sie nicht schlau, doch vielleicht konnte sie wenigstens einschätzen, was weiter geschehen würde. Sie konzentrierte sich ganz auf den Raum, in dem sie waren. Die Decke erinnerte sie immer mehr an ein Gewölbe. Von den Installationen, die überall standen und hingen, hatte sich bisher nur ein Bruchteil bewegt. Also konnte die Kettenreaktion noch eine ganze Weile laufen – Stunden, vielleicht sogar Tage. Hanna sah Metallkugeln, Eimer und andere Behälter unterschiedlicher Größe, Zahnräder, Seile und Metallgestänge – und überall dazwischen, wie die Lebensader der Maschine: aufrecht stehende Dominosteine. Wer auch immer sich das ausgedacht hatte, musste unendlich viel Zeit und Energie dafür aufgebracht haben. Aber wozu? Und was hatte er jetzt mit ihr vor?

Hanna ahnte, dass die fünf Zylinder der zentrale Bestandteil der Maschine waren. Zurzeit kreiste nur dieses große Kugelpendel zwischen ihnen, doch es verlor zusehends an Bewegungsenergie und Höhe, sodass es sich mittlerweile schon auf Brusthöhe befand und immer kleinere Kreise zwischen den Zylindern zog. Es näherte sich der Mitte, dem Tischchen, von dem ganz zu Beginn das Handy heruntergefallen war. Irgendwann würde die Kugel dagegen stoßen und es umwerfen.

Als Hanna dieses Tischchen näher betrachtete, sah sie, dass es mit einer Mechanik verbunden war, die in direkter Linie auf den Mann im Licht zuführte.

17 Inga Björk, Europol

Das Taxi verließ die Stadt Richtung Norden. Die Häuser waren hier niedriger und luxuriöser, die Landschaft grüner als ohnehin schon. Wien war unfassbar grün. Bäume, Parkanlagen, sogar einzelne landwirtschaftliche Flächen gab es noch, in Lagen, die man nicht für möglich hielt.

Auch die prächtigen Weinberge, die jetzt vor dem Taxi in die Höhe wuchsen, hatte Björk nicht erwartet. Weinberge waren für sie ohnehin ein exotischer Anblick, den sie viel eher mit Italien oder Frankreich verband als mit Österreich. Aber das war unwichtig.

»Wie weit ist es noch?«, fragte sie den Fahrer, der auf seinem Navi herumspielte, bevor er antwortete: »Ein Kilometer.«

»Zweihundert Meter vor der Adresse bleiben Sie stehen, und zwar so, dass uns keiner sieht.«

Wenn ihn ihre Anweisung wunderte, so ließ er es sich nicht anmerken. »Sonst noch was, Captain?«, fragte er scherzhaft.

»Ja. Warten Sie hier eine halbe Stunde. Sollte ich bis dahin nicht zurück sein, fahren Sie wieder.«

»Ich kann auch die Polizei anrufen, wenn Sie wollen.«

»Keine Polizei.«

»Verstehe.«

Tust du nicht, dachte Björk.

Wenig später hielt der Wagen an, im Sichtschatten einer Baumallee. »Da vorne«, sagte der Fahrer und zeigte zwischen den Stämmen hindurch zu einem prächtigen Anwesen, das von Bäumen umsäumt war. Dennoch konnte man die herrschaftliche Villa gut erkennen, die wie der Traum jedes Neureichen aussah, samt gepflastertem Einfahrtsweg und Springbrunnen auf dem Vorplatz.

»Sicher?«

»Ihre Adresse.«

Björk entspannte ihre Stirn, die sich vor Erstaunen in Falten gelegt hatte, bezahlte das Fahr- und Wartegeld, stieg aus und folgte der Straße zum Anwesen. Sie hielt ihre hellbraune Ledertasche nahe am Körper und gab sich alle Mühe, so unauffällig wie möglich zu sein – was für eine hell gekleidete, hochgewachsene Skandinavierin mit blondem Kurzhaar inmitten grüner Weinberge nicht ganz einfach war.

Dumme Idee.

Statt auf Geheimagentin zu machen, hätte sie sich einfach am Einfahrtstor absetzen lassen sollen. Aber sie wollte niemanden vorwarnen. Sie wettete, dass die Polizei noch nicht vor Ort gewesen war. Dass Brand dem Druck standhielt, den Fogler und Boersma auf ihn ausübten. Sonst hätte es hier jetzt bestimmt schon anders ausgesehen.

Sie legte die letzten paar Meter zum Haupttor zurück, das ihr höchstens bis zum Bauchnabel reichte und so aussah, als sollte es vor allem größere Wildtiere vom Eindringen abhalten, während Menschen jederzeit willkommen waren. Auch Kameras fehlten. Es schien nicht einmal eine Alarmanlage zu geben. Nichts wirkte so, als wollte sich hier jemand vor der Welt verschanzen.

Also beschloss auch sie, es nicht komplizierter zu machen als nötig, und drückte den rostigen Klingelknopf am Tor.

Eine Weile passierte nichts, also läutete sie nochmals.

»Ja?«, rief jemand, nicht aus der Villa selbst, sondern von schräg daneben, in gut dreißig Metern Entfernung. Wegen der vielen Bäume sah Björk ihn erst, als er sich in seiner blauen Arbeitsmontur bewegte.

Sie nickte zum Gruß und deutete auf das geschlossene Tor vor sich.

Der Mann warf einen Blick auf den alten Traktor, an dem er gerade schraubte, als müsste er sich entscheiden, was wichtiger war: der Traktor oder seine Besucherin, bevor er mit einer wegwerfenden Geste nach einem Putztuch griff und auf sie zukam. Er hinkte. *Die Hüfte*, dachte Björk. Viel interessanter war aber sein Gesicht. Weil es ihr verriet, dass sie hier richtig war.

»Wir kaufen nichts«, sagte er vorauseilend, bereit, auf dem Absatz kehrtzumachen, wenn sie ihm keinen guten Grund gab, bis zum Tor vor zu kommen.

»Ich habe nicht vor, Ihnen etwas zu verkaufen«, gab sie zurück.

Er kam näher. »Schweden, oder?«, fragte er lächelnd. Der Faltenkranz um seine Augen ließ ihn sympathisch wirken.

Björk nickte.

»Der Ab-Hof-Verkauf ist weiter oben. Am Ende der Straße, direkt beim Betrieb.«

»Ich will keinen Wein kaufen.«

»Sind Sie liegen geblieben?«

Sie verstand den Ausdruck nicht. »Wie meinen Sie das?«

»Hatten Sie eine Autopanne?«

»Ach so, nein.«

Er hob die Augenbrauen. »Was dann?«

Sie sagte leiser: »Ich möchte etwas mit Ihnen besprechen. Kann ich reinkommen?«

Er sah sich um, als könnte jemand etwas dagegen haben. »Sie

sehen ja, ich bin voller Öl und Schmutz, und meine Frau ist beim Einkaufen.«

»Darf ich trotzdem?« Sie musste den sprichwörtlichen Fuß in die Tür bringen, bevor sie weitermachte.

»Also gut. Aber passen Sie auf, dass Sie nirgendwo drankommen und sich Ihre schönen Sachen ruinieren.«

Der Mann machte einen unfassbar freundlichen Eindruck. Das Leben schien ihm vorwiegend sonnige Tage geschenkt zu haben. Björk beneidete ihn darum.

»Also, wie kann ich Ihnen helfen?«, fragte er mit einem Hauch von Ungeduld in der Stimme, als sie auf dem Grundstück stand.

»Sie sind allein hier?«

»Wie wär's, wenn Sie mir erst einmal Ihren Namen verraten?«

»Verzeihung. Inga Björk«, stellte sie sich vor und spähte verstohlen zu den Fenstern der Villa hinüber, doch sie konnte niemanden dahinter erkennen.

»Inga Björk. Aus Schweden«, wiederholte er.

»Richtig.«

»Hier bei mir. Nicht, um Wein zu kaufen, und auch nicht wegen einer Autopanne. Das muss mein Glückstag sein.«

»Können wir bitte ins Haus gehen?«

»Wozu?«

Sie sah ein, dass sie ihm irgendeinen Grund liefern musste. Wieder entschied sie sich für die unkomplizierte Variante – die Wahrheit. »Ich muss mit Erich Langthaler sprechen. Er ist Ihr Sohn, richtig?«

Die Miene des Mannes verfinsterte sich. Er grübelte, als wäre die Vaterschaft noch nicht restlos geklärt. Dabei besaß er eine auffallende Ähnlichkeit mit jenem Mann, dessen Foto sie in Brands Wohnung gefunden hatte. Dem Unbekannten, der gestern Abend zu Brand gestoßen war. Dem *Komplizen*, wie Fogler ihn nannte. Die Polizei hatte ihn nicht erkannt. Sie schon. Mit dem Foto aus Brands Wohnung und ein paar Recherchen zu Brands Vergangenheit war es ein Kinderspiel gewesen, seinen Namen herauszufinden.

»In welcher Angelegenheit?«, fragte Björks Gegenüber. Die Sonne, die dem Mann vorhin noch aus dem Gesicht geschienen hatte, war hinter dunklen Wolken verschwunden.

»Das würde ich ihm gerne selber mitteilen. Können wir?«

»Jaja … bitte«, willigte der Mann zögernd ein und ging ihr voraus. Das Gehen bereitete ihm sichtlich Schmerzen. Dennoch legte er ein beachtliches Tempo vor. Als sie den Springbrunnen passiert hatten und die Treppe zur Eingangstür hinaufstiegen, bat er Björk, draußen zu warten.

»Ich würde wirklich lieber …«

»Jaja«, sagte der Mann wieder, trat ins Haus und knallte ihr die Tür vor der Nase zu.

»*Fan helvete*!«, fluchte sie und rüttelte am Knauf – erfolglos. Drinnen rief der Mann etwas, das viel zu wienerisch klang, als dass sie es hätte verstehen können. Aber der Tonfall war deutlich genug. Der Alte wusste Bescheid und warnte gerade seinen Nachwuchs.

Und ich bin allein.

»Hey! Hören Sie! Ich will Ihnen bloß helfen!«, schrie sie, ballte die Faust und hämmerte gegen die Eingangstür, die so massiv war, dass ihre Schläge ohne erkennbare Wirkung blieben. Sie drückte die Klingel, läutete Sturm – als sie ein neues Geräusch hörte. Ein Brummen, irgendwo an der Seite oder hinterm Haus.

Das war nicht gut.

Ein Motor röhrte auf und Reifen quietschten.

Björk hastete die Treppen hinunter und sprintete los, als hätte sie keine halbhohen Schuhe an, als trüge sie keine Sachen, die nicht zum Laufen gemacht waren, als gäbe es keine Tasche, die ihr beim Rennen gegen die Seite schlug. Sie schleuderte sie mitsamt dem Laptop darin weg. Aus dem Augenwinkel sah sie etwas Rotes, das rasch hinterm Haus hervorkam und gleich ihren Weg kreuzen würde, dort, wo die Garagenzufahrt in den Vorplatz mündete. Mit einem letzten Satz sprang sie in seine Bahn.

Der Wagen war ein Porsche 911.

Der Fahrer Erich Langthaler.

Sein Blick der eines Tieres.

18 Benjamin Sommer, 7

Ich habe einen vollen Bauch vom McDonald's. Papa hat mir ein Happy Meal mit Chicken McNuggets und Pommes gekauft. Die waren gut, die Spielsachen blöd. So blöd wie dieser ganze Tag.

Wir haben ewig auf irgendwas gewartet, und Papa ging immer wieder zum Telefonieren raus. Dabei habe ich heimlich von seiner Cola getrunken. Warten geht bei McDonald's viel besser als im Auto. Weil immer was passiert. Leute kommen, bestellen ihr Essen, bezahlen, machen Quatsch und lachen. In der Küche funkeln Bleche, Menschen wuseln herum, und es scheppert und zischt. Aber irgendwann ist auch das langweilig.

Zum Glück sind wir dann wieder gefahren und fahren immer noch. Ich glaube nicht, dass ich schon einmal so viel an einem einzigen Tag herumgefahren bin.

Papa ist schon wieder stinkig, ich merke es genau, und deshalb bleibe ich still. Obwohl ich total traurig bin, dass wir keinen Papatag gemacht haben. Dabei hat er es mir doch versprochen! Ich hoffe bloß, dass ich bald fernsehen darf. Und schlafen. Ich will heute nicht einmal mehr Sterne gucken und auch keine Gutenachtgeschichte hören.

Draußen sieht es leider gar nicht nach zu Hause aus. Hier wohnen nämlich keine Menschen. Es wird bloß gearbeitet, das sehe ich sofort, weil alles niedrig ist und staubig und es nichts gibt außer Baumaschinen und Hallen. Bloß die Arbeiter fehlen, weil es jetzt nämlich schon zu spät ist zum Arbeiten. Trotzdem steht die Sonne gerade noch am Himmel und scheint mir von der Seite ins Gesicht.

Papa hat eine lustige Kappe auf und außerdem noch eine Brille. Dabei braucht er gar keine! Ich staune, wie anders er damit aussieht. Genau wie ich, eigentlich.

»Du weißt, was wir besprochen haben, Benni«, sagt er zum tausendsten Mal und schaut mich im Rückspiegel an.

»Ja«, sage ich lang gezogen und schnaufe. Unser Spiel macht mir überhaupt keinen Spaß mehr.

»Du darfst es niemals vergessen.«

Ich sage nichts.

»Hast du gehört?«

»Ja-ha!«

»Das ist mein großer Junge.«

Ich schüttele heimlich den Kopf. Ich habe wieder Angst vor den bösen Männern, zugleich geht mir aber auch alles auf die Nerven.

Er fährt durch eine Einfahrt auf ein großes Gelände mit riesigen Maschinen und gigantischen Steinbergen. Ich staune und überlege, ob dieser Papatag doch noch was werden könnte, weil wir zum Beispiel gleich in den riesigen Bagger dort drüben einsteigen und mit den Steinen spielen. Aber Papa fährt daran vorbei und hält dann hinter einem Container, der so aussieht wie die auf den Schiffen, die Sachen aus China zu uns bringen, genau wie in meinem Erklärbuch.

»Bleib hier und rühr dich nicht«, sagt Papa streng und steigt aus.

»Aber ich kann ja gar nichts sehen!«, protestiere ich.

»Besser so«, sagt Papa, was ich nicht verstehe. Dann ist er fort.

Da reicht es mir. Ich stoße wütend gegen seinen Sitz. Ich mag nicht mehr. Will nicht länger tun, was Papa sagt. Dämliches Spiel. Da draußen stehen die tollsten Baumaschinen, und ich sehe nur die blöde Wand. Auf der anderen Seite ist bloß Wiese und vorne schon der nächste Container.

Vielleicht ist ja hinten was?, überlege ich und drücke auf den roten Knopf, mit dem der Gurt aufgeht. Das darf ich, weil wir nicht fahren. Der Gurt schnellt zurück, und ich drehe mich um, gehe auf die Knie und stelle mich dann hin, aber auch hinter uns ist keine von den tollen Maschinen zu sehen.

Ich schnaube wieder wie ein Pferdchen, dann schaue ich mich im Auto um, ob ich etwas finde, womit ich spielen kann. Ich sehe Teddy. Der ist voll mit Eis und muss dringend eine Runde in der Waschmaschine fahren, aber ich nehme ihn trotzdem. Obwohl ich keine Lust habe, mit ihm zu spielen. Ich entdecke Papas Tasche auf dem Mamasitz. Wenn Stifte drin sind, kann ich vielleicht was für ihn malen. Er freut sich nämlich immer, wenn ich ihm was male, obwohl Malen eigentlich auch langweilig ist.

Ich klettere nach vorne und gucke nach, aber da sind nur irgendwelche Seiten mit ganz viel Schrift drauf, die ich nicht bemalen darf. Außerdem gibt es nirgends einen Stift. Dafür aber seinen neuen Ausweis. Ich habe auch einen bekommen, den ich in einer Tasche um meinen Hals herum tragen muss, unter meinem T-Shirt, weil das zum Spiel gehört. Aber ich bin so sauer, dass ich nicht länger an das Spiel denken kann. Also ziehe ich die Seiten aus der Tasche und versuche, Teddy etwas vorzulesen. Ganz oben entziffere ich den Namen des Krankenhauses, in dem Mama ein Engel geworden ist. Dann finde ich Mamas Namen. Bettina. Ich muss mich fest anstrengen, um die nächsten Wörter zusammenzubringen. »Toxikologisches Gutachten«, lese ich ganz langsam und wiederhole die Wörter mehrmals, immer schneller, worauf ich stolz bin. Ein richtiges Erwachsenenwort. Ich versuche noch ein paar Zeilen weiterzukommen, bleibe an einem Wort hängen, das ich nicht verstehe – *Gebrocur* –, und verliere die Lust. Erwachsenensachen sind doof. Am liebsten mag ich Geschichten, die ich sofort kapiere und die ein gutes Ende haben.

Ich schiebe die Zettel in die Tasche zurück und stelle sie weg. Dann setze ich mich auf den Mamasitz, nehme Teddy auf meinen Schoß, schlenkere mit den Beinen und schaue in alle Richtungen hinaus. Von Papa sehe ich nichts, obwohl mittlerweile schon zehn Minuten vergangen sind, vielleicht sogar eine Stunde.

Ich warte, starre raus, spiele mit der Gangschaltung, ziehe an der Handbremse und löse sie wieder, bis auch das langweilig wird. Ich bohre in der Nase und versuche einzuschlafen, aber es funktioniert nicht. Ich schnaube wieder wie ein Pferdchen.

Aber dann kann ich nicht mehr. Wirklich nicht mehr.

Ich *muss* raus.

Ich bin mir sicher, dass Papa mich versteht. Vielleicht wird er mich schimpfen, aber er würde mir nie etwas tun.

»Entschuldige, Mama!«, sage ich schnell und schaue nach oben. Dann setze ich Teddy auf den Mamasitz, damit er gut aufs Auto aufpassen kann, steige über die Handbremse auf den Papasitz hinüber und mache die Tür auf. Nur ein kleines Stück, nur so weit, bis ich durch den Spalt passe. Ich werfe sie nicht wieder zu, weil das bloß Krach machen würde. Krach machen nur die, die nicht wissen, wie Schleichen geht.

Bevor ich um den Container biege, gucke ich ums Eck. Aber da ist niemand. Ich sehe nur die Baumaschinen. Und den riesigen Steinhaufen. Von dort oben kann ich bestimmt noch viel mehr sehen, vielleicht sogar Papa, ganz sicher aber die ganze Baustelle mit den Baggern und den Riesenfahrzeugen mit den Ladeflächen hinten drauf.

Geduckt husche ich zum Steinhaufen. Ich setze einen Fuß hinein und merke, dass die Steinchen groß genug sind, um hochzukommen. Ich nehme einfach meine Hände zu Hilfe. Schnell klettere ich höher, ich habe überhaupt keine Angst.

Bald bin ich so hoch, dass ich lieber nicht mehr hinunterschaue, bloß noch zur Seite und in die Ferne, vor allem aber direkt nach vorne. Ich überlege, wie ich wohl wieder hinunterkommen werde, aber auf dem Popo geht alles, das weiß ich genau. Ich fühle mich richtig groß und bin total stolz auf mich.

Tatsächlich schaffe ich es bis an die Spitze, die sich ganz leicht flach drücken lässt, sodass ich mich darauf setzen kann. Ich lege meinen Kopf in den Nacken und sehe, dass ein langes Metallding direkt über mir endet. Bestimmt kommen so die Steine auf den Haufen. Nur im Moment nicht, weil die Bauarbeiter Feierabend haben.

Gerade als ich das denke, fällt ein klitzekleines Steinchen herunter und trifft mich an der Stirn. »Aua!«, rufe ich und reibe die Stelle, aber es ist nicht schlimm. Ich überlege, ob es wirklich klug war, hier hochzuklettern. Wahrscheinlich nicht. Ich will schon wieder runterrutschen und mich ins Auto verdrücken, als ich jemanden reden höre. Ganz leise. Also drehe ich mich um, bis ich ihn sehe.

Es ist Papa!

Mit seinem Hut und der komischen Brille. Er steht zwischen zwei großen Baufahrzeugen. Aber da ist noch jemand. Ein Mann, den ich nicht kenne. Die beiden fuchteln aufgeregt mit den Händen und reden richtig laut. Es klingt, als ob sie sich nicht mögen, aber ich verstehe nicht, was sie sagen.

Plötzlich rutsche ich den Haufen hinunter und rudere wie verrückt mit den Armen. Zum Glück kann ich mich gerade noch fangen und krabbele schnell nach oben, damit ich Papa wieder sehen kann.

Etwas kracht laut.

Ich zucke zusammen und wäre beinahe erneut abgerutscht, aber ich schaffe es bis zum Gipfel. Ich schaue hinunter.

Papa ist hingefallen und bewegt sich nicht mehr. Der andere Mann hat eine Hand in Papas Richtung ausgestreckt, aber es sieht nicht so aus, als wenn er ihm hochhelfen will. Er hält etwas, das er gleich darauf unter seine Jacke steckt. Dann geht er schnell weg und verschwindet hinter einer Baumaschine.

Papas Kopf schaut komisch aus. Eine Seite ist ganz dunkel. Außerdem ist die Kappe weg.

Ich rutsche den Steinhaufen runter. Unten renne ich zu Papa, doch kurz bevor ich bei ihm ankomme, bremse ich und bleibe stehen.

Das Dunkle ist ein Loch in seinem Kopf, aus dem ganz viel Blut kommt. Ich schaue auf die falsche Brille, die total schief auf seiner Nase sitzt.

Ich will etwas tun, aber ich weiß nicht, was. Ich kann nur hinschauen, immer nur hinschauen.

Als das Blut nicht mehr ganz so schnell aus dem Kopf herauskommt, mache ich die letzten zwei Schritte, bücke mich und sage leise: »Papa!« Ich stupse ihn an, aber er reagiert nicht. Ich ziehe ihm die Brille weg. Seine Augen sind offen wie die von Mama im Krankenhaus, und er schaut genauso durch mich durch wie sie damals.

Ich höre einen Motor. Wahrscheinlich von einem Auto, aber ich kann es nicht sehen. Steine knirschen, das Auto hält an. Eine Tür geht auf, etwas klirrt, die Tür geht wieder zu, und das Auto rauscht davon. Dann ist alles still.

Genauso still wie ich.

19 Christian Brand

»Aufstehen! Mitkommen!«, befahl einer der beiden Beamten, die seine Zellentür aufsperrten.

Brand ahnte, dass es das letzte Mal sein würde, dass man ihn abholen kam. Sein Körper wollte schlafen. Immer weiterschlafen. Nie wieder wach sein müssen. Brand hätte nie geglaubt, welchen Einfluss der körperliche Zustand auf seinen Willen nehmen konnte. Bisher hatte er immer gedacht, es sei umgekehrt.

»Los jetzt!«, sagte der andere und zog ihn unsanft hoch.

»Lassen Sie mich!«, schimpfte Brand und riss sich los.

Die Folge war ein Schlag in die Seite, der ihn zusammenzucken ließ.

»Hände auf den Rücken!«

Brand gab nach. Er hatte ohnehin schon verloren. Dieser Fogler wusste genau, dass er ihn am Haken hatte. Man hatte ihm bloß eine kurze Pause gegönnt, weil die Menschenrechtskonvention gewisse Mindeststandards verlangte, die man wenigstens zum Schein wahren wollte. Doch demnächst konnten alle hier Feierabend machen.

Wenn Brand sich noch ein einziges Mal anhören musste, wie ihm die Toten aus seiner Dienstzeit vorgeworfen wurden – die Toten, für die es keine Alternative gegeben hatte, als tot zu sein, weil sonst noch viel mehr Leute tot gewesen wären –, würde er Fogler an die Gurgel springen. Ihm die Nase brechen. Worauf sich dieser erst einmal um sich selber kümmern musste und Brand schlafen konnte. Falls das schiefging, würde er eben eine Geschichte erfinden, irgendwas, damit sie endlich zufrieden waren. Ein falsches Geständnis, das sie eine Weile beschäftigen würde und das er später immer noch widerrufen konnte.

Toller Plan, dachte er in einem Anflug von Sarkasmus.

In seinem Rücken klickten die Handschellen. Der Typ, der ihn hochgezogen hatte, packte ihn und schob ihn aus der Zelle hinaus in den Gang. Widerwillig ließ sich Brand in Richtung Vernehmungszimmer leiten.

Sie bogen um die Ecke. Gleich wären sie da …

Doch jetzt war etwas anders als sonst. Fogler stand draußen vorm Vernehmungszimmer, statt zusammen mit Boersma hereinzuplatzen, wenn Brand bereits eine Zeit lang gewartet und im eigenen Saft geköchelt hatte.

»Ah, Brand. Was für eine Überraschung.«

Überraschung? Am liebsten hätte er dem Kerl gleich hier sein Knie in die Weichteile gerammt.

Dabei schien Fogler es gar nicht ironisch zu meinen. »Sie gehen ein Zimmer weiter, Brand«, sagte er, und im Vorbeigehen: »Scheint, als sei heute Ihr Glückstag.«

Brand verstand nur Bahnhof. Die beiden Beamten, die ihn begleiteten, schoben ihn vor die nächste Tür und klopften an. Ein jüngerer Mann, den Brand bisher noch nicht gesehen hatte, öffnete. »Kommen Sie, Meister«, sagte er und holte ihn ins Halbdunkel des Beobachtungsraums, von dem aus er das Vernehmungszimmer sehen konnte.

»Sie können sich bei Ihrem Schicksal bedanken«, deutete der Mann jetzt ebenfalls an, dass es wohl etwas gab, über das Brand sich freuen sollte.

Aber er freute sich nicht. Im Gegenteil.

»Was zum Teufel …«

»Psch … Hören Sie einfach zu, Brand.«

Im Vernehmungszimmer wurde gesprochen. Brand verstand zwar die Wörter, doch sie wollten sich in seinem Kopf nicht zu einem sinnvollen Ganzen zusammenfügen.

Nichts hier machte Sinn.

Das Blut schoss mit Hochdruck durch seine Venen, angereichert von viel zu viel Adrenalin. Er spürte, wie Gluthitze in seinen Kopf stieg.

»Herr Langthaler, sind Ihre Daten soweit korrekt?«, fragte Fogler.

»Ja«, sagte der Mann, der auf gar keinen Fall hier sein sollte.

Genauso wenig wie die Frau, die rechts neben Fogler Platz genommen hatte. Obwohl Brand sie nur von hinten sah, war jeder Zweifel ausgeschlossen.

Es war Inga Björk.

»Was zum *Teufel*?«, wiederholte Brand.

»Ruhe!«, blaffte eine Stimme mit unverkennbar niederländischem Akzent. Boersma. Brand hatte ihn gar nicht gesehen – er stand schräg hinter ihm, in einer dunklen Ecke.

Boersma … Europol … Inga Björk … Europol …

War Björk etwa von Beginn an bei der Aktion mit dabei gewesen? Hatte *sie* ihm diese Falle gestellt? Rabenschwarze Gedanken stiegen in ihm auf und ließen ihn an seinen Handschellen reißen, was zu nichts weiter führte als Schmerzen.

Erich Langthaler wirkte wie ein gehetzter Hund. Brand sah auf den ersten Blick, dass sie ihn dranhatten. Das durfte nicht sein. Weil dadurch zerbrechen würde, was nicht zerbrechen durfte.

Freundschaft und Vertrauen.

Brand schloss die Augen, aber sofort war Erich wieder da. Er war in allerletzter Minute aufgekreuzt und hatte alles abblasen wollen. Alles, womit Brand ihm den Arsch gerettet hätte.

Es hätte klappen können. Trotz der Überwachung. Er hätte es geschafft. Wäre Erich nur nicht aufgetaucht …

Verdammt, Erich, hau ab!

Nein, du verschwindest, Chris, und zwar sofort! Ich hätte dich da nie mit reinziehen dürfen. Gib mir das Bild, nun mach schon!

Die bringen dich um, Erich. Du weißt nicht, wozu … verdammt, verschwinde jetzt!

Ich sage ihnen, dass es eine Verwechslung war.

Die wollen keine Erklärungen, Erich. Die sind gefährlich.

Ich komme schon klar. Los, her mit dem …

Nimm deine Finger weg, sofort! Hey, lass los!

Der Wagen, wie aus dem Nichts. Die offene Schiebetür. Erich, der von eisernen Händen gepackt und hineingerissen wurde. Er, der ihm nachsprang. Quietschende Reifen, aufheulender Motor, gebrochenes Deutsch. *Eine Falle. Überall Polizei. Ihr habt uns in eine Falle gelockt. Das werdet ihr büßen.*

Die Flucht, viel zu schnell. Fliehkräfte, die an allem und jedem rissen. Das Bild, das wild im Fahrzeuginneren herumflog. Plötzlich die Pistole in Erichs Händen.

Verdammt, Erich, steck die sofort wieder weg! Sofort! Hey, no rush, no rush, all good, all good! Stop!

Erichs Augen, in wilder Entschlossenheit.

Der Sprung nach vorne, über die Sitzreihe hinweg, die Hand ausgestreckt nach Erichs Waffe. Die unerwartete Fliehkraft. Der Stoß gegen den Kopf.

Der Schuss, der sich löste.

Die Dunkelheit.

Hey, Chris! Hat's dich erwischt?

Nein, nein … was ist? … Wo sind wir?

Am Donaukanal.

Was ist mit denen? Sag nicht …

Die wollten türmen, Chris. Ich konnte sie doch nicht …

Du hast sie … Du hast sie von hinten abgeknallt?

Aber sie hätten doch …

Was hätten sie, Erich? Was? … Du bist verrückt. Du bist tot, Erich! Tot!

Die werden nie wieder jemandem gefährlich werden.

Das übernehmen ihre Brüder. Die werden dich erledigen, Erich. Morgen, übermorgen. Hör zu, verschwinde. Hau ab!

Wir verschwinden zusammen, Chris. Komm! … Hey!

Fass mich nicht an, du Idiot! Hör mir zu. Hau ab. Die wissen bloß, wer ich bin. Ich kann mir selbst helfen. Wenn du leben willst, machen wir es wie vereinbart. Verdammt, warum bist du bloß aufgetaucht? … Okay, okay. Hau ab, Erich. Wirf die Waffe weg. Geh heim und tu so, als wärst du nie hier gewesen.

Aber du …

Mir können sie nichts nachweisen. Ich melde mich in ein paar Tagen. Niemand darf uns zusammen sehen. Also verschwinde endlich! Los!

Er hatte Erich einen Tritt verpassen müssen, damit er es endlich kapierte.

Doch jetzt saß Erich da und machte alles zunichte.

Machte *sich* zunichte.

»Ist Ihre Aussage soweit richtig protokolliert?«, fragte Fogler und deutete auf das Blatt Papier, von dem er eben abgelesen hatte. Es war ein vollumfängliches Geständnis, das Brand zugleich vollumfänglich entlastete.

»Ja.«

»Dann unterschreiben Sie. Hier.«

Erich Langthaler nahm den Kugelschreiber, den Fogler ihm reichte.

»Nein!«, rief Brand und stieß mit dem Kopf gegen die Scheibe. Es wummerte. Das Glas schwang nach. Hände rissen Brand nach hinten.

»Das hat doch keinen Zweck«, sagte Boersma. »Seien Sie froh, dass Björk Ihren Freund erkannt hat.«

Brand wusste, dass er Erich aus der Sache herausbekommen hätte. Wenn dieser nicht so unglaublich dumm gewesen wäre ... und immer noch war ... Selbst die beiden Morde hätte er irgendwie ...

»Mist, verdammter!«, schrie Brand und trat um sich, bis beide Männer ihn zusammen auf den Boden zwangen und dort fixierten, bis er keine Kraft mehr hatte.

Erich war sein bester Freund.

Sein *einziger richtiger* Freund.

Jetzt war für Erich alles vorbei.

»Wir können nicht Schicksal spielen, wie wir wollen«, sagte Boersma, und: »Jeder ist für seine Taten selbst verantwortlich.«

Völlig unerwartet stiegen Brand die Tränen in die Augen. Trauer erfasste ihn. Weil er wusste, dass Erich verloren war. Dass er nichts mehr für ihn tun konnte.

Die Polizei würde das Weingut seiner Eltern durchsuchen, wenn sie es nicht längst getan hatte. Dort würde man die Beweise finden, die Erich eindeutig mit den Kunstfälscher-Clans in Verbindung brachten. Den Clans, vor denen Brand ihn bewahren wollte, indem er sich selbst als Kontaktmann für eine letzte Übergabe anbot.

Sie würden Erich töten. Vielleicht schon vor der Verurteilung. Oder später, im Knast. Mit viel Glück erst am Tag der Entlassung. Aber Erich war ein Todeskandidat, der bloß noch so lange leben durfte, wie andere ihn leben ließen. Er würde nie wieder unbeschwert sein. Nie wieder mit Brand zusammen das Leben feiern. Nie wieder …

Da sagte Boersma noch etwas: »Seien Sie froh, dass Inga Björk sich eingeklinkt hat. Ohne ihre Hilfe hätten wir den Mann nie so schnell identifiziert.«

20 Benjamin Sommer, 7

Ich halte Papas Hand. Ich schaue immer wieder zum Loch in seinem Kopf, zum Blut in seinem Gesicht, in seinen Augen und auf seinen Wangen und an seinem Hals und auch sonst überall.

Ich weiß, dass er jetzt ein Engel ist. Genau wie Mama. Aber ich spüre nichts. Ich denke, ich sollte weinen, aber das geht irgendwie nicht. Es ist, als wäre ich in mir selber drin und könnte nicht mehr aus mir heraus.

Dabei kriege ich alles mit. Geräusche zum Beispiel.

Irgendwo knistert und knackt es nämlich. Außerdem riecht es ganz komisch. Weil es immer lauter wird, raucht und dann auch stinkt, drehe ich meinen Kopf hin und sehe, dass schwarze Luft hinter dem Container aufsteigt, und mir fällt ein, dass dort ja unser Auto steht.

Das Papaauto brennt.

Zuerst denke ich, dass ich gar nichts dagegen tun kann, weil nur die Feuerwehr Feuer löschen kann. Aber die Feuerwehr ist nicht da, und ich weiß nicht, wie ich sie rufen soll.

Dann fällt mir plötzlich Teddy ein. Er kann zwar dreckig werden und jeden Sturz überstehen, aber ein Feuer überlebt er nicht.

Teddy darf kein Engel sein.

Ich rappele mich auf die Füße und laufe um den Steinhaufen

herum zum Container. Jetzt ist das Knistern ganz laut, und es knallt auch immer wieder.

Der Rauch kommt mir entgegen. Ich muss husten. Trotzdem sause ich weiter ums Eck, wo mich die Hitze fast umwirft. Ich weiche schnell zurück, kann mich aber nicht vom Anblick des brennenden Autos losreißen. Es qualmt schon überall heraus. Besonders aus der Papatür, die ich einen Spalt weit offen gelassen habe, damit ich keinen Krach mache. Aber auch auf der anderen Seite. Ich gehe ums Auto herum und sehe, dass hinten in dem Fenster, wo ich sitze, ein großes Loch in der Scheibe ist.

Ich muss Teddy unbedingt rauskriegen. Teddy darf nicht auch noch ein Engel werden. Als ich mir das vorstelle, merke ich, wie sich mein Bauch zusammenzieht. Ein schlechtes Gefühl fährt in meine Arme und Beine. Ich weiß, dass ich Teddy beschützen muss. Genau wie meine Mama mich beschützt.

Ich renne zur Mamatür. Es wird ganz heiß, und ich muss wieder husten, weil ich Rauch einatme. Ich fasse die Mamatür an und reiße die Finger gleich wieder weg. Der Griff ist wie eine heiße Herdplatte.

Ich stelle mich auf die Zehenspitzen, aber ich sehe Teddy nicht, weil alles schwarz ist. Überall sind Flammen, und das Feuer im Auto ist schon richtig lebendig. Es tanzt und lauert und schaut mich durchs Fenster an wie ein Tier.

Ich muss Teddy retten.

Ich ziehe noch mal am Griff, ganz fest, und ich schreie vor Schmerz und Angst, und die Tür geht auf, und es knallt, und das Feuertier springt mich an.

21 Henning Mahler, Straßenbahnfahrer

Nach einem anstrengenden Tag auf den Straßen Münchens war Mahler endlich zu Hause und aß die Tiefkühlpizza, während er vor seinem PC saß und sich eine Staffel *South Park* reinzog. Wie immer hatte er zu viel Hunger und zu wenig Geduld gehabt, um die Pizza richtig heiß und knusprig auf den Teller zu bekommen. Das Teil war labbrig und in der Mitte eiskalt. Aber wie schon sein Vater immer sagte: Hunger ist der beste Koch, und wer viel arbeitet, muss auch viel essen. Woher das Essen kam und wie es schmeckte, war bei Mahlers immer zweitrangig gewesen. Genau wie das Familienleben. Heute setzte Henning die Tradition fort, wenn auch aus ganz anderen Gründen als sein Vater, der früh Witwer geworden war und nie wieder geheiratet hatte.

Die Kinder hatten schon geschlafen, als er von seiner Schicht in der Stadt nach Hause gekommen war. Auch Maja schlief bereits. Die Zwillinge beanspruchten sie so sehr, dass sie jede freie Sekunde für sich brauchte. Ihr letzter Sex lag mindestens ein Jahr zurück, irgendwann weit vor der Geburt. Mittlerweile hatte er kaum noch das Bedürfnis, mit ihr zu schlafen. Das freche Grinsen, das ihn immer so angemacht hatte, war Pausbacken gewichen, gegen die sie nichts tun konnte, weil sie keine Zeit für Sport fand. Seit sie wegen seines Jobs in die Stadt gezogen waren, hatten sie niemanden zum Aufpassen, und einen Babysitter konnten sie sich nicht leisten. Der Großteil seines Gehalts ging für die Miete drauf. Dabei mussten sie noch froh sein, überhaupt eine Wohnung gefunden zu haben – ein Privileg, das mit seiner Anstellung bei den städtischen Verkehrsbetrieben verbunden war.

Mahler nahm einen großen Schluck Bier und biss vom nächsten Pizzastück ab. Er wusste, dass er gerade wie der Assi aus der Dokusoap aussah und man ihm jederzeit den Hartz-IV-Empfänger abgekauft hätte. Dabei schuftete er Vollzeit und ließ sich beschimpfen und verspotten, von Leuten, die immer mehr durchzudrehen schienen. Er aber musste stets souverän bleiben, während er mit einem Bein im Knast und mit dem anderen im Shitstorm stand, weil ihn wieder irgendwelche Bengel provozierten und andere es filmten. Klar gab es auch schöne Erlebnisse. Dienste an den Tagesrandzeiten zum Beispiel, wenn die Stadt schlafen ging oder sich noch einmal umdrehte und nur Sonderlinge und Leute wie er draußen waren. Hin und wieder bekam er sogar ein Dankeschön oder Trinkgeld. Doch insgesamt schien die Welt den Verstand zu verlieren.

Rocky kam wieder und bettelte. Wie jeden Abend musste Mahler noch mit ihm raus. Hätte er gewusst, dass sie in die Stadt ziehen würden, hätte er sich keinen Hund angeschafft. Oder wenigstens keinen Labrador Retriever, dessen Leben sich nur um eine Frage drehte: Wo gibt's was zu fressen? Rocky sorgte ständig für Ärger. *Rocky hat gebellt, Rocky hat unser Grillfleisch gestohlen*, Rocky hat dies, Rocky hat das. Aber was sollte er machen? Er konnte ihn ja schlecht in der Trambahn mitnehmen, und Maja war mit den Zwillingen so beschäftigt, dass sie ihn tagsüber bloß in ihren kleinen Garten lassen konnte, aus dem er schon mal ausbüxte. Mahler hatte mit dem Vermieter wegen eines Drahtzauns geredet, doch der hatte bloß bedauernd mit den Schultern gezuckt.

Wieder kam der Hund, stemmte sich am PC-Gehäuse hoch und schob die Schnauze auf die Tischplatte, bereit, sich ein Pizzastück zu schnappen, aber zu viel Angsthase, um es ohne einen letzten Blick zum Rudelführer zu riskieren.

»Nein!«, rief Mahler gerade so laut, dass er niemanden aufweckte, und schob Rockys großen Kopf vom Tisch. »Platz! Sofort!«

Rocky trottete zwei Meter davon, drehte sich um und wartete mit Trauermiene auf die nächste Gelegenheit.

Der Ton des Videostreams brach ab. Rocky legte den Kopf schief, als hätte er etwas entdeckt, was ihn interessierte. Mahler drehte sich wieder zum Bildschirm und stutzte. Einen Moment lang glaubte er, es gehörte zu der *South-Park-Folge,* doch es hätte überhaupt nicht reingepassst.

Was soll das?, wunderte er sich über den Wolfskopf, der ihn anstarrte. Darunter stand: DIE NACHT.

Mahler drückte auf *Escape,* um den Vollbild-Modus zu verlassen, aber der Wolf blieb. Er klickte ein paarmal mit der Maus, links wie rechts, ebenfalls ohne Ergebnis. Schließlich tat er, was alle taten, wenn sie an diesem Punkt angekommen waren: Er hielt den Ein- und Ausschalter gedrückt, bis sich der Computer abschaltete und neu starten ließ. Während der Rechner hochfuhr, wehrte Mahler den nächsten Pizza-Angriff seines Hundes ab und war erleichtert, als der Windows-Startbildschirm erschien. Er tippte das Passwort ein, das zugegebenermaßen verbesserungswürdig war – *123456* –, und wollte gerade den Internet-Browser neu starten, als der Bildschirm wieder schwarz wurde und der Wolfskopf erschien. DIE NACHT, las er. Darunter stand jetzt ein Countdown, der 1:34 anzeigte und im Sekundentakt nach unten zählte.

Mahler überlegte. Er kannte kein Spiel oder Computerprogramm, das sich so verhalten hätte. Es lief auch nicht über den

Browser, sondern legte sich wie ein schwarzes Tuch über den gesamten PC-Bildschirm und blockierte jeden Versuch, es zu schließen …

Wie ein Virus, dachte er mit wachsender Besorgnis. Er hatte Updates und Computerüberwachung auf ein Minimum reduziert, weil er irgendwann das Gefühl hatte, sich mehr mit dem System beschäftigen zu müssen, als damit arbeiten zu können oder sich davon unterhalten zu lassen. Die meiste Zeit über war er auf vertrauenswürdigen Seiten unterwegs. Okay, hin und wieder waren auch Pornoseiten dabei, aber nur die großen, und wenn er mal auf eine Anzeige klickte, dann höchstens aus Versehen.

Der Countdown fiel unter dreißig Sekunden.

Hatte Maja es verbockt? Sie benutzten denselben Zugang, und Maja war ziemlich unbedarft und sorglos im Internet unterwegs. Sie war bereits auf dubiose Anbieter reingefallen, die sie um mittelgroße Geldsummen erleichtert hatten. Irgendwann war der Virenmelder angesprungen, und Maja hatte ihn verzweifelt angerufen und gefragt, was sie jetzt machen solle. Ja, Maja musste es verbockt haben. Wenn sie wach war, würde er ihr die Bescherung zeigen und sie fragen, wie sie das in Ordnung bringen wollte. Datensicherung gab es keine, und all ihre Fotos lagen auf dieser Festplatte …

Der Countdown näherte sich dem Ende. Wie bei einem Raketenstart zählte Mahler die letzten zehn Sekunden mit. Die Null blieb stehen, doch weiter passierte nichts.

Mahler hörte Rockys Krallen auf dem Parkett.

»Nein, Rocky!«, sagte er im selben Moment, als das Wolfsfoto verschwand und ein Mann auf dem Bildschirm erschien. Er war hell erleuchtet und stand aufrecht in einer Glasröhre, ähnlich jener, die manchmal in TV-Shows verwendet wurden, um Kandidaten nach herumwirbelnden Geldscheinen greifen zu lassen oder sie aus anderen Gründen von der Umwelt abzuschotten. Aber diese Glasröhre war viel enger. Der Mann konnte sich kaum bewegen, und außerdem war er splitterfasernackt.

Mahler spürte, wie sein Gesicht errötete. Vielleicht hatte es doch mit den Pornoseiten zu tun, die er manchmal besuchte, um sich Erleichterung zu verschaffen. Er stand nicht auf perverses Zeug. Aber BDSM konnte schon mal unter seinen Suchanfragen sein.

Das Bild schnitt in eine Totale um, die den Zylinder mit dem Mann von oben zeigte, dazu aber noch vier weitere, die in einem Kreis angeordnet waren, jeweils drei oder vier Meter vom nächsten entfernt. Obwohl diese Zylinder nicht beleuchtet waren, konnte man doch erahnen, dass sich weitere Menschen darin befanden. Viel mehr als ihre Glatzen, die sich hin und wieder bewegten, sah man aber nicht.

Im Raum zwischen ihnen schwang ein Pendel, ähnlich dem einer Standuhr. Unzählige feinlinige Bahnen auf dem Boden ließen die Einstellung fast wie eine Computerplatine aussehen, wobei sich auch der Vergleich mit einem mechanischen Uhrwerk aufdrängte.

Mahler stellte sich vor, was gleich passieren würde. Vielleicht bestimmte das Pendel, wer es mit wem treiben sollte? Oder, noch besser: Eine Domina kam und lieh sich einen der Gefangenen aus, um … *was* mit ihm zu machen?

Mahler spürte seine Erregung. Er hörte, wie sich der Hund die restliche Pizza schnappte. Es war ihm egal. Langsam fasste er an seinen Gürtel und öffnete ihn. Im selben Moment kam ein Mann mit dunkler Maske ins Bild und starrte ihn an.

Die Maske war schlicht und glänzend schwarz. Weil der Mann außerdem eine Kapuze trug, wirkte er automatisch bedrohlich. Die Kameraeinstellungen, die bis eben zu sehen gewesen waren, befanden sich jetzt auf einem Bildschirm im Hintergrund.

»Willkommen in der Nacht«, sagte der Maskenmann mit verfremdeter Stimme, die nach den Bösewichtern aus *Stargate* klang. »Ich bin Nachtmann. Ich bin ein Mörder, aber die Morde werden erst geschehen. Die fünf Menschen, die Sie gerade gesehen haben, befinden sich in meiner Gewalt. Sie da draußen an den Bildschirmen können diese Fünf gleich vor dem sicheren Tod bewahren.«

Mahlers Erregung verschwand so schnell, wie sie gekommen war. Trotzdem hatte der Mann seine volle Aufmerksamkeit.

Die Totale kam ins Bild. Mahler sah das Pendel und die Glatzköpfe in den Zylindern.

Der Maskenmann sagte: »Die Ereigniskette läuft von selbst, und sie läuft immer weiter. Das Schicksal der Fünf ist bereits besiegelt. Man könnte sagen: Sie leben noch, sind aber schon tot. Nacht für Nacht wird einer von ihnen sterben – es sei denn, es gelingt irgendwem da draußen, eine meiner Aufgaben zu erfüllen. Schaffen Sie es, bringe ich die Maschine sofort zum Stillstand, und alle sind gerettet. Schaffen Sie es nicht, ist einer dran, und die anderen bekommen morgen die nächste Chance. Sie könnten aber bereits in dieser Nacht, schon in wenigen Augenblicken, alle fünf Kandidaten auf einmal retten.«

Mahler spürte, wie seine Arme zu kribbeln begannen.

»Bereit für die erste Aufgabe?«

»Ja!«, sagte er, als hätte Nachtmann seine Frage direkt an ihn gerichtet.

Der erste Nackte kam wieder in Großaufnahme.

»Kandidat Nummer eins hat sich an kleinen Jungs vergriffen, wurde aber aus Mangel an Beweisen freigesprochen. Er terrorisiert seine ganze Nachbarschaft. Die Menschen haben Angst um ihre Kinder, doch solange er kein weiteres Kind anfasst, kann die Polizei nichts gegen ihn unternehmen.«

Mahler sah sich den Typen genauer an. Er traute ihm sofort zu, ein Kinderschänder zu sein. Wieso, wusste er selbst nicht genau.

Am ehesten hätte er ihn als unauffälligen Durchschnittsmenschen beschrieben, wenn man sich mal die rasierte Glatze wegdachte. Durchschnittsgesicht, Durchschnittsbauch, Durchschnittspenis. Aber genau solche waren es ja meistens. Leute, mit denen man jahrelang Wand an Wand lebte, bevor die schrecklichen Dinge herauskamen, die nebenan passiert waren. Mahler stellte sich vor, was diese Kreatur mit seinen Zwillingen anstellen würde. Wie groß die Furcht seiner Nachbarn sein musste …

Den soll ich retten? Niemals!, dachte er. Rocky jaulte, weil er Gassi gehen wollte, doch Mahlers Aufmerksamkeit galt nur noch dem Geschehen auf seinem Computerbildschirm.

Der Maskenmann kam wieder ins Bild. »Bedenken Sie: Sie wissen nicht, wer die anderen Kandidaten sind, ob sie ebenfalls den Tod verdienen oder nicht. Fakt ist: Sie haben weder zu essen noch zu trinken und werden nicht alle durchhalten können. Je eher Sie eine Aufgabe lösen, desto größer wird die Chance, dass sie überleben. Hier kommt die erste Aufgabe …« Nachtmann legte eine rhetorische Pause ein, die er sich von Castingshows abgeschaut haben musste. Mahler hasste diese künstliche Spannung, ohne die es aber offensichtlich nicht mehr ging. Nachtmann schaltete eine Taschenlampe an und hielt ein Stück Papier hoch, das er von hinten beleuchtete. Dunkle Ziffern erschienen, die eine Zahl bildeten. *Eine Handynummer*, erkannte Mahler sofort. »Heute können Sie Kandidat Nummer eins und alle weiteren retten, wenn Sie NICHT diese Nummer anrufen! … Ich wiederhole: *Nicht* anrufen! Nur wenn dieses Handy in den nächsten drei Minuten *nicht* klingelt, ist Aufgabe eins erfüllt – und alle sind gerettet.«

22 Hanna Carlsen

Hanna hatte ihren Mitgefangenen inzwischen Namen gegeben. Es war ihre Form des Widerstands gegen einen Peiniger, der Menschen kahl rasiert und nackt in Glaszylinder steckte, anonymisiert wie Schaufensterpuppen.

Die Frau, die sich von den anderen abgewandt hielt und ständig am Flennen war, hieß für sie jetzt Mimi. Den Mann mit den müden Augen hatte sie Schnarchi getauft, und die zwei, die sich immer noch Signale zusandten, Romeo und Julia.

Die Namen konnten sie aber nur kurz von der eigenen Lage ablenken. Sie schlotterte, spürte kaum noch ihre Füße, und der Uringestank wurde mit der Zeit auch nicht besser. Der Ventilator blies ihr weiterhin kalte Luft von oben in den Nacken. Ihre Schultern waren schon ganz steif, und sie konnte kaum noch den Kopf bewegen. Außerdem machte die trockene Luft den Durst unerträglich.

Trotzdem rückte auch das Geschehen draußen wieder ins Zentrum ihrer Aufmerksamkeit. Bald würde das Kugelpendel das Tischchen in der Mitte erreicht haben. Mehrmals war es schon ganz knapp daran vorbeigeschrammt. Was passieren würde, wenn das Tischchen tatsächlich umfiel, war ungewiss, doch verschiedene Gegenstände in seiner Nähe, darunter noch aufrechte Dominosteine, führten in direkter Linie auf Romeo zu. Er konnte die Installation von seiner Position aus nicht sehen und die Frau im Zylinder daneben – *Julia* – höchstens schräg von der Seite.

Wie gebannt starrte Hanna auf das hin und her schwingende, runde Metallding, das in den letzten Stunden eine merkwürdige Ruhe ins Geschehen gebracht hatte. Sie ahnte, dass es mit dieser Ruhe gleich vorbei sein würde.

Und wirklich: Keine Sekunde später flackerte etwas auf. Hanna sah es zuerst als Spiegelung auf der Innenseite ihres Zylinders. Rechteckig und hell, irgendwo neben ihr. Sie versuchte, den Kopf so zu drehen, dass sie es besser erkennen konnte, doch ihr Nacken schmerzte mittlerweile zu sehr. Also drehte sie sich mit dem ganzen Körper, in Minischritten, bis sie die Lichtquelle identifizieren konnte: ein großer Monitor an der linken Wand – ein Fernseher, der auf News24 gestellt war. Es lief irgendeine Doku über den Bau eines Tunnels, vielleicht auch eines Wolkenkratzers – *Zappfutter*, wie Hanna solche Sendungen nannte. *Will der uns jetzt fernsehen lassen?*, fragte sie sich, obwohl ihr jetzt schon klar war, dass das Live-Bild einem ganz anderen Zweck dienen würde.

Sie drehte sich wieder zurück. Schnarchi hatte den Fernseher ebenfalls bemerkt, die anderen nicht. Schnarchi starrte hin, als wollte er sich von News24 hypnotisieren lassen. Vielleicht war es auch besser so.

Hanna hingegen sah, wie die Kugel das Tischchen streifte, welches ins Wanken geriet und schließlich umkippte, was einen Schwall von Dominosteinen in Bewegung setzte. Die so ausgelöste Kettenreaktion erstreckte sich über eine Wendeltreppe nach oben und weiter über einen Steg auf Romeo zu. Knapp vor ihm stießen die Steinchen eine Mechanik an. Ein großes Zahnrad fing an, sich zu drehen. Hanna musste an das Innenleben der Standuhr ihres Großvaters denken. Auch hier hing unten ein Gewicht, das sich aber viel schneller zu Boden senkte.

Wenige Sekunden später hatte es diesen erreicht und drückte auf einen Auslöser.

Und dann ging alles ganz schnell.

Ein Seil spannte sich, das mit einer Vorrichtung über Romeos Zylinder verbunden war. Vier riesige Arme lösten sich aus ihrer Verankerung und senkten sich blitzschnell über den Zylinder herab. Hanna musste an eine Spinne denken, die ihre Beute umarmte, bevor sie ihr den Todesbiss versetzte. Die Metallarme prallten an vier Seiten gleichzeitig gegen Romeos Zylinder. Dieser riss den Kopf herum, als versuchte er, sich zu orientieren – dann gefror sein Blick.

Vier dicke Metallspeere, die sich an den Armen befanden, waren durch Löcher in Romeos Zylinder geschossen und in seinen Körper eingedrungen. Blut quoll aus Romeos Mitte und floss über seine Beine nach unten.

23 Henning Mahler, Straßenbahnfahrer

Rocky stieß ihn mit der Schnauze gegen den Oberschenkel und bettelte immer eindringlicher darum, endlich Gassi zu gehen. Doch Mahler konnte seinen Blick nicht vom Bildschirm reißen, der den nackten Mann in Großaufnahme zeigte – lebend, sterbend, schließlich tot. Der entscheidende Moment, als die Apparatur von oben zuschnappte und in den Glaszylinder des Mannes eindrang, war in Großaufnahme zu sehen gewesen.

Immer noch hielt Mahler sein Handy in der Hand. War sein Anruf der entscheidende gewesen? Oder hatte jemand anderer schneller reagiert? Er hatte zuerst die Rufnummer unterdrücken müssen – er war ja nicht dumm –, doch dann hatte er sofort die Nummer gewählt. Wählen *müssen*. Denn plötzlich war ihm klar geworden, wie leicht es war, die Welt von einem Kinderschänder zu erlösen. Zugleich war es seine große Chance, einmal, ein einziges Mal von der Bahn abzuweichen, die das Leben für ihn vorgezeichnet hatte.

Ob auch andere angerufen hatten, erfuhr man nicht. Bestimmt. Schließlich konnte man ja hinterher immer noch behaupten, man habe sich verwählt.

Mahler fühlte sich seltsam befriedigt. Nicht sexuell, aber emotional. *Rache ist süß*, dachte er, und so war es wirklich. Er hatte sich gerächt. Am System, das Kinderschänder frei herumlaufen ließ. Am Leben, das einem nichts als Arbeit und Frustration bescherte. An jedem Einzelnen, dem Mahler schon so lange in die Fresse schlagen wollte, aber nicht durfte, weil er souverän bleiben musste, immer souverän, ohne jemals Mensch zu sein. Er hatte es diesem Kinderschänder gezeigt, und jetzt war er tot, der verdammte Mistkerl. Mahler hatte bloß ein längst überfälliges Urteil vollstreckt. Jetzt konnte er mit Rocky durch die nächtlichen Straßen gehen, in dem Bewusstsein, die Welt ein Stück sicherer gemacht zu haben. Es war fast schade, dass niemand davon erfahren würde.

Er schob sich vom Computertisch weg, konnte die Augen aber nicht vom Bildschirm losreißen. Hinter dem Toten lief ein Fernseher, der einen dieser Nachrichtensender zeigte. Mahler musste eine Weile nachdenken, bis er darauf kam, dass Nachtmann damit beweisen konnte, dass alles live war. Er hätte es ihm auch so geglaubt.

Der Maskenmann kam wieder ins Bild und sagte: »Wer auch immer angerufen hat: Wie Sie sehen, hat Ihre Stimme gezählt. Und nun bitte ich Sie für heute um einen letzten, kleinen Gefallen: Rufen Sie die Polizei. Denn juristisch gesehen habe ich gemordet. Unser Rechtssystem verlangt Bestrafung, und dieser Bestrafung werde ich mich unterwerfen. In fünf Minuten stehe ich unbewaffnet am Märchenbrunnen in Frankfurt und werde mich widerstandslos festnehmen lassen.«

»Nein!«, rief Mahler. Das durfte nicht sein. Wie wollte Nachtmann denn weitermachen, wenn er hinter Gittern war?

Ich habe den Mann getötet, nicht er.

Der Hund bellte und riss Mahler aus seinen Gedanken. Er sah zu Rocky, der an der geschlossenen Zimmertür scharrte, damit sein Herrchen es endlich kapierte.

Plötzlich kamen ihm Bedenken. Was würde passieren, wenn

die Polizei den Mann gleich verhaftete und dessen Handy fand? Er hatte seine Rufnummer unterdrückt, aber konnte man ihn vielleicht irgendwie anders finden?

Blödsinn, dachte er. Bestimmt kam niemand darauf. Außerdem hatte er nur getan, was getan werden musste …

Nachtmann sprach weiter: »Das genügt für heute. Aber seien Sie unbesorgt: Morgen um diese Uhrzeit werden Sie den nächsten Kandidaten kennenlernen und erfahren, welche Aufgabe ihn und drei weitere Menschen vor dem Tod bewahren kann. Doch erst einmal wünsche ich Ihnen eine gute Nacht.«

Die Übertragung ging zu Ende, und das Wolfsbild erschien.

»Ja!«, rief Mahler und hämmerte aufgeregt auf die Tasten. Er hatte doch geahnt, dass dieser Teufelskerl mit allen Wassern gewaschen war. Bestimmt narrte er die Polizei bloß und ließ sich gar nicht verhaften. Mahler stellte sich vor, wie Nachtmann vor seiner Trambahn auftauchte und er ihm half zu fliehen.

Rocky bellte wieder. Die Schlafzimmertür ging auf. Gleich würde Maja hier auftauchen.

Mahler legte seinen Finger auf den Ein- und Ausschalter des Computers. Gleichzeitig sah er auf den Kalender, der neben seinem Bildschirm stand. »Mist!«, stöhnte er, als er begriff, dass er morgen Nachtschicht hatte, die um zwanzig Uhr anfing. Aber er musste doch hier sein, wenn er wissen wollte, wie es weiterging! Die Sache – *Die Nacht* – lief vermutlich nur auf seinem Stand-PC, und das allein deshalb, weil der virenverseucht war.

Dann mach ich eben blau, sagte er sich. Der Bildschirm wurde schwarz, und Mahler sah sein Spiegelbild, das ihm grinsend entgegenblickte.

24 Sandra Falk, Polizistin

Es war einer dieser Tage, an denen sie sich exakt an die Vorschriften halten und strenger auftreten musste als üblich. Weil sie ein Vorbild sein wollte. Weil es schnell gefährlich werden konnte, wenn man zu lässig in die Nachtdienste ging. Weil Baudach, der heute ihr Partner war, seinen allerersten Nachteinsatz überhaupt hatte. Sie hatte sich vorgenommen, ihm mitzugeben, was ihre männlichen Kollegen oft genug durch sinnloses Machogehabe ersetzten. Baudach musste sie weder mögen noch für die Größte halten. Sie wollte, dass er so wenige Anfängerfehler machte wie möglich – was bedeutete, ihn auf die Fallen aufmerksam zu machen, die in der Nacht auf ihn lauerten.

Im Moment lauerte allerdings überhaupt nichts. Die weitere Gegend um den Hauptbahnhof – seit Jahren einer der Brennpunkte der Mainmetropole – war im Großen und Ganzen ruhig. Sie fuhren ihre Route ab, langsam und aufmerksam, doch da war nichts, wo sie hätten einschreiten können, ohne wie die ärgsten Kleinkrämer zu wirken. Hin und wieder ging Falk vom Gas, um Baudach eine versteckte Ecke zu zeigen. Ein verlassenes Geschäftslokal oder ein Plätzchen, das man schnell mal übersehen konnte. Der junge Mann, dessen dünner Oberlippenbart das hervorstechendste, wenn auch wenig Respekt einflößende Merkmal war, quittierte ihre Hinweise mal mit einem knappen »Hm«, mal mit »Aha« oder »Interessant.« Das herzhafte Gähnen zwischendurch sagte ihr das Gegenteil.

»Kaffee?«

»Nein, danke.«

»So schnell werden wir nicht in die Wache zurückkommen.«

»Geht schon.«

Falk wusste, dass es eine lange Nacht werden würde. Eine Nacht, die sie auch ganz anders hätte verbringen können als an der Seite eines Milchgesichts, das ihre Bemühungen ebenso wenig schätzen würde wie die meisten zuvor. »Mama Falk«, nannten sie die alten Hasen und glaubten, sie wüsste nichts davon.

Sie stellte sich vor, bei Lina zu sein. Bestimmt sah sie sich gerade irgendeine neue Serienstaffel an. Falk hätte ihr Nachtisch gemacht und sie damit schnell auf andere Gedanken gebracht – eine Vorstellung, die einen Funken in ihrem Bauch zum Glimmen brachte. Schnell trat sie ihn wieder aus und konzentrierte sich auf ihre Aufgabe. »Da vorne, die zwei Typen ... Siehst du die Nische neben dem Wettbüro? Die zwei sehen wir uns mal genauer an.«

»Wieso?«, fragte Baudach wie ein abgebrühter Hase.

»Nur so ein Bauchgefühl.«

Falk machte das Blaulicht an und fuhr knapp an die beiden Männer heran, die nach Dealern aussahen. Kleine Fische, nicht der Rede wert. Aber so konnte sie Baudach abklopfen, wie er das Gelernte in die Praxis umsetzte. Sie wollte sich seine verbale und nonverbale Kommunikation ansehen. Und, natürlich: Präsenz zeigen, um das *subjektive Sicherheitsempfinden der Bevölkerung zu stärken*, bla, bla, bla.

Die Tür war schon offen, als sie angefunkt wurden.

»Wagen vierzehn, Zentrale.«

»Geh du ran«, sagte Falk.

»Wagen vierzehn hört?«

»Märchenbrunnen, ein Mann will sich stellen. Tatbestand unklar. Möglicherweise Scherzanruf.«

»Wagen vierzehn, verstanden.«

Der Märchenbrunnen war mehr oder weniger um die Ecke. Falk schlug die Tür zu und fuhr los.

»Scherzanruf«, sagte Baudach und gluckste.

»So was zu erwähnen, ist unprofessionell. Warum, Baudach?«

Er musste kurz nachdenken. »Weil wir zu leichtfertig in den Einsatz gehen könnten?«

»So ist es.« Frisch von der Polizeischule kommend, hatte man solche Sachen eben noch im Kopf. Wieso war es bloß so schwer, sie über die Jahre zu behalten? Vor allem die männlichen Kollegen entwickelten in der Praxis schnell ihre eigene Philosophie, die mit der Grundausbildung nicht mehr viel zu tun hatte.

Sie erreichten die Gegend im Handumdrehen. Sie kamen aus der Münchener Straße, geradeaus lag der Willy-Brandt-Platz, links ragte der obere Teil der Euro-Skulptur über die Baumwipfel, rechts würde jeden Moment der Märchenbrunnen auftauchen.

Falk wurde langsamer. »Sobald wir auch nur den Hauch einer Bedrohungslage erkennen, tun wir was?«

»Verstärkung rufen.«

»Na dann«, sagte Falk und fuhr über die Kreuzung. Sie entdeckte einen Typen mit Hoodie und Maske. Er hatte die Hände in den Taschen und saß lässig am Brunnenrand. Sie fuhr an den Pollern vorbei über die Straßenbahngleise in die Fußgängerzone hinein, richtete den Wagen auf den Kapuzentypen aus und rollte bis auf wenige Meter an ihn heran.

»Also, wie gehen wir vor?«

»Sicherheit gewährleisten, Person anhalten und Identität feststellen. Befragen und auf weitere Anweisungen warten.«

Falk checkte das Umfeld des Wagens, bereit, jederzeit Gas zu geben, falls es die Lage erforderte. Doch außer dem Typen war niemand zu sehen.

»Und los geht's.« Falk stieg aus, entsicherte das Holster und umschloss mit der rechten Hand den Griff ihrer P30, gut zu sehen für den Mann am Brunnen – wie auch für Baudach. In der Linken hielt sie die Taschenlampe, mit der sie den Typen anleuchtete.

»Bleiben und sichern!«, sagte Falk, als sie sah, dass er eine dunkle Maske trug.

»Okay!«

Baudach klang nervös. Sie war es auch. Sie mochte Masken nicht. Außerdem misstraute sie Typen in Kapuzenpullovern, obwohl sie selber ein paar davon im Schrank hatte. Im Dienst versprachen Masken und Hoodies oft Ärger, besonders in Kombination.

»Aufstehen!«, rief sie dem Mann entgegen und blieb drei Meter vor ihm stehen. »Hände aus den Taschen und über den Kopf! Ganz langsam!«

Der Maskenmann befolgte ihre Anweisungen.

Aus dem Augenwinkel registrierte Falk, dass zwanzig Meter weiter ein Abfalleimer brannte, vorne bei den Parkbänken.

»Baudach, Feuerlöscher!«, gab sie nach hinten, weil sie sich mittlerweile sicher genug fühlte, die Verhaftung allein durchzuführen. »Umdrehen! ... Runter auf die Knie!«, befahl sie dem Mann, während Baudach mit dem Feuerlöscher an ihr vorbeilief. Weit und breit war keine Verstärkung zu sehen, und der brennende Eimer irritierte sie mehr, als sie es sich eingestehen wollte. Deshalb ging sie lieber auf Nummer sicher. »Hände auf den Rücken!«

Erst als der Mann Handschellen trug, atmete sie kurz durch und sah zu Baudach hinüber. Zwei, drei Stöße Löschmittel hatten gereicht, um das Feuer zu ersticken. Falk fragte sich, was da wohl gebrannt hatte. Dass der Typ dahintersteckte, lag nahe.

»Dann wollen wir mal sehen, wen wir da haben«, sagte Falk, zog die Kapuze des Mannes zurück, leuchtete ihn an – und erschrak. Narben schlängelten sich zwischen Büscheln von Haaren hindurch. Narben, die bis ins Gesicht und über den Hals liefen. Mit zitternden Händen zog sie die schwarz glänzende Maske nach oben und blickte gleich darauf in das Antlitz eines Menschen, der Schreckliches erlebt haben musste. Große Teile der Gesichtshaut waren transplantiert, die Nase wirkte so unnatürlich, als hätte man sie nur behelfsmäßig rekonstruiert. Der Kegel der Taschenlampe streifte die Augen des Kerls. Blau und eiskalt, dachte Falk.

»Personenkontrolle. Ihren Ausweis, bitte.«

»Ich habe keinen«, erwiderte der Typ mit der Stimme eines jungen Mannes.

»Sie wollen sich stellen?«

Er grinste, wodurch sich sein ganzes Gesicht verzog. »Ja.«

»Weswegen?«

»Paragraf 211.«

Der Mann hatte Schwierigkeiten, das P auszusprechen, doch Falk verstand ihn gut genug. *Mord.*

Baudach kam und stellte den Feuerlöscher ab. Sie sah ihn nicht direkt an, doch bestimmt erschrak auch er über den Anblick.

»Wen haben Sie ermordet und wo?«

»Ich möchte meinen Anwalt sprechen.«

»Das können Sie später jederzeit tun. Sie haben doch schon zugegeben …«

»Ich möchte meinen Anwalt sprechen.«

Falk ärgerte sich. »Ich habe noch keine Verhaftung ausgesprochen. Ich sehe hier keinen Toten. Nur Sie und einen brennenden Mülleimer.«

»Da wird wohl keiner reinpassen«, scherzte Baudach. Falk lachte nicht.

»Ich möchte meinen Anwalt sprechen.«

»Von mir aus. Zu Ihrer eigenen Sicherheit nehmen wir Sie jetzt mit auf die Wache.«

»Ich möchte um meine Verhaftung bitten. Ich habe gemordet, und es werden weitere Morde geschehen.«

Baudach machte eine Geste, die keinen Zweifel darüber ließ, wie er den Geisteszustand des Mannes einschätzte.

Im Hintergrund waren Sirenen zu hören. Falk drehte den Kopf und sah Blaulichter, die immer lauter und heller wurden.

Sie ging ein paar Meter auf Abstand und zog ihre Waffe. Nahm den Typen ins Visier und behielt das Umfeld im Auge. Sah, wie Spezialeinheitskräfte mit Hauben über den Köpfen und G36-Sturmgewehren aus den Fahrzeugen sprangen und sich schnell näherten. Sie stießen den Mann brutal nach vorne und fixierten ihn am Boden, während andere ihn schussbereit umkreisten.

Eine Viertelstunde später fuhren Falk und Baudach ab. Das SEK hatte den Typen mitgenommen, ohne Details zu verraten oder sich für ihre Vorarbeit zu bedanken. Der Einsatzleiter hatte bloß die mangelhafte Einsatzkoordination bekrittelt – als könnten Falk und Baudach etwas dafür, dass man sie als Erste zum Marienbrunnen geschickt hatte. Den Dialogen und Funksprüchen der Sturmhaubenträger hatte Falk entnommen, dass laufend weitere Notrufe eingingen, was das Durcheinander erklärte. Einer dieser Notrufe musste direkt bei ihrer Einheit gelandet sein, die von der bevorstehenden SEK-Operation nichts wusste. Bald würde auch die KTU am Märchenbrunnen eintreffen und den Inhalt des Abfalleimers untersuchen – doch was sie darin fanden, würden Baudach und sie nicht mehr erfahren. Aber so war der Polizeidienst in der Stadt nun einmal – kein Wunder, dass sich Falk allzu oft wie ein Werkzeug in fremden Händen fühlte.

»Ein Scherzanruf«, sagte Falk und warf Baudach einen kurzen Seitenblick zu. Er wirkte blasser als zu Beginn der Schicht. Dann schaute sie auf die Uhr.

Weitere fünf Stunden lagen vor ihnen.

25 Eric Dornhoff, Strafverteidiger

Es war bereits dunkel, als Dornhoff Königstein im Taunus erreichte, einen Kurort in der Nähe von Frankfurt. Er deaktivierte den Sportmodus seines Alltagsporsches und brachte den Motor damit in eine Betriebsstufe, die nicht gleich der ganzen Nachbarschaft verriet, dass er unterwegs war. Obwohl sündteure Autos in der Villengegend hier kaum auffielen, wusste Dornhoff nur zu gut, wie neugierig die Leute auf die Besitztümer ihrer Nachbarn waren. Diese Neugier konnte er gerade nicht gebrauchen. Trotz seiner ausgeprägten Vorliebe für PS-starke Benzinmotoren hätte er sich am liebsten ein lautloses Elektroauto gewünscht oder noch besser ein Allerweltsfahrzeug, das die Menschen hier mit Verachtung straften. Ein fünf Jahre alter silbergrauer Turbodiesel-Golf wäre die perfekte Wahl gewesen. Doch Autos dieser Art suchte man in seiner Garage vergeblich.

Er dachte über Fahrzeuge nach, weil er nicht über das nachdenken wollte, was ihm bevorstand. Er musste herausfinden, wer ihm dieses Päckchen geschickt und anschließend seine Frau bedroht hatte. Er musste wissen, wer ihn mit Revolvern in Verbindung brachte, ganz besonders aber mit einem Datum, das sich tief in seine Seele gebrannt und sein weiteres Leben entscheidend beeinflusst hatte. Ein Mensch kam dafür wahrscheinlicher infrage als alle anderen.

August Carlsen. Dornhoff hatte nicht lange überlegen müssen, um auf ihn zu kommen. Keiner wusste besser über damals Bescheid.

Also hatte er ihn angerufen. Schon Carlsens erste Reaktion hatte Dornhoff vermuten lassen, auf der richtigen Spur zu sein. »Ich bin gerade verhindert«, hatte er gestammelt, wie jemand, den man an der Grenze beim Zigarettenschmuggeln ertappt hatte. »Außerdem versinke ich in Arbeit. Nächste Woche vielleicht«, hatte er Dornhoff abzuwimmeln versucht.

»Wir müssen reden. Über … damals.«

Carlsen hatte lange geschwiegen – und dann einfach aufgelegt. Dornhoff hatte es gleich noch mal probiert, doch er hatte Carlsen nicht mehr in die Leitung bekommen. Versuch für Versuch war seine Wut gestiegen, bis er schließlich schon auf dem Weg zu dessen Büroadresse war. Doch weil Carlsens Vorzimmer bestimmt schon instruiert war und höchstens die Polizei gerufen hätte, wenn er dort aufgekreuzt wäre, war er in sein eigenes Büro zurückgekehrt und hatte seine Assistentin Carlsens Privatadresse herausfinden lassen.

Dornhoff fühlte sich unwohl. Er war kein Privatdetektiv und hatte auch nicht vor, einer zu werden. Er wusste nicht, wie man sich in solchen Situationen richtig verhielt. Andererseits gab ihm die Waffe unter seiner linken Achsel das Gefühl, unbesiegbar zu sein. Er hatte am Nachmittag ein paar Trockenübungen gemacht und gleich wieder in die alte Routine hineingefunden, die ihm einen sicheren, vor allem aber schnellen Umgang mit der Waffe ermöglichte. Angesichts der Ereignisse des Vormittags sank seine Hemmschwelle, die Smith & Wesson auch einzusetzen, langsam gegen null.

Dornhoff fand Carlsens Adresse. Er war noch nie hier gewesen, doch er wusste, dass Königstein für seine vielen Villen bekannt war. Carlsens Haus bildete keine Ausnahme. Es sah aus, als stünde es erst seit wenigen Jahren hier. In Beton gegossen, wirkte es so massiv wie ein Flakturm, während quadratisch herausragende Fensterflächen dem Gebäude eine gewisse Offenheit gaben. Es war ein Protzbau, gegen den Dornhoffs Anwesen geradezu mickrig ausfiel. Die Villa machte ihn neidisch und schüchterte ihn zugleich ein.

Ein paar Meter vor der Einfahrt blieb er stehen und schaltete den Motor aus. Er drückte den linken Oberarm gegen das Holster, als müsste er sich vergewissern, dass die Waffe noch an ihrem Platz war. Dornhoff mühte sich aus seinem Porsche, ging die Einfahrt hoch und sah sich nach Kameras und anderen verdächtigen Dingen um. Zu seiner Überraschung schien es keine zu geben. Einmal noch atmete er tief durch, dann klingelte er. Doch obwohl in mehreren Räumen Licht brannte, kam niemand zur Tür.

Er klingelte wieder und noch einmal, dann klopfte er an, zunächst leise, schließlich hämmernd. Wie schon am Telefon verlor er mit jedem weiteren erfolglosen Versuch mehr die Beherrschung. »Carlsen!«, rief er. »Wir müssen reden! Ich kann auch durch die Tür brüllen, wenn Sie wollen – oder Sie öffnen einfach!«

»Hauen Sie ab«, sagte Carlsen. Es klang, als stünde er direkt hinter der Tür.

»Ich gehe nicht weg, bis Sie mir ein paar Fragen beantwortet haben. Also?« Dornhoff durfte nicht lockerlassen. *Und was, wenn er die Polizei ruft?* »Es ist wichtig – auch für Sie«, schickte er deshalb nach.

»Für mich? … Weshalb?«

»Wollen wir das wirklich durch die Tür diskutieren?«

Carlsen schwieg.

»Verdammt, Carlsen, jetzt öffnen Sie schon!«

Endlich ging die Tür auf, und im Rahmen stand ein gealterter, aber immer noch beneidenswert attraktiver August Carlsen. Nach wie vor hätte er als Mel-Gibson-Double durchgehen können, wobei seine Augenringe verrieten, dass er wohl tatsächlich viel um die Ohren hatte. »Also gut. Kommen Sie rein«, sagte er, drehte sich um und ging Dornhoff voraus ins Innere der Villa.

Dornhoff folgte ihm durch den Vorraum ins Wohnzimmer. Unwillkürlich zog er Vergleiche mit seinen eigenen vier Wänden und konnte bloß staunen. Der kahle Beton, von dem Dornhoff sonst wenig hielt, bildete eine vorzügliche Kulisse für die Kunstwerke überall – Bilder, Skulpturen, Installationen –, die einen fast glauben ließen, im Museum of Modern Art in New York gelandet zu sein.

Reicher Mistkerl!, dachte Dornhoff und fühlte wieder einmal die glühende Pfeilspitze des Neides, der sich in sein Selbstbewusstsein bohrte.

»Von Ihnen hört man ja wahre Wunderdinge«, sagte der unfreiwillige Gastgeber. »Eric Dornhoff, der Anwalt der Frankfurter Hochfinanz. Nicht schlecht!«

Dornhoff fühlte sich geschmeichelt, obwohl das Kompliment bestimmt geheuchelt war. Er merkte, dass Carlsen mit seinen Gefühlen spielte. Genau wie früher. Er musste schnell zu seiner Souveränität zurückfinden, sonst konnte er die Sache hier vergessen. »Man tut, was man kann«, entgegnete er daher gespielt lässig. »Hören Sie, Carlsen, wie gesagt, komme ich wegen der alten Sache. Wegen … Gebrocur.« Dornhoff hatte den Namen des Pharmakonzerns, an dessen Spitze Carlsen heute saß, seit vielen Jahren nicht mehr in den Mund genommen. Zu jener Zeit war Carlsen noch ein wesentlich kleineres Rädchen gewesen, gerade mal zuständig für die Öffentlichkeitsarbeit. Als selbstgefälliges, rücksichtsloses Schwein hatte er sich aber damals schon erwiesen.

Carlsen machte große Augen.

»Ich nehme an, Sie erinnern sich?«, drängte Dornhoff.

Carlsen schnaubte. »Wie könnte ich das je vergessen? Ich dachte, das sei Geschichte?«

»Dachte ich auch. Bis heute Morgen.«

Nun wirkte der Hausherr nervös. »Wieso … heute Morgen?«

»Das wollte ich eigentlich Sie fragen.«

»Ich fürchte, ich verstehe nicht.« Der letzte Rest von Freundlichkeit verschwand aus Carlsens Gesicht.

»Sie wissen nicht zufällig von einem … Päckchen?«, fragte Dornhoff mit dem gleichen eisigen Ausdruck.

»Was für ein Päckchen?«

»Das vor meiner Tür.«

Carlsen schüttelte den Kopf. »Wie sollte ich?«

Dornhoff schnaubte. »Und von einem Revolver?«, stieß er viel zu laut hervor. »Wie wäre es mit einer Partie russisches Roulette?«

»Was?«

Das Reden versetzte ihn in Rage. »Hören Sie auf mit der Schmierenkomödie! Niemand außer Ihnen und mir weiß davon. Ich hatte gedacht, Sie seien ein Ehrenmann.«

»Ein … *Ehrenmann*?«, wiederholte Carlsen und schnitt eine Grimasse. »Sie haben vielleicht Nerven. Ich habe Ihnen damals schon klargemacht, dass ich nicht Ihr Beichtvater bin, und heute bin ich es genauso wenig. Ich will nichts davon wissen. Und jetzt gehen Sie!«

Dornhoffs Gesicht glühte. »Sie sind schuld an allem!«

»Ich? Spielt Ihnen die Erinnerung womöglich einen Streich?«

»Sie haben mich da reingezogen.«

»Sie verwechseln meinen Auftrag mit der Art Ihrer Ausführung.«

»Ersparen Sie mir Ihr neunmalkluges Vorstandsgequatsche!«,

schrie Dornhoff und war knapp davor, seine Waffe zu ziehen, hielt sich aber gerade noch zurück.

»Werden Sie bedroht?«, fragte Carlsen nach einer längeren Pause.

»Meine Familie.«

»Worin besteht die Verbindung zu Gebrocur?«

»In ... Insiderinformationen, die niemand haben kann. Niemand außer Ihnen!«

Carlsen trat näher an ihn heran. Plötzlich wirkte er nervös. Beinahe flüsternd fragte er: »Ich? Hören Sie: Die Sache hat uns alle fast den Kopf gekostet. Glauben Sie wirklich, ich hätte Lust, das Ganze wieder aufzuwärmen?«

Dornhoff starrte Carlsen mehrere Sekunden lang an, konnte aber unmöglich einschätzen, ob der andere die Wahrheit sagte oder nicht. Erneut widerstand er nur knapp dem Impuls, seine Waffe zu ziehen. »Sie müssen mir helfen«, sagte er stattdessen und schämte sich seiner Unterwürfigkeit.

»Keine Chance.«

»Sie haben mir das alles eingebrockt.«

»Sie haben gewusst, worauf Sie sich einlassen, und sich aus freien Stücken entschieden, für uns zu arbeiten.«

»Ich hätte doch niemals ablehnen können.«

»Weil Sie käuflich waren.«

Dornhoff schüttelte den Kopf, wusste aber selbst, dass Carlsens Behauptung den Tatsachen entsprach. Hunderttausend Euro waren für einen Junganwalt enorm viel Geld gewesen. Heute hätte er diese Summe bloß belächelt.

»Carlsen, hören Sie. Ich denke nicht, dass ich das einzige Ziel bin. Die Sache klingt größer ... und abgedrehter. Wenn Sie wirklich nichts damit zu schaffen haben, dann ist es gut möglich, dass demnächst auch Sie und Ihr Umfeld bedroht werden.«

»Gehen Sie jetzt.«

»Wir müssen etwas tun.«

»Gehen Sie, und kontaktieren Sie mich nie wieder.«

Dornhoff ging nicht. Er wechselte zur letzten Option, die er noch sah.

Er fasste in sein Sakko, holte die Smith & Wesson aus dem Holster, nahm Carlsen ins Visier und spannte den Hahn. »Ich sagte: Wir müssen etwas *tun*, Carlsen.«

26

Inga Björk, Europol

Der Jet war bereits gelandet und würde demnächst ans General Aviation Terminal des Wiener Flughafens heranrollen. Björk nahm die Aufbruchstimmung der anderen Leute von Europol nur halb wahr. Sie kümmerte sich um ihren Laptop, der seit dem Taschenwurf in Langthalers Einfahrt einen Wackelkontakt hatte. Alle paar Sekunden wurde der Bildschirm schwarz, worauf sie ihn etwas vor- und zurückkippen musste, damit er wieder aufflackerte. Lange würde das Gerät nicht mehr durchhalten.

Aber das war egal. Bald wären sie in der Luft. Noch heute Nacht würde ein Ersatzgerät auf ihrem Schreibtisch stehen, vorkonfiguriert und mit eingespieltem Back-up – eine der Annehmlichkeiten, die mit dem Job einer ermittelnden Abteilungsleiterin verbunden waren.

Ein weiterer Vorteil war das Fliegen. Im Unterschied zu heute früh war sie nun offiziell im Einsatz und konnte mit Boersma und den anderen Europol-Leuten direkt in Rotterdam landen, von wo aus sie in wenigen Minuten nach Den Haag gelangte, statt mit Linienflügen über Amsterdam reisen zu müssen.

Boersma hatte nicht wissen wollen, warum sie sich so plötzlich in seine Operation in Wien eingemischt hatte. Sie rangierte in der Hierarchie weit über ihm, was ihn vielleicht vorsichtig machte. Dennoch würde sie ihrem Dienstgeber früher oder später erklären müssen, was sie in der Donaumetropole verloren hatte. Sie würde behaupten, sie sei zufällig auf diesen Doppelmord gestoßen, der in Zusammenhang mit einer Europol-Operation stand, von der sie ebenfalls zufällig …

Etwas viele Zufälle, dachte sie. Die Aktion würde ihr Schwierigkeiten einbringen, das war klar.

Aber die Rechtfertigung war ihre geringere Sorge. Sie hatte Christian Brand im Gang vor den Verhörräumen des Bundeskriminalamts getroffen. Hatte erwartet, wenigstens kurz mit ihm reden zu können, um Klarheit zu bekommen. Vielleicht hatte sie sich insgeheim sogar Dankbarkeit erhofft.

Doch Brand hatte sie ignoriert und Fogler gebeten, in seine Zelle zurückgebracht zu werden. Dieser hatte bloß den Kopf geschüttelt und ihn freigelassen, nicht ohne anzufügen: »Die Sache ist noch nicht erledigt.«

Brand war grußlos gegangen.

Ja, sie hatte sich in Dinge eingemischt, die sie nichts angingen. Zunächst aus Angst, Brand könnte tot sein. Sie hätte es sich nie verziehen, hätte sie ihn blind ins Verderben rennen lassen. Ob sie es anschließend mit ihrer Wahrheitssuche übertrieben hatte? Brand sah es wohl so. Dabei wäre er niemals damit durchgekommen. Fogler und Boersma hätten ihn geknackt wie eine Nuss. Früher oder später wäre die Schale zerbrochen und die Wahrheit ans Licht gekommen. Die Wahrheit, die Erich Langthaler bereits gestanden hatte. Die Verwicklung in den Kunstfälscher-Ring, in den er zufällig hineingeraten war. Die Überforderung mit dem Druck und der ständig wachsenden Gefahr. Brands Angebot, ihm aus der Patsche zu helfen.

Das schlechte Gewissen. Den Versuch, Brand aus der Sache herauszuhalten, als es heiß wurde. Die heimlich besorgte Waffe.

Den Doppelmord. *Von hinten in den Rücken.*

Die festgestellten Schmauchspuren an Langthalers Händen, nicht aber an denen von Brand, der zum Zeitpunkt der Schüsse angeblich ausgeknockt war.

»Können wir dann?«, fragte jemand.

Björk musste sich erst wieder ins Hier und Jetzt zurückholen. Einer von Boersmas Leuten stand am Ausgang, in dessen Verlängerung der kleine Jet mit laufenden Turbinen zum Einsteigen bereit war.

»Natürlich«, sagte sie, stand auf und ging an ihm vorbei nach draußen.

Ihre raue Schale machte es leicht, ihren Gemütszustand vor den Europol-Leuten zu verbergen. Björk hatte von dem Gerücht erfahren, mit ihr sei nicht gut Kirschen essen, was ihr mancher Kontaktversuch aus der Männerwelt ersparte. Die Blicke, die Björk seit ihren frühen Zwanzigern verfolgten, gab es natürlich trotzdem. Die Blicke würde es wohl immer geben.

Ihr Handy piepste. Weil sie es ohnehin auf Flugmodus schalten musste, holte sie es heraus und sah die Betreffzeile einer Nachricht, die aus dem Cybercrime Centre kam. Es ging um eine Sache in Frankfurt. Sie wollte sich später in der Kabine damit befassen, vielleicht auch bis Den Haag warten, doch ihre Augen blieben an den Wörtern »komplexes Verbrechen« hängen.

Einen Fuß bereits auf der Einstiegstreppe des Jets, öffnete sie die Nachricht. Zwei Screenshots erschienen. Sie sah eine Säule aus Glas. Ein nackter, kahler Mann stand darin. Lebend. Und gleich darauf tot. Ausgelöscht von einer Art Maschine. Mehrere Stäbe waren in seinen Körper eingedrungen, aus den Wunden quoll Blut, das die ganze untere Hälfte des Mannes überzog. Wäre die E-Mail nicht dienstlich gewesen, hätte sie an das Werbeplakat für einen Horrorfilm gedacht. So aber wusste sie sofort, dass es einen Bezug zur Realität geben musste.

Sie zog ihren Fuß zurück und las das Transkript einer Sendung, die vor Kurzem über eine Art Botnet ausgestrahlt worden war – genauer gesagt, über gekaperte Computer, auf denen zeitgleich eine Liveübertragung aufgepoppt war. Zahlreiche Meldungen aus europäischen Partnerländern deuteten darauf hin, dass eine große Anzahl von Menschen die Sache gesehen haben musste.

Sie überflog die Aussagen eines offensichtlich Geistesgestörten, der sich große Mühe gab, seine Wahnsinnstat zu inszenieren. Er kündigte weitere Morde an und behauptete, dass niemand seine Kettenreaktion stoppen konnte – es sei denn, es gelang, eine seiner Aufgaben zu lösen …

Björk verzichtete auf die weiteren Einzelheiten, für die später noch Zeit blieb, und sprang zur offiziellen Einsatzanweisung. Die Schlagwörter unterstrichen die Wichtigkeit der Sache. Personalanforderung. Dienstmittel. Unbeschränkte Ressourcen.

Ihre Stimmung schlug schlagartig um. Weg von Scham und Frustration, hin zu der eines Jägers – eines Falken, dem man gerade die Haube abgenommen hatte, um ihn in die Lüfte zu entlassen.

Sie durfte jagen. Sie *musste* jagen. *Endlich.*

Unbeschränkte Ressourcen, las Björk erneut. Genau wie im letzten Jahr. Auch damals hatte sie unbeschränkte Ressourcen gehabt, bei deren Einsatz sie auf ihre Intuition vertraute.

Diese sagte ihr jetzt, dass sie nicht ins Flugzeug steigen durfte.

Dass sie nicht von hier wegkonnte.

Noch nicht.

27 Christian Brand

Brand kauerte in einer Ecke seines Wohnzimmers, als es an der Tür klingelte.

Er reagierte nicht, war benommen vom Alkohol. Seine Hände schmerzten. Sein Körper brannte von den Anstrengungen der letzten Stunde. Sein weißes T-Shirt war blutbefleckt, seit ihn das Bruchstück eines zersplitternden Stuhls an der Nase getroffen hatte.

»Polizei!«, rief ein Mann und drückte die Tür auf, die sich seit dem gewaltsamen Eindringen der Ermittler nicht mehr verschließen ließ.

Haut bloß ab.

»Ist jemand da?«

»Ich bin schon still, alles klar«, lallte er in den Gang hinaus und hoffte, es würde reichen.

»Hallo?«

Umsonst gehofft. Also mühte er sich auf die Beine, zog das Blut in seiner Nase hoch, stieg über die Trümmer seiner Einrichtung hinweg, taumelte in den Gang, öffnete – und starrte in die Gesichter zweier uniformierter Polizisten. Mann und Frau, beide Mitte zwanzig.

»Ich bin schon still«, wiederholte er statt einer Begrüßung.

»Christian Brand?«, fragte die Frau, die vor ihm zurückwich.

Kein Wunder.

»Ja.«

»Uns wurde eine Ruhestörung gemeldet.«

»Schon klar. Ich sagte ja …«

»Sind Sie allein in der Wohnung?«, übernahm der Mann.

»Ja.«

»Sind Sie verletzt?«

»Nein.«

Die beiden sahen sich an, zögerten – dann griff der Mann zu seinem Funkgerät. Er rief die Zentrale, identifizierte sich, meldete den Standort und sagte: »Alkoholisierte Person, verletzt, möglicherweise selbstgefährdend.«

Selbstgefährdend.

Brand taumelte und hielt sich am Türrahmen fest, war aber immer noch nüchtern genug, um zu kapieren, dass der junge Polizist ihm einen Aufenthalt in der Psychiatrie bescheren konnte. Also riss er sich am Riemen und sagte: »Hören Sie, ich bin hier zu Hause, und mir geht es gut.«

»Setzen Sie sich erst einmal hin, bis Hilfe kommt«, schlug die Kollegin vor.

Brand lachte frustriert auf. Wo sollte er sich hinsetzen? Soweit er sich erinnern konnte, gab es in der Wohnung keinen einzigen heilen Stuhl mehr. Auch keinen Tisch. Oder irgendetwas, das noch seinen ursprünglichen Zweck erfüllte.

»Ich bin ja schon still«, lallte er erneut.

Einer von Brands Nachbarn, der zu einer ziemlich lärmerprobten Studenten-WG gehörte, beugte sich auf den Gang hinaus und gaffte unverhohlen zu ihnen herüber. Hatte der vielleicht Alarm geschlagen?

»Gehen Sie in Ihre Wohnung zurück«, wies der Polizist ihn an, der Brands Blick gefolgt war und sich umgedreht hatte, bevor er zu Brand sagte: »Kommen Sie, wir warten drinnen.«

»Niemand kommt hier rein, abgesehen von mir!«

Er wollte den beiden die Tür vor der Nase zuknallen, aber was hätte das gebracht, wenn sie sich nicht verschließen ließ? Außerdem hatte der Polizist einen Fuß in die Tür gestellt und machte Anstalten, Brand vom Eingang wegzuschieben. Gerade als dieser schon überlegte, handgreiflich zu werden, hörte er eine Stimme aus Richtung der Treppe.

»Was ist denn hier los?«, rief jemand, mit dem Brand am allerwenigsten gerechnet hatte.

»Und Sie sind?«, fragte die Polizistin.

»Inga Björk, Europol. Dieser Mann steht unter meiner Aufsicht«, sagte sie mit schwedischem Akzent, zeigte ihren Dienstausweis und deutete auf Brand.

»Europol?«, wiederholte der Polizist misstrauisch. Vermutlich wusste er, dass Europol nicht einfach so in irgendeinem Partnerland auftauchen und Menschen unter Aufsicht nehmen konnte.

Aber Björk sprach schon weiter: »Ich kümmere mich um alles weitere. Bei Fragen wenden Sie sich an Major Fogler vom Bundeskriminalamt. Wenn Sie sich dann bitte zurückziehen würden – Sie behindern hier eine Operation.«

Die beiden Polizisten starrten Björk an, als stünde ein Alien vor ihnen. Aber Brand interessierte es nicht. Ihn interessierte nichts mehr. Nichts und niemand. Er hatte sich abreagiert, hatte geschrien, gesoffen, zerstört. Jetzt wollte er bloß noch in Ruhe gelassen werden.

Er ging in seine Wohnung, ohne die drei weiter zu beachten. Die Tür blieb offen, es war ihm egal. Er stieß gegen etwas, das am Boden lag, stieg darüber hinweg und ging weiter in sein zertrümmertes Wohnzimmer.

Die Couch sah noch halbwegs brauchbar aus. Er packte ein

paar Bruchstücke der Rahmenleiste von Björks bescheuertem Bild, schleuderte sie gegen die nächstbeste Wand und ließ sich auf die Polster fallen.

28 Inga Björk, Europol

Björk schickte die Polizisten weg, drückte die Tür zu und drehte sich um. Sie sah die grenzenlose Wut, die aus Brand gefahren war, als er seine Wohnungseinrichtung zerlegt hatte. Die unbändige, rohe Kraft, die in ihm steckte.

Sie folgte ihm, ohne zu wissen, was genau sie empfand. Angst war es nicht. Angst war anders. Dabei hätte sie sich bestimmt besser gefühlt, wäre sie in irgendeiner Weise bewaffnet gewesen. Sie kannte Brand nicht gut genug, um ihn in jeder Lebenslage einschätzen zu können. Offensichtlich steckte er in einer psychischen Ausnahmesituation. Sie wusste, dass er bereits Menschen getötet hatte. Aber das machte noch lange kein wildes Tier aus ihm. Brand war kein Mörder, wie sich eben erst durch ihre Recherchen bestätigt hatte. Doch wenn er kämpfen musste, kämpfte er, bis es nicht mehr ging. Und selbst dann kämpfte er weiter.

»Brand?«, fragte sie noch im Gang und spürte, wie sie vor Anspannung zitterte.

Er antwortete nicht.

»Ich komme jetzt zu Ihnen rein.«

Wieder nichts. Fast hatte sie gehofft, dass er ihr den Zutritt verweigerte. Dass er wenigstens irgendwas sagte, an dem sich einhaken ließ. An dem sich entschuldigen ließ, was durch ihre Übergriffigkeit geschehen war.

Es hätte nichts geändert.

Sie bog um die Ecke. Sah das Bild von sich, das zerfetzt im ganzen Zimmer verstreut lag. Es machte ihr nichts aus. Sie wollte die Szene, die es darstellte, ohnehin nicht sehen.

Kaum etwas in der Wohnung war heil geblieben. Eine Fensterscheibe war zerbrochen. Spinnennetzartige Bruchlinien durchzogen die gläsernen Überreste des Couchtischs. Weitere Bilder waren kaputt, eine der Lampen an der Decke ebenfalls, aus zertretenen Farbtöpfen war Farbe aufs Parkett gelaufen. Mittendrin lag Brand auf der Couch, zerstört, wie alles um ihn herum.

»Los, Brand«, sagte sie.

Er reagierte nicht.

»Kommen Sie.«

Er schnaubte.

Sie näherte sich ihm, hielt aber zwei Meter Abstand – sie war zwar mutig, aber nicht verrückt. »Sie sind fertig hier, Brand.«

»Sie sind …«, fing er an und lallte weiter, doch den Rest verstand sie nicht.

»Was?«

Er riss die Augen auf. Sprang hoch, bereit, sich auf sie zu stürzen wie ein wildes Tier. Dabei hatte er Mühe, überhaupt aufrecht stehen zu bleiben. »Ein Fluch! Sie sind ein Fluch, Björk!«, schrie er. Seine Stimme war rau, als hätte er sich in all seiner Zerstörungswut auch die Seele aus dem Leib zu brüllen versucht. »Sie sind mein Fluch!«

Ihr Herz klopfte wild. Doch sie wich nicht zurück. »Ihr Fluch, ja?«

»Ein Fluch! Für Erich und … ein Fluch für die ganze verdammte Welt!«

Ein paar Momente blieb sie still. Nicht, weil seine Worte sie getroffen hätten, sondern um ihm Zeit zu geben, sich zu beruhigen.

Worte konnten ihr schon lange nichts mehr anhaben. Außerdem war ja was dran. Sie *war* ein Fluch für die ganze Welt.

»So what?«, sagte sie, ohne eine Miene zu verziehen.

Er atmete schnell. Stank nach Alkohol und Schweiß. Alles hier stank.

Eine Minute oder zwei standen sie da, erfassten einander mit ihren Sinnen, belauerten sich wie hungrige Wölfe und wussten doch, dass keiner von ihnen verrückt genug war, als Erster zu springen.

»Jetzt kommen Sie endlich«, sagte Björk und drehte sich um. »Ich habe etwas für Sie.«

DRITTER TAG

29 Sophia Weiland, Unfallärztin

Sie mochte die Nachtdienste im Franziskus-Krankenhaus am Berliner Zoologischen Garten. Manchmal fand sie dabei genügend Schlaf, um am Morgen ausgeruht und entspannt zu Mick und ihrem kleinen Felix heimzukommen, in ihr Einfamilienhaus in Lichterfelde, unweit des Lilienthalparks. Die beiden saßen dann oft gerade beim Frühstück und empfingen sie voller Vorfreude. »Mama, schau!«, sagte Felix nicht selten und überreichte ihr stolz seine neueste Zeichnung, die sie wie immer bei der Arbeit zeigte, mit Stethoskop und Arztkittel, umringt von Sternen, Mond und einem mächtigen Kometen.

Anschließend musste Mick Felix oft bremsen, der angesichts seiner eigenen Zeichnungen auf Ideen kam, wie sie den Tag wohl am besten gemeinsam verbringen könnten, und natürlich musste auch sein Kinderstethoskop mitkommen, das er als Gesprächsöffner dafür verwendete, allen möglichen und unmöglichen Leuten mitzuteilen, dass seine Mama eine richtige Ärztin war.

»Erst muss Mama aber schlafen«, sagte Mick dann immer. Sie genoss es, dass Mick zu Hause blieb und sie sich auf ihre Arbeit in der Klinik konzentrieren konnte. Sie brauchte die Wertschätzung im Beruf, noch mehr aber als Mensch, der anderen Menschen in Extremsituationen zu helfen imstande war. Mick hatte seinen Job als technischer Zeichner auch gemocht, doch er hatte ihr mehrfach versichert, nicht daran zu hängen. Mittlerweile schien er die wiedererlangte Freiheit sogar zu genießen. Er zeichnete Cartoons, wie damals, kurz nach dem Studium, als sie sich kennengelernt hatten. Er bekam bezahlte Aufträge für Illustrationen aus der ganzen Welt, vermittelt von einer Internetplattform. Mick sprach auch von Kinderbüchern, die er gerne zeichnen würde. Er wollte im Herbst zur Frankfurter Buchmesse fahren, um dort Kontakte zu knüpfen. Sophia fand das gut und hatte sich die Tage rund um die Buchmesse schon freigenommen, um zu Hause in Berlin für Felix da sein zu können.

Oft fragte sich Sophia, womit sie ein solches Glück verdient hatte. Niemand hatte das. Doch sie war unendlich dankbar dafür.

Es war 01:36 Uhr, als sie vom Klingeln des Telefons in ihrem Nachtzimmer aus dem Schlaf gerissen wurde.

»Ja?«

»Hi, Schlafmütze. Besser, du kriegst dich und deine Wunderhände gleich mal sortiert. Fünf Minuten, Mann mit Schussverletzungen und schlechten Vitalwerten.«

Mehr als ein schlaffes »Okay!« brachte sie nicht heraus. Sosehr sie die Nachtdienste auch schätzte – ein Kaltstart aus dem Tiefschlaf war bei ihrem niedrigen Blutdruck stets mit Anlaufschwierigkeiten verbunden.

»Doppelter Espresso steht bereit«, hörte sie Julia sagen, die in dieser Nacht Dienst mit ihr schob. Im Unterschied zu Sophia war sie die geborene Nachteule. Sobald allerdings die Sonne aufgegangen war, kam man ihr besser nicht zu nahe.

Noch während sie sich das Shirt über den BH zog, sprang Sophia von der Pritsche und stürmte aus dem Nachtzimmer. Um diese Uhrzeit waren keine neugierigen Blicke auf dem Gang zu befürchten. Wichtig war allein das Tempo, mit dem sie es in den

Not-OP schaffte. Dass es schnell gehen musste – dass jemand an seinen inneren Verletzungen zu verbluten drohte, wenn nicht sofort etwas dagegen unternommen wurde, war jedoch keine Entschuldigung dafür, bei der Vorbereitung zu schlampen. Besonders das Händewaschen beanspruchte Zeit, und im Unterschied zu den meisten anderen vorbereitenden Handlungen konnte Julia ihr das nicht abnehmen.

Kurz darauf hatte sie den Mann auf dem Tisch. Sein Brustkorb wies mehrere Eintrittswunden auf. Welche Organe und Gefäße betroffen waren, ließ sich aber erst abschätzen, wenn sie drin war. Der Mann war bei Bewusstsein und atmete selbstständig, doch seine Werte bewiesen, dass sich das schnell ändern konnte.

Er jammerte etwas, das Sophia nicht verstand. Musste sie auch nicht. Sie kannten die Blutgruppe, sie hatten Blutkonserven, alles war bereit – nur der Anästhesist fehlte noch. Dafür standen zwei Polizisten mit OP-Masken im Raum ließen den Verletzten nicht aus den Augen.

»Sie können jetzt gehen«, sagte Sophia bewusst strenger, als es sonst ihre Art war. Aber sie hatte bereits Erfahrungen mit übereifrigen Polizisten gemacht, die keinen Meter von den Leuten abrücken wollten, die sie beaufsichtigten. Im besten Fall verhielten sie sich unauffällig. Im schlimmsten kippten sie um oder übergaben sich neben dem Patienten.

»Nicht, bevor er schläft«, wehrte sich einer der beiden.

Sophia sah auf. »Wir kommen schon ohne Sie klar. Der Mann wird ja kaum weglaufen, oder?«

»Sie haben keine Ahnung. Der ist ein Tier.«

Sophia sah den Verletzten an, konnte den Eindruck aber nicht teilen. »Was hat er getan?«, fragte sie und versuchte, angesichts der vielen Berichte über Gewaltexzesse bei der Polizei nicht voreingenommen zu sein.

Die Polizisten schwiegen.

»Wer hat ihn angeschossen?«

»Geht Sie nichts an«, blaffte der Polizist, der bisher nichts gesagt hatte.

Julia schnaubte. Sophia lag eine spitze Bemerkung auf der Zunge, aber sie schluckte sie hinunter. Hätte ja doch nichts gebracht. »Sie gehen jetzt raus, alle beide«, ordnete sie stattdessen an.

Die beiden zögerten immer noch. Dann näherte sich der eine, starrte Sophia von oben herab ins Gesicht und sagte: »Ich warne Sie. Wenn Sie uns Stress machen, machen wir Ihnen die Hölle heiß.«

»Raus hier. Sofort!«

»Habt ihr nicht gehört?«, sprang Julia ihr bei. »Ihr sollt euch verpissen!«

Der Polizist, der bei Sophia stand, reagierte nicht darauf. »Kein. Verdammtes. Wort nach draußen. Klar?«

Die Vernunft sagte Sophia, dass sie besser nicken sollte. Klein beigeben und sich um den Verletzten kümmern. Aber sie war zu empört, um vernünftig handeln zu können.

Gerade rechtzeitig kam der Anästhesist zur Tür herein. Es war Ostertag, der aussah wie ein Gewichtheber, in Wahrheit aber die Sanftmut in Person war. Er wollte die anderen gerade grüßen, als er sah, in welche Situation er geplatzt war. »Alles okay hier?«, fragte er mit dem Bass eines Opernsängers.

»Haben *Sie* mich verstanden?«, fragte Sophia den Polizisten vor ihr. »Sie sollen verschwinden. Sie gefährden das Leben des Patienten, indem Sie mich vorsätzlich von seiner Behandlung abhalten!«

Wut blitzte in den Augen des Mannes auf. Für einen Moment wirkte er, als wollte er handgreiflich werden.

»Komm, wir gehen«, schaltete sich sein Kollege dazwischen und zog ihn weg.

Als die beiden den Schockraum verließen, schnappte Sophia das Wort »Bügelbrett« auf, das sich zweifellos auf ihre äußere Erscheinung bezog. Ja, sie war schlank und hatte nach dem Abstillen noch kleinere Brüste als jemals zuvor. Aber abfällige Kommentare zu ihrer Figur waren ihr immer schon herzlich egal gewesen.

Julia, die es offenbar ebenfalls mitbekommen hatte, war drauf und dran, den beiden nachzuspringen. »Lass!«, sagte Sophia scharf.

Julia verharrte kurz – und nickte. Sophia sah zum Mann auf dem Tisch. Er fixierte sie mit seinen kastanienbraunen Augen. Sie nickte ihm einmal zu und schwor sich, alles Mögliche zu tun, um ihn am Leben zu halten. Dann drückte Ostertag ihm das Propofol in die Venen und intubierte ihn, während Julia ihr das Skalpell reichte.

Als sie um sechs Uhr morgens von der Frühschicht abgelöst wurde, wünschte sie sich nichts mehr als Ruhe. Mehrmals hatte sie in den vergangenen Stunden den Glauben verloren, den Patienten noch retten zu können. War ein Problem gelöst, kam sofort das nächste hinzu. Sie hatte das Gefühl, sie wäre in einer Endlosschleife gefangen, in einer Prüfungssituation, bei der sie keinen Universitätsprofessor vor sich hatte, sondern das wahre Leben. Und sie hatte die Prüfung bestanden.

Denn der Patient hatte entgegen aller Erwartungen überlebt.

Chefarzt Seifert kümmerte sich nun persönlich um den Rest: zumachen, versorgen, überwachen. Und dokumentieren. Sophia hätte es nicht mehr geschafft, das hatte er ihr angesehen. »Geh nach Hause«, hatte er gesagt, nachdem sie ihn instruiert hatte –

auch, was die beiden Polizisten betraf, die den Patienten begleitet hatten. Seifert hatte bloß väterlich genickt und angedeutet, dass die Medien wohl bereits Wind von der Sache bekommen hatten.

»Die sind vorhin schon abgezogen worden«, teilte er ihr mit. »Macht gerade die Runde. Angeblich war's eine simple Verkehrskontrolle, die ausgeartet ist, weil unser Patient kein Deutsch konnte. Aber du weißt ja, Hörensagen …«

Sophia erwiderte nichts darauf. Wenn es wirklich so war, hoffte sie, dass man den Kerlen ordentlich einheizen würde. Sie wusste, dass es keine Vorverurteilung geben durfte, dass jeder die Chance auf einen fairen Prozess hatte und dass man erst schuldig war, wenn die Schuld gerichtlich erwiesen war. Doch sie wusste auch, was sie in der vergangenen Nacht gesehen hatte. Welchen Schaden die Polizisten am Patienten angerichtet hatten. Damit durften sie nicht davonkommen. Sophia hoffte, dass Bilder von der »Verkehrskontrolle« in den sozialen Medien auftauchen würden. Man konnte von moderner Kommunikation halten, was man wollte – spätestens seit den vielen Übergriffen gegen Schwarze in den USA wusste man, dass manchen Gewalttätern nicht anders beizukommen war.

Draußen vor dem Schockraum sah sie die Ablöse der beiden Polizisten bloß aus dem Augenwinkel. Sie vermied jeden Blickkontakt und wollte nicht mal mehr den üblichen Small Talk mit den Kollegen von der Tagesschicht machen. Sie wollte nur noch nach Hause.

Schnell holte sie ihre Sachen aus dem Nachtzimmer und hastete unten durch den Eingangsbereich – als der Pförtner sie aufhielt. »Hallo? … Frau Weiland!«

»Ja?«

Sie war überrascht. Sie kannte den Pförtner nicht gut, meistens grüßten sie einander bloß kurz oder tauschten Floskeln aus. Noch nie hatte er sie so direkt angesprochen.

»Das da ist eben für Sie abgegeben worden«, sagte er und streckte ihr einen Briefumschlag entgegen.

Zögerlich ging Sophia hin. Wer sollte ihr etwas ins Krankenhaus schicken? »Danke«, sagte sie und nahm die Sendung an sich.

Draußen stand die Sonne schon weit über dem Horizont. Erst als Sophia in der S-Bahn saß, riss sie das Kuvert auf und entnahm ihm ein Foto.

Ihre Hände begannen zu zittern. Als sie das Bild umdrehte, entdeckte sie eine Botschaft, die ihre schöne neue Welt ins Chaos stürzte.

Die Nacht hat begonnen.

30 Eric Dornhoff, Strafverteidiger

Dornhoff saß mit Ricarda beim Frühstück und bemühte sich sehr, einen unverdächtigen Eindruck auf seine Frau zu machen. Nach einer schlaflosen Nacht hatte er sich rasiert, geduscht und überlegt, ihr das Frühstück ans Bett zu bringen – es aber wieder verworfen. Sie durfte nicht merken, dass etwas anders war als sonst und in welcher Gefahr sie möglicherweise schwebte. Das hätte nur zu Fragen geführt, die er ihr nicht beantworten durfte.

»Hast du schlecht geschlafen?«, fragte sie.

»Ja«, knurrte er über die Zeitung hinweg. Er las die Schlagzeilen, ohne ihren Sinn zu erfassen. Er wusste auch so, dass sich die Welt da draußen schon seit Monaten mit denselben Problemen herumplagte, während er seit gestern ganz andere wälzte.

»Spät geworden?«, fragte Ricarda.

Dornhoff sah kurz auf. Sie trug ihren flauschigen Frotteebademantel und hatte vorhin geduscht. Ihre Haare waren nass zurückgekämmt, Make-up trug sie noch keines. Die Krähenfüße um ihre Augen herum erschreckten ihn, genau wie die Falten um ihren Mund. Alles in seinem Leben wurde hässlich – auch sie.

»Hmhm«, sagte er und senkte seinen Blick wieder auf die Schlagzeilen.

»Ein neues Mandat?«

»Ja.«

Ricarda schwieg. War sie etwa eifersüchtig? Ausgerechnet heute? Es wäre eine seltene Ironie gewesen, nach allem, was gestern passiert war.

»Wollen Sie mich jetzt erschießen?«, hatte Carlsen ihn gefragt und die Stirn gerunzelt, nachdem Dornhoff die Waffe auf ihn gerichtet hatte.

»Ich will, dass Sie etwas unternehmen.«

»Und was soll das sein?«

»Finden Sie heraus, wer noch Bescheid wusste. Sagen Sie ihm …«

»Unmöglich. Das war alles unter uns. Es gab niemanden sonst. Und jetzt nehmen Sie die Waffe runter, bevor Sie sich unglücklich machen, verdammt noch mal!«

Dornhoff hatte bemerkt, wie der Revolver in seiner Hand von Sekunde zu Sekunde schwerer wurde, als würde die Last der Vergangenheit ihn nach unten ziehen. »Es *muss* aber Mitwisser geben. Wen?«

»Keinen!«, hatte Carlsen geschrien, und Dornhoff hatte zurückgeschrien und um Hilfe gewinselt und gespürt, wie ihm die Tränen kamen. Sein wunderschönes Leben, aller Luxus, alles Glück schienen in Gefahr zu sein, seit dieses kleine Päckchen eingetroffen war. Er hatte die Smith & Wesson weggesteckt und es nicht länger geschafft, Carlsens Blick standzuhalten.

Zu seinem Glück hatte Carlsen die Gelegenheit nicht ausgenutzt, um ihn zu überwältigen, sondern mit sanfterer Stimme gesagt: »Ich werde mich mal umhören. Bestimmt ist das alles bloß ein Missverständnis.«

Dann war Dornhoff gegangen. Wider Erwarten hatte Carlsen darauf verzichtet, ihm die Polizei auf den Hals zu hetzen.

Weil ich ihn in der Hand habe …

»Wie geht es mit dem SL weiter?«, riss Ricarda ihn aus den Erinnerungen an letzte Nacht.

Er schaffte es kaum, die Frage zu erfassen, geschweige denn eine plausible Antwort darauf zu finden. Nichts schien gerade unwichtiger zu sein als der Oldtimer, der ihn gestern beinahe umgebracht hätte. »Keine Ahnung. Mal sehen, was die Werkstätte sagt.«

»Eric, was ist los?«

»Was meinst du?«

»Nun, ich *meine*, dass du seit gestern früh völlig von der Rolle bist. Außerdem würdest du unter normalen Umständen kein anderes Thema mehr kennen als deinen SL. Was brütest du aus?«

»Überhaupt nichts!«, blaffte er. Das Piepsen seines Smartphones kam wie gerufen. Er stand auf, ging zum Schrank, löste das Gerät vom Ladekabel und entsperrte es.

Seine Referendarin Rita hatte ihm eine Nachricht geschickt: *Neues Mandat in Mordsache – dringend – Codewort »Revolver«.*

Das letzte Wort riss ihn beinahe von den Füßen. Alles begann zu kribbeln. Seine Beine, seine Arme, sein Kopf. Dunkelheit griff nach ihm. Er sah Funken vor seinen Augen fliegen. Mit aller Kraft kämpfte er die heranrückende Ohnmacht zurück.

»Eric, du solltest dich wieder hinlegen«, sagte Ricarda und strich ihm mit der flachen Hand über den Rücken.

»Lass mich!«, schrie er und fuhr herum. Ohne lange nachzudenken, packte er ihren Unterarm und drückte zu. Seine andere Hand schloss sich zur Faust.

»Du tust mir weh! Du bist ja verrückt! Lass mich sofort los!«

Aber Dornhoff konnte nicht mehr. Er war rasend vor Wut. Er musste etwas kaputt machen. Zerstören. Büßen lassen.

»Ich hasse dich!«, schrie Ricarda, da krachte seine Faust schon in ihr Gesicht.

31

Hanna Carlsen

Als sie wieder zu sich kam, war alles wie sonst. Dabei war nichts auch nur im Entferntesten normal. Doch so unglaublich es klang: Selbst das Abnorme wurde irgendwann zum Teil einer neuen Normalität. Inzwischen hatte sie sich beinahe schon an die Situation gewöhnt, nackt in einem Zylinder aus Glas zu stecken, als Teil einer riesigen Maschine, und anderen Leuten beim Sterben zuzusehen, während sie sich immer mehr fragte, wann sie wohl an der Reihe sein und auf welche Art die Maschine sie umbringen würde. Längst war ihr klar geworden, dass ihre Rolle nicht auf die einer Beobachterin beschränkt bliebe. Dass sie genauso sterben würde.

Sie hatte sich an ihren Bewegungsradius gewöhnt, der nicht viel größer war als ihr Körperumfang, wie auch daran, dass ihr keine andere Position erlaubt war, als zu stehen oder schlaff in ihrem Gefängnis zu hängen und sich dabei schmerzhafte Druckstellen und Verspannungen zuzuziehen. Sie hatte sich an die Schmerzen gewöhnt, an Durst und Hunger und an die entwürdigende Weise, ihre Notdurft zu verrichten. Es hieß, der Mensch gewöhne sich an alles – und fast hätte Hanna dem zugestimmt.

Doch an eines konnte sie sich nicht gewöhnen: dass sie nicht wusste, wieso. Wer tat anderen Menschen so etwas an? Worin lag der Sinn? Ging es um Bestrafung? Aber was hätte sie in ihrem jungen Leben schon verbrechen können, dass sie eine solche Strafe verdiente, und was hatten die anderen getan? Für eine simple Entführung und Erpressung der Angehörigen war das alles hier zu aufwendig. Es musste mehr dahinterstecken. Hass vielleicht. Oder etwas, das Verstand und Logik eines normal veranlagten Menschen nicht erfassen konnten. Handelte es sich am Ende um die Tat eines Geisteskranken, dem es Vergnügen bereitete, anderen Menschen auf möglichst abstruse Weise Leid zuzufügen?

Sie brauchte eine Erklärung und ahnte, dass sie keine bekommen würde. Wer auch immer für das hier verantwortlich war, zeigte sich ihnen nicht. Er hatte nicht einmal den Mumm, es selbst durchzuziehen, sondern ließ seine Maschine übernehmen, die sie tötete wie männliche Küken in einer industriellen Hühnerfarm.

Unmenschlich, fiel ihr das passende Wort ein. Alles hier war unmenschlich.

Hanna schloss die Augen und sah in ihrer Erinnerung den Mann, der als Erster hatte sterben müssen. Seinen ungläubigen, fast staunenden und schließlich entspannten, friedlichen Gesichtsausdruck, der einen merkwürdigen Kontrast zu dem bildete, was ihm widerfahren war. Sie sah auch das Blut, das aus seinem Körper quoll und nach unten lief, um sich am Boden des Zylinders einen oder zwei Fingerbreit hoch zu stauen.

Ein paar Minuten, nachdem die Maschine zugeschnappt hatte, war das Licht über dem Toten erloschen, genau wie das Licht an der Decke, und hatte sie und die anderen mit den eben gesehenen Bildern im Kopf zurückgelassen.

Und mit denen von News24. Der Fernseher war nun die einzige Lichtquelle. Die anderen – die, die nicht gerade das Glück hatten, schlafen zu können – hatten sich dem TV zugewandt und starrten auf die Mattscheibe. Genau wie sie selbst. Sie empfand es als Gnade, etwas anderes sehen zu dürfen als das, was sie umgab. Dabei erschloss sich ihr der Sinn des Fernsehers überhaupt nicht. Sie ahnte aber, dass er nicht den Zweck hatte, sie zu unterhalten.

Uhrzeit und Nachrichtenticker mitzuverfolgen, kostete sie große Anstrengung. Sie wusste inzwischen, dass es früher Vormittag war, dass die Welt ihre üblichen Problemchen wälzte und keine Ahnung von ihrem Schicksal hatte. Und selbst wenn die Behörden schon nach ihnen suchten, würde kaum öffentlich darüber berichtet werden.

Sie musste ihren Kopf ausschalten – und das Einzige, was ihr dabei helfen konnte, war das Fernsehbild.

Gerade lief die nächste Doku über irgendeinen amerikanischen Flugzeugträger. Man sah Jets starten und landen, technische Zeichnungen wurden eingeblendet. Hanna hatte sich noch nie für Kriegstechnik begeistern können – aber irgendwen musste sie wohl faszinieren.

Obwohl sie sich alle Mühe gab, es zu ignorieren, drängte sich ihr immer noch das Geräusch des Ventilators auf, der beständig Luft auf sie herabblies. Zuletzt hatte sich ab und an ein Pfeifen daruntergemischt, das langsam intensiver wurde. Immer, wenn Hanna es hörte, wurde der Luftzug des Ventilators schwächer. Womöglich kündigte sich ein mechanisches Problem an, das irgendwann zum Ausfall des Geräts führen konnte. Und dann? Was passierte, wenn keine weitere Luft von oben kam? Würde ihr die Luft ausgehen, wenn der Ventilator ausfiel? Sie erinnerte sich an die Horrorgeschichten von Leuten, die in Brunnen oder Heusilos stiegen und an einer Kohlendioxidvergiftung starben, die sie nicht mal bemerkten. Sie wurden bewusstlos, und kurze Zeit später waren sie tot.

Ein schöner Tod, dachte sie und verbot es sich zugleich, damit zu liebäugeln. Sie war jung. Viel zu jung zum Sterben. Sie war davon ausgegangen, der Großteil ihres Lebens läge noch vor ihr und mit ihm all die schönen Dinge, auf die sie Anrecht zu haben glaubte. Gleichzeitig ahnte sie, dass sie nie wieder dieselbe Frau sein würde – eine Frau, die auf die Idee gekommen war, den Moselsteig zu erwandern, auf der Suche nach sich selbst. Was hier geschah, würde sie zwangsläufig zu jemand anderem machen. Oder, viel wahrscheinlicher: Es würde sie töten.

Ihr Blick streifte wieder den Bildschirm. Gerade musste eine neue Stunde angebrochen sein, denn nun war ein Nachrichtensprecher zu sehen. Die Bilder im Hintergrund waren Hanna vertraut, weil sie seit Wochen, nein Monaten schon dieselben waren.

Langsam fielen ihr wieder die Augen zu. Sie war nicht mehr hungrig. Ihr Körper hatte den Hunger überwunden, doch der Durst blieb allgegenwärtig. Sie fühlte sich schwach und wollte schlafen. Der Ventilator blies, quietschte kurz, blies weiter. Der Fernseher war das einzige Hektische. Von den anderen Gefangenen bekam sie kaum noch etwas mit, und in dem großen Raum rundum war auch nichts mehr zu sehen. Keine Dominosteine, keine Pendel oder Sonstiges, was ihr Aufschluss hätte geben können, was als nächstes geschah. Dabei wusste sie, dass die Kette weiterlief. Dass es bloß eine Frage der Zeit war, bis …

Da blitzte wieder etwas auf. Einmal, zweimal, dann leuchtete es neben ihr durchgehend. Hanna hob den Kopf, doch sie konnte ihn nicht drehen, ihr Nacken war zu steif. Sie stöhnte vor Schmerzen, mühte sich in eine aufrechte Position und bewegte sich Stück für Stück in die Richtung, bis sie etwas sah.

Bis sie *ihn* sah.

Schnarchi.

Der Kerl mit den müden Augen und dem lethargischen Gehabe, der im Zylinder rechts von Hanna stand. Über ihm leuchtete eine Neonröhre. Auch Schnarchi selbst sah merkwürdig aus.

Auf seinem kahlen Kopf hatte sich etwas aufgetürmt, das ihm gleich darauf übers Gesicht rutschte und in tausend Teile zerfiel. Hanna musste die Augen schmal ziehen, um es erkennen zu können. War das Erde? Sand? Irgendein dunkles Pulver? Jedenfalls etwas, das in einem dünnen Faden von oben auf Schnarchi herunterrieselte, als befände er sich in einer Sanduhr. Hanna sah, dass er schon bis zu den Knien in dem Zeug stand. Er bewegte sich merkwürdig, als versuchte er, seine Füße herauszubekommen, schaffte es auch tatsächlich, sank aber sofort wieder ein. Um ihn herum staubte es, und er musste husten. Er versuchte es erneut heraus – ohne Erfolg. Schließlich ließ er es bleiben und setzte das resignierte Gesicht auf, das Hanna zur Weißglut trieb. Das Gesicht, das zeigte, dass der Kerl sich längst mit der Ausweglosigkeit seiner Situation abgefunden hatte.

»Hey!«, schrie sie ihn an und zuckte vom Schall zusammen. Er reagierte nicht einmal.

Schnarchi war also der Nächste. Irgendwann würde er in dem Zeug untergehen und ersticken wie in Treibsand. Dabei rieselte es so langsam von oben herab, dass es viele Stunden, womöglich sogar Tage dauern würde, bis es bedrohlich für ihn wurde. Schnarchi würde unendlich Zeit haben, sich auf seinen Tod einzustellen. Hanna hielt es sogar für möglich, dass er aus anderen Gründen starb. Dass er vorher verdurstete oder kollabierte.

Genau wie sie selbst.

32 Eric Dornhoff, Strafverteidiger

Dornhoff parkte seinen Porsche 911 in der Nähe des Hessischen Landeskriminalamts in Wiesbaden und lief die letzten paar Meter zu Fuß. Er fühlte sich schlecht. Da war ein beständiges Ziehen in seiner Brust. Mehrmals hatte er unterwegs dem Impuls widerstanden, einfach umzudrehen oder gar abzuhauen, vielleicht in sein Ferienhaus nach Garmisch, um sich dort für ein paar Wochen zu verkriechen und Gras über die tiefen Furchen wachsen zu lassen, die der letzte Tag in sein Leben gepflügt hatte. Dabei wusste Dornhoff, dass er nicht einfach abtauchen konnte. Dass er sich der Herausforderung stellen musste – und dass trotzdem nichts mehr so sein würde wie vorher.

Er hatte Ricarda verprügelt wie seit Ewigkeiten nicht mehr. Wieder und wieder hatte er zugeschlagen, bis sie vor ihm ins Schlafzimmer floh und er bloß noch auf die versperrte Tür eindreschen konnte. Als er sich halbwegs beruhigt hatte, hatte sie schon ihre Sachen gepackt und war wortlos abgehauen, zu ihrer Mutter vielleicht oder in irgendein Hotel, und Dornhoff hatte es mit einer merkwürdigen Leere hingenommen. Er wusste selbst, dass es vorbei war. Dass er seine letzte Chance verspielt hatte. Dass sie die Scheidung einreichen würde, so wie sie es ihm bereits vor Jahren angedroht hatte. Eine Scheidung, die ihn finanziell ruinieren würde. *Einmal noch, Eric. Ein einziges Mal noch, und ich bin weg.*

Und das war noch nicht einmal das Schlimmste. Alles wankte jetzt.

Dornhoff verabscheute den Menschen, der dafür verantwortlich war. Keiner schien je so viel über ihn gewusst zu haben. Keiner war ihm je so gefährlich geworden. Alles war von jetzt an gefährlich. Jede Bemerkung, jede Handlung konnte Dornhoff tiefer in den Strudel reißen, der ihn ganz zu verschlingen drohte.

»Dieses Schwein!«, zischte er durch die zusammengebissenen Zähne, betrat das Gebäude und brachte die Sicherheitskontrolle hinter sich. Dann meldete er sich an. Der Mitarbeiter telefonierte und wies ihm einen der Warteplätze zu.

Dornhoff blieb stehen. Er umklammerte den Griff seines Aktenkoffers, als wäre es der seiner Smith & Wesson, die er im Porsche gelassen hatte. Er hatte sich den Kopf darüber zerbrochen, wie er die Waffe hereinschmuggeln konnte, für alle Fälle, doch das wäre Wahnsinn gewesen. Er musste sich beherrschen und herausfinden, was den anderen antrieb. Und dann musste er ihm einen Deal anbieten, der besser war als seine kranken Pläne. Ja, genau so würde er es machen. Er war immer noch Eric Dornhoff, der beste Dealmaker weit und breit.

Mit gespielter Langeweile starrte er mal hierhin, mal dorthin und zwang sich, gründlich nachzudenken. Weshalb sich ausgerechnet das Hessische LKA um den Verhafteten kümmerte und nicht das Polizeipräsidium Frankfurt, war ihm ein Rätsel. Man hatte den Kerl mitten in der Stadt geschnappt, und normalerweise war das Polizeipräsidium *die* erste Anlaufstelle für Verbrechen in der Metropole. Doch jetzt war er hier. Dornhoff konnte nur mutmaßen, dass es mit der überregionalen Bedeutung des Falls zu tun hatte. Vielleicht wollte man das Bundeskriminalamt hinzuziehen, das ebenfalls in Wiesbaden saß. Oder man wusste aus anderen Gründen noch nicht, was man mit dem Verhafteten tun sollte.

Codewort »Revolver«.

Nachdem er sich wieder halbwegs im Griff gehabt hatte, hatte Dornhoff mit seiner Referendarin Rita telefoniert, die ihn mit den nötigsten Informationen versehen und hierhergeschickt hatte. Ein Mann, der sich »Nachtmann« nannte, hatte einen angeblichen Mord gestanden, der live im Internet übertragen worden war. Er hatte Dornhoff als seinen Verteidiger angegeben und ihm das Codewort *Revolver* ausrichten lassen.

Weil Dornhoff im Internet keine Aufnahmen von dem angeblichen Mord gefunden hatte, war er auf das angewiesen, was auf Facebook stand. Angeblich gab es eine Mordmaschine, die nach dem Dominoprinzip lief, und weitere vier Todeskandidaten, von denen jeden Tag einer vollautomatisch hingerichtet werden sollte – außer man erfüllte irgendwelche Aufgaben. Es schien eine große Sache zu sein. Richtig schlau war Dornhoff aus den Internet-Schnipseln nicht geworden, und die Mainstream-Medien, die er als Informationsquellen bevorzugte, berichteten nichts.

Dabei wusste er auch so, dass es diesem Nachtmann nicht darum ging, von ihm verteidigt zu werden. Nachtmann wollte etwas anderes. Etwas, das mit *damals* zu tun hatte.

»Herr Dornhoff?«

»Ja?«

»Kommen Sie«, forderte ihn ein Kripo-Beamter auf, der sich knapp als Beer vorstellte und Dornhoff auf seine Etage mitnahm. »Kennen Sie den Mann?«, fragte er im Fahrstuhl.

Ein Schweißtropfen löste sich von Dornhoffs Stirn. »Nein … wieso?«

»Weil er explizit nach Ihnen gefragt hat … Außerdem hat er dieses seltsame Codewort genannt.«

Dornhoff zuckte mit den Schultern und merkte selbst, dass die Bewegung deutlich zu ausladend ausfiel. Er musste wie ein

Schauspieler auf der Theaterbühne wirken. So souverän er war, wenn es um Deals in der Hochfinanz ging, so unsicher war er hier, im Auge der banalen Kriminalität. »Ich habe keine Ahnung«, sagte er möglichst ruhig und monoton, »vielleicht hat er ja mal irgendwo meinen Namen gelesen und im Kopf abgespeichert … von wegen Dornen und Hoffnung. Er wäre nicht der Erste.«

Erleichtert nahm Dornhoff wahr, dass Beer leise lachte. Dann sagte er: »Der ist völlig durchgeknallt. An Ihrer Stelle wäre ich gar nicht erst gekommen. Aber Sie können es sich ja immer noch überlegen, und wir fordern den Pflichtverteidiger an.«

»Was wird ihm denn vorgeworfen?«

Beer seufzte. »Er wirft sich selbst vor, einen Mann getötet und vier weitere Menschen entführt zu haben. Dabei verweigert er jede Auskunft, um wen es sich handelt und wo die Personen stecken sollen. Der Tote war angeblich ein Pädophiler.«

Dornhoff rümpfte die Nase. »Dann ist unser Mann ein Wohltäter mit einer Mission?«, fragte er und imitierte das professionell-abgestumpfte Lachen eines Strafverteidigers, den nichts mehr erschüttern konnte, während er innerlich kochte.

Die Aufzugstüren gingen auf.

»Hört sich so an. Wir sind noch dabei, die Bilder auszuwerten und zu verifizieren, ob etwas dran sein könnte. Aber solange uns dieser Nachtmann nicht weiterhilft … sagen Sie, wollen Sie wirklich da rein?«, fragte Beer, als sie vor der Arrestzelle ankamen, die von einem Justizbeamten bewacht wurde. Dornhoff nickte. Der Ermittlungsbeamte bedeutete dem Kollegen, die Tür aufzuschließen.

»Ja«, sagte Dornhoff und ignorierte sein Herz, das so schnell schlug wie seit Jahren nicht mehr.

»Ich komme mit Ihnen.«

Dornhoff erschrak. »Nein, nicht nötig«, sagte er schnell, »ich will allein mit dem Mandanten reden. Keine Störungen, verstanden?«

»Alles klar, Meister«, sagte Beer, und der andere Beamte zog die Tür auf.

33 Christian Brand

Gott allein wusste, was Björk von ihm wollte. Ihm war kalt, er war hungrig, sein Körper schmerzte, und er hatte keinen Plan, wo er steckte.

Verkatert zwang er sich, die Augen zu öffnen. Seit vielen Stunden lag er nun auf der Rückbank ihres Mietwagens. Er stemmte sich hoch und sah in die Landschaft hinaus, erkannte aber nichts. Keine Berge, Schilder oder sonstigen Anhaltspunkte hätten ihm verraten können, wo sie sich befanden.

Niemandsland.

Brand ließ sich zurücksacken. Seine linke Gesichtshälfte hatte auf der Kante der Türverkleidung gelegen und schmerzte. Er atmete durch den Mund, weil die Nase über Nacht weiter angeschwollen war. Trotzdem nahm er noch Spuren des Alkoholgeruchs wahr, der aus seinen Poren drang. Er merkte, dass er beim Schlafen gesabbert hatte, regte sich aber nicht, um Björk nicht zu verraten, dass er wach geworden war.

Nie im Leben hätte er gedacht, noch einmal etwas mit Björk zu schaffen zu haben. Besonders nachdem sie Erich hatte auffliegen lassen mit ihrer ach-so-tollen Gesichtserkennungsfähigkeit.

Freak.

Nein, das meinte er nicht wirklich so. Sie faszinierte ihn. Ihre Art, ihre Verschlossenheit, ihre Fähigkeiten. Und natürlich ihr

Baum-Tattoo, das seine Künstlerseele stets aufs Neue in den Bann zog. Gestern Abend jedoch hatte er sie verflucht – bis sie plötzlich wieder vor ihm gestanden hatte.

Jetzt kommen Sie endlich, hatte sie gesagt. *Ich habe etwas für Sie.*

Zwangsläufig musste sie das Bild gesehen haben, das sie nackt zeigte. Sie und ihr unfassbares Tattoo. Die Bruchstücke des Rahmens und die Fetzen der Leinwand lagen überall im zerstörten Wohnzimmer herum, und obwohl es kein Ganzes mehr war, war das Motiv des Bildes nach wie vor überdeutlich zu erkennen.

Björk hatte nichts dazu gesagt.

»Ganz bestimmt nicht«, hatte er sich gewehrt.

»Sie stehen unter meiner Aufsicht.«

»Sagt wer?« Obwohl er betrunken war, wusste Brand, dass sie ihn nicht mitnehmen konnte. Er war ein freier Mann. »Verschwinden Sie!«

»Nur mit Ihnen, Brand.«

»Sie können mich mal.«

»Ich habe etwas für Sie«, wiederholte sie ihren Spruch von vorhin.

»Ich bin nicht interessiert.«

»Wetten doch?«

Brand sah sie an, und als sich ihre Blicke trafen, passierte etwas Außergewöhnliches: Björk lächelte. Dann fügte sie hinzu: »Von mir aus *bitte* ich Sie auch, mit mir zu kommen. Aber es ist dringend. Wir müssen sofort los.«

»Wohin?«

»Sage ich Ihnen unterwegs.«

Björk war an ihn herangetreten und hatte ihm die Hand entgegengestreckt, um ihn vom Sofa hochzuziehen. Er hatte ihre Hilfe nicht angenommen, war ihr dann aber gefolgt, aus seiner zerstörten Wohnung und dem Haus heraus und hinein in ihren Mietwagen …

Und da war er nun.

Warum bloß?, fragte er sich zum wiederholten Mal, seit er wieder wach war. Vielleicht hatte an einem bestimmten Punkt die Neugier über die Verbitterung gesiegt. Vielleicht war er aber auch einfach nur zu erschöpft und zu betrunken gewesen, um sich weiterhin gegen sie zur Wehr zu setzen.

Er wünschte, er wäre gestern Abend nicht in eine leere, von der Polizei durchwühlte Wohnung gekommen, bei deren Anblick ihm endgültig die Hutschnur platzte. Hätte er bloß jemanden zum Reden gehabt.

Jemanden wie Erich.

Björk fluchte auf Schwedisch und verriss den Wagen. Die Fliehkraft drückte Brands Kopf erneut gegen die Türverkleidung, also setzte er sich auf und warf einen Blick aus dem Fenster. Sie waren ziemlich schnell unterwegs. Vermutlich auf der deutschen Autobahn. Er hörte eine Tastatur klappern, gefolgt von einem weiteren Fluch, der noch deftiger klang, selbst wenn man kein Schwedisch sprach.

Er lehnte sich nach vorne und spähte rechts am Fahrersitz vorbei, über ihre Schulter. Björk rüttelte am Bildschirm des Laptops, den sie auf dem Schoß hatte, während der Tacho zweihundertzehn Stundenkilometer anzeigte.

Brand sah auf die Straße und bemerkte, dass sie schon wieder nach rechts abdrifteten. Der Sicherheitsassistent fing an zu piepsen, und Björk vollführte die nächste hektische Lenkbewegung.

Brand gähnte mit gespielter Langeweile. »Multitasking?«, fragte er nach vorne und räusperte sich. Seine Stimme krachte wie die von Joe Cocker.

Björk antwortete nicht.

»Wo sind wir?«, versuchte er, sie vom Laptop weg- und ans Steuer des Wagens zurückzubringen.

»Schauen Sie mal nach links.«

Brand tat es und sah zuerst nur Wälder, dann eine riesige Abfertigungshalle. Schilder verrieten ihm, dass sie gerade am Frankfurter Flughafen vorbeikamen. Wie bestellt hob im selben Moment ein Frachtjumbo der Lufthansa ab.

Brand schaute wieder nach vorne. »Sind Sie etwa die ganze Nacht durchgefahren? So?«, fragte er und zeigte auf ihren Schoß.

»Wir sollten schon längst in Wiesbaden sein.«

»Na schönen Dank, dass wir trotzdem noch leben.«

Sie reagierte nicht. Brand konzentrierte sich auf den Bildschirm. Dieser zeigte einen Raum mit fünf zylindrischen Röhren. Menschen befanden sich darin. Ihre Gesichter waren mit roten Quadraten markiert. In einem Fenster im unteren Bereich lief irgendein Algorithmus, vermutlich zur Bildauswertung. Das Foto einer Frau poppte auf, die ein Gesicht zog, als sei sie gerade verhaftet worden – was seit den neuen Vorschriften für biometrische Passbilder wohl für alle Bürger Europas galt. Einen Moment später wurde der Monitor schwarz, und Björk rüttelte fluchend daran, bis er wieder aufleuchtete.

»Fahren Sie rechts ran, Björk.«

Sie stieß bloß genervt die Luft aus.

»Ich meine es ernst. Lassen Sie mich fahren, wenn Sie Computer spielen wollen.«

»Wir dürfen keine Zeit verlieren.«

»Wir dürfen auch nicht tot sein.«

»Sind Sie so ein Angsthase geworden, Brand?«

»Raus jetzt. Ich fahre.«

»Ihre Fahne stinkt zum Himmel.«

Das stimmte. Aber trotz erheblichen Restalkohols im Blut waren ihre Überlebenschancen mit ihm am Steuer bestimmt besser als so. »Raus jetzt, verdammt!«, schimpfte er.

»Von mir aus«, sagte sie, bremste scharf und steuerte den Wagen an die Seite. Ein Lkw zog hupend an ihnen vorbei. Sobald sie standen, sprang Björk aus dem Wagen und lief um die Kühlerhaube herum, während Brand der Einfachheit halber über die Mittelkonsole nach vorne kletterte. Dabei merkte er, wie sehr sein Körper schmerzte, an allen möglichen und unmöglichen Stellen zugleich. Bestimmt stank er wie eine halbe Fußballmannschaft nach dem Spiel. Aber das war Björks Problem, nicht seins.

»Los!«, befahl sie.

Brand gab Gas. »Was haben Sie da?«, fragte er wenige Minuten später. Sie sah sich weiterhin die Aufnahmen an und glich sie mit Fotos ab, die alle paar Sekunden aufpoppten. Zwischendurch rüttelte sie immer wieder am Bildschirm.

»Unseren neuen Fall.«

»Unseren?«

Sie schwieg.

»Vergessen Sie's, Björk. Ich bin kein Polizist mehr.«

»Habe ich gesehen.«

»Sie hätten sich niemals einmischen dürfen.«

»Hätte ich nicht?«

Die Wut schnürte ihm die Kehle zu. Er musste mehrmals tief durchatmen, bevor er die nächste Frage stellen konnte: »Seit wann wussten Sie Bescheid, Björk?«

»Worüber?«

»Über die Falle.«

»Welche Falle?«

»Die, in die wir in Wien getappt sind.«

»Blödsinn. Es gab keine Falle.«

»Was hatte Europol denn sonst in Wien verloren?«

Björk klappte ihren Laptop zu. »Ich bekam einen internen Tipp, Brand. Glauben Sie mir, ich hätte die Überwachungsaktion nicht mehr verhindern können. Außerdem hätte ich Sie ja kaum davor warnen können, oder?«

Er hatte große Lust, mit beiden Füßen zugleich aufs Bremspedal zu drücken, doch er blieb auf dem Gas. »Ach, hätten Sie nicht?«

»Nein … und das wissen Sie auch. Hören Sie, ob Sie mir glauben oder nicht – ich habe getan, was ich konnte, um Ihnen zu helfen. Übrigens in meiner Freizeit.«

»Wie nett von Ihnen. Erich freut sich bestimmt darüber.«

»Für Ihre *Freunde* kann ich nichts.«

Brand biss die Zähne zusammen.

»Sie können niemanden vor sich selbst retten, Brand. Erst recht keinen Mörder.«

Er wollte etwas sagen, *musste* etwas sagen, fand aber kein Gegenargument, also schnaubte er bloß.

Sie klappte ihren Laptop wieder auf, rüttelte und tippte, bis sie es schließlich bleiben ließ und zum Seitenfenster hinaussah.

Eine sehr schweigsame halbe Stunde später nahmen sie die Ausfahrt Wiesbaden-Biebrich.

Brand wollte sich nicht dafür interessieren, was Björk in Wiesbaden verloren hatte. Er wollte auch nicht nach Wien zurück, und an den Hallstätter See, wo seine Familie lebte, schon gar nicht. Das Einsatzkommando Cobra schied aus, Erich schied aus, Björk schied aus. Er war frei wie ein Vogel, konnte alles tun, was er wollte – dabei wollte er eigentlich gar nichts.

Am ehesten hatte er Lust, Björk zu provozieren. Deshalb sagte er: »Und was jetzt? Kaufen Sie mir wieder einen Anzug und stellen mich unter die Dusche?«

Sie schien sich nicht an der kleinen Anspielung auf ihren ersten Einsatz zu stören, im Gegenteil: Sie unterdrückte ein Gähnen und erwiderte trocken: »Das müssen Sie diesmal ganz alleine schaffen, Brand.«

»Ob ich will oder nicht?«

»Ich weiß, dass Sie wollen. … Da vorne links abbiegen!«

Wenige Minuten später zeigte Björk auf ein Gebäude. Brand hielt an. Björk stieß die Tür auf und sprang aus dem Fahrzeug.

»Halt!«, rief Brand ihr nach und konnte nicht anders, als auf ihr Tattoo zu starren, das über die Ärmelenden ihres Rollkragenshirts hinausragte. Es brachte Erinnerungen zurück, die er nicht haben wollte. Und doch …

Sie drehte sich um, und zum ersten Mal seit gestern trafen sich ihre Blicke wieder. »Machen Sie sich einsatzfertig, Brand, gehen Sie unter die Dusche und holen Sie mich anschließend hier ab.«

»In Ihren Träumen.«

»Was?«

Brand drehte den Zündschlüssel, zog ihn ab und sprang aus dem Fahrzeug, das halb auf der Fahrbahn stand. »Ich bin doch nicht Ihr Chauffeur«, setzte er nach und warf ihr den Schlüssel zu, den sie erstaunlich lässig fing. »Also, wohin?«

»Wohin? Wollen Sie vielleicht mitkommen? … So?« Sie blickte an ihm herab, als hätte sie einen verwahrlosten Hund vor sich.

Brand war das egal. *Ich habe etwas für Sie*, hatte er ihre Worte noch im Ohr, und: *Ich weiß, dass Sie wollen.*

»Genau so«, sagte er und ging los, ohne zu wissen, wohin und zu wem. Vor allem aber: wozu.

Als er hörte, dass sie ihm folgte, musste er sich ein Grinsen verkneifen.

34 Eric Dornhoff, Strafverteidiger

Dornhoff trat ein und sah den Mann am Fenster stehen, der dafür verantwortlich war, dass sein Leben in seine Einzelteile zerbrach.

Nachtmann.

Sein Herz schlug jetzt so schnell, dass er jederzeit mit einem Kollaps rechnete. Er spürte, wie sich an seinem Haaransatz ein Schweißtropfen löste und die Stirn hinabrann. Eilig wischte er ihn weg, mit der bloßen Hand. Sein Atem rasselte wie der eines Asthmatikers.

Hinter ihm fiel die Tür ins Schloss und wurde wieder versperrt. Jetzt waren sie allein.

Nachtmann stand am Fenster, hielt Dornhoff den Rücken zugekehrt und ließ sich die Sonne ins Gesicht scheinen, als wäre er in einem Hotelzimmer an der französischen Riviera. Er schien ganz ruhig zu sein und alles spannender zu finden als den Besucher, der eben eingetroffen war.

Dornhoff sah die Haare, die zerzaust abstanden, teils dicht, teils schütter – als litte der Mann unter partiellem Haarausfall. Dornhoff schaute Männern gerne auf die Haare. Er selbst schluckte seit Jahren Finasterid für seine Haarpracht – eine körperliche Belastung, die vom Überlegenheitsgefühl Glatzköpfen gegenüber mehr als wettgemacht wurde. Von Überlegenheit war hier keine Spur, doch immerhin gab ihm der Makel des anderen ein wenig Selbstsicherheit zurück.

Du willst mich also vernichten, dachte er, stellte seinen Aktenkoffer ab und räusperte sich.

Nichts passierte.

Dornhoff stellte fest, dass er anfing zu zittern. Dieser Kontrollverlust, der sich in den Armen, in den Beinen und auch in seiner Halsmuskulatur bemerkbar machte, war wie ein weiterer Riss in seiner Fassade. Er fühlte sich unterzuckert, und das war er wohl auch. Er hatte am Morgen nichts essen können. Genau wie am Abend davor.

Er ahnte, dass Nachtmann absichtlich schwieg. Er wollte entscheiden, wann es Zeit war zu sprechen, und damit von vornherein die Oberhand über das Gespräch gewinnen. Dornhoff hasste derartige taktische Machtspielchen, doch er musste sich darauf einlassen. Er war in Nachtmanns Hand. Wie ein Vogel, den man zerdrücken konnte.

Ich hasse dich.

»Sie haben nach mir gerufen – nun, hier bin ich«, sagte er und war erleichtert, dass wenigstens seine Stimme hielt. Sie hatte ihm stets treue Dienste geleistet, war fest und unverwüstlich.

»Wie ich höre, sind Sie nervös«, attestierte Nachtmann ihm sogleich das Gegenteil. Er würdigte Dornhoff weiterhin keines Blickes, drehte den Kopf aber so weit zur Seite, dass sich ein seltsam deformiertes Ohr und eine große Narbe an der Wange offenbarten, deren Ausläufer bis zum Hals reichten.

Dornhoff erschrak. Sosehr er Glatzköpfe belächelte, *auf sie herabschaute*, so viel Respekt hatte er vor Leuten, denen Schlimmes widerfahren war. Fremdes Leid, vor allem sichtbares Leid, hielt er nur ganz schwer aus. Unweigerlich musste er an seinen Großvater denken, den der Krieg ein Auge gekostet hatte. Die Narbe hatte Dornhoff Zeit seines Lebens Angst eingejagt. *Ansichtskarte aus Russland*, hatte der Großvater sie genannt.

»An Ihrer Stelle wäre ich auch nervös«, fuhr Nachtmann fort, drehte sich jetzt ganz zu ihm um und offenbarte sein Antlitz, das schlimmer aussah als jedes, in das Dornhoff zuvor geblickt hatte. Nachtmann musste einen schrecklichen Feuerunfall gehabt haben, der mehr schlecht als recht behandelt worden war. Es war unmöglich, den Zeitpunkt des Ereignisses oder das heutige Alter Nachtmanns zu bestimmen. Die Narben ließen ihn alt erscheinen. Dabei wirkten seine Stimme und seine Haltung wie die eines jungen Mannes.

Er ist jung. Viel jünger als ich, dachte Dornhoff, ohne sich dadurch besser zu fühlen. Überlegenheit war schließlich keine Frage des Alters. Er sah in die eisblauen Augen des Mannes.

»Wie das Leben so spielt, nicht wahr?«, sagte Nachtmann und verzog die Mundwinkel zu einem fratzenhaften Grinsen.

Das Wort »spielt« hatte merkwürdig geklungen, fand Dornhoff, als hätte Nachtmann Probleme, das P auszusprechen. Einzelne Partien seiner Gesichtshaut spannten sich so sehr, dass das Blut daraus wich und der Knochen darunter weiß hervortrat. Dornhoff spürte ein Kribbeln, das sich bis ans Ende seiner Wirbelsäule zog. Es bereitete ihm geradezu körperlichen Schmerz, den Kerl ansehen zu müssen.

»Was wollen Sie?«, blaffte Dornhoff, aggressiv und angsterfüllt wie ein Hund, den man in die Enge getrieben hatte.

»Geduld, Geduld. Erst mal danke ich Ihnen, dass Sie gekommen sind«, sagte der andere und machte einen winzigen Schritt auf Dornhoff zu.

Der widerstand dem Impuls zurückzuweichen. »Sie haben mir ja keine andere Möglichkeit gelassen.«

Nachtmann kam noch näher. »Das stimmt wohl.«

Dornhoff streckte die flache Hand aus. »Bleiben Sie stehen.«

»Weshalb? Haben Sie Angst? Oder ekeln Sie sich etwa?«

»Nein. Ich … äh«, stammelte er, wich Nachtmanns Blick aus und registrierte, wie im Fenster hinter ihm der Ast eines Baums sanft im Wind schwang. Er musste einen Ausweg finden. Einen Deal machen und verschwinden. Er dachte an das Paket. Das Handy. Die Drohung gegen Ricarda. *Russisches Roulette.* »Was wollen Sie von mir?«, fragte er mit neuem Mut und richtete den Blick wieder auf Nachtmann.

»Wenn Sie es nicht wüssten, wären Sie nicht gekommen.«

»Ich soll Sie *verteidigen*?«

Nachtmann sah ihn an, verharrte mehrere Sekunden reglos – und platzte dann regelrecht vor Lachen, wobei sich sein Gesicht so stark verzerrte, dass Dornhoff fürchtete, die Haut könnte reißen. Noch ehe das schallende Gelächter verhallt war, fasste er sich wieder. »Sie sind doch ein intelligenter Mensch, lieber Eric«, sagte er mit leiser Stimme. »Um diese Intelligenz nicht zu beleidigen, schlage ich vor, dass wir jetzt über Ihr nahendes Ende reden.«

Dornhoff schauderte. »Mein … was?«

»Sie haben mich schon verstanden.«

»Sie sind ja verrückt.«

Nachtmann fing erneut an zu lachen. »Schuldig im Sinne der Anklage. Verrückt. Nicht an seinem Platz. Genau wie Sie.«

»Ich muss mir das nicht länger anhören.«

»Doch, das müssen Sie. Weil die Welt sonst von der Sache erfahren wird.«

Dornhoff spürte einen Schmerz in der Magengrube, als hätte Nachtmann seine Faust hineingerammt. *Welche Sache?*, lag ihm auf der Zunge, doch er verkniff sich die Frage. Er wusste, dass Nachtmann alles wusste. Er musste eine andere Taktik finden. Nur gab es keine.

»Niemand wird einem Mörder glauben«, stammelte er und versuchte, Nachtmann mitleidig anzusehen.

»Es wird nicht nötig sein, dass man mir glaubt. Gehen Sie davon aus, dass die Beweise für sich sprechen. Aber fühlen Sie es denn gar nicht selbst? Es ist so leicht, sich zu offenbaren, und so schwer, allein mit der Schuld zu leben.«

»Sagte der Mörder.«

»Wieder stellen Sie sich dümmer, als Sie sind, lieber Eric. Ich lebe zu keiner Sekunde allein mit meiner Schuld. Ich teile sie mit der Welt, und das ist wirklich ungemein befreiend. Sie sollten sich diesen Genuss nicht länger vorenthalten.«

»Ersparen Sie mir Ihr krankes Gequatsche«, schnauzte Dornhoff, als er merkte, dass jeder Ansatz wirkungslos an seinem Gegenüber abperlte.

Nachtmann wandte den Blick ab. »Wissen Sie, was lustig ist?«

Dornhoff schwieg. Nur mit großer Mühe und Konzentration gelang es ihm noch, sich zu beherrschen. Hätte der Kerl nicht all diese Narben gehabt – Dornhoff hätte den Moment der Unachtsamkeit des anderen gnadenlos ausgenutzt und ihm einen Schwinger verpasst, von dem er sich nicht mehr erholte.

Und dann?

»Lustig ist, wer den Anstoß zu meinen Morden gegeben hat«, hörte er Nachtmann sagen. »Ich war es nicht. Und nun raten Sie mal, wer.«

Die Gewaltfantasien verschwanden und machten Platz für ein Bild, das Dornhoff am liebsten für immer aus seinem Kopf verbannt hätte. Er sah sich selbst, wie er auf die Eins drückte, auf diesem verdammten Telefon, das Nachtmann ihm geschickt hatte.

»Das Licht der Erkenntnis«, sagte Nachtmann beinahe stimmlos. »Immer wieder faszinierend, Gedanken flackern zu sehen. Ja, genauso ist es. Sie waren es. Ohne Sie wäre die Maschine nicht ins Laufen gekommen. Sie haben den Menschen den Tod geschenkt.«

Dornhoff rang um Fassung. Er erinnerte sich an die Posts und Diskussionen im Internet. *Er* hatte diese Mordmaschine angestoßen? *Er* war der Faktor, ohne den die anderen weiterleben würden, die Ursache, die in der Kausalkette nicht wegzudenken war? Als Jurist dachte er sofort an mangelnden Vorsatz und fehlende Heimtücke. Er hatte schließlich nicht wissen können, was er tat, als er die Eins drückte. Niemand konnte ihn dafür verantwortlich machen.

»Und doch tragen Sie jetzt noch mehr Schuld als ohnehin schon«, sagte Nachtmann, als hätte er seine Gedanken gelesen. »So viel Schuld auf diesen Schultern.«

»Seien Sie still!«, tobte Dornhoff. Seine Augen zuckten hin und her. Er suchte einen Ausweg. Einen ... Deal. Eric Dornhoff, der Dealmaker, der perfekte Mittelsmann zwischen Angebot und Nachfrage, konnte jeden retten. Auch sich selbst. »Wie viel wollen Sie?«

»Ich habe Ihnen meinen Preis schon genannt.«

»Und zwar?«

Nachtmann seufzte. Nach einer schier endlosen Pause trat er ganz nah an Dornhoff heran, hob die Hände und legte sie an dessen Wangen.

Dornhoff starrte ihn erbost an und wollte gerade einen Schritt zurücktreten – als er sah, dass der Mann hinter seiner brandzerfressenen Fassade zu weinen schien.

Mit zitternder Stimme flüsterte Nachtmann: »Der Preis für mein Schweigen ist Ihr Leben.«

35 Inga Björk, Europol

»Beer«, stellte sich der Mann vom LKA vor, mit dem sie in den frühen Morgenstunden telefoniert hatte, während Brand auf dem Rücksitz des Mietwagens seinen Rausch ausgeschlafen hatte. Brand, der jetzt neben ihr stand, begrüßte Beer ebenfalls. Er stank, dass man sich schämen musste. Ihr kamen starke Zweifel, ob es wirklich richtig gewesen war, ihn aus Wien mitzunehmen. Sie hatte gedacht, sie sei es ihm schuldig, müsse sich um ihn kümmern, nachdem sie sich unaufgefordert in sein Leben eingemischt hatte. Hätte sie sich bloß von Anfang an rausgehalten …

Sie war so müde, dass sie kaum noch stehen konnte. Mehrmals wäre sie während der letzten halben Stunde im Auto fast eingeschlafen.

Auf dem Weg nach oben weihte Beer sie in den aktuellen Ermittlungsstand ein, was für Björk einer Wiederholung gleichkam, während Brand die Eckdaten des neuen Falls zum ersten Mal hörte. Ein Raum, fünf Gefangene, einer von ihnen tot, unbekannter Ort, unbekannte Identität. Der Täter ein Phantom, das sich Nachtmann nannte und letzte Nacht geschnappt wurde, Identitätsfeststellung erfolglos, Motiv unbekannt.

»Hat er nichts gesagt?«, fragte sie.

»Kein Wort. Er spricht gerade mit seinem Anwalt … seit fast einer Stunde schon.«

»Hat er einen verlangt?« Beer sah sie an, als verstünde sich das von selbst. Björk bevorzugte klare Aussagen. »Hat er?«, fragte sie lauter.

»Ja.«

Sie wusste aus dem Protokoll dieser Internet-Livesendung, dass Nachtmann sich freiwillig gestellt hatte, schaffte es aber kaum noch, ihre Gedanken zu einem sinnvollen Ganzen zusammenzufügen. »Ist schon klar, was die nächste Aufgabe sein wird?«

»Sie meinen, für uns hier?«

»Nein … die nächste Aufgabe, um die Gefangenen zu retten.«

»Die *angeblichen* Gefangenen«, verbesserte Beer.

»Angeblich?«

»Solange nichts bewiesen ist und der Mann den Mund nicht aufmacht, gehen wir von einem Fake aus.«

Björk dachte an den Raum mit den fünf Zylindern. Bisher hatte sie die Aufnahmen nur auf ihrem Laptop aufrufen können, der mittlerweile den Geist aufgegeben hatte – doch abgesehen von der generellen Abgedrehtheit des Settings hielt sie die Bilder für glaubhaft. Dennoch war bei den mittlerweile immer besser werdenden technischen Möglichkeiten ein Fake durchaus denkbar …

Beer sprach weiter: »Außerdem sitzt er ja hier fest. Wie will er da noch Forderungen stellen?«

»Können wir ihn sehen?«, fragte Brand.

»Wieso wären Sie sonst hier?«, antwortete Beer und musterte Brand. Er führte sie aus dem Fahrstuhl in einen Gang und wollte gerade weitersprechen, als es vor ihnen hektisch wurde. Jemand schrie, gleichzeitig hörte man ein Stöhnen.

»Runter damit!«, blaffte eine Männerstimme aus dem Inneren eines Raums, dessen Tür offen stand.

Brand stürmte los. Beer zog seine Waffe und rannte ihm hinterher, Björk folgte. Ein gedämpfter Knall war zu hören, dann ein zweiter, deutlich lauterer Schuss. Wieder stöhnte jemand auf.

Brand war dort, lehnte sich mit dem Rücken zur Wand und spähte um die Ecke, bevor er zurückwich und Beer bedeutete, ihm die Waffe zu geben – was dieser natürlich nicht tat. Stattdessen sprang er, die Pistole im Anschlag, in den Türrahmen. »Fallen lassen! Sofort!«

»Sagt Ricarda, dass ich sie liebe«, drang die Stimme eines Mannes zu Brand und Björk heraus. »Es tut mir so leid. Alles!«

»Waffe runter! Sofort!«, blaffte Beer.

»Beer, ins Bein, los!«, schrie Brand, doch der LKA-Mann zögerte.

Auch Björk war jetzt an der Tür und versuchte, das Geschehen im Inneren des Raums zu erfassen. Jemand lag in einer Blutlache auf dem Boden. Ein Beamter stand zusammengekrümmt an der Wand und hielt sich den Oberarm. Der Mann, der noch aufrecht stand, war fast vollständig von Beers Rücken verdeckt. *Anzugträger*, dachte Björk noch. *Der Anwalt.*

»Beer! Schießen Sie ins Bein, verflucht!«, rief Brand.

Nur einen Augenblick später knallte es tatsächlich, ohrenbetäubend laut. Blut spritzte an die Decke und hinterließ einen Fleck, der aussah wie von einem Paintball.

Björk begriff, dass es kein Paintball war, noch bevor der Körper des Anzugträgers leblos zu Boden sackte.

Der LKA-Mann ließ die Waffe sinken, ohne geschossen zu haben.

Brand zischte etwas, das sich wie ein Fluch anhörte. Dann schrie er Beer an: »Wieso haben Sie mir die Waffe nicht gegeben, wenn Sie nicht schießen können?«

Er war außer sich. Nichts erinnerte mehr an den stinkenden Kartoffelsack auf der Rückbank. Björk wurde klar, dass sie ihn weder aus Fürsorge noch aus Schuldgefühlen mitgenommen hatte.

Aber das war jetzt egal. Sie konzentrierte sich auf den Raum. Ein unbekannter Mann hatte einen Kopfschuss abbekommen und lag reglos am Boden. Der Anzugträger hatte sich selbst gerichtet.

Brand hatte recht: Beer hätte sofort schießen müssen. Jetzt waren zwei Männer tot.

»Sind das die beiden?«, fragte sie Beer und hoffte inständig, dass es sich nicht ausgerechnet um Nachtmann und seinen Anwalt handelte.

»Ja«, zerstörte der LKA-Mann ihre Hoffnung.

Anwalt und Täter ... Verbündete, wenn man so wollte ...

»*Fan helvete!*«, fluchte sie.

»Was zum Teufel ist hier passiert?«, herrschte Beer den Justizbeamten an, der am Oberarm blutete, während Brand über den Anwalt hinwegstieg und sich um den Verhafteten kümmerte.

Bevor der Beamte antworten konnte, hörte Björk eilige Schritte im Gang und sah hinaus. Aus beiden Richtungen rannten mehrere Personen auf sie zu. Mindestens zwei hatten ihre Waffen gezogen. »Situation geklärt!«, rief sie schnell. Beer drängte sich an ihr vorbei, um die Kollegen ins Bild zu setzen.

»Er lebt! Rufen Sie einen Notarzt, sofort!« Brands Stimme klang sehr bestimmt.

»Was ist denn hier passiert?«, wollte ein älterer Mann wissen – vermutlich war er Beers Vorgesetzter. Er warf einen Blick in die Zelle hinein. »Beer, was in drei Teufels Namen!«

Der LKA-Mann wehrte sich lautstark: »Wir sind eben erst dazugekommen. Die Tür war offen. Jemand hat geschrien, und dann hat es auch schon geknallt. ... Hey, Sie, wie ist er an Ihre Waffe gekommen?«, fragte er den Justizbeamten, der noch immer seinen Oberarm umklammert hielt und mittlerweile sehr blass war.

»Er hat mich reingerufen«, antwortete der Mann keuchend und ging in die Hocke, während einer der Neuankömmlinge seinen Gürtel aus der Hose zog, um den Arm abzubinden.

»Er?«, fragte Beer und zeigte auf den Mann, um den Brand sich kümmerte.

»Nein. Der andere. Der Anwalt. Er hat behauptet, der Gefangene habe ihn angegriffen. Ich wollte ihn eben fixieren – als er von hinten meine Waffe gezogen hat.«

»Der Anwalt?«, staunte der Ältere.

Der Beamte nickte schuldbewusst. »Ich ...« Weiter kam er nicht mehr. Er verdrehte die Augen und sackte zusammen.

»Wo bleibt der Notarzt?«, rief Brand.

Björk vergewisserte sich, dass einer der eingetroffenen LKA-Männer telefonierte, dann sah sie sich den am Boden liegenden Mann genauer an. Nachtmann. Er hatte wohl kaum eine Chance zu überleben. Ein Loch klaffte in seiner rechten Schläfe, als hätte er den Kopf in letzter Sekunde abgewandt. Sein Brustkorb hob und senkte sich, ohne dass Brand ihn hätte beatmen müssen. Noch. Björk wusste, wie schnell sich das ändern konnte.

Sie erkannte Narben, transplantierte Haut und andere Hinweise auf plastische Eingriffe, die womöglich mit einem Unfall zu tun hatten. Die Wiedererkennung dieses Phantoms erleichterte das bestimmt nicht, und ob der Mann je wieder zu sich kommen würde, stand in den Sternen.

Wie es aussah, hatte sich ihr neuer Fall samt *unbeschränkten Ressourcen* gerade deutlich verkompliziert.

36 Sophia Weiland, Unfallärztin

Sie stand hinter dem Küchenfenster ihres Einfamilienhäuschens am Berliner Lilienthalpark, rührte die Tomatensoße um, gab die Nudeln ins Wasser und sah auf die Straße raus. Jede ihrer Bewegungen war mechanisch, gesteuert von einem Geist, der keine Emotionen zulassen durfte.

Vor wenigen Minuten hatte Chefarzt Seifert angerufen, der sie von den weiteren Entwicklungen rund um das Schussopfer unterrichtete, das sie und ihr Team in der Nacht behandelt hatten. Der Mann hatte überlebt. Zahlreiche Medien interessierten sich für ihn und für das, was ihm während einer Verkehrskontrolle in den Nachtstunden widerfahren war. Außerdem wollten sie die Ärztin interviewen, die den Mann gerettet hatte.

»Darauf verzichte ich gerne.« Sophia vermied die Medien, wo es ging. Leider war sie eine gefragte Interviewpartnerin und kam sich nicht selten wie die Vorzeigeärztin des Krankenhauses vor. »Du redest so gut«, hörte sie immer wieder von ihren Kollegen, seit sie nach einem großen Verkehrsunfall mit Dutzenden Verletzten das erste Statement an die Presse abgegeben hatte. Dabei wollte sie sich eigentlich von öffentlichen Auftritten fernhalten. Nein: Sie *musste* sich fernhalten.

»Zu Ihrem eigenen Schutz werde ich Ihren Namen nicht erwähnen. In Ordnung?«

Sophia hatte das Angebot des Chefarztes erleichtert angenommen.

Die Nacht hat begonnen, erinnerte sie sich an die Worte auf der Rückseite des Fotos. Sie schob sie weg, doch sie drängten immer wieder in ihr Bewusstsein zurück. Mit aller Willenskraft konzentrierte sie sich auf das Geschehen draußen. Die Nachbarin von gegenüber – Lilian – saugte die Steinplatten, die über ihren perfekten Rasen führten. Lilian war immer am Putzen. Sophia rätselte, wozu man Haus und Garten so sauber halten sollte wie einen Operationssaal. Herr Stromm von nebenan musterte die akribischen Putzarbeiten durch ein Fenster im Obergeschoss. Sophia stellte sich vor, dass es sein Arbeitszimmer war, in dem er vielleicht Romane schrieb – wahrscheinlicher war aber, dass er von dort die beste Sicht auf die Nachbarin hatte. Ein Junge fuhr auf der Straße Fahrrad und riss immer wieder die Lenkstange in die Höhe, um anschließend ein paar wackelige Meter weit auf dem Hinterrad zu balancieren. Vielleicht wurden er und Felix Freunde, womöglich sogar beste Kumpels, in ein paar Jahren, wenn Felix größer war. Die Gegend war ruhig genug zum Spielen, doch es gab kaum Kinder hier, was an den Immobilienpreisen lag, die immer weiter stiegen. Wie in jeder anderen, halbwegs akzeptablen Wohngegend in den großen Ballungsgebieten. Sophia wusste, was für ein Glück sie hatten, den Zuschlag für das Haus hier bekommen zu haben. Mick und sie waren dem Vorbesitzer sympathisch gewesen – sympathischer jedenfalls als der Bauträger, der bereits mehrere Grundstücke in der Nachbarschaft besaß und Rekordpreise dafür zahlte, hier eines Tages das ganz große Projekt aus dem Boden stampfen zu können. Für den Moment standen sie diesen Plänen im Weg.

Für den Moment, dachte Sophia. Den Moment, den sie sich noch so viel länger gewünscht hätte.

Sie weinte nicht. Sie hatte nicht geweint und würde auch nicht weinen. Nicht, weil es nicht ging. Sondern weil sie davon verräterische Augenringe bekam, die sich nicht auf die Müdigkeit vom Nachtdienst schieben ließen. Mick hatte einen sechsten Sinn für ihre Tränen entwickelt – und auch Felix merkte ihr die Traurigkeit an. Sie durften aber nichts merken. Gar nichts. Wenn Felix und Mick gleich nach Hause kamen, sollten sie glauben, alles sei wie immer und Mama habe bloß zu wenig Schlaf gefunden. Im Nachhinein sollten sie mit voller Überzeugung behaupten dürfen, keine Ahnung von der Last gehabt zu haben, die auf Sophias Schultern ruhte.

Sie schloss die Augen und spürte ein letztes Mal das wohligwarme Gefühl der Sicherheit, das sich in diesem Haus einstellte. Sie hatte immer an ein Happy End für sich und ihre Familie geglaubt.

Bis heute Morgen.

Es gab kein Happy End für sie.

Sie öffnete die Augen wieder und sah, dass Mick und Felix gerade vom Schütte-Lanz-Spielplatz heimkamen. Sie schlenderten die Straße entlang, und wie üblich fand Felix alle paar Meter etwas, dem er seine ganze Aufmerksamkeit widmete – einen Stein, eine Schnecke, Blumen und am allerliebsten Pfützen, in die er mit Leidenschaft hineinspringen konnte.

Nicht. Weinen.

Sophia stand immer noch am Fenster, als sie hörte, wie die beiden hereinschlichen. »Pscht!«, machte Mick. Felix flüsterte etwas zurück und war dabei lauter, als wenn er normal gesprochen hätte.

»Oh, schau, Mama ist schon wach!«, sagte Mick, als sie in die Küche kamen. »Und sie hat gekocht! Spaghetti!«

»Jaaa!«, rief Felix und drängte sich an seinem Papa vorbei, um von ihr hochgehoben zu werden.

Sie gab Mick einen Kuss, dann knuddelte sie Felix und fuhr ihm durchs zerzauste Haar. »Da müssen wir aber bald zum Friseur, hm?«, scherzte sie und lachte, was sich in ihren Ohren erbärmlich anhörte.

Weil die Uhr am Herd piepste, wandte sie sich wieder den Töpfen zu und goss das Wasser ab. Sie verteilte die Nudeln auf drei Teller – zwei aus dem Bestand von Micks Elternhaus, den Bärchenteller aus Plastik für Felix – und leerte die Soße darüber. Felix half ihr und balancierte seine Portion alleine zum Tisch – zu ihrer Überraschung ohne Unfall und Tränen.

»Käse?«, fragte Mick, als sie saßen, und hielt die Reibe über Felix' Teller.

»Neiiin!«, schimpfte er und stieß Micks Hand weg. Dann lachten die beiden.

Nicht. Weinen.

Sophia drehte Nudeln auf ihre Gabel und schob sie sich in den Mund. Sie musste sich zum Essen zwingen und hoffte bloß, dass es unten blieb.

»Hat Mama gut gekocht, ja?«, fragte Mick, und Felix, dem eine Nudel am soßenverschmierten Kinn hing, nickte eifrig und schluckte.

»Super gekocht.« Dann schob er den Löffel, den er in der Faust hielt, herzhaft in die Spaghetti hinein.

Sophia zwang sich zu lächeln, was ihr entsetzlich schwerfiel. Schnell drehte sie den nächsten Bissen auf und kaute.

»Du hast gepackt?«, fragte Mick und zeigte auf den Trolley, der neben dem Esstisch stand.

Endlich bemerkte er ihn. Endlich durfte sie traurig sein. Jedenfalls so weit, wie es für ihr Alibi angemessen war. Sie schluckte, putzte sich den Mund an der Serviette ab und sagte: »Ja … ich wollte es euch erst nach dem Essen sagen, aber … ach, es ist wirklich zu blöd. Seifert wollte auf einen Kongress in Zürich fahren, aber er ist verhindert. Jetzt hat er mich darum gebeten, als seine Vertretung …«

»Das ist doch großartig!« Mick sah zu Felix hinüber und riss die Augen auf. »Hast du gehört? Mama ist so toll als Ärztin, dass man sie schon in andere Länder schickt!«

»Mama ist die BESTE!«, bestätigte Felix voller Überzeugung. Sein halbes Gesicht war nun mit Soße verschmiert.

»Ich wäre lieber bei euch geblieben, aber es geht um ein neues Gerät, das wir bekommen sollen, *Augmented Reality* …«, plapperte sie hastig weiter. Das Fachchinesisch verhallte, und sie kam sich noch erbärmlicher vor.

»Da kann Mama dann während der Arbeit Fernsehen gucken«, erklärte Mick, bevor er sich ihr zuwandte und leise fragte: »Wie lang dauert der Kongress?«

»Bis Sonntag«, antwortete sie schnell. Sie hatte sich Antworten auf alle erdenklichen Fragen zurechtgelegt. Zürich. Jetzt gleich. Bis Sonntag. Sogar ein Hotel hatte sie gebucht, falls Mick danach fragte, obwohl sie kaum darin schlafen würde. »Leider geht der Flug schon um drei.«

»Wir fahren dich hin. Was meinst du, Felix? Wollen wir uns den neuen Flughafen ansehen? Mit den Riesenfliegern?«

»Jaaa!«

Wie die meisten Jungen in seinem Alter war Felix von der Fliegerei fasziniert. Er liebte den Lilienthalpark und die Geschichten von Otto Lilienthal, der Tausende Gleitflüge von seinem aufgeschütteten Fliegeberg unternommen hatte, kaum zweihundert Meter von hier entfernt. Aber ein richtiger Flughafen mit richtigen Flugzeugen wie denen, die Mick als Modell für ihn gebastelt hatte und die jetzt über seinem Bettchen hingen, war natürlich eine ganz andere Nummer …

»Also?«, riss Mick sie aus den Gedanken.

»Was?«

»Wir fahren dich hin!«

»Ja … ja, gerne!« Sie gab sich Mühe, Begeisterung vorzutäuschen. Seit Ewigkeiten hatte sie niemanden mehr derart belügen müssen. Ihre beiden Schätze glaubten, sie wüssten alles von ihr.

Dabei wussten sie gar nichts.

37 Hanna Carlsen

Sie konnte nicht mehr. Nicht mehr stehen, nicht mehr schlafen und auch nicht wach sein. Ihr Körper war eine einzige Druckstelle. Die Schmerzen ließen sich mittlerweile in keiner Position mehr aushalten.

Der Tod war besser als das hier. Der Tod war Gnade. Wenn er kam, wenn er *hoffentlich bald* kam, würde Hanna sich bedingungslos in seine Arme werfen. Doch zu sterben, war schwerer als gedacht. Ihr Körper stemmte sich mit aller Kraft dagegen. Er drängte sie, nicht aufzugeben. Weiterzukämpfen bis zur letzten Sekunde. Weil ihr Körper nicht wissen konnte, dass es hier nichts mehr zu kämpfen gab. Sie konnte diesem Gefängnis nicht entkommen. Sie konnte sich nicht auflehnen, sie konnte keine Fesseln sprengen oder dreißig Kilometer durch die Wüste marschieren, um die rettende Oase zu erreichen. Weil sie in einem verdammten Glaszylinder steckte.

Auch die anderen drei hatten keine Chance: Mimi, die ihnen immer noch den Rücken zugekehrt hielt, wobei sie wenigstens nicht mehr zu weinen schien; Julia, deren Romeo als ausgeblutete Hülle im Zylinder daneben hing; und Schnarchi, auf den unverändert Sand herunterrieselte, während er News24 guckte. Die Leuchtröhre über seinem Zylinder illuminierte die ganze Umgebung, sodass Hanna die anderen wieder sehen konnte – Schnarchi am besten. Doch er starrte bloß mit müden Augen in den Fernseher.

Schnarchi, das perfekte Opfer.

Sie hasste ihn dafür. Er hatte es nicht verdient, vor ihr zu sterben. Man durfte nur sterben, wenn man es sich verdient hatte. Mit Schmerzen und Verzweiflung. Man musste verzagen, alles in einem musste den Tod herbeischreien. Doch Schnarchi sah lieber fern, während er langsam im Sand versank.

Sehr langsam, um genau zu sein. Das Zeug reichte ihm erst bis zum Hintern. Bestimmt war es für ihn jetzt viel leichter als für sie, seine Position zu halten. Eingepackt in Sand, musste er nicht lange überlegen, was er mit seinen Beinen anfangen sollte, konnte einfach lockerlassen und sich vielleicht sogar setzen. *Sitzen*, dachte Hanna. *Sitzen wäre der Himmel.*

Auch seine Fäkalien musste er nicht mehr riechen, seit sie im Sand verschwunden waren. Wieso durfte Schnarchi es so viel besser haben als sie? Womit hatte er das verdient? Sie beneidete ihn und schämte sich nicht mal mehr dafür.

Sie beneidete auch Romeo. Weil er tot war. Weil er nicht mehr mit ansehen musste, was weiter geschah. Weil er keinen Durst mehr haben musste.

Der Durst war das Allerschlimmste.

Bitte lass mich die Nächste sein. Bitte lass mich bewusstlos werden. Bitte komm schnell, Tod …

Ein ohrenbetäubendes Pfeifen riss sie aus ihrem Gedankenkarussell. Es kam vom Ventilator über ihr und hatte sich bereits ein paarmal angekündigt, doch nie so laut wie jetzt. Hanna fädelte ihre Arme nach oben und presste sich die Zeigefinger in die Ohren. Das verschaffte ihr die Möglichkeit, aus vollen Lungen zu kreischen, gegen den Lärm, gegen die Verzweiflung, gegen den Wahnsinn, der immer gieriger nach ihr griff.

Sie schrie, bis sie keine Luft mehr hatte.

Dann verstummte sie. Alles um sie herum war still.

Und anders.

Wärmer.

Vorsichtig zog sie ihre Finger aus den Ohrmuscheln, bereit, sie sofort wieder hineinzustecken, wenn das Pfeifen noch da war, aber es war weg. Dafür meinte sie, jemanden klagen zu hören, dumpf und doch deutlich genug.

Hanna öffnete die Augen. Alles war genau wie zuvor: Schnarchi starrte unbeteiligt auf den Bildschirm, Mimi zeigte ihr den Rücken, Romeo war tot. Blieb nur noch …

Julia, dachte Hanna und schaute angestrengt in deren Richtung, doch sie konnte nicht genug erkennen, weil Schnarchis Zylinder zu hell war. Hanna beschattete die Seiten ihres Gesichts mit den flachen Händen und kniff die Lider zu einem schmalen Schlitz zusammen.

Julia erwiderte ihren Blick. Eine Weile starrten sie sich an. Dann klagte die andere kopfschüttelnd weiter: »Herr, warum hast du mich verlassen?«

Hanna verstand es ganz deutlich. »Hey, hörst du mich auch?« rief sie sofort und zuckte vom wummernden Schall zusammen. Sie hielt sich die Ohren zu und schrie: »Wer bist du? Ich höre dich!«

Doch Julia schüttelte bloß den Kopf und deutete über sich. Dann rief sie zurück: »Ich kann nichts verstehen! Zu laut!«

Der *Ventilator*, dachte Hanna. Auch über Julia musste sich ein solches Ding befinden, dessen Schall es unmöglich machte, sich mit anderen zu unterhalten.

Der Ventilator, der jetzt nicht mehr lief. Jedenfalls nicht über ihr. Der Ventilator, der vorhin so laut gequietscht hatte.

Hanna wurde heiß, als sie begriff, dass der Ventilator tatsächlich defekt sein musste. Deshalb war auch der kalte Luftzug weg. Und das gehörte bestimmt nicht zum Plan.

Was würde jetzt passieren? Würde sie ersticken? Allerdings konnte sie ganz normal atmen. Der Ventilator musste einem anderen Zweck dienen, als sie am Leben zu halten. Vielleicht sollte sein Dröhnen verhindern, dass sie sich miteinander unterhielten.

Hanna bedeutete Julia, dass sie sie verstehen konnte. Sie dachte daran, wie Julia und Romeo miteinander kommuniziert hatten, per Gebärdensprache oder Fingeralphabet. Vor Aufregung atmete sie jetzt so schnell, dass die Atemluft an der Innenwand kondensierte – was auch erst möglich war, seit der Ventilator nicht mehr lief. Das brachte Hanna auf eine Idee. Sie hauchte mehrmals die Atemluft gegen das Glas, nahm ihren rechten Zeigefinger und schrieb mit Großbuchstaben in Spiegelschrift: WER BIST DU?

»Margreth«, rief die andere mit zugehaltenen Ohren.

Hanna nickte zum Zeichen, dass sie verstanden hatte.

Margreth klang ganz anders als Julia, der Name, den Hanna frei erfunden hatte, um etwas Menschlichkeit in diesen Raum zu bringen. Margreth klang reifer und älter, und er passte auch besser zu ihrem Körper.

Margreth …

ICH BIN HANNA, schrieb sie.

»Hanna – die Begnadete!«, rief Margreth. »Wieso bist du hier, Hanna?«

WEISS NICHT. DU?

Margreth schüttelte den Kopf.

WIE KOMMEN WIR RAUS?

Margreth zuckte bloß mit den Schultern. Wollte sie denn gar nichts unternehmen?

Hanna lehnte sich mit dem Rücken gegen das Glas. Sie war

müde, durstig und schwach. Die Unterhaltung kostete sie Energie. Sie musste mit ihren Kräften haushalten, wenn sie noch länger durchhalten sollte.

Durchhalten …

Durchzuhalten stand im krassen Widerspruch zu der Todessehnsucht, die sie vorhin gepackt hatte. Hanna fühlte, dass neue Entschlossenheit in ihr keimte. Nein, sie würde sich nicht so leicht in ihr Schicksal fügen.

WER WAR ER?, schrieb sie an die Innenwand und malte einen Pfeil, der zum toten Romeo zeigte.

»Loris.«

WAS HAT ER GESAGT?

Kopfschütteln.

IHR HABT GESPROCHEN.

Margreth zeigte ein sanftmütiges Lächeln. »Er hat gebeichtet!«

WAS?

»Gebeichtet! Er wollte beichten, Hanna! Darüber darf ich nicht sprechen.«

Auch das noch, dachte Hanna. Je mehr Margreth lächelte, desto mehr wollte Hanna ihr dieses Lächeln austreiben.

»Lass uns für ihn beten!«, rief Margreth und deutete auf Schnarchi, der in seiner Sanddusche fernsah und dabei einen unfassbar entspannten Eindruck machte. Er hatte noch nichts von ihrer Unterhaltung mitbekommen.

Frustriert schrieb Hanna: WOZU?

»Vertrau auf Gottes Stärke.«

Langsam und mit mehreren Fingern zugleich malte Hanna ein riesiges Fragezeichen. Wut kochte in ihr hoch. Beten half keinem von ihnen aus dem Zylinder heraus. Beten hieß, sich mit dem Tod abzufinden, und das würde sie nicht tun. Nicht mehr. Weil sie wusste, dass ein kleines Element des Plans schiefgelaufen war. Der kaputte Ventilator gab ihr mehr Kraft, als sie im ersten Moment geglaubt hatte. Sie wollte leben. Kämpfen. Und sich an demjenigen rächen, der ihr das alles angetan hatte.

»Vertrau auf Gottes Stärke«, wiederholte Margreth, »Gott liebt dich, Hanna! Lass uns für ihn beten!«

Margreth drehte ihren schlaffen Körper Schnarchi zu, hob die Hand und formte ein Kreuzzeichen, wie Pfarrer es beim Austeilen des kirchlichen Segens taten. Dann schloss sie die Augen, faltete die Hände vor ihrer Brust und murmelte etwas, das sich nach dem Beginn eines Rosenkranzes anhörte.

Gott!, dachte Hanna, wandte sich ab und ballte die Fäuste.

Wie sollte Gott ihnen denn jetzt noch helfen?

38 Christian Brand

Björk und Brand saßen in Markus Gerlachs Büro, der die Abteilung 4 des Hessischen Landeskriminalamts leitete – Schwere und Organisierte Kriminalität. Gerlach hatte sie zu sich zitiert, um die weiteren Schritte abzustimmen, inklusive der bevorstehenden Pressekonferenz. Natürlich war das Medienecho riesig und beschränkte sich längst nicht mehr auf das Internet. Brand hatte zufällig einen Übertragungswagen mit Satellitenschüsseln auf dem Dach gesehen, der vor dem LKA stand. Die Live-Tötung von letzter Nacht schien ziemliche Wellen geschlagen zu haben, und nach der Pressekonferenz, bei der Gerlach von der Schießerei im LKA berichten musste, würde die Aufregung nur noch weiter steigen. Es war ein Wunder, dass dieser Nachtmann nach dem Kopfschuss immer noch lebte, allerdings würde er ihnen kaum etwas sagen können. Brand schätzte, dass er tage-, wenn nicht gar wochenlang im Koma gehalten werden musste.

Ein Mitarbeiter brachte den Entwurf der Pressemitteilung herein und reichte sie Gerlach.

»Okay, danke«, sagte dieser, ohne den Mann anzusehen, der den Raum umgehend verließ. »Sie können sich vorstellen, dass die Sache schwierig für uns ist«, sagte Gerlach, den Blick auf die Pressemitteilung geheftet. Nach einer Weile nahm er seinen Füllfederhalter und begann, Sätze durchzustreichen und andere hinzuzufügen.

Björk räusperte sich, um seine Aufmerksamkeit zu gewinnen. Brand verlagerte das Gewicht, wobei er seinen Stuhl verrückte. Auch er wurde langsam ungeduldig und fragte sich, was er eigentlich noch hier verloren hatte. Der Täter war so gut wie tot, der Rest würde zum Medienspektakel werden, dem er entgehen wollte. Er sollte längst auf dem Heimweg sein.

»Es ist mir egal, was schwierig für Sie ist und was nicht«, erwiderte Björk so trocken wie bestimmt.

Gerlach sah von der Pressemitteilung auf und legte den Füller weg. »Wie bitte?«

»Was Sie der Presse erzählen, ist Ihr Problem, nicht unseres. Oder muss ich Sie daran erinnern, was Ihre Mitarbeiter verbockt haben?«

»Ich habe mich wohl verhört«, blaffte Gerlach.

»Nein«, entgegnete Björk gelassen. »Sie haben sich nicht verhört. Und jetzt verschwenden Sie nicht länger unsere Zeit. Wenn Sie etwas sagen wollen, dann tun Sie 's jetzt. Wenn nicht, dann kümmern wir uns wieder um unseren Fall.«

»*Ihren* Fall?«, fragte Gerlach provokant. »Wieso sollte es Ihr Fall sein?«

»Sie wissen genau, warum«, gab Björk zurück.

Brand warf einen Seitenblick auf Björk und meinte, ein Zittern zu bemerken. Schon vorhin hatte sie völlig erledigt gewirkt. Kein Wunder, war sie doch die ganze Nacht lang durchgefahren, nachdem sie zuvor bei ihm in Wien nach dem Rechten gesehen hatte. *Ich habe getan, was ich konnte, um Ihnen zu helfen. Übrigens in meiner Freizeit*, hatte Brand ihre Worte noch im Ohr. Noch immer war er zu aufgewühlt, um über die Sache mit Erich nachdenken zu können. Doch immerhin hatte ihn der Fall, der sich in den letzten Stunden deutlich verdichtet hatte, auf andere Gedanken gebracht.

»Sonst noch was?«, drängte Björk, weil Gerlach schwieg.

Dieser sah ein paar Momente lang unentschlossen drein, bevor er die Schultern sinken ließ. »Wie dem auch sei. Aber ich möchte, dass Sie während der Pressekonferenz an meiner Seite sitzen und weiterhin auf unsere Expertise zählen. Haben Sie mich verstanden?«

»In Ordnung«, sagte Björk und klang, als müsste sie dabei ein Gähnen unterdrücken.

Bestimmt ging es Gerlach vor allem darum, von den Geschehnissen hier abzulenken. Brand konnte immer noch nicht fassen, was bei ihrem Eintreffen passiert war. Weder die dreiste, beinahe schon billige Methode, mit der dieser Rechtsanwalt mitten im LKA an eine fremde Waffe gekommen war, noch Beers Zögern, als er die Gelegenheit hatte, einen Suizid zu verhindern.

Sagt Ricarda, dass ich sie liebe. Es tut mir so leid. Alles!

Es war sonnenklar gewesen, was dieser Dornhoff vorgehabt hatte. Ein Schuss ins Bein hätte ihm einen Strich durch die Rechnung gemacht. Weil Körper und Geist dann schlagartig mit anderen Dingen beschäftigt waren, als den Abzug einer Waffe zu betätigen, die man noch dazu an den eigenen Kopf halten musste, in einem ganz bestimmten Winkel. Man musste nicht die Hand des Lebensmüden treffen, geschweige denn dessen Pistole. Ein x-beliebiges Körperteil genügte.

Hauptsache, man drückte ab.

Im Angesicht des Todes war Brand wieder bewusst geworden, was ihn damals zur Spezialeinheit Cobra gebracht hatte. Stand eine Situation auf Messers Schneide, so schien sich die Zeit für ihn zu verlangsamen, während sie für alle anderen gleich schnell weiterlief. Beers Zögern war ihm wie eine Ewigkeit vorgekommen, während es in Wahrheit nur zwei, drei Sekunden gewesen sein mochten.

»Na dann«, sagte Björk, schob ihren Stuhl zurück und erhob sich. »Bringen wir es hinter uns.«

Es war bereits nach vier Uhr nachmittags, als Björk und Brand mit dem Mietwagen zu einem Hotel am Frankfurter Flughafen fuhren, das Europol für sie gebucht hatte. Dort sollte sie sich mit einem Kurier treffen, der ihr irgendwelchen Kram brachte.

Brand, der im Unterschied zu Björk in der vergangenen Nacht geschlafen hatte, saß wieder am Steuer und folgte den Anweisungen des Navis. Er wollte nicht an Wien und Erich und Björks Rolle bei der Sache denken, weshalb er versuchte, sich gedanklich ihrem Fall zu widmen.

Wer dieser Nachtmann war und wo er herkam, blieb weiterhin ein Rätsel. Bei seiner Verhaftung hatte er nichts bei sich gehabt, abgesehen von der Kleidung, die er am Körper trug. Nicht weit vom Märchenbrunnen entfernt – in einem halb verbrannten Abfalleimer – fand die Frankfurter Polizei ein Handy und einen Laptop, die Björk beschlagnahmt hatte. Allerdings waren die Geräte so zerstört, dass eine Datenrettung auszuschließen war.

Björk hatte eine Zeit lang versucht, den Experten des hiesigen LKA beim Durchforsten der Bilddatenbanken zu helfen, doch weder Fotos noch Fingerabdrücke führten zu einer Übereinstimmung, und die DNA-Analyse brauchte noch Zeit. Einstweilen mussten sie davon ausgehen, dass Nachtmann ein Phantom war, das nicht existierte und offensichtlich niemandem fehlte.

Auch das Motiv blieb verborgen. Brand hatte sich die Aufnahmen der Liveübertragung mittlerweile mehrmals angesehen. Worauf der Täter hinauswollte, erklärte sich nicht. Brand glaubte nicht an einen Psychopathen, der aus reiner Lust am Töten handelte. Wozu hätte er sich so viel Mühe machen und sich noch dazu an die Öffentlichkeit wenden sollen, wäre es ihm nur darum gegangen? Nein, Brand war sich sicher, dass mehr dahintersteckte.

Der Rechtsanwalt hätte ihnen bestimmt weiterhelfen können. Doch der war tot. Das LKA kümmerte sich gerade um den Durchsuchungsbeschluss für sein Haus, sein Auto und sein Büro. Was einen angeblichen Staranwalt der Hochfinanz dazu brachte, sich auf ein Mandat wie dieses einzulassen, war ein Rätsel. Das weitaus größere Rätsel war aber, wieso er in der Zelle Amok lief. Dornhoff hatte einem Justizbeamten die Waffe entrissen und seinen angeblichen Mandanten damit niedergestreckt. Was vermuten ließ, dass Dornhoff selbst mit drinhing – so sehr, dass der Kerl mit den Narben ihn damit in den Selbstmord treiben konnte.

Sagt Ricarda, dass ich sie liebe. Es tut mir so leid. Alles!

Ohne Details aus Dornhoffs Leben konnten sie nur spekulieren. Sie mussten die weiteren Untersuchungen abwarten und darauf hoffen, dass nicht stimmte, was dieser Nachtmann in der Liveshow behauptet hatte: dass die Maschine, in der angeblich noch vier lebende Menschen steckten, von alleine weiterlief und Tag für Tag einen weiteren von ihnen tötete. Denn dann waren die Vier so gut wie tot.

»Was haben Sie als Nächstes vor?«, fragte Brand. Als er keine Antwort bekam, drehte er den Kopf nach rechts und stellte fest, dass Björk auf dem Beifahrersitz eingeschlafen war.

Im Hotelfoyer wurde sie bereits von einem Kurier erwartet, der ihr einen Koffer aus Den Haag überreichte. Was sich darin befand, blieb Björks Geheimnis, doch bestimmt war ein funktionierender Laptop dabei, möglicherweise auch eine Schusswaffe und ein Dienstausweis für Brand – wobei er überhaupt nicht scharf darauf war, erneut für den Verein zu arbeiten. Obwohl die Entlohnung für den Einsatz letztes Jahr wirklich fürstlich gewesen war.

Björk übergab dem Kurier die verbrannten Trümmer von Handy und Laptop, die vermutlich Nachtmann gehörten, und bat um eine schnellstmögliche forensische Untersuchung. Das Gesicht, das der Kurier angesichts der verbrannten Teile machte, sprach Bände.

»Und jetzt?«, fragte Brand, als der Mann weg war.

»Jetzt fahren wir ins LKA zurück«, sagte Björk gähnend und rieb sich die Unterarme, egal, ob jemand ihr Tattoo sehen konnte oder nicht. Sie wirkte so kaputt, dass Brand beinahe Mitleid hatte.

»Legen Sie sich hin, Björk. Wir müssen ohnehin warten, was die Untersuchungen ergeben.«

»Ich möchte mir die Bilddatenbanken noch mal genau ansehen.«

»Sie schlafen doch ein, bevor Sie das erste Foto zu Gesicht bekommen! Gerlach wird's freuen, wenn Sie sich blamieren.«

»Gerlach«, wiederholte sie den Namen mit angewiderter Miene.

»Kommen Sie, Björk. Solange es nichts Neues gibt, läuft uns nichts davon.«

»Uns?«, fragte sie, gähnte wieder und lächelte kurz, was sie deutlich weniger Mühe zu kosten schien als üblich. »Also gut.«

Sie checkten ein, fuhren hoch und suchten ihre Zimmer, die nebeneinanderlagen. Brand hielt die Karte vor den Leser, und die Türverriegelung surrte. Bevor er die Klinke drückte, sagte er: »Schlafen, Björk!«

»Hm?«, fragte sie mit glasigen Augen.

»Computer spielen können Sie später immer noch. Sie brauchen jetzt Schlaf.«

Björk verharrte kurz, als hätte sie Schwierigkeiten, das Gehörte zu verarbeiten, dann hielt sie ebenfalls die Plastikkarte ans Türschloss. Bevor sie in ihrem Zimmer verschwand, deutete sie auf ihn und sagte: »Duschen, Brand!«

Grinsend ging Brand hinein und sprang tatsächlich als Erstes unter die Dusche. Anschließend schlenderte er in Hotelbademantel und Einwegpantoffeln durchs Zimmer und nahm sich ein Fläschchen *Johnnie Walker Red Label* aus der Minibar. Er war nicht im Dienst, er war überhaupt nichts, weder Björks Angestellter noch Tourist, und immer noch rätselte er, was um alles in der Welt er in Frankfurt verloren hatte. Wobei er zugeben musste, dass die Sache hier alte Erinnerungen weckte. Emotionen, die lange im Verborgenen geblieben waren und jetzt wieder an die Oberfläche wollten.

Er stellte sich ans Fenster, von dem aus er bloß die Autobahn sah, und trank seinen Whisky.

Er dachte daran, wie einfach es sein könnte, von hier nach Wien zu gelangen. Das Terminal des Flughafens war fußläufig zu erreichen, und bestimmt gab es genügend Flüge nach Hause. Allerdings hatte er keinen Ausweis dabei. Und kein Geld. Selbst sein Uralt-Nokia, mit dem er jetzt wenigstens jemanden hätte anrufen können, lag in Wien – ein Gedanke, der ihn unweigerlich auf seinen Kumpel Erich Langthaler brachte.

Brand brauchte nicht zu überlegen, wie es ihm wohl ging. Erich hatte sein Leben verspielt, mit einer kleinen, aber bedeutungsschweren Kurzschlussreaktion. Er dachte an die Szenen im Transporter zurück, an die Waffe, mit der Erich zwei Leute erschossen hatte. Trotz der Polizeiüberwachung hätte die Situation nicht eskalieren müssen. Erich hatte es vermasselt. Indem Björk nach Wien gekommen war und die Dinge klargestellt hatte, hatte sie bloß das getan, was er selbst hätte tun sollen.

Beinahe schämte er sich jetzt für sein schroffes Verhalten ihr gegenüber. Aber hieß es nicht, dass man für jene verantwortlich war, die man sich vertraut gemacht hatte? Wann war diese Pflicht verwirkt? Wann hieß es, Abschied zu nehmen und auf sich selbst achtzugeben?

Erich, Erich …

Nein – nach Wien zurück, in seine zerstörte Wohnung, wo ihn alles an die falschen Abzweigungen der letzten Zeit erinnerte, war keine Option.

Er überlegte, was er tun sollte, bis Björk wieder einsatzfähig war. Er sah sich im Zimmer um. Fernsehen kam nicht infrage. Er hasste Fernsehen, weshalb er schon seit Jahren kein Gerät mehr besaß.

Sein Blick blieb an der Computertastatur hängen, die auf der Ablage neben dem Smart-TV stand, als fordere sie ihn auf, sie zu benutzen.

39 Sophia Weiland, Unfallärztin

Nach einem ruhigen Flug vom neuen Hauptstadtflughafen Berlin-Brandenburg nach Zürich nahm sie sich einen Mietwagen und kam sich dabei nicht zum ersten Mal an diesem Tag wie eine schäbige Betrügerin vor. Sie durfte keinesfalls auffliegen, was bedeutete, dass in ihrem Kopf ständig zwei Geschichten parallel laufen mussten: die, die tatsächlich geschah – und die Alibi-Story mit dem Medizinerkongress.

Doch weder Mick noch ihr kleiner Sohn hatten die geringsten Zweifel an ihrem Alibi gehegt. »Wird dir guttun, mal rauszukommen«, hatte Mick zu ihr gesagt, als er sie gemeinsam mit Felix zum Flughafen gefahren hatte.

Jetzt steuerte sie den weißen Clio, der ihr am unauffälligsten vorgekommen war, durch mehrere Autobahneinhausungen und Tunnel Richtung Zürich-City. Der letzte Tunnel führte direkt unter dem Quartier Unterstrass hindurch bis ans Ufer der Limmat, wo sie abzweigte und immer am Flussufer entlang Richtung Hauptbahnhof fuhr – um prompt an der falschen Adresse zu landen. Die Route endete an der Hauptwache der Kantonspolizei, während sie zur kantonalen Kriminalpolizei musste. Nach einer kurzen Rückfrage erreichte sie das eigentliche Ziel binnen weniger Minuten, parkte den Wagen und ging zu der jungen Frau am Empfang.

»Guten Tag. Ich möchte bitte zu Herrn Leuenberger. Ist er da?«, fragte Sophia.

»Leuenberger?«

»Hans Leuenberger? Von der Kripo?«

Die Frau tippte den Namen in ihren Computer und schüttelte den Kopf. »Tut mir leid, hier arbeitet kein Leuenberger.«

Sophia konnte es nicht glauben. Einer wie Leuenberger konnte einem doch unmöglich entgehen. Er war zwar schon älter, aber bestimmt noch nicht alt genug für den Ruhestand. Trotzdem versuchte sie es damit. »Könnte er in Rente sein? … Pension – Ruhestand?«

Aber die Frau blieb dabei, noch nie etwas von Hans Leuenberger gehört zu haben und ihr auch sonst nicht weiterhelfen zu können.

»Dann erkundigen Sie sich doch bitte nach ihm. Ich komme extra aus Berlin.«

»Sie wollen zu Leuenberger?«, fragte jemand in ihrem Rücken, der das Gespräch mitgehört haben musste. Sophia fuhr herum. Ein etwa vierzigjähriger Mann in Zivilkleidung sah sie durchdringend aus seinen dunklen Augen an. Er trug einen Helm und hielt mit der linken Hand ein schwarzes Rennrad in der Balance, das teuer aussah.

Sophia spürte ihre natürliche Abneigung Gesetzeshütern gegenüber, egal, ob in Uniform oder Zivil. Am liebsten hätte sie sich umgedreht und wäre gegangen – doch sie musste jede Chance ergreifen. »Ja … kennen Sie ihn?«

Er lächelte. »Natürlich. … Carlo Breguet«, stellte er sich vor und wartete auf ihre Reaktion.

»Ich äh … entschuldigen Sie bitte, dass ich hier einfach so auftauche, aber ich bin Ärztin und extra aus Deutschland angereist, um mit Herrn Leuenberger zu sprechen.«

Er musterte sie von oben bis unten. »Da hat Herr Leuenberger aber Glück, eine so … junge Ärztin zu haben«, sagte er und zwinkerte ihr verschwörerisch zu. »Worum geht es denn genau?«

»Das muss ich mit Herrn Leuenberger direkt besprechen. Wir kennen uns von früher.«

»Von früher, soso«, sagte er, sah sich um und bedeutete ihr, mit ihm zu kommen. Mitsamt Fahrrad gingen sie zum Aufzug. »Zürich ist wirklich toll zum Radfahren«, plapperte er, »aber das Wohnen ist so teuer, dass man sich kein gestohlenes Carbonrad leisten kann. Deshalb kommt es mit hoch.«

»Entschuldigen Sie bitte, aber ich kann nicht mit Ihnen kommen«, sagte sie höflich, aber bestimmt. Sie wollte zu Leuenberger und niemandem sonst. »Ich habe leider nicht viel Zeit. Die Dame am Empfang sagte mir, er arbeite nicht hier. Wo kann ich ihn denn finden?«

Breguet wurde ernst. »Er arbeitet … nicht mehr.«

»Nicht mehr … hier?«

Er schüttelte den Kopf. »Gar nicht mehr.«

Sie erschrak. »Oh. Ist er etwa …«

»Nein, das nicht.«

»In Rente?«

»Nein …«, druckste Breguet herum.

»Sondern?«

Der Aufzug kam. Breguet richtete sein Fahrrad auf, schob es auf dem Hinterrad in die Kabine und blieb in der Tür stehen. »Hören Sie, ich darf Ihnen dazu eigentlich gar keine Auskunft erteilen. … Sie sind extra aus Deutschland angereist, sagen Sie?«

»Ja. Ich komme direkt vom Flughafen. Es ist wirklich dringend. Ist Herr Leuenberger vielleicht krank?«

Breguet wirkte unentschlossen, doch dann beugte er sich zu ihr vor. »Pflegezentrum Entlisberg«, sagte er leise. »Aber erwarten

Sie sich nicht zu viel, Frau Doktor. Vermutlich kann er Ihnen gar nichts mehr sagen.«

Sie erschrak über die Vorwarnung, versuchte aber, sich nichts anmerken zu lassen. »Dann ist es eben ein Krankenbesuch.«

Er lächelte. »Sagen Sie ihm einen schönen Gruß von Carlo.«

Sie nickte und erwiderte das Lächeln, mechanisch wie ein Roboter. Die Aufzugstüren schlossen sich. Kurz befürchtete Sophia, den Namen des Pflegezentrums nicht behalten zu haben. Dabei war er so typisch schweizerisch, dass man ihn gar nicht vergessen konnte.

Das Pflegezentrum Entlisberg lag in einer Wohngegend an den sanft ansteigenden Ufern des Zürichsees, ungefähr einen Kilometer Luftlinie vom Wasser entfernt.

Erwarten Sie sich nicht zu viel, hatte Breguet zu ihr gesagt. Der Blick auf die Fachbereiche des Pflegezentrums gab ihr eine Idee davon, was er gemeint haben könnte. Palliativmedizin, Langzeitbetreuung und immer wieder das Wort Demenz, das einen Schwerpunkt der Einrichtung zu bilden schien.

»Guten Tag, ich möchte zu Herrn Leuenberger«, sagte sie zum Portier, der sie zunächst ähnlich seltsam anschaute wie Breguet vorhin, dann aber in seinem Computer nachsah und bloß »Sieben Süd« sagte.

Im siebten Stock angekommen, gab sie sich als Angehörige aus. »Ich bin seine Nichte«, teilte sie der Pflegerin mit und fand selbst, dass es wie eine Lüge geklungen hatte. Doch die Frau nahm es ihr ab und begleitete sie zum Zimmer.

»Besuch, Herr Leuenberger!«, sagte sie und ließ sie alleine.

Die Tür schloss sich automatisch. Stille umfing sie. Sie sah Leuenberger nur von hinten. Er starrte durchs Fenster hinaus, wo man das silberblaue Schimmern des Zürichsees erkennen konnte

Seine Silhouette zeichnete sich dunkel davor ab, sodass sie ein paar Schritte auf ihn zu machen musste, bevor sie weitere Details erkannte. Seine Haare waren zerzaust und schütterer als früher.

»Hallo«, sagte sie und räusperte sich.

Er reagierte nicht.

Sie trat neben ihn. »Erinnern Sie sich an mich?« Sie war gespannt, was er ihr zu sagen hatte.

Er starrte weiterhin auf den See hinaus. Seine Lippen bewegten sich, doch es kam kein Laut aus seinem Mund. Eine Schnabeltasse stand vor ihm, der Inhalt war unberührt.

Sie zog einen Stuhl unter dem Tisch hervor und setzte sich zu ihm. Leuenberger rieb unentwegt seine Hände, die verkrampft wirkten. Die Haut war so dünn, dass die Adern darunter hervortraten. Er wirkte abgemagert. Sie hatte ihn ganz anders in Erinnerung. »Die Sache damals, wissen Sie noch? ... In den Bergen?«, sagte sie und zog das Foto aus der Tasche, das sie am Morgen bekommen hatte. Sie hielt es vor seine Augen. »Wissen Sie noch?«

Er starrte durch das Foto hindurch, als wäre es gar nicht da. Also hielt sie es mal weiter weg, mal näher an sein Gesicht heran. *Zwecklos*, dachte sie schließlich und wollte es schon wieder einstecken – als seine Hand nach vorne schoss und danach griff. Die ruckartige Bewegung erschreckte sie so sehr, dass sie beinahe aufgeschrien hätte.

Leuenberger hielt das Foto mit beiden Händen, als wäre es zu schwer für eine Hand alleine. Lange betrachtete er das Motiv.

Dann, wie in Zeitlupe, drehte er das Bild um. Seine Lippen bewegten sich unentwegt, doch nun schien es so, als spreche er das Gelesene lautlos mit.

Die Nacht hat begonnen.

»Nein«, sagte er, mit einer Stimme, die so heiser war, als hätte er sie schon seit Monaten nicht mehr benutzt.

»Sie erinnern sich nicht?«

Er sah sie direkt an. Seine Augen weiteten sich. »Nein, nein, NEIN, NEIN, NEIN!«, schrie er, dann knickte er das Bild mit ungelenken Bewegungen und wollte es zerreißen. Die Tür öffnete sich, und die Pflegerin kam herein. Im letzten Moment gelang es Sophia, das Foto an sich zu bringen und vor der anderen Frau zu verbergen.

Dann verschwand sie, so schnell es ging.

Hier konnte sie doch nichts erreichen.

40 Benjamin Sommer, 8

Ich bin oben und spiele, als es an der Tür läutet. Das tut es bei uns dauernd. Leute kommen und gehen, bringen Einkäufe oder die Post oder reparieren etwas, das die Kinderdorfmama nicht richten kann, den Backofen zum Beispiel. Es ist immer viel los im Kinderdorf.

Ich will wissen, wer es ist. Ich bin nämlich ziemlich neugierig. Außerdem habe ich immer noch Angst vor den bösen Männern. Also nehme ich meinen unsichtbaren Teddy, stelle mich ans Fenster und schaue hinunter.

Ich staune total, als ich den Krankenwagen sehe. Ich habe natürlich schon welche gesehen, aber der da ist voll gelb! Ich kenne nur weiße mit orangefarbenen Streifen oder orangefarbene mit weißen Streifen. Gelbe habe ich noch nie gesehen.

Als ich mich weiter nach vorne lehne, bis ich mit der Nase gegen die Fensterscheibe stoße, sehe ich jemanden unter dem Vordach stehen. Das geht, weil es aus Glas ist. Aber weil es gerade regnet, ist der Mann ziemlich verschwommen. Ich glaube, er ist mit dem Rettungsauto gekommen. Die Mama öffnet und begrüßt ihn. Dann reden sie miteinander. Der Mann kommt rein, und die Tür geht zu. Ich warte kurz und spitze die Ohren, aber es passiert nichts weiter.

Also gehe ich zum Tisch zurück, der neben meinem Bett steht.

Ich teile mir ein Zimmer mit Sebastian. Er schläft auf der anderen Seite, ist aber gerade in der Schule. Ich darf heute zu Hause bleiben. Warum, weiß ich selber nicht genau.

Ich bin jetzt schon ziemlich lange im Kinderdorf. Am Anfang war ich meistens traurig wegen Mama und Papa, und außerdem war es irgendwie komisch, auf einmal Geschwister zu haben. Zum Beispiel Sebastian und Mia und Elif. Inzwischen bin ich aber froh darüber. Das einzige Blöde ist, dass wir nur ein einziges Badezimmer haben und es uns oft teilen müssen. Meistens stehe ich extra früher auf, damit ich meine Ruhe habe.

Sebastian mag ich am liebsten. Er hat ganz viele Bücher vom Universum, von den Sternen und Planeten und Galaxien und schwarzen Löchern und so, und er lässt mich alle ansehen, so oft ich will. Das erinnert mich immer an Papa und die Papatage, als wir vor der extralangen Gutenachtgeschichte noch Sterne geguckt haben und manchmal sogar Sternschnuppen.

Der nächste Grund, warum ich gerne hier bin, ist das Essen. Die Mama kann nämlich total gut kochen. Vor ein paar Tagen haben wir meinen achten Geburtstag gefeiert, und sie hat mir eine eigene Torte gemacht, aus Bananen und Originalnutella. Kein Witz! Außerdem kann sie sehr gut trösten. Ich bin oft traurig. Ich weiß, dass es nicht richtig ist, immer so traurig zu sein. »Das musst du unbedingt dem Onkel Doktor erzählen«, sagt die Mama dann, und ich verspreche es ihr und versuche es wirklich. Aber der Doktor, zu dem ich immer wieder muss, lässt mich nie von selber reden, sondern stellt mir total viele Fragen. Auf die meisten davon weiß ich keine Antwort. Wie zum Beispiel, wie das mit Papa war und was genau ich beobachtet habe. Dabei habe ich gar nichts gesehen! Irgendwann bin ich aufgewacht, weil ich so husten musste, und alles war total hell, und ich habe schon geglaubt, jetzt bin ich auch ein Engel und wohne in den

Wolken, genau wie meine richtige Mama. Dabei war ich immer noch unten, nur ein paar Schritte von einem Auto entfernt, von dem nur noch ein rabenschwarzes, dampfendes Gerippe übrig war. »Er ist wach«, hat eine Frau gesagt und jemanden gerufen. Keinen Engel, sondern einen richtigen Arzt. Der hat mich abgehorcht und immer wieder *Es ist ein Wunder* gesagt und mich einen Glückspilz genannt, weil ich noch lebe und mir fast nichts gefehlt hat, obwohl ich nicht weit von einem brennenden Auto gelegen habe. Das muss man sich mal vorstellen!

Sonst weiß ich eigentlich nichts mehr. Das Einzige, woran ich mich noch erinnere, ist die saure Milch zum Frühstück – und unser geheimes Spiel natürlich, von dem niemals jemand erfahren darf. Und dann – *schwupps* – liege ich dort am Boden, und der Arzt beugt sich über mich.

Der Doktor hier hat gesagt, es heißt Amnesie, wenn man sich an nichts mehr erinnern kann. So was kann schon mal vorkommen, wenn man etwas Schlimmes erlebt. Ich soll mir bloß keine Sorgen machen. Das tue ich auch nicht, weil ich ja wie gesagt nichts mehr weiß. Traurig bin ich trotzdem, weil mein Papa jetzt auch ein Engel ist und das irgendwie mit diesem Tag zu tun hat.

Vor ein paar Tagen war ich wieder bei dem Doktor mit den vielen Fragen. »War da vielleicht noch jemand auf der Baustelle?«, fragt er meistens, und: »Hast du was gehört?«, und: »Weißt du, warum deine Mama nicht mehr lebt?«, und: »Hat dein Papa dich geschlagen?«

Ehrlich gesagt, geht mir dieser Doktor voll auf den Keks. Weil er überhaupt nichts kapiert. Deswegen habe ich einen Spaß mit ihm gemacht.

»War da jemand – ein Mann?«, hat er mich gefragt, und dieses Mal habe ich nicht mehr den Kopf geschüttelt wie sonst, sondern einfach »Ja« gesagt.

Zuerst ist er irgendwie erschrocken, aber dann ist es immer so weitergegangen. »Kannst du dich an ihn erinnern?«

»Ja.«

»Hat er geschossen?«

»Ja.«

»Würdest du ihn wiedererkennen?«

»Ja.« Keine Ahnung, warum er das gefragt hat. Auf jeden Fall hat er mir geglaubt, bloß weil ich immerzu »Ja« gesagt habe. Der blöde Doktor war total zufrieden mit mir, und die Kinderdorfmama sagt, das ist ein gutes Zeichen. Fast hätte ich ihr verraten, dass ich geschwindelt habe, hatte aber Schiss.

Ich stelle mich an den Tisch und finde, dass ich eine Belohnung verdient habe, weil ich den ganzen Vormittag schon kaum einen Mucks gemacht habe. Vorsichtig stupse ich den ersten Dominostein an, bis er kippt. Domino ist nämlich mein Lieblingsspiel! Sofort rasseln die anderen Steinchen der Reihe nach um, rundherum im Kreis, und das letzte fällt über den Tischrand und landet klappernd auf dem Holzboden. Gerade, als ich mich bücke, um es aufzuheben, höre ich die Treppe knarzen, und gleich darauf geht die Tür auf.

»Benjamin, du hast Besuch«, sagt die Mama.

Ich erschrecke und schiele am Tischbein vorbei. Ich denke an den Krankenwagen und hoffe, dass er nicht wegen mir gekommen ist. Ich lehne mich nach vorne, damit ich mehr von dem Besucher sehen kann, und komme bis zum Bauch, der ihm ziemlich über den Gürtel hängt.

»Benjamin, sag Guten Tag zu Herrn Doktor Elmer.«

Ich schnappe mir den Dominostein, der runtergefallen ist, und stecke ihn in die Hosentasche. Dann krabbele ich langsam unterm Tisch hervor.

Der Doktor trägt einen weißen Kittel. Logisch, sonst wäre er ja kein Doktor. Aber das Stethoskop fehlt. Vielleicht weil er auch ein Kopfdoktor ist wie der mit den vielen Fragen. Sein Gesicht wirkt ziemlich zerknautscht, und unter den Augen hat er riesige Ringe, als würde er niemals schlafen.

»Grüß dich, Benjamin«, sagt er und klingt total komisch. »Bist du etwa stumm? Ich habe gehört, du kannst vorzüglich sprechen. Oder?«

Ich bleibe still.

»Oder?«, fragt er so laut, als wäre ich schwerhörig, und es klingt, als hätte er ein E zu wenig und ein R zu viel in den Mund genommen, *odrr*. Er macht mir Angst. Ich bleibe auf den Knien und drücke meinen unsichtbaren Teddy ganz fest.

»Benjamin, du wirst jetzt einen Ausflug mit Doktor Elmer machen«, sagt die Mama, und sie klingt so traurig, als würde sie gleich zu weinen beginnen.

»Wieso?«, frage ich leise.

»Ach, du kannst also doch sprechen, hm? Eine schöne Stimme hast du.«

»Wieso Ausflug?«, frage ich, lauter jetzt. Ich krabbele ganz langsam zurück unter den Tisch.

»Wir machen es uns schön, du wirst schon sehen.«

»Ich habe Bauchweh«, sage ich schnell.

»Ach, dieses Bauchweh kenn ich«, sagt der Doktor und lacht komisch. »Aber es gibt kein Weh auf dieser Welt, gegen das nicht ein Kräutlein gewachsen wäre. Also hopp, auf geht's! Wir wollen ja heute noch ankommen, nicht wahr?« Wieder lacht er, ohne dass es einen Grund dafür gibt, und dann kommt er auf mich zu, und ich krabbele schneller rückwärts, aber er packt mich einfach und zieht mich hoch, bis ich stehe. Ich verwandele meine Beine in Pudding und falle zurück auf den Boden – da reißt er mich so fest in die Höhe, dass ich schreie.

»Bleib stehen!«, sagt er und klingt jetzt gar nicht mehr freundlich.

»Seien Sie doch nicht so grob zu ihm!«, ruft die Mama.

»Halten Sie den Mund!«

Das lässt sich die Mama ganz bestimmt nicht gefallen, denke ich und schaue zu ihr, mit dem traurigsten Gesicht, das ich zustande bringe, aber sie tut überhaupt nichts, sondern sieht bloß zu, wie der Doktor mich aus dem Zimmer schiebt und die Treppen runterschleift. Dann muss ich sofort meine Gummistiefel anziehen und die Jacke, weil es draußen regnet. Die Mama bückt sich und macht mir den Reißverschluss zu. »Auf Wiedersehen, Benjamin«, sagt sie, und ich sehe genau, dass sie weint. Sie küsst mich auf die Stirn. Ich packe ihren Pullover ganz fest, presse die Augen zusammen und wünsche mich mit der Mama an einen anderen Ort, ohne Geschwister, ohne Krankenhäuser und ohne Doktoren.

Aber natürlich funktioniert das nicht. Hat es noch nie. Ich höre bloß, wie hinter mir die Tür aufgeht, und spüre die kalte Luft, die von draußen hereinkommt.

»Los jetzt!«, ruft der Doktor.

Ich halte mich an der Mama fest wie eine Klette. Als Nächstes merke ich, wie er von hinten seine Arme auf meine Schultern legt und zieht, zuerst nur leicht, dann fest und fester, bis der Pullover von der Mama ein Reißgeräusch macht und ich loslasse.

Der Doktor zerrt mich am Arm hinter sich her. Ich fühle den Regen im Gesicht. Ich weine und drehe mich um und stolpere, weil ich unbedingt zur Mama sehen will. Sie steht in der Tür und hat einen Arm nach mir ausgestreckt, kommt mir aber nicht nach. Die andere Hand hat sie vorm Mund. Sie weint, genau wie ich.

Dann bin ich plötzlich in dem gelben Krankenwagen, werde

auf eine Liege gepresst und so festgeschnallt, dass ich mich unmöglich bewegen kann. Ehe ich weiß, was passiert, knallt schon die Schiebetür zu. Der Doktor setzt sich neben mich, und wir fahren davon.

41

Sophia Weiland, Unfallärztin

Nachdem sie die Brücke über den Rhein genommen hatte, war Sophia in Liechtenstein. Langsam fuhr sie durch Vaduz und entdeckte das Schloss, das über dem Hauptort des Fürstentums thronte. Sie sah Leute entlang der Straße, auf Fahrrädern oder in Autos, und hatte das Gefühl, sie hätte überall auf der Welt sein können. Hier gab es nichts, was sie angezogen hätte. Am wenigsten das versteckte Haus, vor dem sie keine fünf Minuten später hielt.

Alles in ihr sträubte sich vor dem, was ihr bevorstand. Aber es gab kein Zurück. Sie *musste* es tun.

Das Gebäude lag umsäumt von hohen Bäumen, die schon seit Jahren nicht mehr gestutzt worden waren. Die Fenster waren schmutzig und schmierig, als hätte sich der Bewohner seine Nase daran platt gedrückt. Ein alter Range Rover stand vor der Garage, die in den Hang hineingebaut worden war. Überall sah sie bäuerliche Dekorationsgegenstände. Der Garten war verwahrlost. Unter verwitterter Farbe an der Hausmauer schienen noch Buchstaben durch, die den Bewohner als das brandmarkten, was er wohl war.

Sie hasste dieses Haus instinktiv. Alles. Die zur Schau gestellte Heimatverbundenheit, das vermeintlich traute Familienleben, das es symbolisierte. Nichts als falsche Fassade.

Genau wie der Mensch, der darin lebte.

Sophia stieg aus und atmete mehrmals tief durch. Noch konnte sie umdrehen. Doch das würde sie nicht tun. Sie war eine selbstbewusste, starke Frau. Sie war so viel mehr, als er jemals sein würde. Sie wollte auf ihn herabsehen, auf dieses bemitleidenswerte, kranke Würstchen. Er sollte ihre Verachtung spüren. Und dann sollte er bezahlen.

Entschlossen schob sie das wackelige Gartentor auf und lief über die Pflastersteine, zwischen denen das Gras in die Höhe wuchs. Sie verfluchte ihr Herz, das viel schneller schlug, als ihr Kopf das wollte. Sie überlegte, ob er bewaffnet sein könnte.

Nichts rührte sich.

An der Tür angekommen, legte sie den Zeigefinger auf den weiß emaillierten Klingelknopf und drückte. Das Schrillen klang nicht so hell, wie man es erwartete. Im Grunde klang es gar nicht, es rasselte bloß, als hätte jemand ein Taschentuch zwischen Metallklöppel und Glocke geklemmt.

Niemand kam. Sie wartete eine Minute, drückte wieder, rief: »Hallo! Ist jemand hier?«, und klopfte.

Schließlich drückte sie die Türklinke runter. Die Tür gab nach.

Sophia erschrak. Niemals, wirklich niemals hätte sie erwartet, ein unversperrtes Haus vorzufinden.

»Hallo?«, rief sie leiser ins Hausinnere hinein. Modrige Luft strömte ihr entgegen. Bestimmt war seit Ewigkeiten kein Fenster mehr geöffnet worden.

Zögernd betrat sie den Gang. Machte ein paar Schritte nach vorn. Sah zurück zur Tür. Der Schlüssel steckte von innen. Noch ein paar Schritte.

Links die Küche – leer.

Geradeaus das Schlafzimmer – leer.

Rechts das Wohnzimmer.

Da saß er. In seinem Fernsehsessel. Doch der Fernseher lief nicht. Sophia sah seinen Hinterkopf, seine kreisrunde Glatze.

»Hallo«, sagte sie.

Er reagierte nicht.

Sie machte einen zögerlichen Schritt in den Raum hinein. Ein Meter noch, ein halber Meter, dann stand sie neben ihm und sah ihn von der Seite an. Er war so blass, als hätte er seit Jahren keine Sonne mehr abbekommen. Er erinnerte sie an eine Kellerassel – nein: an eine Kakerlake, die ihr Dasein in Dunkelheit fristete.

Wie du es verdient hast, dachte Sophia.

Sie stellte sich zwischen Fernseher und Sessel und sah auf ihn herab. Wenn er jetzt aufwachte und hochschoss, war sie im Vorteil. Er konnte ihr nichts tun. Er war ihr ausgeliefert. Sie überlegte, ihn anzubrüllen, ihm den Schreck seines Lebens einzujagen, doch so war sie nicht.

Warum war die Haustür nicht versperrt?, grübelte sie. Es war so einfach gewesen hierherzukommen …

Als hätte er schon Bescheid gewusst.

Da fiel ihr Blick auf das Foto, das auf dem Couchtisch lag. Sie beugte sich vor, nahm das Bild an sich und betrachtete es lange. Dann drehte sie es um und las.

Die Nacht wird kommen.

42 Christian Brand

Obwohl Brand kein WhatsApp-fähiges Handy besaß und höchstens über seinen Stand-PC zu Hause ins Internet ging, wusste er doch über das meiste Bescheid. Er hatte ein E-Mail-Konto, nutzte Suchmaschinen und war auch sonst nicht ungeschickt in digitalen Belangen. Hin und wieder hörte er sich neue Musikalben im Internet an, bevor er sie auf Vinyl kaufte. Er brachte sich Sachen anhand von YouTube-Videos bei – erst kürzlich hatte er auf diese Weise ein neues Waschbecken installiert – oder holte sich die Nachrichten ins Wohnzimmer. Er war Anfang dreißig und nicht weltfremd. Er hatte bloß keine Lust, seine Zeit mit den »sozialen« Medien zu verschwenden oder zu jeder verdammten Sekunde mit jedem verdammten Mist zugemüllt zu werden. Wer ihm etwas mitteilen wollte, konnte bestimmt auch seine Telefonnummer herausfinden.

Und doch gab es Anlässe, bei denen er sich gewünscht hätte, etwas weniger stur zu sein. Wie in diesem Hotelzimmer am Frankfurter Flughafen, wo er nun schon seit fast zwei Stunden mit der fummeligen Tastatur und dem Smart-TV herumwerkte, auf der Suche nach neuen Informationen aus dem Internet. Ein Königreich für Björks Laptop oder irgendein halbwegs akzeptables Gerät – sogar ein Smartphone wäre ihm jetzt recht gewesen. Alles war besser als dieses Teil hier. Manche Seiten luden im

Schneckentempo, andere brachen während des Ladevorgangs ab, wieder andere waren überhaupt gesperrt.

Dennoch war kaum zu übersehen, welch große Kreise die Sache mit den fünf Menschen in den Glaszylindern mittlerweile zog. Besonders auf Twitter ging es ab. Der Hashtag *#dienacht* war ein Trendthema, mit hitzigen Tweets, die das gesamte Spektrum möglicher Meinungen abdeckten. Manche Leute fanden, man müsse die Sache totschweigen; andere fragten sich, ob die Behörden schliefen oder wie Nachtmanns Pläne moralisch zu bewerten seien; wieder andere konnten die nächste Aufgabe kaum erwarten, um zur Rettung der letzten vier Opfer beizutragen – natürlich nur, wenn das Opfer des Tages nicht auch den Tod verdient hatte. Wie üblich wurde die eigene Meinung mit aller Vehemenz verteidigt.

Dabei ließ die Sache niemanden kalt. Bloß die klassischen Medien verschwiegen sie hartnäckig, was an der Nachrichtensperre lag, die verhängt worden war. Bei der Pressekonferenz des LKA war bloß die Schießerei erwähnt worden, die man schnellstmöglich und unter Mithilfe von Spezialeinsatzkräften – damit war wohl er gemeint – unter Kontrolle bekommen habe. Jede Verbindung zu Nachtmann wurde abgestritten, und auch über den Fall selbst wurde kein Wort verloren, mit Ausnahme der üblichen Floskeln. Man ermittle mit Hochdruck, kooperiere mit internationalen Behörden, ersuche aber, auf jegliche Berichterstattung zu verzichten, weil diese die Ermittlungen wie auch die ermittelnden Personen gefährden könne.

Selbst ohne diesen Maulkorb wäre es fraglich gewesen, ob klassische Medien Nachtmanns Pläne in die breite Öffentlichkeit getragen hätten. Brand glaubte nicht daran. Die Sache hier war fürs Internet gemacht. Dieses bot den Nährboden, auf dem ein Spiel rund um Selbstjustiz und Leben und Tod keimte und gedieh. Doch so gut die Sache im Internet auch funktionierte, würde sie sich dort nicht lösen lassen. Man musste sie im richtigen Leben stoppen. Nachforschen. Fragen stellen. Die Leute finden und befreien.

Frustriert schob er die Tastatur zurück, stand auf und stellte sich ans Fenster.

Wieso kümmerte er sich überhaupt um Björks Fall? Interessierte er sich dafür, weil er bei der Schießerei dabei gewesen war? Oder faszinierten ihn Tat und Täter? Ein Täter, der im Koma lag und ganz bestimmt keine weitere Aufgabe stellen würde, womit das Schicksal seiner Gefangenen besiegelt war? Oder glaubte Brand, den vier noch lebenden Opfern seinen Einsatz irgendwie schuldig zu sein, weil … ja, warum eigentlich? Weil Björk wertvolle Zeit in Wien verschwendet hatte, statt sie in den Fall hier stecken zu können?

Brand konnte nicht sagen, was ihn motivierte. Aber er wollte seine Zeit nicht länger in diesem Hotel verschwenden. Er wollte ins Geschehen zurück. Herausfinden, wie es diesem Nachtmann ging. Wer er war und aus welchen Motiven er handelte. Herausfinden, wo die Gefangenen waren, und sie aus ihrer Lage befreien. Bestimmt konnte er den deutschen Kollegen helfen. Er hatte die besten Ausbildungen genossen, die man bei der österreichischen Polizei bekommen konnte. Er beherrschte alles. Okay, fast alles. Er war schnell, in den Beinen wie im Kopf. Er konnte sich nützlich machen, aber nicht hier, in diesem verdammten Hotel.

Er warf sich in seine Kleidung, die er bloß notdürftig sauber gemacht hatte, schnappte sich die Hotelzimmerkarte und eilte auf den Gang hinaus. Vor den Aufzugskabinen wartete er und überlegte gerade, die Treppen zu nehmen, weil ihm plötzlich alles zu langsam ging, als er eine Stimme hörte.

»Brand? Was machen Sie da?«

Er drehte sich um und erkannte Björk, die ihren blonden Kurzhaarschopf zur Zimmertür herausstreckte.

»Ich will mir ein paar Sachen ansehen«, sagte er kurz angebunden. »Schlafen Sie weiter, Björk.«

»Was?«

»Ich bin Polizist, falls Sie das schon vergessen haben. Ich kann nicht länger hier herumsitzen.«

»Warten Sie einen Moment. Ich komme mit.«

»Nicht nötig«, sagte er, doch ihr Kopf war schon wieder im Zimmer verschwunden. Er hörte, wie die Tür ins Schloss fiel.

Er ärgerte sich. Hatte sie ihm etwa nachspioniert? Er hasste es, wenn Leute hinter ihren Türen darauf warteten, dass draußen etwas passierte. Jeder, der in einem größeren Wohnhaus wohnte, kannte das. Er hatte Lust zu verschwinden, doch er wusste, dass er nicht konnte. Also machte er kehrt und klopfte an Björks Zimmertür.

Sie rief etwas auf Schwedisch.

»Was?«, schimpfte er und klopfte erneut. »Ich verstehe kein Wort!«

Sie riss die Tür auf. »Sie sind ebenfalls ein Fluch, Brand!«, schimpfte sie zurück und starrte ihn genauso böse an wie er sie gestern.

Brand wich einen Schritt zurück und hob die flach ausgestreckten Hände. Weniger wegen ihrer Worte, sondern deshalb, weil sie obenrum nackt war. Erbost schüttelte sie den Kopf, wandte sich ab und offenbarte weitere Einzelheiten ihres Baum-Tattoos. Er schaffte es nicht wegzusehen.

Sie schlüpfte in eine Art Sport-BH, griff nach ihrem Rollkragenoberteil und steckte beide Arme in die Ärmel. Noch bevor sie es über den Kopf zog, wandte sie sich ihm wieder zu. »Was gaffen Sie so? Nichts, was Sie nicht schon mal gesehen hätten, Brand. Oder gemalt.«

Ihm wurde heiß, zuerst am Hals, dann im Gesicht, gefühlt bis in die Ohren hinein. Eilig wandte er sich ab.

Björk schnappte einige Sachen aus dem Europol-Koffer, der offen auf ihrem Bett stand, und kam zur Tür. Knapp vor Brand blieb sie stehen und sah ihm in die Augen.

Er roch sie. Fühlte die Wärme, die von ihr ausging.

»Womit feststeht, dass wir beide ein Fluch sind«, sagte Björk, ohne die Miene zu verziehen. Dann drückte sie ihm etwas gegen den Bauch. »Das hier brauchen Sie vielleicht.«

Ohne erneut zurückzuweichen, griff er danach. Seine Hände berührten ihre, doch sie ließ nicht los.

»Ich leite diese Ermittlungen. Klar?«, sagte sie und starrte ihm eindringlich in die Augen.

Er fühlte etwas aus Leder, etwas aus Plastik, etwas aus Metall. Handy, Ausweis, Autoschlüssel? Doch die Gegenstände rückten in den Hintergrund. Vor ihm stand Björk. Ihr Gesichtsausdruck war der eines Raubtiers, das sich einem ebenbürtigen Gegner gegenübersah – zum Sprung bereit, falls es nötig war.

»Klar«, sagte er schließlich. Ihre Verantwortung, ihre Ermittlungen. Er war ja nicht mal mehr Polizist. Es sei denn, das Ding in seiner Hand war tatsächlich ein Dienstausweis.

Sie nickte, wandte sich ab und holte ihre Sachen. »Es gibt übrigens Neuigkeiten.«

»Was? … Welche denn?«

»Nachtmann ist wieder da.«

43 Benjamin Sommer, 8

»Wie weit ist es noch?«

»Wir sind gleich da.«

Ich glaube dem Doktor kein Wort mehr. Wir fahren schon ewig in diesem Krankenwagen. Ich frage und frage und bekomme bloß immer wieder dieselbe Antwort: *Wir sind gleich da, wir sind gleich da, wir sind gleich da.*

Ich muss jetzt echt bald aufs Klo. Aber ich habe Angst, dass er mir eine Flasche gibt, in die ich reinpinkeln soll, während er mir dabei zuschaut.

Ich sehe bloß nach hinten raus, am Doktor vorbei. Zuerst habe ich Regenwolken erkannt und manchmal Häuser, dann auch Brücken, dann sogar den blauen Himmel und Bäume, immer wieder Bäume. Wir waren ziemlich schnell, so schnell wie auf der Autobahn, für ziemlich lange. Dann sind wir aber wieder langsamer geworden, und es wurde kurviger.

Der Doktor schaut die meiste Zeit über weg oder unterhält sich mit dem Fahrer. Dann reden sie total komisch, und ich verstehe überhaupt nichts mehr. Vorhin haben wir mal angehalten, und ein Polizist hat sich vom Doktor etwas vorzeigen lassen. Die Uniform vom Polizisten habe ich noch nie gesehen. Außerdem hat er genauso komisch geredet. Dann hat er ein freundliches Gesicht gemacht, mir »Alles Gute« gewünscht und war wieder weg.

»Wie weit ist es noch?«

»Wir sind gleich da.«

Ich zische und strampele mit meinen Füßen, soweit ich sie noch bewegen kann.

»Ruhig bleiben«, sagt der Doktor und schaut streng. Er ist der blödeste Doktor, den ich je gesehen habe. Langsam habe ich Angst, dass ich in die Hose mache, aber noch mehr Angst habe ich, dass er gleich richtig unfreundlich wird. Also halte ich den Mund.

Draußen wird es gruselig. Wir fahren in die Berge. Das merke ich, weil ich immer wieder einen Hang sehe, erst links, dann rechts, dann wieder links, und weil ich auf der Liege nach unten rutschen würde, wenn ich nicht festgeschnallt wäre. Wir fahren immer höher, bis meine Ohren taub werden und ich schlucken muss, damit ich wieder normal hören kann. Außerdem wird es langsam dunkel, und wo wir hinfahren, weiß ich noch immer nicht.

Plötzlich hüpfen wir über irgendwas und plumpsen fest auf die Straße zurück. Ich merke, wie mir unabsichtlich ein paar Tropfen in die Hose gehen.

»Ich muss Pipi«, sage ich schnell und merke, wie mir ganz kalt wird, vom Verkneifen und von der Angst.

»Sei still.«

»Aber ich kann nicht mehr!«

»Du sollst still sein!«, ruft der Doktor, und ich werde wütend, und gleichzeitig kommen mir die Tränen, aber ich traue mich weder zu schreien noch zu weinen. »Es ist nicht mehr weit. Du willst doch keine Spritze kriegen, oder willst du?«

Ich erschrecke. »Nein!«

»Na dann.«

»Aber ich *muss*!«

»Wir sind gleich da. Dort kannst du.«

»Wo sind wir denn?«

»In deiner neuen Heimat«, sagt er und lacht komisch.

»Wie lange muss ich denn hierbleiben?«, platzt mir heraus, und er lacht wieder und schlägt mir auf die Beine. »Aua!«

»Ruhig jetzt!«

Plötzlich bleiben wir stehen. Der Fahrer sagt irgendwas, aber nicht zum Doktor. Dann fahren wir durch ein Tor, das sich gleich hinter uns schließt und furchtbar schwer aussieht, schwarz, bestimmt aus Eisen. Wir fahren noch ein Stück weiter in eine Kurve hinein und bleiben dann stehen. Durchs Rückfenster sehe ich ein großes Gebäude mit ganz vielen Fenstern, und hinter den meisten davon brennt Licht.

Der Doktor schnallt sich ab und steigt aus. Dann geht die Hintertür auf, und zwei Leute ziehen mich auf der Trage raus.

»Ich kann selber gehen!«, wehre ich mich. Sie lachen.

»Keiner geht hier von selber rein. Schon gar nicht, wenn er frisch hier landet.«

Ich frage mich langsam, was für eine Art Klinik das eigentlich ist. Ich bleibe festgeschnallt und rattere auf Rädern über irgendeinen Weg, und der Himmel ist schon ganz dunkel, und ich sehe die ersten Sterne, erkenne aber kein Sternbild. Ich merke, wie kalt es hier ist.

»Wo bin ich denn?«, frage ich.

Keiner sagt was.

Plötzlich wird es wieder hell, weil wir in ein Haus kommen. Verglichen mit draußen ist es hier total warm, aber nicht angenehm warm. Die Wände sind dick und oben rund, wie in einem alten Schloss. Irgendwo schreit jemand, ganz weit entfernt, und ein anderer lacht komisch, noch viel komischer als der Doktor. Ich mag es nicht.

»Wieso kommen Sie so spät?«, fragt eine total unfreundliche Frau, die eine Kutte trägt, wie Nonnen in der Kirche. Man sieht fast gar nichts von ihrem Gesicht. Sie schaut böse aus und hässlich.

»Für die Verspätung kann ich nichts«, antwortet der Doktor, und dann gibt er ihr ein Papier, das ich kenne: meinen Ausweis.

Ich begreife, dass die Kinderdorfmama ihn dem Doktor mitgegeben haben muss. Aber warum, begreife ich nicht. Die Nonne schaut hinein und rümpft die Nase, als gefalle ihr das Foto nicht. Dann steckt sie ihn in eine Klemmmappe und streitet mit dem Doktor, und ich verstehe wieder nichts. Ich presse die Augen ganz fest zusammen und wünsche mir, dass sie alle verschwinden und ich wieder aufwache, zu Hause in meinem Bett im Kinderdorf. Da höre ich sie plötzlich lachen und spüre raue Finger in meinem Gesicht. Ich wische sie weg, und es klatscht und riecht nach irgendeiner Handcreme. Wütend reiße ich die Augen auf. Die Schwester schaut auf mich herab. Als ich ihre gelben Zähne sehe, erschrecke ich so fest, dass ich richtig in die Hose mache.

»Auch das noch«, schimpft sie und ruft jemanden. »Loris, pack an!«

Mehrere Hände lösen die Gurte, mit denen ich festgeschnallt bin, und greifen nach mir. Sie heben mich auf eine andere Liege und schnallen mich schon wieder fest.

»Bring ihn rauf. Ins Ausgeisterzimmer.«

Ich erschrecke, als ich *Ausgeisterzimmer* höre. Ich will fragen, was das ist, aber plötzlich reden alle durcheinander, und der Doktor geht. Dann werde ich durch Gänge geschoben, die kaum beleuchtet sind. Manche Lampen sind kaputt. Wir kommen an einem Mann vorbei, der sich über mich beugt, komisch schaut und genauso komisch lacht.

»Zur Seite, Trottel!«, sagt der, der mich schiebt. »Los, verschwinde!«

Als Nächstes sind wir in einem total engen Aufzug. Erst jetzt kann ich den Mann sehen, der mich hochbringen soll. Die Schwester hat ihn Loris genannt. Er ist jung und hat viele Pickel.

»Was glotzt du so dämlich?«, fragt er und starrt mich an. Ich merke sofort, dass er mich nicht mag. Er sieht mich an, als hätte ich eine ansteckende Krankheit, und rümpft die Nase. Dann schaut er weg.

»Was ist das Ausgeisterzimmer?«, frage ich und spüre, wie ich zittere.

Er winkt komisch mit den Armen. »Oh, das wirst du schon sehen! Huhuuu!«, macht er wie ein Geist, total fies.

»Ich will nach Hause«, sage ich und quetsche die Augen zusammen.

»Jaja. Nach Hause wollen sie alle.«

Er ist so gemein, dass ich weinen muss. Loris lacht bloß.

Der Aufzug hält, und ich werde rausgeschoben, durch neue Gänge. Hier ist es fast still. Wir biegen ums Eck und stoßen eine Tür auf, die in einen kleinen, aber total hohen Raum führt.

Loris lässt mich einfach stehen und geht.

»He!«, rufe ich und werfe meinen Kopf herum, damit ich ihn sehen kann.

»Was ist?«

»Ich muss Pipi.«

»Warst du doch schon«, sagt er, lacht wieder und hält sich die Nase zu.

»Ich muss aber noch mal!«, schreie ich.

»Lass einfach laufen. Hier stört es keinen«, sagt er, und weg ist er.

Die Tür schlägt zu, der Schlüssel dreht sich im Schloss.

Dann ist alles still. Und kalt. Fast so kalt wie draußen. Ich habe nicht mal eine Decke und kann mich auf der Liege nicht rühren. Mein unsichtbarer Teddy ist weg. Ich zittere total.

Das Ausgeisterzimmer, denke ich und merke, wie ich ganz starr werde. Ich traue mich nicht mal mehr zu weinen.

Einen Moment später geht das Licht aus.

44 Christian Brand

Im Hessischen Landeskriminalamt angekommen, wurden sie von einem Mitarbeiter in den Medienraum eskortiert, in dem jetzt alle Fäden zusammenliefen. Björk forderte den Mann mehrmals auf, schneller zu machen, bis sie schließlich durch die Gänge joggten.

»Was haben wir?«, fragte Björk beim Eintreten und unterbrach damit Abteilungsleiter Gerlachs Vortrag an der Multimediatafel. Sie setzte sich demonstrativ auf den freien Stuhl am Kopf des großen Besprechungstischs – Gerlachs Platz, wie Brand vermutete, weil dort ein herrenloses Tablet und ein Schlüsselbund lagen. Björk schob die Sachen achtlos zur Seite. »Ich höre?«, sagte sie wie der Prototyp einer Lehrerin, die eine Prüfung abnahm.

Gerlachs Gesichtsfarbe tendierte mittlerweile ins Rötliche. Interessanter fand Brand aber das Standbild eines Videos hinter ihm an der Tafel. Es zeigte Nachtmann, besser gesagt eine Person mit dunkler Maske und Kapuzenpullover. Dahinter war ein Monitor zu sehen, auf dem der Raum mit den fünf Zylindern eingeblendet war.

Nachtmann ist wieder da, hatte Björk gesagt und Brand unterwegs von einem Video erzählt, in dem der Täter die nächste Ausgabe ankündigte. Klar, dass es nicht derselbe Nachtmann sein konnte, der gerade im Klinikum Höchst lag und in Lebensgefahr schwebte. Dass es sich um einen Nachahmer handelte, hielt Björk für unwahrscheinlich. »Eher ein Komplize«, hatte sie auf der Fahrt hierher gemutmaßt.

Gerlach schien etwas sagen zu wollen, doch er schluckte seinen Kommentar hinunter, stemmte die Hände in die Hüften und beugte sich leicht nach vorn, was auf ein Wirbelsäulenleiden hindeutete.

»Wissen wir, wer er ist?«, fragte Björk, deutete auf den Maskenmann und half Gerlach über seinen verlorenen Stolz hinweg.

»Bisher nicht. Die Stimmenanalyse ist schwierig, weil er genauso verzerrt spricht wie der Typ gestern.«

»Dafür braucht man ein Tonstudio, oder?«, fragte Brand und erntete gleich mehrere hochgezogene Augenbrauen. »Was ist?«, fragte er in die Runde.

»Es gibt Tausend Apps dafür«, erklärte eine Frau. »Das kann heute jedes Kind.«

»Aber es klingt nach demselben Algorithmus … und außerdem trägt er die gleiche Maske«, versuchte Brand, seine Bildungslücke zu überspielen.

»Davon ist auszugehen.«

»Also steckt er mit unserem Phantom unter einer Decke.«

»Sieht so aus.«

Björk tauchte in ihren Laptop ab. Sie zog eine Augenbraue hoch, als hätte sie gerade etwas Interessantes gelesen.

»Würden Sie uns an Ihren Erkenntnissen teilhaben lassen?«, fragte Gerlach in ihre Richtung. Weil sie nicht reagierte, schickte er nach: »Frau Björk?«

Sie sah immer noch nicht auf, sagte aber: »Die Übertragung des Videosignals auf die gekaperten Endgeräte erfolgt über gesicherte Kanäle. Den Haag ist dran, aber sie können es vermutlich nicht unterbinden. Nicht so schnell jedenfalls, und wenn doch, dann wurde offenbar vorgesorgt.«

»Das heißt, auch unser Komplize hier kann weiterhin übertragen?«, fragte Gerlach und deutete hinter sich.

»Exakt. Wir versuchen gerade, an die ursprünglichen Videosignale aus diesem Raum zu kommen, aber ohne die IP-Adressen der Kameras wird auch das schwierig.«

»Das deckt sich mit unserem Stand«, sagte die Frau, die vorhin das mit den Apps erwähnt hatte.

Brand sah genauer hin. Vor der LKA-Mitarbeiterin stand ebenfalls ein Laptop, ähnlich groß wie der von Björk. Sie war jung und trug eine Brille mit dickem Rand, entsprach aber sonst eher Brands Vorstellung einer Sportlehrerin als der einer nerdigen IT-Expertin.

»Ganz abgesehen von der technischen Seite: Wie geht es unserem ersten Nachtmann? Was ist mit seiner Identität?«, fuhr Björk fort.

Gerlach schüttelte den Kopf. »Er liegt im Koma, sein Zustand ist kritisch. Sonst bisher nichts.«

»*Nichts?* Was ist mit seiner DNA?«

»Keine Übereinstimmung in den Datenbanken.«

»Und die Opfer? … Vermisstenmeldungen?«

Beer suchte einige Ausdrucke aus seinen Unterlagen heraus, die er Björk zuschob.

»Das sind die bundesweiten, die mit den Opfern übereinstimmen könnten«, erklärte er. »Wie Sie sehen, befinden sich leider keine Kahlköpfe darunter.«

Björk hob eine Augenbraue, würdigte die launige Äußerung aber keines Kommentars, sondern verglich die Ausdrucke mit Bildern auf ihrem Laptop. Kurze Zeit später sagte sie: »Keiner von denen« – was Beer ein spöttisches Lachen entlockte.

»Wie wollen Sie das denn bitte so schnell sehen? Unsere Experten sitzen seit Stunden daran.«

»Dann sagen Sie Ihren Experten, dass sie Feierabend machen sollen. Keines der Opfer stimmt mit einer Vermisstenmeldung überein.« Björk schob die Ausdrucke zurück.

»Aber …«

»Glauben Sie ihr einfach«, sagte Brand, dem Björk schon mehrmals bewiesen hatte, dass sie als Super Recogniser einen geradezu übernatürlichen Vorteil beim Identifizieren von Gesichtern hatte. »Wie viele Leute sehen denn bei der Sache hier zu?«, fragte er.

Die LKA-Frau mit dem Laptop drehte sich zu ihm und sagte: »Es gibt keine genauen Zahlen, aber Botnets dieser Art kommen schnell auf zigtausende unfreiwillige Teilnehmer. Einige Hundert werden wohl auch bei der nächsten Übertragung dabei sein. Manche warten sicher schon darauf, dass ›der Nachtmann‹ wieder zu ihnen spricht.«

Schöne neue Welt, dachte Brand. Er wollte keine weitere Bildungslücke offenbaren, indem er fragte, was Botnets mit einer Video-Übertragung zu tun hatten – seines Wissens nach waren Botnets Netzwerke von Computern, die ohne das Wissen ihrer Eigentümer zusammenarbeiteten, um etwa Webserver gezielt zum Abstürzen zu bringen. Dass sie auch Live-Videos verbreiten konnten, hatte er nicht gewusst. Wieder einmal staunte er, wie sehr dem Staat die Kontrolle über die Vorgänge im Internet entglitten war. Wer es geschickt anstellte, konnte Polizei und Justiz auf der Nase herumtanzen. Was vermutlich nicht im Sinne des Erfinders gewesen war.

»Was ist mit den Videos?«, fragte Beer weiter. »Die müssen doch auch über irgendeinen Dienst laufen, oder? Lassen wir die doch sperren.«

Björk sagte: »So einfach ist es nicht. Das Virus zeigt das Video nicht bloß an, sondern überträgt es gleichzeitig auch an weitere

Klienten. Der Stream erweitert sich so wie in einer Kettenreaktion.«

»Aber das Ausgangssignal bleibt dasselbe.«

Björk seufzte so genervt, dass Brand froh war, den Mund gehalten zu haben. »Sie müssten den PC finden, der das Signal zuerst aufgegriffen hat. Der kann überall sein – in den USA, in Neuseeland oder hier. Und es wird bei keiner Übertragung derselbe sein.«

Die IT-Frau des LKA nickte zustimmend, sagte aber nichts.

Björk, die nun die volle Aufmerksamkeit hatte, fuhr fort: »Wir dürfen uns nicht darauf konzentrieren, die Übertragung zu verhindern. Im Gegenteil. Nur so können wir herausfinden, wo die Leute stecken. Bisher haben wir nämlich nichts.«

Gerlach widersprach: »Dass wir nichts haben, stimmt so nicht. Wir haben Nachtmann. Also einen davon.«

»Im Koma«, gab Brand zu bedenken.

»Im Koma oder nicht – er steckt dahinter.«

»Haben Sie dafür Beweise?« Was genau Brand in die Konfrontation trieb, wusste er selbst nicht, aber es fühlte sich richtig an.

»Wie meinen Sie das? Er hat gestanden!«

»Falsch. Jemand, der eine Maske trug, hat gestanden, und jemand wurde verhaftet, der ebenfalls eine Maske trug. Der hat aber keine konkrete Straftat gestanden, sondern einen Anwalt gerufen, mit dem bekannten Ergebnis. Oder habe ich was verpasst?« Brand sah zu Gerlach, dann in die Runde. Er registrierte, dass Björks Mundwinkel zuckten, was ihn zum Weitermachen anspornte. »Wissen wir überhaupt, wo der Kerl war, bevor er sich verhaften ließ?«

Niemand sagte etwas.

»Überwachungskameras? Taxis? Flugdaten?«, schlug Björk vor.

Die Frau am Laptop antwortete: »Bisher nichts. Die Auswertungen laufen, aber die können noch Tage dauern.«

»Die Leute haben keine Tage mehr«, sagte Brand und deutete auf die Multimediatafel, auf der sich wieder etwas tat. Ein Wolfskopf erschien, darunter stand *DIE NACHT*. Dann blendete der Bildschirm aus, und der Maskenmann mit Kapuzenpullover war zu sehen.

»Moment«, sagte die Frau mit dem Laptop und klickte etwas an, wodurch sich das Bild vorne an der Tafel maximierte. Dazu drehte sie den Ton auf, und die roboterartig verfremdete Stimme erklang.

»Die Nacht geht weiter, und wie versprochen verrate ich Ihnen jetzt die nächste Aufgabe. Wird sie erfüllt, lebt unser heutiger Kandidat weiter, und mit ihm auch die letzten drei. Sind Sie bereit? Dann werfen Sie mit mir einen Blick in die Nacht.«

Man sah die Totale von oben, aber auch weitere Perspektiven, die am unteren Rand des Bildschirms als kleine Vorschaubilder angezeigt wurden. Allerdings waren diese zu dunkel, um mehr zu erkennen. Wie tags zuvor kam ein Mann in einem hell erleuchteten Glaszylinder ins Bild. Er war dick, und er steckte bis zur Hüfte in etwas, was wie Sand aussah. Von oben rieselte weiterer Sand auf ihn herab. Rechts im Bildhintergrund sah man das Signal von News24, etwas weiter vorne einen weiteren Zylinder, in dem sich eine Frau befand. Eine junge Frau. Man sah sie bloß, weil der Zylinder neben ihr so hell erleuchtet war. Das Glas vor ihrem Gesicht war beschlagen, was Brand irgendwie seltsam fand.

»Unser zweiter Kandidat ist ein korrupter Verbrecher. Für Geld stellte er falsche Gutachten aus und ließ Menschen verschwinden. Und nun zur Aufgabe, die ihn rettet: Es geht um einen der größten Pharmaskandale der letzten Jahrzehnte. Dutzende

Menschen starben oder leiden bis heute an den Folgen, doch Sie haben noch nie davon gehört, denn der Skandal wurde mit allen Mitteln vertuscht. Der Name des Medikaments: Trolipidin. Der Name des Pharmakonzerns: Gebrocur. Wenn Sie wollen, dass Kandidat Nummer zwei und die anderen weiterleben, dann sorgen Sie dafür, dass Gebrocur binnen einer Stunde öffentlich auf News24 seine Schuld eingesteht. Die Zeit läuft ab jetzt. Wir sehen uns in sechzig Minuten wieder.«

Der Wolfskopf erschien auf dem Bildschirm. Im Medienraum des Hessischen LKA herrschte Schweigen, bis jemand geräuschvoll die Luft ausstieß.

»Darum geht es also«, sagte Beer. Die anderen drehten die Köpfe zu ihm, was ihm eine Erklärung abrang: »Ist doch logisch, oder? Die Aufgaben sind unmöglich zu bewältigen. Heute wie gestern. Der will gar nicht, dass jemand es schafft. Der will bloß Aufmerksamkeit. Alle werden sterben. Ich wäre dafür, ihm den Saft abzudrehen, notfalls über die Versorger.«

»Willst du schon wieder das Internet abschalten?«, fragte die Frau am Laptop.

Beer runzelte die Stirn. »Wieso nicht, Lena? Wenn wir die Provider jeder Region dazu bringen könnten, ihren Service der Reihe nach für kurze Zeit zu unterbrechen, könnten wir sogar den Standort des Typen ermitteln. Oder den der Opfer. Weil dann die Übertragung abbricht. Besser das Internet abstellen als den Strom, oder?«

Die Idee hatte was, fand Brand, doch Lena schüttelte bloß den Kopf und sagte: »Alle Provider sämtlicher Regionen koordinieren, mit einem Spielraum von wenigen Minuten pro Tag? Unmöglich.«

»Außerdem garantiert uns keiner, dass Täter oder Opfer in Deutschland sind«, gab Gerlach zu bedenken.

»Weshalb wir mit an Bord sind, nicht wahr?« Björk kehrte aus den Tiefen ihres Laptops zurück, klappte das Gerät zusammen und erhob sich.

»Was haben Sie vor?«, fragte Gerlach.

»Wir müssen zu Gebrocur.«

»Was?«

Björk verzog keine Miene. »Wir müssen sofort los«, ergänzte sie trocken und bedeutete Brand, mit ihr zu kommen.

Gerlach ließ nicht locker: »Moment. Wir arbeiten zusammen, schon vergessen? Keine Alleingänge!«

Doch Björk war längst draußen. Brand folgte ihr. »Wo genau geht's denn hin?«, fragte er sie auf dem Weg nach unten.

»Nach Königstein.«

»Königstein?«

»Geben Sie Gas!«, drängte Björk, als sie im Auto saßen, und tippte die Zieladresse ins Navi ein.

Brand ließ sich das nicht zweimal sagen. Er dachte daran, wie sehr sich manche Ex-Kollegen des Einsatzkommandos Cobra freuten, wenn sie nach Herzenslust drauflosrasen durften. Da ließen sich die knapp fünfhundert Kilometer von Wien nach Innsbruck schon mal in zweieinhalb Stunden schaffen, weil die Autobahn vor einem von Verkehrspolizisten frei gehalten wurde. Das traf hier nicht zu. Fußgänger waren in Wiesbaden unterwegs und Fahrradfahrer auch, und dass sie in einem zivilen Fahrzeug ohne Blaulicht und Sirene saßen, half auch nicht. Immerhin zeigte das Navi bloß dreißig Minuten, woraus Brand fünfzehn zu machen gedachte.

»Wäre schön, wenn wir in Königstein noch leben«, meldete sich Björk vom Beifahrersitz, nachdem das Auto in der letzten Kurve ordentlich übersteuert hatte.

»Jetzt sagen Sie schon, was in Königstein ist!«

»Nicht was, sondern wer«, korrigierte sie ihn. »August Carlsen.«

»Und wer ist August Carlsen? Kommen Sie, Björk, ich will Ihnen nicht alles aus der Nase ziehen.«

»Achtung!«

Brand bremste scharf und wich einem Wagen aus, der abbiegen wollte, ohne den Blinker gesetzt zu haben. »Schon gesehen. Also ... dieser August Carlsen ist wer? Einer von Gebrocur?«

»Sie sind verrückt, Brand.«

»Keine Angst, Björk. Sie wollten doch, dass ich Gas gebe. Also?«

»Carlsen ist nicht *einer* von Gebrocur. Er ist der Vorstandsvorsitzende.«

»Den wir dazu bringen sollen, mal eben seinen Konzern zu ruinieren.«

Björk klappte den Laptop zu und schwieg.

»Haben Sie was zu diesem Medikament ... Trilo ...«

»Trolipidin«, verbesserte Björk.

»Von mir aus.«

»Nur einen alten Beipackzettel. Nach Skandal sieht das nicht aus.«

»Weil er totgeschwiegen wurde.«

Björk antwortete nicht.

»Könnte doch sein. Früher ging das mit dem Totschweigen noch einfacher.«

»So lange her ist das nicht. Anfang der Zweitausender.«

»Facebook gab es damals jedenfalls noch nicht«, brillierte Brand mit dem wenigen IT-Wissen, das er hatte.

»Nein.«

»Und weiter? Was war das für ein Zeug?«

»Ein Antidepressivum, das vor allem nach Schwangerschaften verschrieben wurde.«

»Das es heute nicht mehr gibt.«

»Nein«, bestätigte Björk knapp und schwieg wieder.

»Wer sagt uns überhaupt, dass der Pharmaboss gerade zu Hause ist? Der arbeitet doch bestimmt bis zehn oder geht chic essen, mit irgendeinem Politiker.«

»Wenn wir es nicht versuchen, werden wir es nicht herausfinden. Haben Sie eine bessere Idee?«

»Wie wär's mit anrufen?«

»Um mit dem Anrufbeantworter zu reden?«

»Wenn wir es nicht versuchen, werden wir es nicht herausfinden.«

»*Smartskalle.*«

Brand zog die Mundwinkel hoch. Obwohl er kein Wort Schwedisch verstand und *smart* eigentlich nett klang, wusste er, dass es ein Schimpfwort gewesen sein musste.

Sie kamen auf die A66. Brand drückte das Gaspedal ganz durch und ließ den linken Blinker auf Dauerbetrieb. Er betätigte die Lichthupe, um sich Platz zu verschaffen, was erstaunlich gut funktionierte, auch wenn manche der Überholten eher wütend reagierten. Björk atmete tief ein und aus. Gerade als Brand befürchtete, ihr könne übel sein, klappte sie ihren Laptop wieder auf und arbeitete weiter.

»Det har fungerat!«, rief sie plötzlich, und Brand meinte, ehrliche Freude herauszuhören.

»Was?«

»Es hat funktioniert. Wir haben die Originalsignale.«

»Von Nachtmann?«

»Quatsch. Aus dem Raum natürlich.«

»Wie das?«

»Manchmal ist es praktisch, verbündete Geheimdienste in den Staaten zu haben.«

»NSA?«, riet Brand. Seit der Spionageaffäre war diese Behörde der Generalverdächtige, wenn es darum ging, an Daten zu kommen, an die man eigentlich nicht kommen konnte.

Björk antwortete nicht. Brand schielte kurz rüber und sah, dass Björk eines der Kamerasignale aufgerufen hatte. Es war dieselbe Perspektive wie vorhin. Der dicke Mann im Sand, jetzt aber deutlich klarer. Im Hintergrund die junge Frau und dazwischen das Fernsehbild von News24.

»Schauen Sie auf die Straße!«, rief Björk.

Brand wich einem Lkw aus, der vor ihnen auf die Überholspur gewechselt war, ohne den Blinker zu setzen. »Sehen Sie was?«, fragte er zur Seite.

»Ich weiß nicht … das könnte etwas sein.«

»Was?«

»Sie schreibt.«

Brand bekam eine Gänsehaut und wunderte sich darüber. Schreiben war an sich völlig harmlos – doch nun erkannte er, was ihn vorhin irritiert hatte: Ihr Zylinder war innen beschlagen gewesen, der andere nicht. »Was schreibt sie denn?«

»Ihren Namen … Hanna.«

»Und wem schreibt sie? Dem feisten Kerl neben ihr?«

»Feist?«

»Fett.«

»Oh. Ja, ich denke.«

Brand registrierte am Rand seines Gesichtsfelds, dass Björk sich auch durch die anderen Perspektiven aus dem Raum klickte.

»Und? Was sehen Sie noch?«

»Nur, dass wir uns beeilen sollten.«

»Haben Sie endlich wen erkannt?«

»Nein. Viel zu dunkel. Aber die Leute sind bestimmt in keinem guten Zustand. Wer weiß, wie lange die schon da drinstecken.«

Brand drückte noch fester aufs Gas, obwohl er bereits die ganze Zeit auf Anschlag war. Die prognostizierte Ankunftszeit änderte sich laufend zu ihren Gunsten, und die Landschaft flog nur so an ihnen vorbei, doch Brand ging es immer noch zu langsam. Wie ein Schnellzug schien auch er erst so richtig lebendig zu werden, wenn die Dinge ein gewisses Tempo bekamen.

Er fühlte sich lebendig wie schon ewig nicht mehr.

45 Hanna Carlsen

Endlich sah er sie. Sie hatte schon beinahe die Hoffnung für *Schnarchi* verloren. Doch sie hatte nicht aufgegeben. Wieder und wieder hatte sie versucht, sich bemerkbar zu machen. Sie hatte gewinkt und gegen das Glas gehämmert, doch nichts konnte seine Aufmerksamkeit erregen. Dann hatte er plötzlich niesen müssen, den Kopf dabei zur Seite gedreht – und sie gesehen.

Schnell hatte sie die Innenseite des Zylinders angehaucht und geschrieben.

HÖRE DICH! ICH = HANNA. DU?

»Konrad!«, rief er nach kurzem Zögern und zuckte vom Schall zusammen. Scheinbar hatten sie alle mit denselben akustischen Umständen zu kämpfen.

Hanna nickte ihm aufmunternd zu. Sie musste ihn unbedingt dazu bringen, etwas zu versuchen. Bei seiner Körperfülle konnte er bestimmt so manches ins Wanken bringen, ganz im Gegensatz zu ihr.

Sie malte einen Zylinder an die Wand, mit Pfeilen links und rechts, die die Bewegung symbolisieren sollten, und gestikulierte dazu.

Zuerst schüttelte er den Kopf. Hanna kniff die Augen zusammen und bedeutete ihm, es wenigstens zu probieren. Mit den flachen Händen zeigte sie ihm die Bewegung, drückte sich vorne vom Glas ab, stieß hinten mit dem Rücken an, ging nach vorne und stemmte sich erneut ab.

Da versuchte er es. Hanna hörte das Geräusch, als sein Rücken gegen das Glas klatschte. Er wuchtete sich nach vorne und wieder zurück, ohne dass sein Gefängnis auch nur den Anschein erweckte, ins Wanken zu geraten. Jetzt versuchte er es seitlich mit den Schultern, doch auch das führte zu nichts. Bestimmt war der Sand, der ihm mittlerweile bis zur Hüfte reichte, wie ein Betonsockel, der den Zylinder noch standfester machte.

Sie hauchte erneut gegen das Glas und malte einen Pfeil nach oben. Er kapierte und versuchte, den oberen Rand des Zylinders zu erreichen.

Hanna ermunterte ihn, feuerte ihn an und wünschte sich nichts mehr, als dass sich Konrad irgendwie aus dem Sand herausarbeiten und dem Gefängnis per Klimmzug entkommen konnte, um sie und die anderen anschließend zu befreien.

Sie sah, wie schlecht die Kondition des Mannes war. Seine Bewegungen wurden zusehends langsamer. Er kam einen Zentimeter weiter, dann noch einen und streckte schon seine Finger nach oben, doch nach wie vor fehlte ein halber Meter. Dann war er mit seiner Kraft am Ende. Obwohl er seine Füße weiter bewegte, sackte er in das feine Zeug zurück, das unablässig von oben herabkam. Schließlich verharrte er reglos und mied den Blick zu ihr. Hanna verzichtete darauf, ihn weiter anzufeuern. Sie brach in Tränen aus – und auch Konrad schien seinem Kummer freien Lauf zu lassen.

Obwohl die Umstände jede Hoffnung ausschlossen, tat es ihr gut, Konrad neben sich zu haben und mit ihm trauern zu können. Mit Margreth verband sie kein Gemeinschaftsgefühl, denn Margreth nahm ihr Schicksal für Hannas Geschmack zu ergeben hin. Anstatt sich einen Ausweg zu überlegen, betete sie, mit gefalteten Händen, geschlossenen Augen und einem seltsam zufriedenen Gesichtsausdruck. Hanna hätte die Frau ohrfeigen können. Hieß es nicht: Hilf dir selbst, dann hilft dir Gott? Margreth half weder sich selbst noch anderen. Für Hanna war sie mittlerweile zu einer echten psychischen Belastung geworden. Sie wünschte, sie hätte sie einfach ausblenden können, doch immer wieder sah sie zu ihr hinüber.

Ich hasse dich.

Konrad hingegen hatte an Sympathie gewonnen. Er wollte genauso raus wie sie. Dass er es nicht schaffte, ließ ihn schier verzweifeln.

OKAY, schrieb Hanna in großen Buchstaben an die Innenseite ihres Zylinders. Nur für den Fall, dass er mal wieder in ihre Richtung sah.

Sie schluckte trocken. Der Durst war schlimmer denn je, doch bei all der Ablenkung hatte sie ihn ein paar Momente lang nicht beachtet.

Erschöpft lehnte sie den Hinterkopf gegen das Glas und sah Konrad zu. Er hielt seinen Kopf gesenkt. Sand rieselte ihm in den Nacken. Da sein Bauch den größten Umfang hatte, füllte sich der Zylinder jetzt wesentlich schneller. Trotzdem würde es noch ewig dauern, bis er darin erstickte.

Und dann?

46 Christian Brand

Sie erreichten Königstein mit weit überhöhter Geschwindigkeit. Brand verglich den letzten Punkt, den das Navi anzeigte, mit der Gegend draußen. Ihr Ziel musste der futuristisch anmutende Betonklotz sein, der von Scheinwerfern angestrahlt wurde. Im ersten Moment glaubte Brand, das Fernsehen sei schon vor ihnen eingetroffen, weil vor dem Gebäude hektische Betriebsamkeit herrschte – doch von News24 war keine Spur. Klar. Björk und er hatten das Glück, dass Wiesbaden und Königstein nicht weit voneinander entfernt waren, während News24 von weiß Gott woher anreisen musste. Wenn sie sich überhaupt auf die Geschichte einließen, die sie unfreiwillig zum Bestandteil eines Social-Media-Hypes machte.

Brand bremste und bog auf den Vorplatz der riesigen Villa ein. Dort stand der Kleintransporter einer Firma für Überwachungstechnik. Ein Handwerker war auf seiner Leiter damit beschäftigt, etwas an einem Laternenmast anzubringen, der in der äußersten Ecke des Grundstücks stand. Mehrere mobile Scheinwerfer erleuchteten die ganze Umgebung, sodass die Szenerie beinahe wie eine polizeiliche Fundort-Untersuchung wirkte.

»Was ist denn hier los?«, fragte Brand.

»Sieht so aus, als ginge jemandem der … wie sagt man?«

»Arsch auf Grundeis?«

Björk antwortete nicht.

Brand parkte den Mietwagen so, dass kein anderes Auto den Parkplatz vor der protzigen Villa verlassen konnte. Vor dem Kleintransporter stand ein S-Klasse-Mercedes, brandneu, wie es aussah.

»Wie konnte er so schnell davon erfahren?«, fragte Björk.

»Vielleicht spielt er ja auch gerne auf seinem Computer herum.«

Ohne auf seine Bemerkung zu reagieren, stieg Björk aus und ging mit langen, schnellen Schritten zum Eingang der Villa, wo sie läutete und gleichzeitig klopfte. Im Inneren des Hauses schien ebenfalls gearbeitet zu werden. Gerade dröhnte eine Bohrmaschine.

Brand dachte schon, dass sich der Besitzer dieses Hauses ganz bestimmt nicht mit Bauarbeitern herumschlagen würde, da öffnete ein Mann die Tür, der ihn sofort an einen berühmten Schauspieler erinnerte … *Mel Gibson*, fiel er ihm ein.

»August Carlsen?«, fragte Björk.

Der Mann nickte. »Und Sie sind …?«

Björk zeigte ihren Ausweis. »Inga Björk, Europol. Mein Partner, Christian Brand.«

Brand glaubte, sich verhört zu haben. Björk hatte ihn noch nie ihren Partner genannt, und eigentlich war es eine Floskel, die man achtlos dahinsagte. Trotzdem fühlte er sich geschmeichelt.

»Aha«, sagte der Mann bloß, beachtete Brand aber nicht, sondern warf einen nervösen Blick hinaus, als könnte jederzeit ein Attentäter aus der Hecke springen.

»Wir müssen mit Ihnen über Gebrocur reden. Sofort«, verlangte Björk.

Carlsen wirkte einen Moment lang unentschlossen. »Dann kommen Sie herein«, sagte er schließlich. Er wirkte abgelenkt. Verunsichert.

Der hat Angst, dachte Brand und folgte den beiden ins Haus, an zwei Handwerkern vorbei. Brands Aufmerksamkeit wurde sofort von den Kunstwerken angezogen. Normalerweise fand man solche Sachen bloß im Museum. Bilder, deren Urheber er auf den ersten Blick erkannte, Skulpturen, deren Wert in die Hunderttausende, wenn nicht gar Millionen ging. Sogar einen Koons entdeckte er, achtlos in eine Ecke gestellt und geradezu unwürdig beleuchtet, als wäre er nebensächliches Beiwerk der eigentlichen Sammlung. Als Brand den ungefähren Wert der Werke überschlug, wurde ihm beinahe schwindlig. *Wenn Erich das sehen könnte*, dachte er und schluckte.

Björk schien von der Kunst keine Notiz zu nehmen. Sie folgte dem Hausherrn in sein gigantisches Wohnzimmer und nahm auf einem der edlen Sitzmöbel Platz. Brand tat es ihr nach, Carlsen setzte sich ihnen gegenüber.

»Also, wie kann ich Europol helfen?«

»Fühlen Sie sich verfolgt?«, fiel Björk gleich mit der Tür ins Haus und deutete auf die beiden Handwerker, die in einer der oberen Ecken des Raumes eine Kamera anschlossen. »Gibt es einen aktuellen Anlass für diese Maßnahmen?«

»Nein. Ich habe es bloß immer auf die lange Bank geschoben.«

»Und jetzt kann es Ihnen plötzlich nicht schnell genug gehen? Um *diese* Uhrzeit?«, fragte Brand. »Vor wem haben Sie Angst?«

Carlsen sah Brand entgeistert an, sagte aber nichts. Ein Signalton erlöste ihn. Er holte sein Handy heraus und warf einen Blick aufs Display, wobei er kurz die Stirn runzelte.

»Ich habe vor niemandem Angst«, erwiderte er dann und steckte das Handy wieder weg, das gleich darauf erneut piepte. »Warum sollte ich denn Angst haben?«

Brand ließ sowohl das Piepen als auch die Frage verhallen.

Björk atmete tief ein, holte ihren Laptop aus der Ledertasche und klappte ihn auf. »Herr Carlsen, ich möchte, dass Sie sich das hier ansehen.«

Sie führte ihm die Aufzeichnung des Live-Videos vor. Die Übertragung der zweiten Täterforderung lag nun schon gut dreißig Minuten zurück. Womit ihnen also bloß noch eine knappe halbe Stunde blieb, die Aufgabe zu erfüllen.

Brand beobachtete Carlsen genau. Er starrte auf den Monitor. Sein Gesicht zuckte mehrmals angewidert, als er den toten Mann im Zylinder in Großaufnahme sah. Auf die Bilder mit dem feisten Kerl in seiner Sanddusche und die Forderung nach einem Schuldeingeständnis durch Gebrocur zeigte der Vorstandsboss hingegen keine Reaktion.

Björk erklärte: »Das ist kein Fake. Ein Mensch ist bereits tot. Auch der Mann, den Sie gerade gesehen haben, wird sterben, wenn wir nichts dagegen tun. Also berichten Sie mir von diesem Skandal.«

»Da gibt es nichts zu berichten«, sagte Carlsen wie aus der Pistole geschossen, »weil es keinen gab. Ich habe noch nie davon gehört. Sie können jederzeit mit unseren Anwälten reden, aber ganz bestimmt nicht mit mir.«

»Wie ist es möglich, dass Dutzende Menschen durch eines Ihrer Medikamente sterben, ohne dass Sie davon erfahren?«, fragte Björk.

Jetzt klingelte es durchgängig in Carlsens Sakkotasche. Er fasste hinein und drückte den Anruf weg. »Das ist Quatsch«, entgegnete er genervt.

»Das Medikament hat existiert. Das habe ich recherchiert. Es wurde Anfang der Zweitausenderjahre ohne Angabe von Gründen aus dem Verkauf genommen. Weil es Menschen getötet hat?«

»Das ist eine haltlose Behauptung, die Sie besser für sich behalten sollten. Unsere Anwälte freuen sich bestimmt, mit Ihnen zu sprechen.«

»Ihre Anwälte kommen zu spät für diesen Mann dort«, sagte Brand und deutete auf das Standbild des aktuellen Todeskandidaten.

Carlsen seufzte. Er atmete tief durch, schüttelte den Kopf und sagte: »Na schön. Wissen Sie, wie oft ein Konzern wie Gebrocur erpresst wird? Ich gebe zu, diese Methode ist neu und ausgefallen, doch das Motiv bleibt dasselbe. Man will den schlechten Ruf unserer Branche ausnutzen und uns mit erfundenen Vorwürfen in die Knie zwingen. Wir lassen uns aber nicht erpressen. Deshalb wird es ganz bestimmt kein Schuldeingeständnis geben, weder von mir noch von sonst jemandem bei Gebrocur. Und jetzt muss ich Sie bitten zu gehen.«

Wieder klingelte sein Smartphone. »Was ist das denn?«, schimpfte Carlsen, holte es heraus und schaltete es stumm.

»Sind womöglich noch andere Leute an Ihrem Geständnis interessiert?«, stichelte Brand. »Dann kommen die Kameras ja keine Minute zu früh. Hoffentlich haben Sie auch an Personenschutz gedacht, wenn sich gleich die Horden vor Ihrer schicken Villa versammeln.«

Carlsen wirkte einen Moment lang verunsichert. Dann setzte er sein Tausend-Dollar-Lächeln auf, das Brand wieder an Mel Gibson denken ließ. »Ich kann schon auf mich aufpassen. Notfalls muss ich eben Ihre Kollegen rufen. Und jetzt gehen Sie.«

Björk drängte: »Es geht hier nicht bloß um das Leben dieses einen Mannes. Einer ist bereits tot, und drei weitere Menschen sollen in den kommenden Tagen sterben. Tun Sie wenigstens so, als würden Sie irgendwas zugeben. Jeder wird Verständnis haben, dass Sie …«

»Wenn ich Ihnen sonst noch irgendwie helfen kann, lassen Sie es mich wissen. Sie können mir gerne Ihr Kärtchen hierlassen«, fiel Carlsen ihr so aalglatt ins Wort, wie man es vom Vorstand eines börsennotierten Pharmakonzerns erwartete.

»Zeigen Sie ihm das Mädchen«, sagte Brand.

Björk nickte. Sie rief die Einstellung auf, in der man die junge Frau neben dem Todeskandidaten sehen konnte, dann drehte sie den Laptop zu Carlsen hin und sagte: »Sehen Sie sich das an. Die kommt genauso dran, vielleicht schon als Nächste!«

Carlsen sah nicht hin, sondern schüttelte bloß den Kopf und sagte: »Dann würde ich sie an Ihrer Stelle bald befreien, statt hier Ihre und meine Zeit zu verschwenden. Ich kann Ihnen nicht helfen. Bedaure.«

Im selben Moment klopfte jemand gegen die Eingangstür und rief: »August? Ich bin's.«

»Chef?«, fragte einer der Handwerker.

»Lassen Sie ihn rein«, sagte Carlsen. »Und Sie verschwinden jetzt besser, bevor Sie herausfinden, wieso unsere Anwälte dreihundert Euro die Stunde bekommen.«

Ein Mann im Anzug stürmte herein. »Was geht hier vor?«, fragte er in die Runde.

»Sie behindern einen Einsatz, das geht vor«, antwortete Brand.

»August?«

Der Pharmaboss atmete tief durch. »Offensichtlich werden wir erpresst. Wieder einmal.«

»Von denen da?«

»Nein ... die sind von Europol.«

»Mit einer richterlichen Anordnung, darf ich annehmen?«

»Gefahr im Verzug«, sagte Brand. »Es geht um Leben und Tod.«

»Einen Moment.« Der Mann zog Carlsen zur Seite. Die beiden wirkten vertraut. Keine Minute später trat der Anwalt zu

Björk und Brand, während der Hausherr ihnen den Rücken zukehrte.

»Ich habe mich mit meinem Mandanten besprochen. Es wird kein Schuldeingeständnis von Gebrocur geben, weder heute noch morgen, noch irgendwann.«

»Damit töten Sie einen Menschen«, stellte Brand nüchtern fest.

Der Anwalt musterte ihn herablassend. »Jura ist nicht Ihre Stärke, oder?«

»Sie können das Schuldeingeständnis doch jederzeit widerrufen«, unternahm Björk einen weiteren Versuch. »Posten Sie eine Statusmeldung und behaupten Sie hinterher, der Account wurde gehackt. Facebook, Twitter – egal, was, es wird sich sofort verbreiten und den Erpresser erreichen. Sie können das Leben dieses Menschen jetzt retten.«

»Da wäre ich mir nicht so sicher«, sagte der Anwalt und deutete auf den Laptop, den Björk immer noch aufgeklappt in den Händen hielt.

47 Hanna Carlsen

Sie hatte sofort begriffen, was mit Konrad geschehen würde. In dem Moment, in dem sich sein Zylinder ein paar Zentimeter anhob, an zwei Drehpunkten auf halber Höhe befestigt, war alles klar. Sie wunderte sich, warum sie es nicht schon viel früher kommen sehen hatte.

Konrads Zylinder würde sich nicht weiter füllen.

Er würde sich einfach auf den Kopf stellen.

Konrad sah verwirrt zu ihr. Sie merkte, wie ihr die Tränen in die Augen stiegen. Doch sie sah nicht weg. Er hatte zu kämpfen versucht, genau wie sie es von ihm verlangt hatte. Nun war sie es ihm schuldig, bis zum Ende bei ihm zu bleiben.

Genau wie Hanna befürchtete, begann die Glasröhre zu kippen. Instinktiv fuhr Konrad die Arme aus. Sie hoffte, er würde in der Drehbewegung entkommen können, auf halber Strecke vielleicht, wenn sich der Zylinder in der Horizontalen befand und er bloß noch rauskrabbeln musste. Doch bevor das möglich gewesen wäre, fiel oben eine Klappe zu und verschloss ihm den Weg.

Hanna erwartete, Konrad schreien zu hören. Doch er schrie nicht. Er sah sie bloß an, hilflos seinem Schicksal ergeben, zum Sterben bereit. Sie legte ihre Hand ans Glas. Ihre Wangen waren nass, woher auch immer ihr Körper die Flüssigkeit noch nahm.

Sein Zylinder kippte vornüber. Schnell rutschte der Sand nach und mit ihm Konrads Körper. Er streckte die Arme über den Kopf – dann kam der Zylinder zum Stehen, umgedreht wie eine Sanduhr. Konrad war verschwunden, nur seine Beine schauten aus dem Sand heraus.

Diese begannen zu zappeln, seine Fersen schlugen gegen das Glas, als wollte er seinem Schicksal davonlaufen. Vergeblich. Bald schon wurden seine Bewegungen schwächer, und schließlich blieben die Beine still, bis auf ein gelegentliches Zucken.

Dafür setzte sich etwas anderes in Bewegung: Die Dominokette lief wieder. Ausgehend von Konrads Zylinder, über dem die Neonröhre erlosch, erweiterte sie ihre Kreisbahn. Der Fernseher wurde schwarz, und die Kette umfallender Steine rasselte in absoluter Dunkelheit weiter. Zwischendurch fiel ein größerer Stapel um. In welche Richtung, konnte Hanna nicht sagen, denn jedes Geräusch, das an ihre Ohren drang, kam zwangsläufig von oben, durch die Öffnung ihres Zylinders, wo der Ventilator nicht mehr blies.

48 Sophia Weiland, Unfallärztin

Sie erreichte die letzte Bergstraße erst gegen elf Uhr abends. Immer noch lagen einige Kilometer, vor allem aber Höhenmeter vor ihr. Es war mittlerweile stockdunkel, doch das war ihr egal. Sie musste einfach hoch. Noch heute Nacht.

Sie mahlte mit den Zähnen, wovon sie Kopfschmerzen bekam. Sie verbot sich, an Mick zu denken und an ihren kleinen Felix, die bestimmt beide schon schliefen, in ihrem hübschen Einfamilienhäuschen am Lilienthalpark. Was sie wohl dazu gesagt hätten, dass Mama hier in den Schweizer Bergen herumfuhr? Ein weiteres Mal kam sie sich wie eine Betrügerin vor.

Sie dachte an die Begegnung mit Leuenberger und presste ihre Finger dabei so fest in den Kunststoff des Lenkrads, dass ihre Fingerknöchel weiß wurden. Sie wettete, dass er noch klar denken konnte, wenn er wollte. Aber seine aufgebrachte Reaktion auf das Foto hatte ihr jede Chance auf ein Gespräch genommen – ein Gespräch, das ihr auch bei ihrem zweiten Kontakt in Liechtenstein verwehrt geblieben war. Womit ihr nur noch diese eine Adresse blieb …

Sie nahm eine Serpentine der Bergstraße und noch eine und war froh, dass der Wagen gut gefedert war und über eine Kurvenlicht-Funktion verfügte. Sie folgte der Route, die ihr die Navigationsapp anzeigte, wobei sich das endgültige Ziel ihrer Reise nicht hatte eingeben lassen. Weil es offiziell nicht existierte. *Nicht mehr.* Sie wusste aber, dass noch irgendetwas da sein musste. Und dass sie es auch ohne Navi finden würde.

Dabei erinnerte sie sich bisher an gar nichts. Nicht an die Orte, die sie auf dem Weg in die Berge passiert hatte, nicht an die Berge selbst, die sie im Dunkeln bloß erahnen konnte, nicht an die Landluft und auch nicht an den Dialekt der Gegend. Sie hatte an einer kleinen Tankstelle gehalten und sich eine Pizzastange und Cola gekauft. Beim Kassieren hatte der Angestellte etwas zu ihr gesagt und ihr zugezwinkert. Sie hatte bloß Bahnhof verstanden und war eilig weitergefahren.

Konnte man vergessen? Richtig vergessen? Nicht bloß so tun, im Sinne von verzeihen, sondern wirklich *alles* vergessen?

Das Navi zeigte an, dass die letzte befestigte Straße nach einem Kilometer zu Ende ging. Dort stand das verwitterte Schild einer Bushaltestelle. Sie wunderte sich, wie es ein Bus jemals hier hoch geschafft hatte, geschweige denn wieder runtergekommen war, selbst wenn sich die Straße früher bestimmt in einem besseren Zustand befunden hatte.

Ein Weg führte weiter bergan. Doch der war für Stadtautos wie ihres viel zu steil und außerdem zugewachsen.

Sie hielt und machte den Motor aus. Die Scheinwerfer ließ sie brennen, um die Umgebung im Blick zu behalten. Sie stieg aus, holte tief Luft, drehte sich einmal im Kreis herum und versuchte, irgendwas zu sehen, an das sie sich hätte erinnern können. Sie entdeckte einen alten Holzzaun und ging hin. Mit ihren Chirurgenhänden fuhr sie über die tausendfach gesplitterte Oberfläche einer Querlatte, während sie hierhin und dorthin spähte und jeden Sinneseindruck mit Erinnerungen zu verknüpfen versuchte. Aber da war nichts. Nicht die kleinste Übereinstimmung mit jener Zeit ihres Lebens, die sie so sehr hatte vergessen wollen, dass sie sie wohl tatsächlich vergessen hatte.

Still war es hier. Auffällig still, unheimlich fast. Kein Wind, keine Tiere, nicht einmal das Zirpen von Grillen, das sich sonst ja hunderte Meter weit übertrug. Sie fühlte sich wie der einzige Mensch auf der Welt, umringt von Bergen, die sich scharf gegen den Nachthimmel abgrenzten. Der Mond war kaum mehr als eine schmale Sichel in einem gewaltigen Sternenmeer.

Sterne …

Doch, die Sterne kannte sie. In Berlin sah man wegen des Lichtsmogs kaum noch welche. Die Sterne gehörten eindeutig hierher. Sie legte den Kopf in den Nacken und erkannte die Milchstraße, die sich über den gesamten Nachthimmel erstreckte.

»Ist es nicht lustig, dass sie *Milchstraße* heißt?«

Sophia zuckte zusammen. Sie traute sich nicht, den Kopf zu drehen. Sie erwartete, jeden Moment angefasst zu werden, von jemandem, der so lautlos wie unsichtbar an sie herangeschlichen war.

»Hallo?«, sagte sie zitternd in die Stille hinein.

Aber da war niemand. Nur sie und das Auto und die Berge und die Sterne.

Und die beiden Fotos in ihrer Tasche.

Die Nacht hat begonnen.

Die Nacht wird kommen.

Jemand ist hier, dachte sie und fröstelte. Hier bei ihr. Nicht im körperlichen Sinn, aber dennoch …

Jemand ist hier …

Die Vernunft wollte, dass sie nach Berlin zurückkehrte, zu Mick und Felix, dass sie die Vergangenheit ruhen ließ.

Doch sie floh nicht. Stattdessen fragte sie mit klopfendem Herzen: »Wieso … lustig?«

»Na, weil die anderen Galaxien viel coolere Namen haben. Andromeda und Pegasus zum Beispiel. Oder Buchstaben und Ziffern. Nur unsere heißt wie die Adresse von einer Schokoladenfabrik.«

Als hätte sie gerade die Büchse der Pandora geöffnet, brachen weitere Erinnerungen über sie herein. Gute, weniger gute, wunderbare und schreckliche. Anfang und Ende.

Die Nacht wird kommen.

49 Benjamin Sommer, 11

Ich schaue zum Himmel hoch und starre einen Moment lang in die Sonne, die schon seit Stunden herunterbrennt. Ich wische mir über das Gesicht und huste. Meine Augen jucken, aber sie zu reiben, macht es bloß schlimmer. Der Sommer ist schrecklich hier. Wir müssen oft draußen arbeiten. Am schlimmsten ist das Heu, knapp dahinter kommen Insektenstiche. Ich freue mich auf den Winter, obwohl es dann unfassbar kalt ist und wir oft wochenlang nicht rauskommen.

»Los, weiter!«, ruft Schwester Margreth zu mir hoch. »Wer essen will, muss auch arbeiten.«

Das stimmt überhaupt nicht. Viele hier müssen überhaupt nichts tun und bekommen trotzdem zu essen. Manche stellen sich sogar absichtlich dumm. Wie Felix. Immer, wenn er arbeiten soll, wirft er sich auf den Boden und schreit die schlimmsten Sachen. Dann kriegt er Extratabletten, die er aber nicht schluckt, sondern in seinem Mund versteckt, damit er den Rest des Tages herumliegen oder sonst was machen kann.

Felix wohnt in meinem Zimmer, genau wie Anton und noch drei andere Jungs. Aber mit denen kann man nichts machen. Die meiste Zeit über schauen sie bloß an die Decke, spucken rum oder pinkeln in die Hose. Manche müssen sogar gefüttert werden oder schreien in der Nacht, und dann kann ich nicht schlafen und denke zu viel, und zu viel denken macht Probleme. Weil dann die Fragen auftauchen, auf die es keine Antwort gibt. Warum ich hier bin zum Beispiel, und wann ich wieder ins Kinderdorf zurückkomme. Wenn ich jemanden danach frage, kriege ich Extratabletten. Aber anders als Felix kann ich sie nicht im Mund verstecken. Ich muss sie immer schlucken, und dann schlafe ich ewig, und hinterher ist mein Kopf wie Watte.

Ich wäre gerne wie Felix. Felix kommt mit allem durch. Sogar Schwester Margreth und Doktor Elmer fallen auf ihn herein. Er brennt oft durch, kommt aber meistens von selbst zurück. Besonders nachts. Ich hätte viel zu viel Schiss für so was. »Mich erwischt keiner«, sagt Felix und erzählt uns hinterher von seinen Abenteuern. Einmal war er angeblich oben im Turm, am allerhöchsten Platz der Anstalt, und dort hat er die Sterne und den Mond und eine riesige Sternschnuppe gesehen, und vielleicht hat er sich dabei gewünscht, dass er bald von hier wegkommt.

Aber das wird nicht passieren. Ich bin schon so lange hier, dass ich mich gar nicht mehr richtig ans Kinderdorf erinnern kann oder an meine Eltern. In meinem Kopf sind sie Engel ohne Gesichter, und Stimmen haben sie auch keine mehr.

Felix ist mein bester Freund und Anton der zweitbeste. Felix kam hierher, weil irgendetwas mit dem Freund seiner Tante war, bei der er vorher gelebt hat. Aber darüber redet er nie und dreht durch, wenn ihn jemand damit neckt. Bei Anton war's auch was mit der Familie. Seine Mama ist gestorben, und Anton hat's mit angesehen. Sein Papa hat sie abgemurkst. Echt! Aber es gab keine Beweise und außerdem ein Alibi. Am Ende hat man nicht Antons Papa eingesperrt, sondern Anton selbst, weil man ihn für durchgeknallt hält. Ist er aber gar nicht. Er ist nur still.

Der Schlaueste von uns ist Felix. Aber das nützt ihm spätestens dann nichts mehr, wenn jemand größer ist als er oder mehr Kraft hat. Felix sieht aus, als würde er gleich in zwei Teile zerbrechen, wenn man ihn haut. Aber dafür hat er ja Anton. Anton kann es mit jedem aufnehmen. Nicht mal der Doktor schafft es alleine, ihm eine Spritze zu geben. Anton will mal Profi-Wrestler werden, und ich kann mir das gut vorstellen.

Ich drehe mich um und gucke, ob ich Schwester Margreth sehe, aber die muss zur Anstalt zurückgegangen sein. Dafür winkt Anton zu mir rüber. Er hat schon die doppelte Arbeit geschafft wie ich. Vielleicht hofft er, dass er mittags doppelt so viel zu essen kriegt.

Ich winke zurück. Dann huste ich und huste und bekomme nur noch ganz schwer Luft. Von den Morgenmedikamenten ist mir so schwindlig, dass ich gleich umkippe. Also lasse ich den Rechen fallen und gehe zum großen Baum, der mitten auf dem Feld steht und einen schönen, kühlen Schatten wirft. Dort lehne mich an den Stamm und reibe meinen Buckel, weil mein ganzer Körper juckt. Später muss ich schnell duschen, ob ich will oder nicht.

Jetzt lege ich mich aber erst einmal flach auf den Boden, mache die Augen zu und stelle mir vor, dass es Nacht ist und ich eine Sternschnuppe sehe und mir etwas wünschen kann.

Ein lautes Geräusch weckt mich auf.

»Hey!«, ruft jemand, und im ersten Moment denke ich an Schwester Margreth und dass ich eingeschlafen bin und bestimmt dafür bestraft werde.

»Entschuldigung!«, sage ich schnell, zwänge meine Augen auf und sehe ein Mädchen, das direkt vor mir steht, die Fäuste in die Hüften gestemmt. Zuerst glaube ich, ich träume. Ihre Haare sind lang und rot und vor allem wahnsinnig dicht, sodass der Kopf viel größer wirkt als er eigentlich ist. Darunter ist sie schmächtig und blass, und das Kleid ist ihr viel zu weit. Ich muss sofort an Pippi Langstrumpf denken und lache, und vom Lachen muss ich wieder husten.

»Ich bin Sophia.«

Ich bin zu verwirrt, um etwas zu sagen.

»Hast du auch einen Namen?«

»Benjamin.«

»Benjamin? Dann sag ich Benni. Bist du Gemüse, Benni?«

Ich weiß, was sie mit Gemüse meint. Gemüse im Kopf. Die meisten Leute hier haben Gemüse im Kopf oder kriegen es, wenn sie Tabletten nehmen. »Bin ich nicht. Und du?«

»Auch nicht.«

»Du schaust aus wie Pippi Langstrumpf.«

»Ach, echt?«, sagt sie und dreht die Augen nach oben. »Vielleicht bist du ja doch Gemüse, Benni.«

»Bin ich nicht.«

»Bist du wohl.«

Ich will böse sein und kann es nicht.

»Na dann, Gemüsebenni«, sagt sie und will gehen.

»Was machst du hier?«, rufe ich schnell, und sie dreht sich noch mal um.

»Na, dasselbe wie du. Feldarbeit.«

»Aber ich kenne dich gar nicht.«

»Musst du mich denn kennen, damit ich Feldarbeit machen kann?«

Sie redet mich richtig schwindelig. »Nein«, sage ich und staune weiter. Sie hat Sommersprossen im Gesicht, und irgendwie kann ich nicht damit aufhören, sie anzusehen. »Wo bist du denn?«, frage ich, meine aber eigentlich, dass ich sie noch nie hier gesehen habe.

Sie zeigt hinauf. »Na oben, bei dem anderen Mädchengemüse.«

»Wohnst du auch in der Anstalt?«

Sie lacht. »Wo denn sonst, Gemüsebenni?«

»Sag das nicht dauernd.«

»Was denn?«

»Gemüsebenni.«

»Sonst ... was?«

»Sonst sag ich Pippi zu dir.« Ich bin stolz auf mich. Normalerweise brauche ich ewig, um auf gute Antworten zu kommen.

»Hm«, macht sie und zuckt mit den Schultern. »Klingt fair!« Dann dreht sie sich um und läuft davon.

50 Sophia Weiland, Unfallärztin

Seit gut fünfzehn Minuten kämpfte sie sich bergan. Ihre einzige Lichtquelle war das Smartphone, das schon lange keinen Empfang mehr hatte. Sie hätte sich einen geländegängigen Wagen mieten und eine Taschenlampe besorgen sollen. Aber wer handelte schon so rational, wenn sich das eigene Leben überschlug?

Der Weg war schon ewig nicht mehr benutzt worden. Obwohl sie eine lange Hose trug, konnte sie fühlen, wie das Gras um ihre Beine strich. Es war so hoch, dass ihr manche Halme bis zur Brust reichten. Dazwischen ragten Baumtriebe und stachelige Sträucher in die Höhe.

Weit und breit war keine Menschenseele zu sehen. Wäre jemand hier gewesen, hätte sie ihn zwangsläufig hören müssen. Doch da waren nur ihre eigenen Schritte, die in dieser alles umgebenden Stille so laut wirkten, als hielte jemand ein Mikrofon an ihre Füße und verstärkte die Geräusche über eine riesige Soundanlage.

Was mache ich hier eigentlich?, fragte sie sich. Sie hatte an diesem Ort nichts verloren, und doch ging sie weiter, mechanisch, wie eine Marionette, die den Befehlen eines anderen gehorchte.

Ein Insekt schwirrte im Lichtkegel der Handylampe davon und erinnerte sie daran, dass man auf dieser Welt niemals allein war, bloß weil man sich allein fühlte. Sie schloss die Finger fester um ihr Smartphone und spürte, wie sie zitterten.

»Feigling!«, rief sie laut und meinte sich selbst. Früher hätte sie sich niemals von irgendwelchen Nachtfaltern einschüchtern lassen. Früher hatte sie keine Angst gekannt. Früher …

Zwei Augen leuchteten auf, keine zwanzig Meter entfernt. Sophia wurde es eiskalt. Ein, zwei Sekunden später begriff sie, dass nur Tieraugen so strahlen konnten. Doch das beruhigte sie kaum. Schließlich gab es hier die unterschiedlichsten Tiere, darunter auch Raubtiere wie Luchse. Oder Wölfe.

Sie blieb stehen und hielt die Luft an. Wagte nicht, den geringsten Mucks zu machen. Am liebsten wäre sie davongerannt, aber ein hungriger Wolf konnte ganz bestimmt schneller laufen als sie. Vorsichtig leuchtete sie in die Richtung des Tiers.

Ein Reh.

Bloß ein Reh. Erleichtert stieß sie die Luft aus und spürte, wie sich ihr Puls endlich verlangsamte.

Auch an die Wildtiere erinnerte sie sich jetzt. Früher hatte sie hier dauernd Rehe, Gämsen und sogar Steinböcke gesehen. Sie gehörten in diese Gegend, viel mehr noch als Menschen. Gefahr ging von ihnen keine aus. Und selbst wenn es Wölfe gab, wären die kaum so leichtsinnig, es mit einem Menschen aufzunehmen.

»Na, die Sophia ohne Furcht und Tadel bist du nicht mehr«, sagte sie zu sich selbst. *Sophia ohne Furcht und Tadel.* Plötzlich war der Spitzname wieder da. »Ich zeige dir, wer hier ohne Furcht und Tadel ist«, sprach sie sich Mut zu und ging weiter.

Nach einer Weile konnte sie sich an immer mehr Details erinnern. Die Form der Landschaft. Die Berge ringsum, die jetzt, da sich ihre Augen ganz an die Dunkelheit gewöhnt hatten, deutlicher hervortraten. *Da vorne muss die Lichtung kommen*, wusste sie und spürte, wie ihr Herz erneut schneller schlug.

Als sie hinter der letzten Geländekuppe hervortrat und den alten Kasten sah, brachen tausend Erinnerungen über sie herein. Gute wie schlechte. Und schreckliche.

Die Nacht hat begonnen.

Sie machte ihre Handylampe aus. Zu spät? Wenn jemand hier war, hätte er sie ganz leicht entdecken können.

Sie duckte sich und wartete. Aus der Ferne betrachtet und vom fahlen Mondlicht angestrahlt, glaubte man fast, der Bau wollte seiner eigenen Geschichte trotzen. Nur wer ihn kannte, sah sofort, dass der hölzerne Turmaufbau fehlte, der das Gebäude immer wie einen Leuchtturm in den Bergen hatte aussehen lassen.

Als sich Sophia ausreichend sicher fühlte, ging sie weiter, langsamer jetzt, weil sie ohne das Licht des Smartphones den Weg kaum noch erkennen konnte. Sie befürchtete, umzuknicken und sich eine Bänderverletzung zuzuziehen. Verletzt und ohne Handyempfang, ohne irgendwem verraten zu haben, wo sie steckte, konnte die Sache schnell gefährlich werden.

Angsthase.

Sie wusste, dass es auf den Berliner Straßen genauso schnell gefährlich werden konnte. Nur dass sie dort eben wusste, was sie zu erwarten hatte. Hier wusste sie es nicht. Nicht mehr.

Je näher Sophia dem riesigen Bauwerk kam, desto mehr offenbarte sich ihr sein wahrer Zustand. Sie entdeckte Trümmer des Dachstuhls, alten Krempel, zersplitterte Fenster und sogar Graffiti an den Außenmauern. Wer machte sich bloß die Mühe, Farbdosen hierher zu schleppen, um sich an einem Platz zu verewigen, den keiner mehr zu Gesicht bekam? Die Menschen kamen auf die merkwürdigsten Ideen.

Die Nacht hat begonnen.

Als sie nur noch wenige Meter entfernt war, kauerte sie sich hin und lauschte. Ein sanfter Windhauch wehte aus Richtung der Ruine zu ihr herüber, und für einen Augenblick glaubte sie, den alten Geruch der Gänge und Zimmer wahrzunehmen, unter den sich verbrannte, modrige und ranzig-herbe Noten mischten.

Mehrere Minuten blieb sie in der Hocke sitzen und lauschte. Aber da war nichts. Die Ruine war seit vielen Jahren sich selbst überlassen, verfallen und vergessen, genau wie das, was in ihren Mauern geschehen war. In der Ferne schrie ein Tier, ein Vogel vielleicht oder ein Luchs, doch Sophia hatte keine Angst mehr. Es gab keinen Grund, sich vor irgendetwas zu fürchten. Höchstens vor sich selbst und ihren eigenen irrationalen Entscheidungen.

Du bist so ein Esel, dachte sie und wollte sich soeben aufrichten, als sie es sah.

Ein rhythmisches Blinken, orange wie von einer Baustellenlampe, aber so schwach, dass es ihr vermutlich gar nicht aufgefallen wäre – hätte sie nicht gerade so konzentriert auf die dunklen Mauern gestarrt.

Das Licht schien aus einem der oberen Stockwerke zu kommen.

Jemand ist hier, dachte sie und schnappte nach Luft. Sie versuchte, eine harmlose Erklärung zu finden. Wildcamper vielleicht. Aber was hatten die in einem alten, einsturzgefährdeten Kasten verloren?

Sie stand auf und huschte lautlos die letzten Meter zum Haus. Vorne kam sie nicht rein, weil Trümmer den Eingang blockierten, doch jeder Trakt hatte seinen eigenen Zugang, und irgendeinen Weg hinein fand man immer. Bloß rauszukommen, war damals schwer gewesen.

Sie umrundete das Gebäude. Dahinter stieg das Gelände wieder an, führte über weite Felder und sanfte Hügelkuppen zum Felsgrat hinauf.

An der Rückseite war das Blinken noch deutlicher zu erkennen. Anscheinend kam es von einer Art Antenne, die im Rahmen eines zerbrochenen Fensters angebracht war, notdürftig vor Wind und Wetter geschützt.

Das Ding macht keinen Sinn, dachte sie. Es war genauso fehl am Platz wie sie. Sie hatte hier nichts verloren. Sie hätte nicht kommen sollen.

Sie spürte eine Erschütterung, wie von einem leichten Erdbeben.

Zu regelmäßig für ein Erdbeben …

»Okay, Sophia ohne Furcht und Tadel«, sagte sie, nahm all ihren Mut zusammen und legte die letzten Schritte zum Schwesterntrakt der Anstalt zurück. Die Tür dort war noch im Rahmen. Sie ruckte an der Klinke und drückte, so fest sie konnte, doch die Tür gab nicht nach. Gerade als sie sich nach einem anderen Eingang umsehen wollte, sprang die Tür mit einem lauten Knacken auf.

Sophia schaltete die Handylampe ein und schirmte das Licht mit der Hand ab. Vorsichtig schlich sie über den kargen Betonboden des Schwesterntrakts. Die Schwestern hatten sich stets damit gerühmt, in Armut zu leben, ganz ihrem Herrn verpflichtet, in kalten, karg eingerichteten Zimmern. Die Patientenzimmer dagegen verfügten über Heizung, fließendes Wasser und mehr Lebensmittel pro Kopf als der Orden insgesamt – hatten sie jedenfalls behauptet. *Heuchlerinnen*, dachte Sophia. Mehr als einmal hatte sie erlebt, wie viel ihnen die eigenen Regeln wert waren, wenn sie die Gelegenheit hatten, sie zu brechen.

Mit schlafwandlerischer Sicherheit fand Sophia den Eingang zum Patiententrakt. Dieser stand offen, doch dahinter musste sie sich zwischen achtlos zusammengeschobenen Trümmern hindurcharbeiten – alte Stühle, Geschirr, Wäsche, ein einzelner Schuh, Holzlatten und diverses Mobiliar, manches versengt, anderes völlig verbrannt. Sie verbot sich die Erinnerungen, die zwangsläufig aufstiegen, und konzentrierte sich ganz aufs Weiterkommen. Obwohl sie sich wie in Zeitlupe bewegte, stieß sie mehrfach gegen Sachen, was einigen Lärm verursachte.

Sie bog um eine Ecke und erwartete, auf weitere Hindernisse zu stoßen, doch sie wurde überrascht. So sehr, dass sie stehen blieb und nach Luft schnappte. Hier gab es keine Trümmer. Der Boden, die Wände – alles war mit einem gummiartigen schwarzen Lack gestrichen. Reifenspuren führten auf ein großes Tor zu, das aussah, als sei es nachträglich eingebaut worden. Es ging nach hinten raus, zum Waldrand, wo es am besten vor neugierigen Blicken geschützt war. Dass kein Fahrzeug hier war, beruhigte sie etwas.

Sophia schlich durch den Gang und roch Benzin. Außerdem sah sie einen Kabelstrang, der offen an einer Wand verlegt war, vertikal vom Kellergeschoss in die oberen Stockwerke hinauf.

Sie entdeckte eine Tür, die aussah, als stammte sie aus einem U-Boot – ein wasserdichtes Schott mit Drehverschluss.

Wieder meinte sie, der Boden unter ihren Füßen würde zittern. *Kein Erdbeben*, wusste sie.

Die Nacht hat begonnen.

Plötzlich fühlte sie noch etwas. Die Wärme eines fremden Körpers, ganz nah bei ihr.

Direkt hinter ihr.

VIERTER TAG

51

Christian Brand

Brand stand vor dem Spiegel und rasierte sich mit dem Einwegding, das er gestern Nacht an der Rezeption bekommen hatte, genau wie Zahnputzset und ein Notfall-Deo, das bestenfalls für drei Anwendungen reichte. Die Kleidung, die er im Hotel hatte waschen lassen, war pünktlich eingetroffen und roch jetzt nach Blumen oder irgendeinem anderen fruchtigen Zeug – doch was sollte er machen? Er hatte nur die Sachen, die er am Leib trug, und konnte nicht abschätzen, wie lange er noch unterwegs sein würde, geschweige denn wohin. Immerhin zwang Björk ihn nicht, einen Anzug zu tragen wie beim letzten Mal.

Die Nacht war halbwegs okay gewesen. Wie immer, wenn er unter Strom stand, hatte er schwer in den Schlaf gefunden. Er hatte gehört, wie Björk nebenan ihre Haare föhnte und dabei den Fernseher laufen ließ, News24, fünf Minuten, höchstens zehn, dann war es in ihrem Zimmer still geworden. Kein Wunder nach dem, was sie sich in den letzten Tagen zugemutet hatte.

Er hatte lange wach gelegen und sich die Ereignisse der vergangenen Stunden noch einmal durch den Kopf gehen lassen. Nachdem Carlsens Anwalt sie rausgeschmissen hatte, hatten sie keine Zeit mehr in Königstein verschwendet. Zeitgleich mit ihrem Aufbruch waren zahlreiche Einsatzkräfte bei Carlsens Villa eingetroffen, die den Gebrocur-Vorstandsvorsitzenden vor dem wütenden Mob bewahren sollten. Dass er das geforderte Geständnis nicht geliefert hatte, dürfte die Öffentlichkeit nicht gerade besänftigt haben, aber das war zum Glück nicht ihr Problem. Sie hatten, und daran bestand für Brand kein Zweifel mehr, ganz andere Probleme an der Backe als ein paar Internet-Wutbürger.

Er hatte gehofft, dass ihm der neue Morgen frische Erkenntnisse bringen würde. So war es meistens. Am Morgen schien die Schwelle zwischen Bewusstsein und Unterbewusstsein besonders niedrig zu sein. Morgens malte er seine besten Bilder im Kopf, abends auf der Leinwand. Doch dieser Morgen hatte nichts als Schulterzucken mit sich gebracht. Brand wurde nicht ansatzweise schlau, worum es dem Täter – *den Tätern* – gehen könnte. Der eine Nachtmann lag mit lebensbedrohlichen Verletzungen im Koma, während ein anderer übernahm – einer, der sich nach dem gestrigen Mord allerdings nicht gestellt hatte und von dem jede Spur fehlte.

Brand hatte noch nie eine ähnlich abgedrehte Geschichte erlebt, nicht im Kino, nicht in Büchern und schon gar nicht in der Realität. Selbst zu seinen besten Zeiten beim Einsatzkommando Cobra waren die Übeltäter und ihre Pläne vor allem eines gewesen: banal. Eifersuchtsdramen, Drogengeschichten, Verzweiflungstaten, hier der Täter, dort das Opfer, und wenn es doch mal komplexer wurde, konnte jeder Grundschüler die Zusammenhänge erkennen. Brand wusste, dass ihm Björk und Europol eine völlig neue Welt eröffneten. Eine, die ihn durchaus reizte. Allerdings wusste er nicht, ob er wirklich in diese Welt eintauchen wollte – und wenn ja, ob er sollte.

Er zog sich an und räumte die leeren Minibar-Fläschchen weg, die ihm das Einschlafen schließlich doch noch ermöglicht hatten. Dann nahm er den Ausweis, die Wagenschlüssel und das Smartphone an sich. Er musste Björk nach einem Ladekabel fragen, weil es fast keinen Akku mehr hatte. Dabei hatte er es bisher kaum verwendet.

Eine Minute vor der vereinbarten Zeit hörte er, wie Björks Zimmertür zufiel.

»Gut geschlafen?«, fragte er, als sie zusammen im Fahrstuhl standen. Björk hatte ihren Trolley bei sich, also rechnete sie nicht damit, eine weitere Nacht in Frankfurt zu verbringen. Ihm war es nur recht, wenn sie in Bewegung blieben, weil er dann weniger Gelegenheit hatte, über das große Ganze nachzudenken. Vor allem darüber, was um alles in der Welt er an Björks Seite verloren hatte.

Sie gab ein undefinierbares Geräusch von sich. Weil ihre Augenringe aber weniger tief waren als gestern, deutete er es als Zustimmung. »Und Sie haben eine schöne Blumenwiese zum Schlafen gefunden?«, fragte sie zurück.

Er zog einen Mundwinkel hoch und brummte »Hotelwäscherei«. Anschließend schwieg er, bis er einen doppelten Espresso im Magen hatte.

Als sie im Wagen saßen, tippte Björk eine neue Adresse ins Navi ein und drückte auf Start, ohne sich zum Zielort zu äußern. Wenige Sekunden später klappte sie den Laptop auf und tauchte ab.

Brand atmete dreimal tief durch, dann fuhr er los. »Was gibt es Neues?«, erkundigte er sich.

»Nicht viel. Sie kennen das ja.«

»Was kenne ich?«

»Beamte in der Nacht.«

»Also nichts Neues.«

»Nein.«

»Und Europol?«, fragte er und schielte auf ihren Monitor.

»Konzentrieren Sie sich auf die Straße.«

»Dann reden Sie endlich! Ich bin doch nicht Ihr verdammter Chauffeur!«

Sie schwieg ein paar Sekunden, bevor sie trocken antwortete: »Auch nichts.«

»Was war mit dem Klumpen?«

»Was meinen Sie?«

»Das … Beweisstück, das Sie dem Kurier gegeben haben. Irgendwas drauf?«

Björk murmelte etwas.

»Hm?«

»Nichts«, sagte sie, deutlicher jetzt, und bestätigte damit, was Brand auch ohne Spezialwissen und Hightech-Forensik sofort gesehen hatte: Die beiden Geräte, Laptop und Handy, die man in Nachtmanns Nähe sichergestellt hatte, waren Schrott. Der Kerl wusste ganz genau, was er tat. Nur mit Dornhoffs Kurzschlussreaktion hatte er wohl kaum gerechnet.

»Und wohin fahren wir jetzt?«

»Zu Dornhoff«, antwortete sie.

Brand dachte daran zurück, wie sich der Anwalt gestern vor ihren Augen erschossen hatte. Weil dieser Esel vom LKA zu langsam gewesen war, ihn am Suizid zu hindern.

»Also hat das LKA den Durchsuchungsbeschluss endlich bekommen?«

»Noch nicht.«

»Was?«

»Bei einem Mann solchen … wie sagt man?« Björk suchte nach dem richtigen deutschen Wort.

»Kalibers?«, schlug Brand vor.

»Bei einem Mann solchen … Kalibers … braucht das triftige Gründe.«

»Aber er hat doch den Narbenmann erschossen.«

»*An*geschossen. Aus dem Affekt heraus. Vielleicht stimmt die Version ja, die der Beamte mit der Schusswunde erzählt hat.«

Brand versuchte, sich daran zu erinnern. »Dass der Verhaftete Dornhoff angegriffen hat?«

Björk schwieg.

»Und dann borgt sich der Anwalt die Waffe des Wachmanns, schießt erst auf ihn, dann auf den Mandanten und bläst sich am Ende selbst das Hirn raus, nicht ohne vorher noch schöne Grüße an die Gattin ausrichten zu lassen?«

Björk schwieg.

»Kommen Sie, Björk. Das stinkt doch zum Himmel!«

»Erzählen Sie das dem Richter. Gerlach ist an dem Beschluss dran, aber er sagt, es kann dauern.«

»Also schauen wir auf gut Glück bei Frau Dornhoff vorbei.«

»Exakt.«

»Wie geht es den Entführten?«, fragte er, als sie nach einer schier endlosen Baumallee und einer Unterführung zu einem Kreisverkehr kamen, an dem das Navi die erste nennenswerte Abzweigung anzeigte – rechts in die Stresemannallee hinein.

»Man sieht immer noch nichts. Alles ist dunkel.«

»Aber Sie haben das Videosignal noch.«

»Ja.«

»Also müssen wir mit dem arbeiten, was wir bisher gesehen haben.«

»Ja.«

»Und weiter? … Kommen Sie, Björk, lassen Sie mich mitdenken. Drei Frauen sind noch am Leben, richtig?«

»Ja.«

»Wo sie stecken, wissen wir nicht, trotz Ihrer ganzen Spielzeuge und Connections zur NSA?«

»Nein.«

»Irgendeine Ahnung, *wer* sie sein könnten?«

Brand rechnete schon mit dem nächsten Nein, doch dieses Mal überraschte sie ihn: »Ich weiß nicht.«

»Hm? … Wieso nicht?«, fragte er und sah, dass an der nächsten Abzweigung vor nicht allzu langer Zeit ein Unfall passiert sein musste. Kurz nach einem Zebrastreifen war ein Wagen nacheinander in ein Verkehrsschild, einen Holzzaun und durch die Wiese dahinter gebrettert, wo er irgendwo zwischen Bäumen zum Stillstand gekommen war. »Da hat's jemand eilig gehabt, was?«

Björk ging nicht darauf ein, sondern sagte: »Das Mädchen, das schreibt. Erinnern Sie sich?«

Wie aufs Stichwort spürte Brand erneut das Unbehagen in sich aufsteigen, das ihn gestern schon gepackt hatte. Irgendwie hatte er die Frau komplett vergessen, deren Zylinder auf der Innenseite beschlug, wodurch sie den anderen schreiben konnte. »Die junge Frau?«, fragte er rhetorisch, um Björk zum Weiterreden zu bringen.

»Genau. Ich glaube, ich habe sie vor Kurzem gesehen. Wenn ich nur wüsste, wo.«

52 Hanna Carlsen

Hanna wurde wach, ohne dass es einen Auslöser dafür gegeben hätte. Alles war wie seit Stunden schon. Die Dunkelheit. Das Rasseln der Dominokette, oft an der Grenze der Wahrnehmbarkeit. Das leise Wimmern der anderen. Oder war es ihr eigenes Wimmern? Sie driftete immer tiefer in einen Dämmerzustand hinein, einen gnadenvollen Rausch, in dem sie nicht mal ihre Schmerzen richtig wahrnahm.

Ich habe nicht mehr lange, wusste sie. Angeblich überlebte der Mensch drei oder vier Tage ohne Wasser, in Einzelfällen auch länger. Wie lange mochte sie schon hier eingesperrt sein? Wann hatte sie zum letzten Mal getrunken?

Beim Wandern, fiel ihr ein. Ihre Wanderung auf dem Moselsteig konnte erst wenige Tage zurückliegen, doch es kam ihr vor wie eine Ewigkeit.

Mühsam richtete sie sich auf, stützte sich an den Wänden ab, die von der kondensierten Atemluft beschlagen waren. Sie konnte keinen klaren Gedanken mehr fassen, spürte nur noch den Durst. Angestrengt starrte sie in die Dunkelheit. Spitzte die Ohren. Doch sie hörte … nichts.

Stille?

Die Kette läuft nicht mehr, dachte sie, hielt die Luft an und lauschte konzentriert.

Nichts. Nur das allgegenwärtige Surren der Ventilatoren der anderen Zylinder.

Ob ein Fehler passiert war? Vielleicht war irgendein Stein nicht richtig umgefallen, oder eine komplizierte Mechanik hatte versagt. So etwas konnte ja durchaus passieren, wie man an ihrem defekten Ventilator sah. Als Kind hatte sie *Domino Day* gesehen, wo immer wieder mal was stehen geblieben war. So aufwendig, wie die Sache hier aussah, schrie sie geradezu nach Fehlern.

Obwohl es völlig irrational war, hellte sich ihre Stimmung auf. Die Kette war unterbrochen. Das Rasseln der Dominosteine, diese akustische Folter, die Unklarheit darüber, was als Nächstes geschehen würde, war weg. Es tröstete sie zu wissen, wie sie sterben würde. Sie würde verdursten. Sie hoffte bloß, dass es schnell geschah.

Da blitzte etwas auf – einmal, zweimal, irgendwo oben, zwischen den Zylindern. Wie die Schattengeister der Bäume im Gewitter blieben jetzt die hohlen Gefängnisse der anderen kurz vor ihren Augen stehen.

Blitze ... Die Neonröhre über Konrad fiel ihr ein. Würde gleich die nächste leuchten?

Doch es war keine Neonröhre.

Es war eine Kerze, die zu brennen begann, in ungefähr drei Metern Höhe, zwischen den Zylindern. Anfangs war die Flamme so klein, dass man sie kaum sehen konnte. Der sanfteste Windhauch hätte sie ausgeblasen. Doch sie wuchs, fraß sich ins Wachs, nahm sich, was sie zum Leben brauchte, und stand schließlich still im Raum. Der Lichtschein, den sie abgab, war zu schwach, als dass Hanna mehr als die Schatten der anderen hätte wahrnehmen können. Doch er reichte, um das Seil zu erkennen, das über der Flamme verlief.

Kein Fehler. Keine Gnade. Die Kette lief weiter, sie rasselte bloß nicht mehr, sondern brannte, bis die Flamme das Seil zum Reißen brachte und das nächste Opfer sein Schicksal fand. Wenn es bis dahin noch am Leben war.

Ein Seil, dachte sie. *Ein verdammtes Seil* …

53 Christian Brand

Sie hielten in einer Nobelgegend, vor einer zweigeschossigen Villa, die in den Neunzigern des vergangenen Jahrhunderts erbaut worden sein musste. Brand interessierte sich nur am Rande für Architektur, doch was er sofort sah, war der Protz, der hier zur Schau gestellt wurde. Der Garten sah aus, als würde er von einem Gärtner gepflegt, und die riesige, vom Haupthaus getrennte Garage ließ Brand vermuten, dass der Hausherr vermutlich einiges zu kompensieren hatte.

»Ja?«, meldete sich eine weinerliche Stimme über die Gegensprechanlage.

»Europol. Inga Björk und Christian Brand«, antwortete Brand. »Frau Dornhoff, wir würden gerne mit Ihnen reden.«

»Aber ich habe der Polizei doch gestern schon gesagt, dass ich dazu nicht in der Lage bin. Bitte verstehen Sie.«

Björk übernahm: »Frau Dornhoff, es ist von größter Wichtigkeit. Es geht um Leben und Tod.« Ihre Stimme klang sanfter, als Brand sie normalerweise zu Ohren bekam – einfühlend und beinahe schon freundlich.

»Befragen Sie bitte die Kanzlei meines Mannes.«

»Wir müssen mit Ihnen reden. Es geht nicht um die Kanzlei.«

Die Frau schwieg. Brand wollte schon etwas sagen – da öffnete sich das Tor, und sie konnten eintreten.

Ricarda Dornhoff erwartete sie an der Türschwelle. In ihrem Ärmel steckten zerknüllte Taschentücher, ihr Gesicht zeigte deutliche Spuren der Trauer.

Brand sprach ihr sein Beileid aus.

Die Witwe bat sie herein.

Als sie das Wohnzimmer betraten, erkannte Brand sofort den Richter an der Wand. Er ahnte, dass es sich um ein Original handelte. Im Vergleich zu Carlsens Kunstsammlung, die er gestern Abend nur kurz hatte bestaunen können, nahm sich das Bild hier beinahe mickrig aus.

»Kann ich Ihnen etwas anbieten?«, fragte die Witwe.

»Keine Umstände, bitte«, sagte Björk. »Wir haben ein paar Fragen und würden uns dann gerne die Sachen Ihres Mannes ansehen.«

Ricarda Dornhoff starrte sie mit großen Augen an. »Die Kanzlei sagte mir, dass Sie das ohne Durchsuchungsbefehl nicht dürfen.«

»Es geht hier nicht um die Kanzlei«, wiederholte Brand, was Björk vorhin am Tor gesagt hatte.

»Wieso glauben Sie das? Er war doch gerade bei seinem neuen Mandanten, als er sich … bitte verzeihen Sie.« Die Witwe zog das Taschentuch aus ihrem Ärmel und putzte sich die Nase.

Brand fielen die letzten Worte des Anwalts ein. *Sagt Ricarda, dass ich sie liebe. Es tut mir so leid. Alles!* Brand dachte nicht daran, die Botschaft zu überbringen. Ihm fiel auf, dass die linke Seite ihres Gesichts geschwollen war. Auge und Wangenknochen waren mit Schminke abgedeckt, doch unverkennbar war etwas damit passiert. Brand vermutete das Naheliegende, Schläge nämlich – und genauso nahe lag es, dabei an den Anwalt zu denken.

Als die Witwe sich wieder halbwegs gefasst hatte, sagte Björk:

»Die Sache passt nicht zu den Mandanten, mit denen Ihr Mann verkehrt. Es ist zwar denkbar, dass sich ein ruinierter Geschäftsmann oder bankrotter Investor an ihm rächen wollte, aber das hier ist … größer.«

Sie schaute auf. »Wie meinen Sie das?«

»Ihr Mann scheint nur ein Teil des Plans zu sein. Es handelt sich um ein strukturiertes Verbrechen mit verschiedenen Hintergründen. Drei Menschen schweben in Lebensgefahr. Deshalb müssen wir uns beeilen, die Zusammenhänge zu erkennen. Sie sind dabei unsere größte Hoffnung.«

»Wieso denn ausgerechnet ich? Ich weiß doch überhaupt nichts.«

»Wir würden gerne verstehen, was Ihren Mann gestern getrieben hat«, ergänzte Brand. »Wie lange kannten Sie ihn?«

Die Witwe schaute zur Seite. »Fast dreißig Jahre.«

»Dann ist Ihnen doch bestimmt aufgefallen, wenn etwas nicht stimmte.«

Sie verzog das Gesicht und sah Brand wieder an. »Nichts hat mehr gestimmt«, sagte sie nach einer Pause.

»Auch in dieser Hinsicht, oder?«, fragte Brand und deutete auf ihr Gesicht.

Sie fasste sich an die Wange.

»Hat er Sie geschlagen?«, übernahm Björk.

Ricarda Dornhoff zögerte wieder – und nickte.

»Wann? Warum?«

Sie senkte den Kopf und weinte.

»Bitte, Frau Dornhoff. Wir müssen unbedingt wissen …«

»Er stand völlig neben sich, okay?«, fiel die Frau ihr ins Wort »Seit gestern – nein, vorgestern früh war er nicht mehr derselbe.« Sie schnaufte ein paarmal tief durch, bevor sie fortfuhr und ihnen von dem Unfall mit seinem Oldtimer erzählte, von seine-

Besorgnis um sie, den Aggressionen beim gestrigen Frühstück und der Nachricht auf seinem Handy, die ihn die Fassung verlieren ließ.

»Dann hat er Sie tätlich angegriffen.«

»Ich wollte ihm doch bloß helfen! Aber er hat zugeschlagen, und ich bin abgehauen, und ein paar Stunden später erhielt ich den Anruf Ihrer Kollegen. Mehr weiß ich nicht. Ich verstehe es nicht. Ich verstehe gar nichts mehr.«

»War Ihr Mann psychisch labil?«, fragte Brand.

»Nein. … Nicht mehr.«

»Was wollen Sie damit sagen?«

»Zu Beginn unserer Beziehung bestimmt. Als junger Anwalt stand er sehr unter Druck. Daran wären wir fast gescheitert. Aber heute? Wir haben seit Ewigkeiten nicht mehr gestritten. Wir hatten doch alles!« Wieder legte sie die Hand ans Gesicht.

Björk lehnte sich nach vorne. »Frau Dornhoff«, sagte sie mit einfühlsamer Stimme, »es muss da etwas geben, einen wunden Punkt im Leben Ihres Mannes. Wenn nicht aus den letzten Jahren, so vielleicht von früher. Können Sie sich an irgendetwas erinnern? Etwas, das ihn völlig erschüttert hat?«

Die Witwe grübelte sichtlich. »Ich weiß nicht«, sagte sie schließlich. »Zu Beginn seiner Karriere war er häufig überfordert und im Dilemma. Strafverteidiger sind oft sehr nahe an den Taten ihrer Mandanten dran.«

»Hat er sich etwas zuschulden kommen lassen?«, wollte Björk wissen. Brand war sich sicher, dass sie Dornhoffs Hintergrund längst kannte, darüber gesprochen hatten sie aber nicht.

Die Frau schüttelte den Kopf. »Er ist nie verurteilt worden.«

»Aber man hat gegen ihn ermittelt.«

»Mehrmals, ja. Allerdings hat er immer beteuert, dass die Vorwürfe aus der Luft gegriffen waren.«

»Welche denn zum Beispiel?«, fragte Brand.

»Lappalien. Versuchte Bestechung und so. ›Haltlose Vorwürfe der Gegenseite‹, hat er immer behauptet.«

»Unerlaubter Waffenbesitz«, sagte Björk ansatzlos, und eine Zeit lang stand die Anklage unwidersprochen im Raum.

»Das ist ewig her … außerdem wurde er damals bedroht.«

»Von wem?«

Plötzlich wirkte sie nervös. »Das … hat bestimmt nichts mit jetzt zu tun.«

Es klingelte an der Tür.

»Was macht Sie da so sicher?«, drängte Brand.

»Das ist eine uralte Sache.«

»Die so ernst war, dass er sich deswegen bewaffnet hat. Worum ging es, Frau Dornhoff?«

Es klingelte erneut.

Die Witwe stemmte sich von der Couch hoch und sagte: »Hören Sie, ich weiß nichts davon. Er hat irgendeinen Konzern vertreten, für den er etwas regeln musste … aber er hat kaum darüber gesprochen.« Sie brach ab und schaute zu Boden, als falle ihr gerade etwas ein.

»Ja?«, drängte Björk. »Woran denken Sie?«

Jetzt läutete es Sturm. Frau Dornhoff ging zur Tür und hob den Hörer der Gegensprechanlage ab. Nach einem kurzen, leisen Wortwechsel drückte sie auf eine Taste und legte auf.

»Erwarten Sie jemanden?«, fragte Brand. Er stellte sich vor, wie gleich die Leute vom LKA mit dem Durchsuchungsbeschluss auf der Matte standen. Sie wären bestimmt nicht erfreut über ihre Anwesenheit.

»Ein Kondolenzbesuch«, sagte die Witwe knapp und öffnete die Tür.

Brand sah einen Mann um die fünfzig, groß, bullig, Glatze,

Lederjacke. Er schloss Ricarda Dornhoff in die Arme. Als er die Gäste entdeckte, ging er auf Abstand.

»Maximilian Kramer«, stellte ihn die Witwe vor, »ein Geschäftspartner meines Mannes ... und ... Freund der Familie.«

»Und Sie sind ...?«, fragte dieser.

»Inga Björk und Christian Brand, Europol«, antwortete Brand.

»Europol? Wieso denn Europol?«, hakte Kramer sofort ein und setzte sich.

»Wir würden gerne mit Frau Dornhoff weitersprechen ... unter vier Augen«, sagte Björk, nicht im Mindesten eingeschüchtert von Kramers Türsteher-Manieren, eher im Gegenteil.

Er sah zu Dornhoff. »Willst du weiterreden, Ricci?«

Die Witwe schüttelte den Kopf.

»Sie haben's gehört.«

Brand beschloss, einen Gang hochzuschalten. »In welchem Verhältnis stehen Sie zu Frau Dornhoff?«, fragte er, wobei er keinen Zweifel daran ließ, welche Art von Verhältnis er meinte.

»Was soll das?«, blaffte der Türsteher. »Die Frau hat gerade ihren Mann verloren, verdammt noch mal!«

»Welche Geschäfte machten Sie mit Herrn Dornhoff?«, sprang Björk mit in den Ring.

Kramer starrte sie an, dann ihr Tattoo, das unter den Ärmeln hervorschaute. Brand bemerkte, wie sich der andere mit der Zunge über die Lippen fuhr. »Ich bin Privatdetektiv«, sagte er dann, »ich erledige ... erledigte Aufträge für ihn.«

»Was für Aufträge?«

»Das geht Sie nichts an.«

»Wie lange schon?«

Brand rechnete mit der nächsten Abfuhr, doch der Mann antwortete: »Einige Jahre schon. Zehn vielleicht?«

»Gab es aktuell auch einen Auftrag?«, fragte Brand.

Der Kerl grinste abschätzig. Die Botschaft war klar: *Das geht Sie nichts an.*

»Herr Kramer«, übernahm Björk. »Wir respektieren natürlich Ihre Verschwiegenheit. Wir sind wegen einer größeren Sache hier. Deswegen müssen wir wissen, wer etwas gegen Herrn Dornhoff gehabt haben könnte und verrückt genug ist, eine Mission daraus zu machen.«

»Da kann ich Ihnen leider nicht helfen.« Kramers Grinsen hatte etwas Selbstgefälliges. Brand verspürte große Lust, es ihm auszutreiben.

»Erzähl ihnen davon«, sagte die Witwe plötzlich und überraschte damit alle, auch Kramer, der ein paar Sekunden lang unentschlossen wirkte, dann aber bloß den Kopf schüttelte. Also übernahm sie es selbst: »Eric glaubte, dass ich bedroht werde. Er hat Max … Herrn Kramer gebeten, auf mich aufzupassen.«

»Wann war das?«, fragte Brand, direkt an Kramer gerichtet.

»Vorgestern«, gab dieser zu.

»Er wollte nicht, dass ich davon erfahre«, ergänzte Frau Dornhoff.

»Ich dachte, es ist besser, wenn sie sich drauf einstellen kann«, versuchte Kramer vergeblich, das Offensichtliche zu leugnen.

»Wer hat Frau Dornhoff bedroht?«, fragte Björk.

Kramer sagte: »Ich weiß es nicht … und Eric wusste es auch nicht. ›Wirf ein Auge auf Ricarda‹, hat er gesagt und die Drohungen erwähnt. Das war's.«

Brand dachte an das, was die Witwe ihnen mitgeteilt hatte – den Unfall mit dem Oldtimer, die Gemütsschwankungen, die Textnachricht und die Wut, die er anschließend an ihr ausgelassen hatte. Scheinbar stand Dornhoff seit Tagen unter Druck und war schließlich so verzweifelt, dass er auf zwei Menschen schoss und im Anschluss sich selbst das Leben nahm. Es war wahrscheinlich, dass der Mann mit den Narben dahintersteckte. *Nachtmann.* Doch wie sie seit gestern Abend wussten, war der nicht der einzige Täter. Es waren mindestens zwei – was auch erklärte, wie man eine so aufwendige Sache auf die Beine stellen konnte.

Björks Handy piepte. Sie überflog die eingegangene Nachricht. Ihrem Gesichtsausdruck nach war sie wichtig.

»War's das?«, fragte Kramer. »Ich denke, wir haben Ihnen alles mitgeteilt, was wir wissen.«

Björk stand auf. »Danke für Ihre Hilfe«, sagte sie. »Hier ist meine Karte, falls Sie sich doch noch an etwas erinnern. Egal, was es ist: Melden Sie sich.«

Die Witwe nickte und nahm das Kärtchen an sich.

Kramer begleitete sie zur Tür. »Glauben Sie, sie ist in Gefahr?«, fragte er Brand, sorgsam darauf bedacht, dass Ricarda Dornhoff es nicht mitbekam.

Brand schaute dem Kerl fest in die Augen. »Passen Sie besser gut auf sie auf.«

»Wetten, dass er gleich ganz besonders gut auf sie … aufpasst?«, frotzelte Björk, als sie wieder im Auto saßen.

Brand grinste. »Gibt's was Neues?«, fragte er dann, weil Björk auf ihr Smartphone sah.

»Plågoande!«

Das Schimpfwort klang nach irgendwas mit Plage – doch Brand ließ sich davon nicht entmutigen. »Raus damit, Björk.«

»Dornhoffs Handy wurde ausgewertet.«

»Und weiter? Nun lassen Sie sich doch nicht alles aus der Nase ziehen!«

»Pff … *okej då.* Die Nachricht, die die Witwe erwähnt hat, lautet: *Neues Mandat in Mordsache – dringend – Codewort ›Revolver‹.*«

»Revolver?«

»Ja.«

»Das könnte mit dem illegalen Waffenbesitz zusammenhängen.«

»Oder mit dem Einsatz dieser Waffe. Aber es gibt noch etwas Interessanteres.« Brand schwieg, bis sie von alleine weitersprach: »Raten Sie mal, wen Dornhoff gestern unzählige Male angerufen hat.«

»Hm. Keine Ahnung. Nun sagen Sie schon.«

»Carlsen.«

»Diesen Pharma-Schnösel?«

»Genau.«

»Was hat Dornhoff denn ausgerechnet mit *dem* zu schaffen?«

»Ich denke, das sollten wir ihn fragen.«

Brand drückte auf dem Navi herum und fand die kürzlich angesteuerten Ziele. *Königstein?*, wollte er schon fragen, als er kapierte, dass sie den Vorstandsboss eines Pharmakonzerns zu Bürozeiten nicht zu Hause antreffen würden.

»Wir fahren zu Gebrocur«, sagte Björk und schob seine Finger beiseite, um die Adresse einzugeben.

Brand grinste und gab Gas.

Die Jagd war eröffnet.

54 Benjamin Sommer, 13

Nachts kommt man nicht aus der Anstalt raus. Aber dafür hier hoch. Man muss bloß aus dem Zimmer schleichen und die richtige Tür erwischen, und schon ist man da.

Wir sind im Turmzimmer, das sich am höchsten Punkt der Anstalt befindet. Es heißt Turmzimmer, obwohl es keinen richtigen Turm gibt, nur eine Art Aufbau. Wie eine Krone, von der aus man rundherum sehen und aufs Dach hinausklettern kann. Obwohl es eindeutig der beste Platz ist, wird es als Rumpelkammer benutzt und ist mit alten Möbeln und Gerümpel vollgestopft. Nur Pfleger Loris ist manchmal hier, um heimlich zu rauchen oder irgendwelche verbotenen Sachen mit den Gemüsejungs anzustellen. Angeblich auch mit welchen aus unserem Zimmer. Felix hat es gesehen und wäre fast erwischt worden. Zum Glück beachtet Pfleger Loris mich nicht, sondern rümpft höchstens angewidert die Nase. Ich bin eben nicht sein Typ, hat Felix mal gesagt. Sonntags hat Loris außerdem keinen Dienst.

Wir sind immer sonntags hier. In der Nacht von Sonntag auf Montag passt niemand auf uns auf. Sobald Schwester Margreth verschwunden ist, können wir los. Dann stecken wir Polster unter unsere Decken und treffen uns hier oben zum Reden und Blödsinn machen. Alleine hätte ich viel zu viel Schiss. Aber mit Felix, Sophia und Anton macht es richtig Spaß.

Manchmal rauchen wir. Die Zigaretten mopsen wir Pfleger Loris. Sie schmecken eklig. Mir gefällt es besser, wenn wir mit anderen Sachen experimentieren. Zum Beispiel mit Dominosteinen, die wir aus dem Personalzimmer haben. Mittlerweile konstruieren wir auch andere, viel größere Kettenreaktionen. Oft hatte ich Angst, dass wir mit dem Krach jemanden aufwecken, aber uns hat noch nie jemand gehört.

»Komm!«, sagt Sophia irgendwann, als Felix und Anton konzentriert an einem Ablauf basteln und zu wenig Platz ist, um ihnen dabei zu helfen.

Ich folge Sophia nach draußen, und wir klettern über den Balkon aufs Dach. Dabei müssen wir ganz schön aufpassen, weil ein paar der Dachschindeln locker sind. Aber wir wissen, welche, und außerdem legen wir uns gleich auf den Rücken wie immer, Seite an Seite, und schauen in die Sterne.

Ohne Sophia wäre es hier nicht auszuhalten. Außerdem hat sie heilende Hände. Als Schwester Margreth mich mal verprügelt hat, weil ich wissen wollte, wann ich wieder ins Kinderdorf komme, haben mir die Rippen wochenlang wehgetan. Sophia hat einfach ihre Hand draufgelegt, und die Schmerzen waren wie weg. Ich nenne sie die Sophia ohne Furcht und Tadel, was ihr besser gefällt als Pippi Langstrumpf.

»Oh!«, staunt sie, als wir gleichzeitig eine Sternschnuppe sehen.

»Jetzt darfst du dir was wünschen!«, sage ich schnell. »Aber nicht verraten, was, sonst geht es nicht in Erfüllung!«

Sophia schweigt. Ich wünsche mir, dass wir gemeinsam hier rauskommen.

»Ist es nicht lustig, dass sie *Milchstraße* heißt?«, frage ich.

»Wieso … lustig?«

»Na, weil die anderen Galaxien viel coolere Namen haben.

Andromeda und Pegasus zum Beispiel. Oder Buchstaben und Ziffern. Nur unsere heißt wie die Adresse von einer Schokoladenfabrik.«

Sie lacht. Ich mag es, wenn sie lacht.

»Warum bist du eigentlich hier, Benni?«, fragt sie mich plötzlich und dreht sich zur Seite, um mich anzustarren.

»Ich weiß es nicht.«

»Blödsinn. Jeder weiß es. Sogar Anton weiß es.«

»Der hat ja auch keinen Unfall gehabt«, wehre ich mich. Angeblich hat Anton seiner Mama etwas angetan. Obwohl ich das nicht glauben kann. Ich glaube, es war sein Papa, aber dem passierte nichts.

Sophia ist wieder still und rollt sich auf den Rücken zurück, und ich habe Angst, dass sie einschläft oder sauer ist.

»Und du?«, frage ich deshalb.

Sie macht eine lange Pause, bevor sie sagt: »Wegen Gebrocur.«

Als ich das Wort höre, explodiert etwas in meinem Kopf. Wie ein Blitz ohne Donner. Plötzlich schieben sich die Sterne zu einem großen Steinhaufen zusammen, den ich hinaufklettere. Ich sehe einen Mann mit Papa. Ich höre einen Knall. Dann sehe ich Papa alleine. Papa und das Blut.

»Was ist Gebrocur?«, frage ich und merke, wie ich zittere. Ich sehe das Papier im Auto vor mir, das ich mühevoll entziffere.

Toxikologisches Gutachten. Bettina Sommer. Gebrocur.

»Ich weiß es nicht«, sagt Sophia. »Ich weiß nur, dass sie schuld sind.«

Ich zerbreche mir den Kopf, komme aber nur auf Papa und den Knall und das Blut ...

Und das Feuer.

Das Feuer, als ich die Tür aufmache. Den Arzt, der von Glück gesprochen hat. Das Kinderdorf – und dann das hier.

»Gebrocur ist schuld«, sagt Sophia noch mal und klingt total überzeugt. »Wir gehören nicht hierher, Benni.«

Ich sage nichts, obwohl ich weiß, dass sie recht hat. Niemand von uns gehört hierher. Ich sollte bei Papa sein. Bei Papa und Mama.

Plötzlich weiß ich alles wieder, und ich merke gar nicht, wie ich weine.

55 Christian Brand

Sie erreichten ein Viertel, das deutlich weniger mondän wirkte als die, die sie zuletzt aufgesucht hatten – ein Industriegebiet, vornehmlich mit Fabriken und Handwerksbetrieben. Die Gegend erinnerte Brand an den Einsatz im letzten Jahr, der in einem Umfeld wie diesem zu Ende gegangen war. Alles hier verhieß Schweiß, Testosteron und schwere Maschinen. Nie im Leben hätte er geglaubt, dass hier irgendwo ein börsennotiertes Pharmaunternehmen sein sollte.

Als sie um die letzte Ecke bogen, verwandelte sich das Bild schlagartig. Gebrocur hatte sich auf einem riesigen Areal niedergelassen, das von Bäumen, Büschen und anderem Grünzeug umsäumt war. Dahinter ging es ebenso grün weiter, sogar einen Teich gab es. Man hätte meinen können, man käme gleich in den Stadtpark, dabei ließ die Beschilderung keinen Zweifel daran, dass sie das »Global Headquarter« von Gebrocur Pharmaceuticals vor sich hatten.

Auf das Gelände selbst zu gelangen, war schwieriger als gedacht. Zwar gab es weder eine bewachte Schranke noch ähnlichen Schnickschnack, der den Status eines Pharmariesen unterstrichen hätte, dafür hatten sich Dutzende Leute vor der Einfahrt versammelt, hielten Schilder hoch, schrien Parolen oder standen einfach nur im Weg. Zum Glück waren keine Übertragungswagen oder neugierigen Journalisten zu sehen – die klassischen Medien schienen sich nach wie vor an die Nachrichtensperre zu halten.

»Auch das noch«, sagte Björk.

»Das ist wegen gestern, wetten?«

»Ja.«

Scheinbar hatte die letzte Forderung Nachtmanns schlafende Hunde geweckt, die weiterprotestierten, obwohl die Aufgabe längst verloren und der Kandidat tot war. Brand las das erste Schild, auf dem *Entschuldigt euch!* geschrieben stand, und auf dem nächsten *PharMafia*.

Gleich mehrere Streifenwagenbesatzungen waren damit beschäftigt, die Leute vom Firmengelände fernzuhalten. Brand fuhr an einen Uniformierten heran, der nach Verantwortlichem aussah, ließ das Fenster herunter und streckte ihm seinen Ausweis entgegen.

»Leute, macht den Weg frei«, rief dieser gleich darauf, »lasst die Kollegen rein!«

Niemand schien sich angesprochen zu fühlen, also brüllte Brand nach vorne: »Wir sind von der Polizei und knöpfen uns den Vorstand vor!«, was wie ein Zauberspruch funktionierte. Ein Korridor öffnete sich und schloss sich hinter ihnen, und Brand sah einige hochgereckte Daumen, aber auch eine Kopf-ab-Geste, die unmissverständlich darauf hinwies, was die Meute von ihnen erwartete.

Björk sagte etwas auf Schwedisch, was Brand nicht verstand. Sie hielten auf einem der zahlreichen Besucherparkplätze an.

»Schön hier«, stellte Brand beim Aussteigen fest und deutete in Richtung Park.

»Was man so als schön bezeichnet«, erwiderte Björk.

Brand schlug grinsend die Autotür zu. Dass Björk einen anderen Schönheitssinn hatte als er und der überwiegende Rest der

Menschheit, wusste er bereits, aber was gab es denn hieran auszusetzen? Fast schien es so, als wollte Gebrocur die Zentralen der US-Internetkonzerne imitieren, die ihren Mitarbeitern Märchenländer bauten, mit dem Ziel, sie an sich zu binden und zu Höchstleistungen anzuspornen. Überall waren Spazierwege und Bänke, es gab Freiluftschach und einen Rasen, der so perfekt getrimmt war, dass man an seiner Echtheit hätte zweifeln können. Das Einzige, was dem Park noch fehlte, waren die Menschen, die ihn mit Leben erfüllten – bestimmt der Proteste wegen.

Auch die Gebäude schienen sich gegenseitig übertreffen zu wollen: Zwei Bürotürme schraubten sich spiralförmig in die Höhe, ineinander verschlungen und doch voneinander getrennt, der eine weiß, der andere schwarz. Im Hintergrund befand sich ein eher unspektakuläres, flaches, rechteckiges Gebäude – vermutlich die Fertigungshalle, falls der Konzern seine Produktion nicht längst nach China ausgelagert hatte wie die allermeisten anderen.

»Björk und Brand, Europol«, sagte Brand so routiniert zu der Dame am Empfang, als mache er seit Jahren nichts anderes. »Zu Herrn Carlsen.« Er hielt der Frau seinen Ausweis vor die Nase.

Sie nickte, hob den Hörer ab und wählte. In der Zwischenzeit sah sich Brand in der Empfangshalle um. Er hatte erwartet, Verpackungen oder Logos ehemaliger Erfolgsmedikamente zu sehen, eine Firmenchronologie oder wenigstens das Porträt des Gründers an der Wand, doch hier gab es überhaupt nichts. Nur klare Formen und glatte Oberflächen – genauso glatt wie der Mann, zu dem sie mussten.

»Herr Carlsen ist leider gerade in einer wichtigen Besprechung«, teilte die Frau ihnen mit, hielt den Hörer aber noch am Ohr und deckte das Mikrofon ab.

»Dann richten Sie ihm aus, dass wir ihn vorladen«, entgegnete er unfreundlich.

»Notfalls zwangsweise«, legte Björk noch einen drauf.

Die Empfangsdame richtete die Botschaft aus – und siehe da: Sie durften hoch, in den obersten Stock. Wo sonst würde einer wie Carlsen sich in der eigenen Herrlichkeit sonnen wollen?

»Sie haben vielleicht Nerven!«, rief dieser, als sie aus dem Aufzug traten. Breitbeinig, die Hände in die Hüften gestemmt, stand er da wie ein Westernheld vor dem Saloon. Von Mel Gibsons Tausend-Dollar-Lächeln war hingegen nichts mehr übrig. »Reißen mich mitten aus einer Videokonferenz mit Nordamerika. Was fällt Ihnen ein?«

Abgesehen von der Frage, wie Carlsen wohl mit »Nordamerika« videokonferieren wollte, genügte Brand schon der Anblick dieses Snobs, um seine guten Manieren zu vergessen. »Ziemlicher Zirkus da draußen«, stichelte er.

»Für den Sie verantwortlich sind!«

»Falsch!«, widersprach Björk. »Wir wollten Sie davor bewahren, gestern.«

»Ts!« Carlsen schüttelte den Kopf. »Was wollen Sie?«

»Wir wollen mit Ihnen über Eric Dornhoff reden – und den Grund, warum Sie gestern mit ihm telefoniert haben.«

»Und warum Sie nach dem Gespräch nicht mehr drangegangen sind, als Dornhoff Sie mit weiteren Anrufen bombardiert hat«, fügte Brand hinzu.

Carlsens Stirn zuckte verräterisch.

»Gerne auch vor Ihren Angestellten. Ganz wie Sie wollen«, sagte Brand und deutete auf die beiden jungen Damen, die vermutlich Carlsens Assistentinnen waren und hinter ihren Monitoren hervorspähten.

»Kommen Sie.« Carlsen ging Björk und Brand voran in sein Büro, sichtlich darum bemüht, die Souveränität zu bewahren. Er wirkte müde und fahrig, als hätte er nur wenig geschlafen. Wenn

Brand an die Szenen dachte, die sich gestern Abend vor seinem Haus abgespielt hatten und die sich jetzt vor dem Firmengebäude fortsetzten, war das auch kein Wunder.

Von Carlsens Büro aus hatte man nicht nur einen hervorragenden Blick auf den firmeneigenen Park, sondern konnte auch einen Hubschrauberlandeplatz erkennen. Im Raum selbst waren zahlreiche Kunstwerke ausgestellt, sodass Brand sich einmal mehr wie in einer Galerie vorkam. Der Baselitz reizte ihn sehr, schließlich bekam man nur selten Kunstwerke dieser Preisklasse zu Gesicht, wenn sie nicht gerade in einem Museum hingen.

»Sie sind wohl von allen guten Geistern verlassen!«, zischte Carlsen, sobald sie Platz genommen hatten. »Ich werde mich bei Ihren Vorgesetzten beschweren! Glauben Sie bloß nicht, nur weil Sie aus Den Haag kommen, könnten Sie sich in meinem Haus jede Respektlosigkeit erlauben.«

»Warum haben Sie uns nicht gestern schon darüber informiert, dass Eric Dornhoff und Sie sich kannten?«, fragte Björk ungerührt.

Carlsen blies die Luft aus und sah zur Seite.

»Sie wissen, dass er tot ist.«

»Was?«

»Ach, kommen Sie!« Brand platzte der Kragen. »Einer wie Sie, in einer Sache wie dieser. Ich fresse einen Besen, wenn Sie nicht längst über alles informiert sind.«

»Wer sollte mich denn informieren?«, hielt Carlsen dagegen.

»Dornhoff hat sich erschossen«, sagte Björk, »sehr wahrscheinlich wegen derselben Sache, die Sie unter Druck setzt.«

»Sie haben doch keine Ahnung von Druck.«

»Worüber haben Sie am Telefon gesprochen?«

Carlsen schüttelte den Kopf, stritt das Telefonat aber auch nicht ab.

»Ein Gespräch über eine Minute, gefolgt von mehreren erfolglosen Anrufversuchen«, sagte sie und schob Carlsen einen Ausdruck zu. »Also?«

»Ich … mag sein … Ich führe am Tag Hunderte Telefongespräche.«

Brand reichte es. »Dornhoff hat Sie angerufen, Sie haben miteinander telefoniert, danach sind Sie nicht mehr drangegangen. Tags darauf läuft Dornhoff Amok, schießt zwei Menschen über den Haufen und richtet sich selbst. Wollen Sie uns wirklich weismachen, dass Sie sich ausgerechnet an dieses Gespräch nicht mehr erinnern? Dornhoff muss völlig außer sich gewesen sein.«

Carlsen reagierte nicht. Es wirkte fast, als wollte er Zeit schinden. Aber Zeit war kostbar – besonders für die Gefangenen.

»Er hat Sie unter Druck gesetzt«, schlussfolgerte Björk.

»Blödsinn.«

Kein Blödsinn, dachte Brand. Es war sogar so plausibel, dass er gleich ein weiteres Puzzlestück einwarf: »Deswegen die Kameras. Wegen Dornhoff. Weil er bei Ihnen zu Hause aufgekreuzt ist, nachdem Sie nicht mehr ans Telefon gegangen sind, richtig?«

Carlsen schob die Unterlippe vor und legte die Finger an den Mund, als müsse er sich selbst vor einer zu eindeutigen Reaktion bewahren.

»Er war in Königstein und hat Sie bedroht«, sprang Björk Brand bei.

Der Vorstandsboss rang noch etwas länger mit sich, dann nickte er.

»Weswegen?«, fragte Björk sofort.

»Das weiß ich nicht.«

»Jetzt stellen Sie sich nicht schon wieder blöd!«, schimpfte Brand. »Sie wissen von nichts, Sie kennen niemanden, und das

Schicksal der gefangenen Personen interessiert Sie auch nicht. Wie ignorant kann man eigentlich sein?«

Die Provokation verhallte unwidersprochen im Raum, führte aber zu nichts.

»Seit wann kannten Sie Dornhoff?«, machte Björk ruhiger weiter.

»Wir kannten uns gar nicht. Früher mal, flüchtig. Er hat als Externer für uns gearbeitet, vor vielen Jahren. Irgendwas von damals scheint ihm zu eng geworden zu sein. Aber ich konnte ihm nicht helfen.«

»Und was war damals?«, hakte Brand nach, lauter als Björk. Die Rolle des Bad Cops gefiel ihm immer besser.

»Hatte es mit diesem Medikament zu tun?«, fragte Björk. »Wegen dem Sie gestern ein Schuldgeständnis ablegen sollten?«

Carlsen schüttelte den Kopf, doch er stritt auch nichts ab. »Ich habe ihm gesagt, dass ich ihm nicht helfen kann. Aber er hat nicht lockergelassen. Als ich ihn rausschmeißen wollte, hat er plötzlich die Waffe gezogen.«

»Und dann?«, fragte Björk.

»Ich habe ihm versprochen, mich umzuhören. Mehr nicht. Ich musste ihn ja irgendwie loswerden.«

»Aber die Polizei haben Sie nicht gerufen. Wieso nicht?«, fragte Brand und sah mit Genugtuung, dass Carlsen nichts einfallen wollte. Also legte er gleich noch einen drauf: »Ich sage Ihnen, wieso nicht: Weil Sie sich nicht selbst belasten wollten. Weil Sie genau wussten, welches Drecksgeschäft Dornhoff für Sie erledigt hat. Kaum ist er weg, lassen Sie überall Kameras installieren. Weil Sie Angst haben. Wegen derselben Sache, die zu Dornhoffs Amoklauf geführt hat.«

»Das ist doch Quatsch.«

»Weswegen denn sonst?«

»Ich muss Ihnen überhaupt nichts sagen.«

»Aber es wäre besser für Sie … und für alle«, entgegnete Björk.

Carlsen starrte sie ein paar Momente lang an. Dann atmete er tief durch und sagte: »Ich habe die Kameras installieren lassen, weil mir bewusst geworden ist, dass so etwas immer wieder passieren könnte. Jeder kann herausfinden, wo ich wohne. Dornhoff, Leute wie Sie, Psychos – alle. Ich hatte mich in Königstein immer sicher gefühlt. Ich komme ja aus der Gegend. Offensichtlich war ich in der Beziehung ziemlich naiv.« Er rieb sich das Gesicht und gähnte.

Björk fragte: »Dieser Skandal, für den Sie sich entschuldigen sollten – war das die Sache, in der Dornhoff für Sie gearbeitet hat?«

»Das weiß ich nicht mehr.«

Brand sah dem Mann an, dass er log. Er war sich jetzt ganz sicher, dass alles ineinandergriff. Sie hatten sogar das Bindeglied: den Mann, der im Koma lag. *Nachtmann*. Er hatte Dornhoff rasend gemacht, und er steckte in dem Fall mit drin, der Gebrocur unter Druck setzte. Es war sinnlose Zeitverschwendung, auf dem Zusammenhang herumzureiten.

»Sie waren also damals schon bei Gebrocur?«, fragte Björk, die zum selben Schluss gelangt sein musste.

Carlsen nickte. »Natürlich nicht als Vorstandsvorsitzender. Bestenfalls als kleines Rädchen.«

»Geht's genauer?«

»Public Relations.«

»Dann haben Sie den Skandal doch bestimmt aus der ersten Reihe mitbekommen«, stichelte Brand.

»Welchen Skandal?«, fragte Carlsen und setzte ein Lächeln auf, das so falsch war, dass man es ihm in hundert Leben nicht abgekauft hätte.

»Raus damit«, drängte Brand.

»Ich kann Ihnen nichts dazu sagen.«

Brand riss der Geduldsfaden. Er hob die flache Hand und schlug sie auf den edlen Glastisch, so fest, dass dieser ins Wanken geriet. Ein Bild, das an den Computermonitor gelehnt war, fiel um. Der Glasrahmen zerbrach. »Was musste Dornhoff für Sie tun, wegen des Skandals? Wie viel haben Sie ihm bezahlt? Was war Ihnen sein Leben wert? Welchen Wert haben Menschenleben überhaupt noch für Sie?« Brand spürte, wie ihm das Herz bis zum Hals schlug. Er wollte dem Kerl das selbstgefällige Vorstandsgrinsen austreiben und wartete nur darauf, dass Carlsen ihm einen Anlass gab.

Björk griff nach dem kaputten Bild und betrachtete es.

Im selben Moment ging die Tür hinter ihnen auf. »Was ist denn hier los?«, fragte jemand.

Brand erkannte die Stimme des Anwalts, der sie gestern schon aus Carlsens Haus geworfen hatte, doch anstatt sich zu ihm umzudrehen, fokussierte er weiterhin Carlsen – der ihn geflissentlich ignorierte.

»Ernst, du kommst gerade recht. Die Beamten möchten gehen. Wir erstatten Anzeige wegen Sachbeschädigung. Ihr Name war Brand, richtig?«, fragte Carlsen so ruhig wie aalglatt.

»Moment«, sagte Björk und holte ihren Laptop heraus.

»Der Moment ist vorbei«, sagte der Anwalt.

»Ich sagte Moment!« Björk hielt Carlsen das zerbrochene Bild vors Gesicht. »Wer … ist … das?«, fragte sie so ernst, dass Brand schauderte.

56 Hanna Carlsen

Die Kerze brannte weiter, immer weiter, doch ihr Licht war viel zu schwach, als dass Hanna die anderen hätte erkennen können. *Besser so*, dachte sie. Sie wusste nur zu gut, was die Helligkeit brachte. Konrads emporragende Beine. Loris' durchbohrten Körper, die untere Hälfte schwarz von Blut. Margreths betende Hände. Bestimmt wartete sie schon sehnsüchtig auf die Engel, die sie an der Himmelstür empfingen. Hanna hätte zu gerne ihr Gesicht gesehen, wenn sie begriff, dass sie besser etwas unternommen hätte, statt betend auf die Herrlichkeit zu warten. Blieb noch Mimi, die Frau, von der sie immer nur den Rücken sah. Die sie mit ihrem ständigen Geflenne noch weiter hinunterzog.

Nein, die Dunkelheit war schon okay. Sogar die Kerze war tröstlich, auch wenn das darüber gespannte Seil keinen Zweifel ließ, dass die Kettenreaktion schon bald weiterlaufen würde und der Nächste an die Reihe kam. Hannas Chancen standen eins zu drei. Das war nicht gut. Erst recht nicht, wenn sie an das Pech dachte, das sie seit ihren Kindertagen verfolgte. Wann immer eine Entscheidung zu ihren Ungunsten ausgehen konnte, tat sie es auch.

Hanna hatte versucht, den Verlauf des Seils zu erkennen – herauszufinden, welche Reaktion es in Gang setzte und wohin diese führte –, doch alles verschwand in der Dunkelheit.

Sie schloss die Augen, vielleicht zum allerletzten Mal. Sie fühlte, dass sie nicht mehr lange hatte. Obwohl sie sich wegen Margreth dagegen sträubte, drängte sich der Gedanke an ein letztes Gebet auf. Menschen in ihrer Lage beteten. Baten um Vergebung für ihre Sünden, um ins Reine zu kommen, mit sich und der Welt und denen, die man vielleicht nicht so gut behandelt hatte, wie sie es verdient hätten.

Wen sollte sie um Vergebung bitten? Am ehesten wohl die Kerle, die sie abserviert hatte. Als Tochter eines einflussreichen Mannes, noch dazu ziemlich hübsch, hatte sie sich stets aussuchen können, mit wem sie gesehen werden wollte. Sie war so schrecklich oberflächlich und rücksichtslos gewesen. Sie dachte an Raúl. Ihre Beziehung war erst vor wenigen Wochen in die Brüche gegangen. Er studierte Pharmazie und absolvierte sein Praktikum bei Gebrocur. Die Sache mit ihm war zwei, drei Monate gelaufen, bis der Zauber des Neuen verflogen war. Sie hatte sich den Moselsteig in den Kopf gesetzt und sich einfach nicht vorstellen können, dass er hinterher auf sie wartete – oder dass sie von ihm erwartet werden wollte. Sie wollte den Reset-Knopf drücken und einen Neustart wagen. Jetzt tat es ihr leid, dass sie Raúl und die anderen wie Einwegartikel behandelt hatte, die man achtlos entsorgte, sobald sie ihren Zweck erfüllt hatten.

Trauer machte sich in ihr breit, um alles, was hätte sein können. Sie hatte immer gedacht, das Beste läge noch vor ihr, das wahre Leben würde später kommen, mit Traumprinz, Kindern und so weiter. Solange man jung war, musste man auf dieses Leben hinarbeiten. Deshalb hatte sie im Eilverfahren studiert und sofort danach in der Marketingabteilung von Gebrocur angefangen. Weil sie die Tochter des Vorstandschefs war, hatte sie sich doppelt so viel Mühe geben müssen, um dieselbe Anerkennung zu erhalten wie andere Angestellte. Trotzdem hatte sie ihren

Sonderstatus jeden Tag zu spüren bekommen. Die Blicke. Die plötzlich unterbrochenen Gespräche, wenn sie sich an einen Kantinentisch setzte. Die Nachsicht, wenn sie Mist gebaut hatte, obwohl es keine Entschuldigung dafür gab. Irgendwann hatte sie erkannt, dass sie den Schatten ihres Vaters niemals hinter sich lassen würde. Dass es kein späteres Leben gab, sondern nur dieses eine jetzt. Also war sie aus dem Käfig ausgebrochen. Um dieses Leben zu suchen. War auf den Moselsteig gegangen und hatte zwei herrliche Wochen lang Freiheit geatmet – nur um anschließend im nächsten Käfig zu landen. Vom goldenen Käfig in den Käfig aus Glas. Den Käfig, der sie umbringen würde.

Ihre Gedanken wurden langsamer, genau wie ihre Atmung. Ein, aus, ein, aus. Alles wurde schwer. Ihre Beine gaben nach, ihr wund gescheuerter Körper sackte gegen das Glas, Schmerzen flammten auf. Doch die legten sich bald wieder. Die Druckstellen wurden taub, der Geist gab auf. Hanna driftete weg, hinein in den barmherzigen Schlaf, und es war ihr egal, ob sie jemals wieder daraus aufwachte …

Da knallte es, und gleichzeitig wurde es hell. Strahlendes Licht, aber nicht von der Seite, sondern von oben. Binnen Sekunden fing ihr Herz an zu rasen. *Gib auf, Herz.* Doch es wollte weiterkämpfen. Auch ihr Geist ließ sie nicht in Ruhe. Er wollte ihr sagen, was offensichtlich war.

Du bist dran.

Sie öffnete die Augen und starrte in das Licht, das direkt von oben auf sie herabschien, irrwitzig hell. Geblendet hob sie die Hände zum Gesicht, beschattete ihre Augen und richtete sich wieder auf.

Tu mit mir, was du willst, Arschloch.

Sie sah auf den Fernseher, der wieder lief und die nächste bescheuerte Doku zeigte, aus einer Welt, an deren Existenz sie nicht mehr glaubte. Das hier war die reale Welt. Die Welt aus Glas, aus Schmerzen und Tod, umringt von Menschen, denen es erging wie ihr. Sie drehte den Kopf zu Margreth, die beten würde wie immer, ganz bestimmt auch für sie, doch Hanna würde nichts von ihr sehen können, weil das Licht über ihr viel zu hell war …

Doch, Hanna konnte sie sehen. Margreth war rot. Feuerrot.

Zuerst dachte Hanna, dass Margreth blutete. Aber das hätte keinen Sinn gemacht. Blut leuchtete nicht. Auch sie musste in Licht getaucht sein, genau wie Hanna selbst.

In blutrotes Licht …

Aber Margreth stand nicht.

Sie schwebte.

57 Benjamin Sommer, 13

Ich schreie. Ich schreie und schreie und schreie immer weiter und kann gar nicht mehr damit aufhören. Es ist, als wäre ein Damm in mir gebrochen. Ein ganzer Stausee von Schreien will plötzlich aus meinem Mund heraus.

Ich sehe die erschrockenen Gesichter von Felix und Anton, die zu meinem Bett gelaufen kommen und mir den Mund zuhalten. Ich schreie sonst nie. Und nachts darf man überhaupt nicht schreien. Niemals. Wer nachts schreit, dem passieren Dinge, über die nicht einmal Felix genau Bescheid weiß. Aber ich kann nicht anders. Ich muss.

Dabei gibt es überhaupt keinen Anlass. Ich wollte bloß schlafen, wie immer. Aber dann ist mir zum x-ten Mal Sophia eingefallen und das, was sie in meinem Kopf zum Leben erweckt hat. Die Erinnerung an die Baustelle und an Papa mit dem Loch im Kopf und an dieses Gebrocur. Ich muss immer wieder daran denken. Ich verstehe jetzt alles besser als früher. Die sind schuld an allem. Doch ich habe keinem davon erzählt. Nicht einmal Felix oder Anton. Nur Sophia weiß es, aber die ist nicht da.

Und nun schreie ich. Mitten in der Nacht!

Das Licht geht an. Pfleger Loris steht in der Tür. Ich will aufhören, ich muss aufhören, doch ich schreie immer weiter.

»Zurück in eure Betten!«, brüllt er in den Raum hinein, und Felix und Anton laufen davon.

Meine Stimme ist schon ganz heiser. Dabei kommen keine Worte aus mir heraus. Es ist was Größeres. Größer als alles, was man sagen kann. Größer, als dass ich selbst es verstehen könnte. Ich kann es bloß fühlen, und es macht mir Angst.

Pfleger Loris kommt und schüttelt mich. Ich wirbele herum. In meinem Nacken knackt und sticht es. Aber ich kann mich nicht beruhigen. Ich weiß, ich mache es gerade noch schlimmer, doch es geht nicht anders.

Pfleger Loris schnallt mich am Bett fest, zuerst den linken Arm, dann das rechte Bein, dann die restlichen zwei Gliedmaßen. Ich glaube, dass ich gleich Tabletten kriege oder eine Spritze. Ich hoffe es sogar. Weil ich dann für ein paar Stunden Gemüse werde. Ich glaube, es ist jetzt viel, viel besser für mich, Gemüse zu sein.

Mein Schreien wird zum Krächzen, und mein Kopf tut schon richtig weh. Beim Luftholen höre ich noch jemanden im Zimmer. Ich reiße die Augen auf und starre hin.

Es ist Schwester Margreth.

Sie sagt etwas zu Pfleger Loris, der nickt und die Bremsen an meinem Bett löst. Dann schiebt er mich aus dem Zimmer. Ich höre *Ausgeisterzimmer*, aber nicht einmal das bringt mich zum Schweigen. Ich wünschte, ich könnte es erklären. Aber Worte haben keine Chance. Kein *Papa*, kein *Mama*, kein *Gebrocur*, kein *Kinderdorf*, kein *Wer hat mich hier eingesperrt* – nichts kommt gegen die gewaltige Kraft an, die aus meinem Bauch heraus will.

Dann sind wir im Ausgeisterzimmer. Seit der allerersten Nacht musste ich nicht mehr hier sein.

Pfleger Loris reißt die Bettdecke weg, auf der ich noch halb liege. Er zeigt mir eine lange, glänzende Schere. Ich schreie weiter wie am Spieß, jetzt auch vor Angst. Vielleicht erfährt man deshalb nicht, was mit den Schreijungen in der Nacht passiert. Weil sie danach tot sind.

Als Schwester Margreth kommt, steckt er das Ding schnell wieder weg. Sie sagt etwas zu ihm, und er verschwindet. Dann beginnt sie zu beten. Ich höre nichts, weil ich immer noch schreie, aber sie klemmt ihren Rosenkranz zwischen die Finger, hält ihn zum Himmel hoch und bewegt die Lippen.

Pfleger Loris kommt zurück. Er stellt etwas auf den Boden. Was, sehe ich nicht. Aber es muss schwer sein. Schwester Margreth bückt sich, dann richtet sie sich wieder auf, hält etwas über meine Brust und drückt. Es ist ein Schwamm. Das eiskalte Wasser bohrt sich wie tausend Nadeln in meine Mitte hinein, genau dorthin, woher die Schreie kommen. Ich zucke zusammen. Mein Bauch krampft, genau wie mein Gesicht, doch meine Schreie gehen weiter.

Die Schwester bückt sich erneut, hebt den Schwamm und drückt ihn aus, immer wieder, über meinen Armen, meinen Beinen, meiner Brust. Der Pyjama ist klitschnass und fühlt sich an wie das engste Gefängnis der Welt. Dann lässt die Schwester das Wasser mitten in mein Gesicht platschen. Für einen Moment kann ich aufhören zu schreien, weil ich mich verschlucke und husten muss, doch schon geht es weiter, und plötzlich habe ich Angst zu ertrinken. Ich reiße den Kopf nach links, dann nach rechts, doch das Wasser folgt mir überall hin. Sie leert den Rest aus dem Eimer über mir aus, und ich glaube schon, es ist vorbei.

Doch nichts ist vorbei. Gar nichts. Pfleger Loris bringt einen neuen Eimer Eiswasser, und es geht von vorne los. Ich glaube, ich muss sterben, und schreie jetzt auch um mein Leben.

Doch mittendrin und plötzlich – genauso plötzlich, wie sie gekommen sind – verstummen meine Schreie.

Ich höre Schwester Margreth keuchen und beten. Obwohl mir

schrecklich kalt sein müsste, ist mir ganz heiß. Heißer als im heißesten Sommer. Sogar in mir drin wird es warm.

Und ich fühle mich anders. Ich fühle mich ... *besser.*

»Das ist genug«, sagt Schwester Margreth. Dann wirft sie Pfleger Loris raus.

Erst jetzt merke ich, dass sie in einer fremden Sprache betet. Ich bin seltsam froh, dass sie hier ist. Ich bin sogar froh über den Klang ihrer Stimme. Ich bin dankbar für das, was sie gerade getan hat, dankbar dafür, dass es mir besser geht, und schäme mich so sehr für diese Dankbarkeit, dass ich mir wünschte, das Licht wäre aus.

Fünf Minuten später geht mein Wunsch in Erfüllung. Doch schnell wird mir kalt. Schrecklich kalt. Ich liege weiterhin festgeschnallt auf der völlig durchweichten Matratze, in meinem vom Eiswasser triefenden Pyjama. Das Fenster ist offen, und die Schattengeister der Bäume tanzen an den Wänden.

Dort, wo gerade noch Hitze war und Dankbarkeit, kommt jetzt Schmerz.

Blanker, unerträglicher Schmerz.

58 Christian Brand

»Wer … ist … das?«, fragte Björk mit Grabesstimme und hielt Carlsen das zerbrochene Bild vor die Nase.

»Meine Tochter«, sagte er. Sein selbstsicheres Grinsen verwelkte. »Wieso?«

Brand kapierte es im selben Moment, als Björk ein Video auf ihrem Laptop aufrief und an der Stelle anhielt, an der die Frau im Hintergrund des zweiten Ermordeten zu sehen war. Die Frau, deren Zylinder von innen beschlagen war. Björk hatte geglaubt, sie vor Kurzem irgendwo gesehen zu haben. Vermutlich gestern. In Carlsens Haus. Auf irgendeinem Familienfoto.

Brand ahnte, dass die Kooperationsbereitschaft seines Gegenübers in den nächsten Sekunden deutlich steigen würde.

Björk drehte den Laptop und schob ihn zu Carlsen. »Die Frau im Hintergrund«, sagte sie bloß.

Zunächst sah er widerwillig hin. Dann ging er näher ran und noch näher, bis sein Gesicht keine zwanzig Zentimeter mehr vom Bildschirm entfernt war. Brand sah Augen, die zunächst größer wurden, die aufflammten wie ein Strohfeuer, bevor alles Leben aus ihnen wich. Carlsens solariumgebräuntes Gesicht wurde so blass, als hätte er es in eine Schüssel voll Mehl getaucht. Seine Lippen formten ein stummes Wort, dann verlor er die Kontrolle über sich. Er sprang auf, packte Björks Laptop und riss ihn in die Höhe, dann drehte er sich im Halbkreis zur nächsten Wand und holte aus.

Brand handelte instinktiv. Er wusste, dass Björk den Laptop brauchte, also hechtete er über den Glastisch und packte Carlsens Arm. Er fiel, Carlsen fiel, der Laptop fiel, doch er bekam das Ding an einer Ecke zu fassen. Beide Männer stürzten zu Boden. Brand kam mit dem hinteren Schulterblatt zuerst auf und stieß sich den Hinterkopf, aber nicht schlimm. Carlsen stöhnte, doch es klang weniger nach Schmerz als nach purer Verzweiflung.

Brand rappelte sich hoch und reichte Björk den Laptop, der unversehrt geblieben war. Anschließend half er Carlsen auf die Beine, der jetzt am ganzen Körper zitterte. Brand führte ihn zu der weißen Ledercouch. Der Anwalt folgte ihnen. »Geht's?«, fragte er an Carlsen gewandt.

Carlsen setzte sich. Wieder und wieder schüttelte er den Kopf. »Aber das ist doch nicht möglich! Ich habe doch eben noch …«

»Wann haben Sie zuletzt von Ihrer Tochter gehört?«, fragte Björk.

»Erst … erst vor ein paar Tagen. Eine Woche maximal.«

»Wo war sie da?«

Carlsen fing an zu weinen.

Björk setzte sich neben ihn. »Herr Carlsen, wir können Ihnen helfen. Aber nur, wenn Sie uns Anhaltspunkte geben!«

»Sie war … *Hanna* war wandern. Auf dem Moselsteig. Ich habe sie dazu ermutigt. Weil sie mal runterkommen musste. Aber ich konnte doch nicht ahnen … Oh Gott, ihr darf nichts passieren! Sie ist alles, was mir noch …«

»Wo genau war sie zuletzt?«, unterbrach ihn Brand, der endlich loswollte. Aber dafür brauchten sie ein Ziel. Irgendeinen Anhaltspunkt, wo die Gefangenen stecken könnten.

»Bei Senheim. Senheim an der Mosel.«

Brand kannte die Gegend nicht. Aber dort waren sie bestimmt nicht. Eine Tat dieser Dimension erforderte monatelange Vorbereitungen an einem geschützten Ort – man konnte nicht alles dorthin verfrachten, wo ein Opfer gerade steckte. Das bedeutete: Jemand musste Hanna Carlsen auf ihrer Wanderung verfolgt und verschleppt haben. Aber wohin?

Der erste Tote – der angebliche Kinderschänder – hatte laut Nachtmann irgendein Dorf terrorisiert. Welches Dorf, war nach wie vor unbekannt, genau wie die Identität des Toten. Auch der zweite Tote konnte ihnen bisher keine Anhaltspunkte liefern.

Sie konnten überall sein. Am ehesten noch irgendwo hier, im Großraum Frankfurt, wo sich ja schon einiges abgespielt hatte. Aber bestimmt gab es Tausende Hallen, in denen man die Gefangenen hätte verstecken können …

In einem plötzlichen Energieschub schoss Carlsen hoch und rannte zu seinem Schreibtisch. Dort angekommen, bückte er sich und kramte im Abfalleimer. Er holte ein zerknülltes Papier heraus, entfaltete es und las.

»Was haben Sie da?«, fragte Björk, die ebenfalls aufgestanden war, genau wie Brand, der schon auf dem Weg zu Carlsen war.

»Stopp!«, sagte dieser und streckte die flache Hand aus.

»Was?«

»Verschwinden Sie!«, forderte er, verbarg das Papier und zeigte zur Tür. »Alle beide.«

»Aber wieso … was ist das? Was haben Sie da?«, feuerte Brand eine Frage nach der anderen auf ihn ab. Das Papier hatte das Format eines Fotos oder einer Postkarte, aber auf die Entfernung war es unmöglich, etwas darauf zu erkennen.

»Haben Sie Herrn Carlsen nicht gehört? Raus!«, kam der Anwalt wieder in Fahrt.

»Wir können Ihnen nur helfen, wenn wir …«, wandte Björk ein.

»Raus!«, schrie Carlsen. »Raus, oder ich lasse Sie rauswerfen.«

Brand sah zu Björk. In ihren Augen lag dieselbe Wut, die auch Brand verspürte. Dennoch blieb ihnen nur zu gehen.

»Was war denn das jetzt?«, fragte Brand unten im Wagen, als sie zwischen den Demonstranten hindurch auf die Straße hinausfuhren.

»Der weiß etwas.«

»Worauf ihn das Papier in seinem Müll gebracht hat?«

»Vermutlich. Außerdem hat er Angst.«

»Dass er mit uns gesehen wird? ›Keine Polizei‹, meinen Sie?«

Björk sagte nichts.

»Aber ohne uns wird er seine Tochter niemals finden.«

»Vielleicht doch. Das Papier könnte der Schlüssel sein. Wir waren *so* knapp dran«, sagte sie, machte eine entsprechende Geste in seine Richtung und fluchte.

»Und jetzt? Durchsuchungsbeschluss?«

»Bekommen wir nicht.«

»Immerhin ist der Laptop heil geblieben«, versuchte er sie aufzumuntern.

»Ja … danke.«

»Schon gut«, sagte er und rieb sich die Schulter. »Sollen wir Carlsen überwachen lassen?«

»Läuft schon.«

»Ach? Und wie?«

Björk schwieg.

»Und wohin jetzt? Zum LKA?«

»Geben Sie Gas.«

59 Hanna Carlsen

Schauer erfassten ihren Körper und ließen sie nicht mehr los. Langsam drehte sich Hanna zu Margreth hin, die eine Handbreit über dem Boden ihres Zylinders schwebte, feuerrot strahlend und völlig entspannt. Immer noch hatte sie die Hände gefaltet und dieses dümmliche Grinsen im Gesicht.

Sie schwebte …

Hanna glaubte weder an Geister noch an Hokuspokus. Sie liebte Horrorfilme für den wohligen Schauer, den sie ihr bescherten. Aber das hier war anders. Es war real. Und es machte ihr Angst, so irrational Angst in ihrer Situation auch sein mochte. Sie weinte vor Angst. Urin lief aus ihrem dehydrierten Körper. Sie zitterte und wollte schreien, dann schrie sie wirklich, mit einer Stimme, die so rostig und tief wie die eines Mannes klang. Ihre Lungen rasselten schmerzhaft. Alles in ihr trocknete aus, entzündete sich, wurde wund – offensichtlich auch ihr Geist.

Niemand kann schweben, dachte sie, schloss die Augen und wandte sich ab. Wollte ihre Ruhe. Sehnte sich nach Dunkelheit. Dunkelheit und Stille.

Dabei hörte sie etwas, das sich aus der monotonen Geräuschkulisse herausarbeitete.

»Wärmer«, rief jemand, und es klang wie in einer Geisterbahn, mit lang gezogenem Vibrato. »Wärmer, Hanna!«

Margreth, erinnerte sie sich an die Stimme und schaute wieder hin.

Margreth sah sie an. Oder zumindest in ihre Richtung. Sie schwebte immer noch, die Hände nach wie vor gefaltet, doch nun hatte sie die Augen geöffnet.

Hanna hob die Hand. Legte sie ans beschlagene Glas. Schrieb, Buchstabe für Buchstabe und in Spiegelschrift, was mittlerweile ihre ganze Konzentration und Kraft beanspruchte.

W-A-S-?

»Das Wasser! Es wird wärmer! ... Mein Gott, Hanna und alle Engel des Herrn, betet für mich!«

Hanna zwängte die Augenlider zusammen, um besser sehen zu können, und stellte fest, dass Margreth nicht wirklich schwebte. Sie schwamm in Wasser, Salzwasser vermutlich, das genügend Auftrieb produzierte, um Kopf und Hals über der Oberfläche zu halten. Margreths Körper wurde von drei Scheinwerfern beleuchtet, die ihr rotes Licht von oben auf sie herabstrahlten. Und auch von unten kam Licht. Flackerndes Blau, unter das sich immer wieder gelbe und rote Töne mischten.

Es wird wärmer ... wie bei dem Frosch!, dachte Hanna. Dem Frosch, der nicht merkte, dass das Wasser im Topf immer heißer wurde, bis es zu spät war, als dass er sich mit einem einfachen Sprung in Sicherheit hätte bringen können.

Da begriff sie: Unter Margreths Zylinder standen Gasbrenner.

»Ich bin die Nächste!«, klagte Margreth weinerlich. Dann weinte sie tatsächlich.

So viel zum Beten, dachte Hanna und gab sich alle Mühe, sich zu konzentrieren. Wer war nun wirklich an der Reihe – Margreth oder sie? Weshalb wurden beide Zylinder angestrahlt, während bisher einer nach dem anderen an die Reihe gekommen war? Musste es aus irgendwelchen Gründen schneller gehen? Bis auf das Licht bemerkte sie um sich herum keine Veränderung, es schien auch keine weitere Kettenreaktion zu laufen. Sie schaute überall hin, kurz auch zum Fernseher, in dem jetzt Kinder mit Waffen zu sehen waren. Das hatte ihr gerade noch gefehlt. Erschöpft schloss sie die Augen.

Wo bist du, Hanna?, dachte sie.

Wo bist du, Hanna?

Immer wieder. *Wo bist du, Hanna? … Wo bist du, Hanna?*

Sie hatte keine Ahnung, was der Gedanke plötzlich sollte. War es ein Lied, das sich aufdrängen wollte wie ein Ohrwurm? Sie kannte keines, das so hieß. Außerdem war hier keine Musik zu hören. Nur Margreths Verzweiflung, die mit jedem Grad Wassertemperatur zuzunehmen schien.

Wo bist du, Hanna?

Wo bist du, Hanna?

Sie riss die Augen auf.

Und sah es im Schriftband von News24.

WO BIST DU, HANNA? WIR SEHEN DICH!

60 Benjamin Sommer, 15

Wir sind der Club der Nacht. Sophia, Felix, Anton und ich. Niemand darf von uns wissen. Weshalb wir uns immer nur sonntags treffen, im Turmzimmer. Heute ist die absolute Ausnahme, denn heute ist Mittwoch.

Mittwochs ist viel los in der Anstalt. Dann ist *Gemüselieferung*. So nennt es Pfleger Loris, wenn die neuen Patienten kommen und ein paar Wochen lang hierbleiben. Manche aber auch länger. Doch niemand bleibt so lange wie wir. Wir wissen, dass es nicht okay ist. Weil uns nichts fehlt. Aber wer abzuhauen versucht oder die falschen Fragen stellt, kriegt Tabletten oder Schläge oder Spritzen. Felix kriegt nur noch Spritzen, seit sie herausgefunden haben, dass er seine Tabletten im Mund versteckt.

Trotz Mittwoch müssen wir heute raus. Einer von den Gemüsejungs aus unserem Zimmer – *Grimassenpeter* – ist schon seit vorgestern verschwunden, obwohl all seine Sachen noch da sind. Anton hat nach ihm gefragt. Schwester Margreth hat ihn bloß angeschnauzt, dass Peter im Ausgeisterzimmer sei. Aber das war eine Lüge! Wir wissen ganz genau, welcher Junge gerade dort ist. Nicht Grimassenpeter. Außerdem darf immer nur einer ins Ausgeisterzimmer rein. Also wollen wir Grimassenpeter suchen, und weil wir dafür einen Plan brauchen und außerdem unsere Suchausrüstung, müssen wir zuerst ins Turmzimmer hoch.

Als wir sicher sind, dass niemand mehr kommt, schleicht Anton zur Tür. Er lauscht eine Weile, dann gibt er Felix und mir ein Zeichen, dass die Luft rein ist. Wir schieben die Polster besonders sorgfältig unter die Decken. Ich merke, wie sehr ich zittere. Ich will nie wieder ins Ausgeisterzimmer, wo man mich mit Eiswasser quält. Außerdem bin ich längst nicht so mutig wie Anton und Felix – und schon gar nicht so mutig wie Sophia.

Wir laufen barfuß durch den Gang und öffnen die Tür, die ins Turmzimmer hinaufführt, wie wir es schon so oft getan haben. Nur nie mittwochs. Ich atme vor Erleichterung aus, als die Tür hinter uns zufällt.

Hier ist unser geheimes Reich. Hier fühle ich mich sicher, denn keiner hat uns jemals hier gesucht. Wir haben uns gegenseitig geschworen, das Turmzimmer niemals zu verraten.

Leise steigen wir die Holztreppe hoch. Manche der Stufen knarzen, aber wir wissen genau, welche es sind. Die dritte, die sechste und die zehnte. Oder von oben: die zweite, die sechste und die neunte. Elf Stufen sind es insgesamt. Oben gibt es noch eine Tür, dahinter können wir so laut sein, wie wir wollen.

Anton drückt die Klinke, schiebt die Tür auf und wartet einen Moment, ob die Luft auch wirklich rein ist. Anton ist immer der Erste, weil er der Stärkste von uns ist.

Ich betrete das Turmzimmer als Zweiter. Von draußen fällt Mondlicht herein, durch das man die Umrisse einzelner Gegenstände erkennen kann. Soweit ich sehe, ist alles wie sonst.

Ich liebe den Geruch, der mir hier oben in die Nase steigt. *So riecht Freiheit*, denke ich. Freiheit muss nicht immer gut riechen. Es reicht schon, wenn sie *anders* riecht. Sagt jedenfalls Sophia. Ich wünschte, sie wäre heute ebenfalls hier, weil ich am liebsten mit ihr draußen auf dem Dach liege, in die Sterne gucke und ihr beim Reden zuhöre. Aber das muss warten.

»Wir sind der Club der Nacht«, sagt Felix feierlich und tritt an das Holzfass heran, auf dem unsere Kerze steht. Anton zündet sie an, während ich unser Foto aus dem Geheimversteck hole. Ein Wanderer hat es mal von uns gemacht, als wir unbeaufsichtigt draußen waren. Es kam direkt aus der Kamera heraus, und wir durften es behalten. Seitdem ist es unser wertvollster Schatz. Wir holen ihn nur zu unseren Treffen heraus.

Jetzt fassen wir uns an den Händen und wiederholen den Schwur. Ich kann ihn so gut auswendig, dass ich ihn manchmal sogar im Traum murmele. Am Ende öffnen wir unsere Augen wieder und schauen uns an, und wenn ich die Gesichter der anderen im Kerzenschein flackern sehe, gruselt es mich immer ein wenig.

Heute aber sehe ich noch etwas ganz anderes.

Ich erschrecke so sehr darüber, dass ich die anderen Hände loslasse, vom Holzfass zurückweiche, rückwärts über irgendetwas stolpere und falle. Ich kann mich zwar noch abrollen, schlage mir aber trotzdem den Hinterkopf an. Es dauert einen Moment, bis es wieder geht.

Die anderen beiden kommen und bücken sich zu mir herunter. »Was ist?«, fragt Felix, während Anton mich an den Schultern packt und schüttelt.

»Da hinten«, sage ich und deute auf das, was ich vorhin im Kerzenschein gesehen habe, vielleicht durch eine Spiegelung im Glas.

»Was ist da?«

»Ein Gesicht.«

Ich sehe, wie Felix und Anton Blicke austauschen. Dann schüttelt Felix den Kopf. »Kann es sein, dass du Gespenster siehst, Benni?«, fragt er und lacht, aber es klingt nicht echt.

Anton richtet sich als Erster auf, und auch ich rappele mich vorsichtig hoch und reibe mir dabei den Hinterkopf. Langsam, leise und gebückt schleichen wir zum Fass zurück. Ich traue mich fast nicht zu atmen.

Plötzlich bleibt Felix vor mir stehen und kracht fast in Antons Rücken. Keiner sagt etwas. Ich beuge mich zur Seite, damit ich es auch sehen kann.

Das Gesicht.

Das Gesicht von Peter, dem verschwundenen Gemüsejungen aus unserem Zimmer.

Grimassenpeter hängt an einem Strick von der Decke. Er hat seinen Pyjama an und nichts an den Füßen.

Er ist tot, begreife ich.

Mehrere Sekunden, vielleicht auch Minuten stehen wir da wie gelähmt. Ich starre in Peters offene Augen und in sein knochiges Gesicht, das ganz entspannt wirkt, viel entspannter, als ich es kenne. Er war kein Schreijunge, hat dafür aber dauernd Grimassen geschnitten und merkwürdig mit den Armen gerudert, als wüsste er nicht, wozu sie gut sein sollen. Jetzt hängen sie schlaff an seinem Körper herab, genau wie die zerschundenen Beine, die oft am Bett festgebunden waren, weil er sie nicht kontrollieren konnte. *Erst jetzt, wo er gestorben ist, schaut er wie ein gesunder Mensch aus*, denke ich und schäme mich dafür.

»Wetten, das war Loris?«, flüstert Felix.

»Lasst uns verschwinden«, fordert Anton.

Mir ist total kalt. Ich kriege keinen Ton heraus. *Ja, schnell weg*, denke ich bloß.

Ich schleiche den anderen hinterher. Wir sind schon fast bei der Tür, als sich Felix noch einmal umdreht und mir bedeutet, ich solle die Kerze ausmachen.

Ich blicke zurück und zögere. Ich will so schnell wie möglich hier raus. Aber ich weiß, dass ich mutig sein muss. Dass die Kerze nicht länger brennen darf. Also drehe ich mich um, gehe zum Fass zurück und puste schnell.

Da kracht etwas im Treppenhaus. Ganz laut. Ich schnappe nach Luft, dann halte ich sie an, während ich am ganzen Körper Gänsehaut kriege. Ich denke an Grimassenpeter, der über mir von der Decke hängt, unsichtbar im Dunkeln. *Wie ein Poltergeist*, fällt mir ein, und ich will nur noch laufen.

»Felix?«, wispere ich nach unten und lausche. »Anton?«

Keine Antwort.

Ich höre das Blut in meinen Ohren rauschen. Mein Herz trommelt so schnell wie das eines Hasen. Ich schaue hinunter, sehe aber natürlich nichts, weil alles dunkel ist. »Felix? ... Anton!«

»Sei still!«, zischt jemand zurück. »Bleib oben!«

Ich höre Schritte, die lauter werden. Ich habe Angst, es könnte jemand anders sein als Felix und Anton, und weiche zurück. Erst als ich ihre Silhouetten im Mondlicht erkenne, beruhige ich mich etwas. Anton macht die obere Tür wieder zu, ganz vorsichtig.

»Was ist?«, will ich wissen.

»Da war einer. Hinter der Tür«, antwortet Anton.

Ich erschrecke ein weiteres Mal. »Wer?«

»Ich weiß es nicht. Aber da war jemand und hat sie zugehalten, ganz bestimmt.«

»Was machen wir jetzt?«, fragt Felix, und ich begreife, wie schlimm es ist. Felix weiß sonst immer einen Rat. Ich überlege, was Sophia tun würde, aber mir fällt nichts ein.

»Wir warten«, sagt Anton, nur einen Moment, bevor ich wieder etwas höre.

Die untere Tür.

»Mist!«, ruft Felix. Ein eiskalter Schauer fährt durch mich

hindurch, und dann klirrt etwas laut, bevor die untere Tür wieder zufällt.

»Da kommt wer!«, flüstert Anton.

»Wir müssen uns verstecken«, sagt Felix, und das tun wir.

Anton braucht das größte Versteck, weshalb er sich zwischen die aufgestapelten Möbel zwängt. Felix und ich kommen mit weniger aus. Ich sehe noch, wie Felix in eine leere Kiste steigt und den Deckel über sich schließt. Ich ducke mich unter die Fensterbank und schlüpfe in den Hohlraum hinein, in dem mal ein Heizkörper war.

Dann warten wir.

Nichts passiert. Eine Minute oder fünf ohne jedes Geräusch. Doch keiner von uns traut sich aus dem Versteck heraus.

Bis ich etwas rieche und gleichzeitig entdecke, dass Licht flackert. *Aber ich habe sie doch ausgepustet*, denke ich, bevor ich kapiere, dass das Licht nicht von der Kerze kommt, sondern durch den Türspalt scheint.

Licht im Treppenhaus …

Es brennt, begreife ich nur eine Sekunde, bevor ich es brülle.

Anton kommt sofort hinter seinem Versteck hervor und holt Felix aus der Kiste. Zusammen laufen sie zur Tür und reißen sie auf. Alles wird hell.

Ich will wegrennen und kann nicht. Ich stehe da wie angewurzelt. Plötzlich höre ich Sophia. »Hierher, Benni!«, ruft sie immer wieder. Ich muss mich mehrmals nach allen Richtungen umsehen, bevor ich sie endlich entdecke – draußen auf dem Dach! Sie winkt mich zu sich und ist furchtbar aufgeregt.

Ich deute ins Treppenhaus und rufe ihr zu, dass Felix und Anton runtergelaufen sind und ich ihnen nach will, aber sie schüttelt bloß den Kopf.

Ich höre, wie unten der Alarm losgeht. Das Turmzimmer ist

jetzt so hell erleuchtet wie von tausend Kerzen. Alles leuchtet gelb und orange und ist schrecklich heiß.

»Benni!«, kreischt Sophia draußen. »Hau ab, Benni, hau ab!«

Da sehe ich es wieder.

Das Feuertier.

61 Christian Brand

Im Handumdrehen waren sie im Hessischen Landeskriminalamt, wo kein Ü-Wagen mehr zu sehen war. Zum Glück verzichtete man am Empfang darauf, Björk und Brand wieder Hindernisse in den Weg zu legen. Ohne jede Verzögerung wurden sie in den Medienraum gelassen, der dasselbe Bild bot wie tags zuvor. Sogar Abteilungsleiter Gerlach stand wieder an seinem Stammplatz an der Medientafel. Am Tisch saßen Beer, die hübsche Frau mit Laptop und Brille sowie zwei weitere Mitarbeiter, die Brand gestern schon gesehen hatte – beteiligt hatten sie sich bisher nicht.

»Na sieh mal an – Europol ist wieder da!«, spottete Beer munter drauflos.

»Guten Morgen!«, rief Björk demonstrativ laut in die Runde, nahm Gerlachs Platz am Kopfende des Tisches ein und erkundigte sich nach dem aktuellen Ermittlungsstand.

»Na, Sie haben vielleicht Nerven!«, schimpfte Gerlach. »Wo waren Sie denn überhaupt? Wir hatten neun Uhr verabredet, und zwar hier. Stellen Sie sich das unter einer guten Zusammenarbeit vor?«

»Stellen Sie sich *das* unter einer guten Zusammenarbeit vor?«, echote Björk und zeigte an die Medientafel, wo die einzelnen Perspektiven des Live-Bilds nebeneinander zu sehen waren, aber auch das von News24.

»Wir haben einen Weg gefunden, über die Live-Signale mit

einer der Gefangenen Kontakt aufzunehmen. Wir kennen jetzt ihren vollständigen Namen«, berichtete Gerlach.

»Hanna Carlsen«, sagte Björk so trocken wie gelangweilt – und erntete erstaunte Blicke. Brand verkniff sich ein Grinsen. Klar musste auch das LKA gestern den Vornamen der Gefangenen gesehen haben, den sie für ihren Nachbarn an die Innenseite des Zylinders geschrieben hatte. Doch mittlerweile hatten Björk und er schon weitaus mehr in Erfahrung bringen können.

Gerlach reimte sich jedoch eine viel einfachere Erklärung für ihren scheinbaren Wissensvorsprung zusammen. Sein Blick schweifte zu dem Flipchart, das direkt neben der Medientafel stand. Er hatte einen Dialog notiert.

Wo bist du, Hanna? Wir sehen dich!
  Ich weiß es nicht.
Wie ist dein Nachname?
  Carlsen.
Geboren?
  12.6.1996
Wo warst du zuletzt?

»Oh, wie schön, Sie können lesen! Eine essenzielle Qualifikation für Europol-Ermittler, nicht wahr?«, spottete Beer weiter.

»Sie war wandern. Am Moselsteig«, sagte Björk und beantwortete so die aktuelle Frage, bevor Hanna Carlsen es tun konnte. In der Kameraeinstellung sah man, wie die Tochter des Gebrocur-Vorstands etwas schrieb. M-O-S-E-L …

Brand fragte sich, wie dieser Dialog zwischen dem LKA und Hanna wohl möglich war.

»Sie machen es über News24«, sagte Björk.

»Schuldig!«, sprach ein Mann, der etwas abseits im Dunkel

saß und die Hand hob. Sein vom Bildschirm angestrahltes Gesicht leuchtete aus der Dunkelheit heraus.

Gerlach erklärte: »Herr Petrović ist vom Sender. Wir können unten ins Tickerband schreiben, was wir wollen. Frau Carlsen antwortet, indem sie …«

»Indem sie auf die beschlagene Zylinderwand schreibt, schon klar«, unterbrach Björk den Abteilungsleiter an der Tafel. »Wir waren vorhin bei ihrem Vater. Er ist der Vorstandsvorsitzende von Gebrocur.«

»Dieser Firma von gestern?«, fragte Beer. Der Spott war aus seiner Stimme verschwunden.

»Von gestern … und von vorgestern«, fuhr Björk fort und berichtete von der Verbindung zwischen dem toten Rechtsanwalt Eric Dornhoff und August Carlsen, von einer alten Sache – einem Mandat, das in irgendeiner Verbindung zum aktuellen Geschehen stand. Und dass sie durch Zufall Carlsens Tochter entdeckt hatte, deren Foto ihr in dessen Haus und auf seinem Schreibtisch aufgefallen war.

»Dann hat er jetzt den besten Grund, mit uns zu kooperieren«, schlussfolgerte Gerlach.

»Schön wär's!«, sagte Brand. »Der hat selber Dreck am Stecken, wegen des Skandals wahrscheinlich. Er wird den Teufel tun und sich oder seinen Konzern belasten. Außerdem ist das Ultimatum verstrichen. Er muss weder kooperieren noch gestehen. Er will bloß seine Tochter zurückhaben – allerdings ohne sich von uns helfen zu lassen.«

»Sie meinen, von Europol!«, hielt Gerlach dagegen. »Wir werden Herrn Carlsen selbstverständlich anbieten …«

»Können wir dieses Schaulaufen bitte sein lassen und uns endlich wieder auf den Fall konzentrieren?«, überraschte die IT-Expertin mit einer plötzlichen, resoluten Wortmeldung.

Brand war froh darüber. Die Frau hatte recht: Kompetenzstreitigkeiten brachten niemandem etwas. Sie mussten endlich herausfinden, wo die Gefangenen waren. Hanna Carlsen hatte mittlerweile das Wort *Moselsteig* fertig geschrieben. Was sie bereits wussten. Sie wussten sogar, dass Carlsen zuletzt in Senheim mit ihrem Vater telefoniert hatte. Aber dort war sie bestimmt nicht, nicht einmal in der Nähe. Es hatte keinen Zweck, sie raten zu lassen. Sie wusste nicht, wo sie steckte. Vermutlich war sie betäubt gewesen.

Sie mussten anders darauf kommen …

»Fragt sie doch, wer der Nachbar war«, schlug Brand vor.

»Der ist tot, verdammt«, widersprach Beer.

»Nicht so schnell«, sagte Björk. »Sie hat gestern mit ihm kommuniziert. Vielleicht hat sie seinen Namen herausgefunden.«

»Konrad Elmer«, sagte Gerlach ebenso trocken wie Björk vorhin.

Die IT-Frau erklärte: »Die Kollegen aus Italien haben ihn entdeckt. Wir bekamen vorhin die Meldung rein. Er ist zwar in keiner polizeilichen Datenbank erfasst, aber der Fotovergleich ist eindeutig. Er war es.«

»Was wissen Sie über ihn?«, drängte Björk.

»Er ist Mediziner. Stammt ursprünglich aus der Schweiz, war aber zuletzt in einem lokalen Krankenhaus in der Lombardei tätig.«

»Hat ihn jemand als vermisst gemeldet?«

»Vorgestern, ja. Er war alleinstehend, doch jemand aus dem Krankenhaus hat Verdacht geschöpft und bei ihm zu Hause nachgesehen.«

»Dann sollten wir unsere Suche besser auf den Süden konzentrieren«, schlug Brand vor.

Zunächst blieb es still. Brand konnte die Köpfe der anderen

förmlich rauchen sehen, bevor Björk sich als Erste zu Wort meldete: »Haben wir die Bewegungsdaten seines Handys?«

Die IT-Frau schüttelte den Kopf. »Dafür ist es noch viel zu früh. Wir kennen Elmers Identität erst seit wenigen Minuten. Außerdem befinden sich die Provider im Ausland.«

»So viel Zeit haben wir nicht«, sagte Björk und tauchte in ihren Laptop ab.

Ein paar Sekunden lang herrschte Schweigen. Brand überlegte weiter. Westösterreich und die Schweiz gaben zwar eine eindeutige Richtung vor, doch wirklich schlauer machte sie das nicht. Also mussten sie nach dem nächsten Strohhalm greifen. Brand blickte zur interaktiven Tafel. Eine Frau, die in ihrem Zylinder zu schwimmen schien und feuerrot angestrahlt wurde, weckte seine Aufmerksamkeit.

Mit ein paar schnellen Schritten war er bei Gerlach und tippte auf das Bild. »Erkundigen Sie sich, ob sie weiß, wer die da ist.«

»Was genau soll ich schreiben?«, fragte Petrović vom Fernsehsender.

Es muss knapp sein, dachte Brand. Knapp und schnell verständlich. »Wer ist die rote Frau?«, schlug er vor.

Der Mann nickte und tippte. Kaum drei Sekunden später erschien die Frage im Spruchband unter den Fernsehbildern.

Brand starrte gebannt auf Hanna Carlsens Zylinder. Sofort hauchte sie wieder gegen die Innenseite, um das vorher Geschriebene zu überdecken. Dann schrieb sie erneut – in Zeitlupe. Brand befürchtete, dass sie knapp vorm Kollabieren war.

Schneller, Hanna!

M-A-R-G-R-E-T-H

»Familienname und Ort«, diktierte Brand, was gleich darauf im Ticker erschien.

Hanna Carlsen las es und drehte sich zu Margreth hin. Mit

allen möglichen Gesten versuchte sie, die Frau auf sich aufmerksam zu machen.

Sie weiß es nicht. Sie kennt nur die Vornamen.

Brand betrachtete Margreth, die völlig mit sich selbst beschäftigt zu sein schien. Sie zappelte und schlug um sich, soweit es ihr Gefängnis zuließ. *Was hat sie?*, dachte er und wandte sich eilig an die IT-Mitarbeiterin, um ein besser aufgelöstes Bild zu bekommen. Die LKA-Frau vergrößerte den Bildausschnitt. Brand sah Wasser, das von Margreths Schlägen spritzte. Außerdem bildete sich Nebel, der aufstieg und anschließend verwirbelte. Von der Wasseroberfläche löste sich ständig neuer Dunst.

»Das Wasser ist heiß!«, rief Björk und bestätigte, was Brand im selben Moment erkannte.

»Die hat nicht mehr lange!« Seine Stimme überschlug sich. »Gibt es eine neue Aufgabe oder irgendwas? Von Nachtmann?«

»Nein«, sagte die Frau am Laptop. »Nicht, soweit wir wissen.« Sie öffnete ein neues Fenster, bevor sie sagte: »Das Virus auf unserem Testcomputer ist inaktiv.«

»Könnte es ein Fehler sein?«, fragte Brand in die Runde. »Die Kettenreaktion könnte sich unabsichtlich geteilt haben und an zwei Punkten gleichzeitig weiterlaufen.«

»Wie kommen Sie darauf?«, fragte Gerlach, dem sichtlich die Kontrolle über seine Ermittlungen entglitten war.

»Weil zwei Gefangene gleichzeitig im Licht stehen!«

Brand fand es nur logisch. Ein Tag, eine Aufgabe, ein Opfer. So war es angekündigt worden, und so war es bisher auch gelaufen. Nun schien plötzlich Chaos in dem Raum zu herrschen. Das war nicht gut. Nichts hier war gut, aber eine sich überschlagende Kettenreaktion war das Letzte, was sie gebrauchen konnten.

»Was ist mit dem Pädophilen?«, fragte Björk in die Runde.

Gerlach schüttelte den Kopf. »Weiterhin unbekannt. Wir haben Unterstützung vom BKA angefordert, aber …«

»Dann eben die da!«, unterbrach Brand und deutete zum letzten Zylinder, in dem sich noch ein lebender Mensch befinden sollte. Einer, der ihnen bisher völlig entgangen war. Vermutlich, weil er ihnen ständig den Rücken zukehrte.

»Vergrößern Sie das Bild!«, forderte er die IT-Frau auf und zeigte auf die entsprechende Einstellung, die sich gleichzeitig vorne an der Medientafel öffnete. Im Raum wurde es dunkel – genau so dunkel wie das Signal. Zuerst sah man fast nichts. Mit viel Fantasie ließ sich eine menschliche Silhouette erkennen.

Brand konzentrierte all sein künstlerisches Talent auf die Einstellung. Er blinzelte mehrmals, kniff die Augen zusammen und sah knapp am Laptop-Monitor vorbei, um seinem Unterbewusstsein, vielleicht auch seinem kreativen Geist die Gelegenheit zum Mitmachen zu geben – ohne Erfolg.

»Machen Sie das Licht an!«, platzte es aus Björk heraus.

»Hier?«, fragte Gerlach.

»Nicht hier. Dort!«, drängte sie den Mann von News24.

Brand kapierte – und Petrović offensichtlich auch.

»Aber das geht nicht so einfach. Ich kann nur ins Tickerband eingreifen«, wehrte er sich.

»Sagen Sie Ihrem Sender, wir brauchen reines Weiß! So hell wie möglich!«

Der Typ im Dunkeln schüttelte den Kopf, schrieb etwas, schüttelte wieder den Kopf und hämmerte so fest auf die Eingabetaste, dass es schon beim Zuhören wehtat.

»Okay! Sie tun es. Aufgepasst, gleich!«, sagte er schließlich.

Brand konzentrierte sich wieder auf das Bild.

Es dauerte noch fast eine halbe Minute, aber dann passierte es: News24 unterbrach die Doku und übertrug nur Weiß, womit der Fernsehbildschirm im Zylinderraum sein maximales Licht abstrahlte.

Die Blende der Kamera vor dem letzten Zylinder musste sich erst an die neuen Lichtverhältnisse anpassen, aber dann sah man sie. Nicht deutlich, aber deutlich genug.

Nach wie vor hielt die Frau ihnen und allen anderen den Rücken zugewandt.

»Verdammt!«, rief Brand. Es wäre zu schön gewesen, hätte sie sich umgedreht und Björk das Gesicht erkannt, vielleicht aus den Vermisstenmeldungen …

»Das Tattoo!«, sagte Björk.

»Welches Ta…« Jetzt bemerkte er es auch. Auf ihrem rechten Schulterblatt stand etwas. Mehrere Zeilen. Ein Gedicht vielleicht? Oder eine Ziffernfolge? Brand kniff die Augen zusammen, um besser zu sehen, doch er konnte es nicht erkennen.

62 Hanna Carlsen

Der TV-Bildschirm wurde plötzlich so hell, dass es in den Augen schmerzte. Hanna schloss die Lider und befürchtete, dass das Bild von News24 ausgefallen war – oder, schlimmer noch: dass ihr Dialog, den sie mit einem Unbekannten führte, entdeckt worden war.

Wo bist du?, hatte er sie gefragt. Wie sie mit Nachnamen hieß, wann sie geboren wurde, und wo sie zuletzt gewesen war. Hanna hatte eine Antwort nach der anderen hingeschrieben und sich selbst dabei zunächst für übergeschnappt gehalten. Aber Frage für Frage war ihre Zuversicht gewachsen, dass wirklich sie gemeint war. Spätestens als der Nachrichtenticker dann nach der *roten Frau* gefragt hatte, hatte sie Gewissheit gehabt: Jemand da draußen wusste Bescheid. Und dieser Jemand setzte alles daran, sie und die anderen zu finden.

Der Austausch hatte ihr neue Energie verschafft. Wieder einmal. Verblüfft fragte sie sich, woher ihr Körper diese Energie noch nahm. Aber sie wollte dem da draußen unbedingt helfen. Damit er herausfand, wo sie steckten, damit er sie befreite oder wenigstens ihre Leichen fand.

Als es dunkler wurde, öffnete sie die Augen wieder. Es lief das normale Fernsehbild – irgendeine Doku über Militärschiffe. Im Tickerband darunter kamen Börsenkurse und Nachrichten.

Keine Botschaft mehr.

Hatte sie halluziniert? War der Dialog ein Traum gewesen, irgendwo zwischen Wunsch und Wirklichkeit? Nun war sie wieder mit sich selbst allein, mit ihrem Zylinder, den Toten und den Lebenden. Auch Margreths entsetzliche Schreie drängten wieder ins Zentrum ihrer Aufmerksamkeit.

Sie konnte Margreths Anblick nicht mehr ertragen. Das Wasser musste qualvoll heiß sein. Zu spät hatte Margreth erkannt, dass Jesus ihr nicht heraushelfen würde. Dass alles Beten vergebens war. Jetzt, angesichts des Todes, offenbarte sich die Wahrheit: Sie hing am Leben und wollte kämpfen.

Zu spät.

Hanna musste Margreths Schreie irgendwie ausblenden, sonst wurde sie noch verrückt. Heiße Wut kochte in ihr hoch. Auf alles und jeden, auch auf sich selbst. Sie stieß mit dem Hinterkopf gegen das Glas, was ein Wummern erzeugte – einen dumpfen Hall, der Margreths Schreie für wenige Momente übertönte. Wieder schlug Hanna den Hinterkopf an, fester noch als vorhin, wieder und wieder und wieder. Vielleicht gelang es ihr so, sich selbst auszuknocken, bis Margreth endlich tot war.

Nach einer Weile begann etwas zu blinken. Ein, aus, ein, aus, hell, dunkel, hell, dunkel, im Sekundentakt.

Ist es jetzt so weit?, fragte sie sich. *Muss ich jetzt sterben?* War das Blinken der Countdown ihrer letzten Lebenssekunden?

Es wurde wieder dunkel, aber weiter passierte nichts. Margreth schrie nicht mehr.

Weil sie tot ist.

Das Fernsehbild war schwarz – bis auf drei Zeilen, die gut lesbar waren.

Das Tattoo, Hanna!
Frau hinter dir!
Was steht auf ihrer Schulter?

63 Christian Brand

»Licht an, los!«, befahl er dem Mann von News24. Brand hatte mittlerweile die Regie übernommen und auch die Idee mit dem Blinklicht gehabt, als Carlsen in ihrem Zylinder die Nerven verlor.

»Jaja, Moment …«, sagte Petrović und tippte eine Nachricht an seinen Sender. »Okay, gleich kommt's. Aber das ist das letzte Mal, soll ich ausrichten. Danach müssen sie wieder normal auf Sendung gehen, sonst drohen die Sponsoren …«

»Ist uns egal«, sagte Björk. »Los!«

Brand ging zur Tafel vor und näherte sich der Großaufnahme von Hanna, bis sie sein gesamtes Gesichtsfeld ausfüllte.

Ich sehe dich. Ich hole dich da raus. Dreh dich um, Hanna. Dreh dich um!

Aber sie tat nichts. Sie wankte bloß, als würde sie jeden Moment die Besinnung verlieren.

Brand verschränkte die Arme und ballte die Fäuste.

Du schaffst es, Hanna. Einmal noch. Nur einmal.

»Das bringt nichts«, sagte Beer.

»Halt deine blöde Klappe. Einmal nur«, fauchte die IT-Frau.

Dreh dich um, Hanna. Dreh. Dich. Um.

Und sie drehte sich um. In Minischritten, schrecklich langsam, und doch.

»Lasst bloß das Licht an. Lasst es an. Koste es, was es wolle.

Verstanden?«, schrie er in die Dunkelheit, aus der kein Widerspruch kam. Im Medienraum des LKA herrschte jetzt absolute Stille – als hielten alle zusammen die Luft an.

»Komm, Hanna. Gib uns was!«, murmelte Brand beschwörend auf das Bild ein.

Hanna legte ihre Hände langsam ans Gesicht, um die Augen vom Scheinwerferlicht abzuschirmen, das von oben kam. Dann starrte sie zu der Frau mit dem Tattoo hinüber.

»Was siehst du, Hanna? Gib uns irgendwas!«

»Zehn Sekunden noch«, sagte Petrović.

»Draufbleiben«, schimpfte Brand.

»Geht nicht. Wir sind schon viel zu lange …«

Das Zusatzlicht von News24 erlosch.

»Verdammt!«, schimpfte Brand. »Das waren keine zehn Sekunden!«

»Das – äh … waren wir nicht.«

Das Fernsehbild war schwarz und blieb es auch. *Wir sind aufgeflogen*, fürchtete Brand. Aber immerhin lief die Kamera noch, die Hanna zeigte. Fragte sich nur, wie lange …

Hanna senkte die Arme. Sie wirkte enttäuscht. Brand glaubte zu sehen, dass sie den Kopf schüttelte.

Gib uns was. Egal, was es ist. Schnell!

Jetzt hauchte Hanna mehrmals gegen das Glas. Dann hob sie den Zeigefinger.

Sie schrieb ein N und eine Vier, entsetzlich langsam. Es folgten eine Sechs, eine Fünf, eine Eins und zwei Fragezeichen.

N 46 51 ??

»Wenn sie gleich E schreibt, sind es Koordinaten!«, rief Björk und klang dabei wesentlich aufgeregter als üblich. »Sechsundvierzig fünf wäre die nördliche Breite der Schweiz und Westösterreichs«, sagte sie ein paar Sekunden darauf.

Brand drehte sich wieder nach vorne. *Weiter, Hanna, schnell weiter!*

Aber sie schrieb kein E. Sondern ein F und weitere Zahlen.

Dann fiel das Live-Signal aus. »Mist!«, schimpfte er in die Dunkelheit hinein und drehte sich um. »Was hat sie geschrieben? Wie viel haben wir?«

Die Frau mit Brille rief die letzten Live-Bilder auf, hielt sie an und las vor: »N 46 51 ?? F 9 32 …«

»Das sind trotzdem Koordinaten!«, sagte Brand. »Sie hat sich bloß verlesen. Das ist garantiert ein Platz, der der tätowierten Frau wichtig ist. Ein Geburtsort oder …«

»Egal, was es ist: Es liegt in Graubünden«, unterbrach ihn Björk.

»Schon wieder Schweiz!« Beer schlug die flache Hand auf den Besprechungstisch. »Wie bei diesem Doktor!«

Björk klappte den Laptop zu und nickte – nach draußen. Bevor Gerlach den Mund aufmachen konnte, war sie schon aus dem Zimmer. Brand folgte ihr und ignorierte die bösen Kommentare, die das LKA ihm mit auf den Weg gab.

»Wo wollen Sie hin?«, rief Björk ihm draußen hinterher, als er zum Wagen rannte.

»Na, wohin schon?«

»Kommen Sie zurück, Brand.«

Widerstrebend ging er zu ihr. Sie mussten sofort in die Schweiz, und dann … Ja, *was dann?* Die Schweiz war groß. Sie wussten immer noch viel zu wenig. Aber wenigstens kannten sie jetzt die Richtung. Zwei Meter vor Björk blieb er stehen, gespannt wie ein Sprinter im Startblock, den Schuss schon in den Ohren …

Björk hingegen war die Ruhe in Person. Sie kam näher und noch näher, bevor sie knapp vor ihm stehen blieb und ihn aus ihren grünen Augen ansah. »Columbo steht ihnen nicht schlecht«, sagte sie und schenkte ihm ein halbes Grinsen. »Besser jedenfalls als John McClane.«

Brand runzelte die Stirn. Bruce Willis in *Stirb langsam* tauchte vor seinem geistigen Auge auf, blutverschmiert und immer mit einem lockeren Spruch auf den Lippen. Geschmeichelter, als es die Situation eigentlich erlaubte, grinste er zurück. »Okay, aber jetzt …«

»Jetzt machen wir einen Abflug, keine Sorge«, sagte Björk, ohne den Blick von ihm abzuwenden, während über ihnen ein Hubschrauber erschien – ein dunkelblauer Eurocopter 135 der deutschen Bundespolizei. Als wollte er Brand damit beeindrucken, ließ sich der Pilot rasant Richtung Boden fallen und fing die Maschine erst im letzten Moment ab, um sie auf einem Mini-Parkplatz zu landen, der keine hundert Meter von ihnen entfernt war. Brand und Björk liefen hin, stiegen hinten ein und hoben bereits ab, noch bevor sie sich angeschnallt hatten.

»Immer noch in die Schweiz?«, fragte der Co-Pilot über das Bord-Headset.

»Chur!«, antwortete Björk knapp. An Brand gerichtet, sagte sie: »Helfen Sie mir mal … bitte.«

Er sah zu ihr rüber und bemerkte, dass sie Schwierigkeiten mit dem Gurt hatte. Als Ex-Cobra-Beamter waren Hubschrauber für ihn ähnlich vertraut wie Autos, während sie bestimmt wesentlich seltener in den Genuss kam. Also beugte er sich zu ihr und half ihr, sich mit dem Vierpunktgurt anzuschnallen. »So, jetzt kann nichts mehr passieren«, sagte er und wollte sich gerade wieder zurücklehnen, als sie sein Handgelenk packte und mit ihrem Daumennagel quer über die weiche Unterseite fuhr. Der Schmerzimpuls bescherte ihm einen Schauer, der jedes einzelne Härchen an seinem Körper aufrichtete.

Brand sah nach unten. Sah ihr Tattoo, das offenlag. Der Daumennagel fuhr wieder zurück. Sie zog ihn an sich heran, nur einen Zentimeter und kaum mehr als eine Geste – und doch war Brand wie elektrisiert. Er hob den Kopf. Starrte in ihre Augen und dann auf ihre Lippen.

Die Augen, die Erich Langthaler erkannt hatten.

Die Lippen, die ihn verraten hatten.

Brand verharrte, während sich der Helikopter steil nach vorne fallen ließ und die Rotorblätter im maximalen Winkel ausrichtete, um schnellstmöglich Fahrt aufzunehmen.

»Dann … werde ich mich mal lieber anschnallen«, sagte er nach einer gefühlten Ewigkeit.

»Tun Sie das«, sagte sie und ließ sein Handgelenk los.

64 Benjamin Sommer, 15

Ich sitze in einem Zimmer mit lauter glatten Wänden. Gegenüber ist ein riesiger Spiegel. Ich glaube nicht, dass ich schon mal einen so großen gesehen habe. Es ist ziemlich kalt hier drin, und die Luft ist schlecht, als hätte schon ewig keiner mehr das Fenster aufgemacht, durch das man überhaupt nichts sieht. Bloß eine hellgraue Fläche, die genauso eine Wand sein könnte wie der bewölkte Himmel.

Ich wurde an den Tisch hier gebracht und soll warten. Auf wen, weiß ich nicht. Aber ich sage nichts. Kein Wort. Sophia hat das so gewollt. *Je weniger wir den Mund aufmachen, desto besser*, hat sie gesagt.

Dabei weiß ich ohnehin nichts über das Feuer. Nur, dass ich irgendwann zu Sophia aufs Dach hinausgeklettert bin. Weil es keinen anderen Weg mehr gab. Das Feuer wurde immer schlimmer. Bald schon liefen die Ersten unten aus der Anstalt hinaus und versammelten sich auf dem Feld, während Sophia und ich oben standen und nicht wussten, wie wir hinunterkommen sollten. Zuerst haben wir uns noch versteckt, aber irgendwann hat das ganze Dach zu rauchen begonnen, und es wurde so heiß, dass wir um Hilfe rufen mussten. Unten haben sie mit einer großen Decke ein Sprungtuch improvisiert. Dann sind wir gesprungen. Ich habe mir dabei den rechten Arm und schon wieder den

Kopf angeschlagen, zum zweiten Mal in dieser Nacht. Aber mehr weiß ich wirklich nicht. Nicht einmal, wo ich jetzt gerade bin. Ich wurde in einem Rettungswagen vom Krankenhaus hierhergebracht, in ein Haus irgendwo in einer Stadt, die ich nicht kenne. Wie auch. Ich bin schon ewig nirgendwo mehr gewesen, nur in der Hohenwaldklinik in den Bergen, die bei dem Feuer angeblich komplett verbrannt ist. Es hat einige Verletzte und sogar Tote gegeben. Noch immer weiß ich nicht, was mit Felix und Anton ist. Niemand will mir etwas sagen.

Ich schaue auf meinen eingegipsten Arm. Angeblich habe ich total Glück gehabt, dass ich nicht mehr abbekommen habe als den Bruch und die Beule am Kopf. Dabei tut beides ganz schön weh. Was das mit Glück zu tun haben soll, weiß ich nicht.

»Pfff!«, mache ich und werde langsam unruhig. Obwohl ich nicht will, reisen meine Gedanken immer wieder zum Brand in der Anstalt zurück.

Ich bin erst im Rettungswagen wieder zu mir gekommen. Hinten durchs Fenster habe ich einen riesigen Feuerschein gesehen, und immer wieder mussten wir anhalten, um Feuerwehrautos und Polizei vorbeizulassen, was auf der schmalen Bergstraße ziemlich schwierig war. Später im Krankenhaus wurde mein Arm geröntgt und eingegipst, aber niemand hat mit mir gesprochen, nicht einmal die Ärzte. Danach kam ich in ein Zimmer, das von einem Polizisten bewacht wurde. Zum Glück fehlt mir sonst nichts.

Endlich kommt ein Mann in das Zimmer mit dem riesigen Spiegel. Er ist ziemlich groß und auch ziemlich alt. Seine Haare sind an den Seiten grau, genau wie sein Gesicht. Er geht gebückt, scheinbar tut ihm etwas weh. Er schaut mich an und zieht seinen Mund auseinander, als versuche er, freundlich zu sein, schaffe es aber nicht. Dann setzt er sich und legt eine Mappe auf den Tisch.

»Hallo, Benjamin. Du bist doch Benjamin? Benjamin Sommer?«

Ich sage nichts und rieche, dass er nach Zigarettenrauch stinkt.

»Mein Name ist Leuenberger. Hans Leuenberger. Ich bin von der Kriminalpolizei. Ich bin hier, weil ich den Brand untersuche. Du kannst mich Hans nennen, wenn ich Benni sagen darf. Ist das in Ordnung?«

Ich denke an Sophias Worte. Dass ich schweigen muss, egal, was passiert. Genau das tue ich.

»Na gut, kein Small Talk. Wer hat das Feuer gelegt, Benni?«, fragt er streng.

Woher soll ich das wissen?, denke ich. Ich merke genau, dass der Mann versucht, meinen Blick einzufangen, aber ich weiche seinen Augen immer wieder aus.

»Keiner außer euch war außerhalb seines Zimmers, als das Feuer ausgebrochen ist. Also?«

Und was ist mit Pfleger Loris?, denke ich. Ich weiß, dass er es war. Sophia denkt das auch. Aber nicht einmal das darf ich sagen.

Der Kriminalpolizist seufzt und klappt seine Mappe auf. Er liest eine Weile darin. Ich schaue hin, kann aber nichts erkennen. Dann seufzt er noch einmal, hält ein Blatt Papier in die Höhe und fragt: »Benni, hast du Peter Lienberg gekannt?«

Na klar, denke ich. Grimassenpeter. Der Junge, den wir gesucht und schließlich auch gefunden haben.

Tot.

»Er hat auch in deinem Zimmer gewohnt. Hier steht, er hätte sich gar nicht alleine fortbewegen können. Trotzdem muss er oben im Turm gewesen sein, als das Feuer ausgebrochen ist. Genau wie ihr alle.«

»Aber da war er doch schon tot!«, platze ich heraus und würde am liebsten im Boden versinken. Was wird Sophia von mir denken? Aber irgendwie kann ich nicht anders …

Herr Leuenberger schaut mich merkwürdig an, als wollte er mich prüfen. Doch dann entspannt sich sein Gesicht, und er wirkt freundlicher. »Ach so?«, sagt er. »Woher weißt du das denn so genau?«

Ich schüttle den Kopf und presse die Lippen zusammen.

»Ich sage dir, woher. Weil du dabei warst, als er gestorben ist. Ihr habt ihn mit hochgenommen. Dann habt ihr ihn gequält und umgebracht. Und jetzt tut dir das furchtbar leid, nicht wahr? So sehr, dass du kein einziges Wort mehr sagst.«

»Das stimmt nicht!«, schreie ich, obwohl ich ja nicht reden soll. Aber was bleibt mir übrig, wenn er so was behauptet? Ich muss mich doch wehren! »Wir haben Peter gesucht. Weil er verschwunden war«, erkläre ich.

»Ach so?«, sagt der Mann wieder und lehnt sich zurück. »Dann erzähl mal.«

»Ich kann nicht.«

»Wieso nicht?«

Weil ich es versprochen habe, will ich sagen, aber dann würde er als Nächstes fragen, wem, und ich darf Sophia nicht verraten. Niemals. Also beschließe ich, selbst etwas zu fragen, das Wichtigste überhaupt. »Was ist eigentlich mit Felix und Anton?«

Der Mann runzelt die Stirn, als erinnere er sich an etwas Schlimmes.

»Was ist mit ihnen?«, rufe ich erschrocken und merke, wie mir plötzlich die Tränen in die Augen steigen. Ich habe Felix und Anton nicht mehr gesehen, seit sie im Treppenhaus verschwunden sind. Ich habe geglaubt, sie seien noch rechtzeitig runtergekommen. Sie können doch nicht einfach im Feuer geblieben sein!

Der Kriminalpolizist antwortet mir nicht, sondern kramt in

seinen Zetteln und zieht etwas heraus – meinen alten Ausweis. Er klappt ihn auf und sieht hinein.

»Weißt du, was ich zu gerne wissen würde, Benjamin? Was mit dir nicht stimmt. Irgendwas ist faul mit dir. Ganz und gar.«

Ich zucke zusammen. Er starrt mich an, und ich kann nicht anders, als seinen gemeinen Augen auszuweichen. Es ist, als würden sie mich durchbohren wie Röntgenstrahlen.

Doch dann schüttelt er nur den Kopf, was ich aus dem Augenwinkel mitbekomme, und blättert wieder in seiner Mappe. »Es heißt, du hättest das Feuer gelegt«, sagt er dann.

Ich bin gleichzeitig erleichtert und schon wieder erschrocken. »Wer behauptet das?«

»Na, deine Kumpels.«

Was heißt, dass sie noch leben. Aber ich schaffe es nicht, mich richtig drüber zu freuen, weil ich so wütend über das werde, was der Mann behauptet. Weil es nicht stimmen kann. Wir würden uns niemals gegenseitig beschuldigen. Niemals! Ich denke an unseren Schwur und merke, wie mein Gesicht ganz heiß wird. Niemand darf unseren Schwur brechen!

»Je schneller du alles zugibst, desto schneller kommst du hier heraus.«

»Aber ich war das nicht! Pfleger Loris …«, sage ich und merke, dass ich mich immer weiter verplappere.

Der Mann verzieht die Lippen. »Pfleger Loris, soso … Weißt du, was Loris Manz mir erzählt hat? Dass du immer wieder mit Peter Lienberg gespielt hast, obwohl der das gar nicht wollte. Er sagt, du hättest ihm in die Hose gefasst. Außerdem hat er beobachtet, dass du und deine zwei Kumpels dauernd heimlich im Turmzimmer wart. Jetzt ist Peter Lienberg tot und die ganze Anstalt abgebrannt. Deinetwegen, Benjamin. Schämst du dich denn nicht, einem anderen die Schuld dafür in die Schuhe schieben zu wollen?«

Ja, ich schäme mich wirklich. Aber nicht deswegen. Sondern weil ich so wütend werde, dass ich weine und bloß noch herumstottern kann. »Das … stimmt nicht«, würge ich zwischen den Tränen hervor. »Pfleger Loris … lügt. Alles war … war anders.« Ich klinge so erbärmlich, dass nicht mal ich mir glauben kann.

»Ach was? Erklär's mir, Benni.«

Ich brauche ein paar Momente. Vom Weinen bekomme ich Schluckauf. Ich stammle: »Peter war schon tot. Außerdem … außerdem hat Pfleger Loris anderen Jungs … in die Hose gefasst und … und nicht ich. Er hat sie ins Turmzimmer mit … hochgenommen.«

»Wozu sollte er das tun?«, fragt der Mann.

Ich schweige, weil es so eklig ist, dass ich gar nicht dran denken kann.

»Das ist ja eine abenteuerliche Theorie, Benni. Aber Loris Manz hat ein Alibi. Du weißt, was ein Alibi ist?«

Ich antworte nicht. Stattdessen weine ich und hickse.

»Pfleger Loris kann es gar nicht gewesen sein. Er war bei Ausbruch des Brandes schon mindestens eine Stunde lang im Personalzimmer, zusammen mit Schwester Margreth. Sie haben dort die Medikamente für den nächsten Tag vorbereitet. Loris Manz scheidet also aus.«

Ich will mich wehren. Ich will sagen, dass Pfleger Loris und Schwester Margreth die hinterhältigsten Menschen sind, die ich je gesehen habe, und dass sie lügen und uns einsperren und kaputtspritzen und mit Eiswasser quälen, wenn wir nicht tun, was sie wollen. Aber ich habe Angst, dass sich das noch unglaublicher anhört und der Mann mir am Ende gar nichts mehr glaubt.

Herr Leuenberger lehnt sich wieder vor und stützt die Ellenbogen auf den Tisch. Dann schaut er mich streng an und sagt: »Benni, du, Felix Tanner und Anton Wolf habt Peter Lienberg ins Turmzimmer hochgebracht und ihn dort zu Tode gequält. Er hatte einen Strick um den Hals gebunden. Habt ihr ihn am Ende aufgehängt, weil ihr Angst hattet, er könnte reden? Oder war es ein Unfall, weil ihr mal ausprobieren wolltet, wie lange ein Mensch ohne Luft auskommen kann?«

»Das ist nicht wahr. Das ist alles ... nicht wahr!«, wehre ich mich.

»Dann hattest du plötzlich einen Riesenbammel, weil du darauf gekommen bist, dass überall eure Spuren sind. Weißt du, was ich denke, Benni? Ich denke, du bist nicht mal halb so dumm, wie die Leute sagen. Ich wette, du bist der Kopf der Bande und hast dir aus Langeweile ein Opfer gesucht. Ein Opfer, das sich nicht wehren konnte. Ihr habt Peter Lienberg gequält, und anschließend hast du das Feuer gelegt, um die Spuren zu verwischen. Gib es endlich zu, wenn du nicht für den Rest deines Lebens ins Gefängnis wandern willst.«

»Das stimmt ... überhaupt nicht! Bitte glauben Sie mir! Ich will nicht ... ich will nicht ins Gefängnis!« Ich stottere und hickse und weine, und mir läuft etwas aus der Nase. Alles ist kaputt, vorbei und tot. Ich habe Angst um Felix und Anton und schäme mich dafür, dass ich so viel rede, aber es geht einfach nicht anders.

»Eines verspreche ich dir, Benni«, sagt der Mann. »Hier bei uns wirst du dich nicht hinter irgendeiner Dummheit verstecken können. Jeder Gerichtspsychiater wird erkennen, dass du normaler bist, als du dich gibst. Du wirst ins Gefängnis kommen, für eine sehr, sehr lange Zeit.«

Ich schniefe und wische mir mit der linken Hand die Nase ab.

Herr Leuenberger blättert wieder in seiner Mappe und zieht dann ein Papier von ganz unten heraus. »Wie war das eigentlich mit deinem Vater?«, fragt er. »Hier steht, er habe sich erschossen, weil er nicht mehr damit leben konnte, dass sich deine Mutter mit einer Überdosis Tabletten selbst getötet hat?«

Als ich die ganzen Lügen höre, sehe ich rot. Ich springe vom Stuhl auf, hole mit meinem gesunden linken Arm aus und schlage dem Mann ins Gesicht. Besser gesagt, ich versuche es. Denn bevor meine Hand irgendwo hinkommt, hat er sie schon gepackt und umgedreht und mich auf den Boden gezwungen.

»Ich behaupte mal, das war jetzt fast noch besser als ein Geständnis«, sagt er. Dann steht er auf und holt einen Polizisten herein, der mich auf die Beine reißt und aus dem Zimmer schleppt.

65 Christian Brand

Binnen kürzester Zeit ließen sie Wiesbaden hinter sich und stiegen auf wenige hundert Meter Flughöhe. Im Höchsttempo steuerten sie auf Mannheim zu, das in direkter Linie ihres Flugziels lag, welches sich vermutlich in der Schweiz befand.

»*Bad news*«, sagte Björk nach einer Weile. Wie immer, wenn sie zusammen unterwegs waren, hatte sie ihren Laptop auf dem Schoß und arbeitete mit ähnlicher Geschwindigkeit wie Brand im richtigen Leben.

»Was ist?«, fragte Brand und versuchte erfolglos, auf den Bildschirm zu sehen.

»Gerlach hat geschrieben.«

»Und was?«

»Dass Nachtmann tot ist.«

»Welcher?«

»Der, der im Koma lag.«

Brand sagte nichts. Insgeheim hatte er schon damit gerechnet. Trotzdem tat der Mann ihm leid, was vielleicht an den vielen Narben lag. Bevor er zum Täter geworden war, musste er ein Opfer gewesen sein … Und zur Aufklärung würde er nun auch nichts mehr beitragen.

»Wie weit ist es noch?«, fragte Björk.

»Eine Stunde vierzig«, antwortete der Pilot. »Könnte bald turbulent werden. Außerdem müssen wir noch den Einflug mit den Schweizer Behörden klären.«

Brand brauchte keinen Wetterbericht, um die Vorläufer des Adriatiefs zu erkennen, das sie über den Alpen erwartete. Und auch die Sache mit den Schweizer Behörden klang spannend. Er wusste, dass die nicht mit sich spaßen ließen, wenn es um Einsätze auf ihrem Hoheitsgebiet ging. Als Mitglied des österreichischen Einsatzkommandos Cobra hatte er mehrmals an Wettbewerben teilgenommen, in denen die besten Eliteeinheiten aus aller Welt gegeneinander antraten. So hatte er auch die Spezialeinheit Enzian kennengelernt und wusste, wie humorbefreit die Schweizer Kollegen bei Schweizer Angelegenheiten waren. Dass die Schweiz obendrein nicht zu Europol gehörte, machte die Situation auch für Björk nicht leichter. Doch das war ihr Problem. Er würde sich um das kümmern, was er beeinflussen konnte.

»Wohin geht's genau?«, fragte er über das Headset, wissend, dass alle an Bord mithören konnten.

»Werden wir noch sehen«, antwortete Björk so knapp wie kryptisch.

»Was heißt das?«, drängte er.

Sie blies ins Mikrofon, was ein lästiges Rauschen erzeugte. »Das heißt, dass wir es noch nicht wissen. Wir werden es herausfinden, wenn es so weit ist.«

»Die Schweiz ist groß.«

Sie sagte etwas auf Schwedisch, was sich nicht sehr nett anhörte, dann holte sie tief Luft und erklärte: »Wir folgen Carlsen. Er wird uns hinführen. Aber weil er noch nicht dort ist, können wir es noch nicht wissen. Reicht Ihnen das jetzt?«

Brand erinnerte sich an ihre Bemerkung, nachdem sie bei Gebrocur rausgeflogen waren – dass sie sich bereits um die Überwachung gekümmert habe, oder so ähnlich. »Sie haben ihm einen GPS-Sender untergejubelt?«

Björk lachte auf. »Wenn Sie das glauben, glauben Sie auch an den Weihnachtsmann, Brand.«

»Wie sonst?«

»Wir überwachen den Firmenhubschrauber. Der Pilot hat einen Flugplan in die Schweiz aufgegeben und zuvor einen Stopp auf dem Firmengelände von Gebrocur gemacht.«

»Um Carlsen abzuholen.«

»Wahrscheinlich. Sie fliegen schnurgerade nach Süden, mit zweihundertachtzig Kilometern pro Stunde.«

»Schneller als wir«, sagte Brand, der wusste, dass der EC 135 kaum mehr als zweihundertfünfzig Sachen schaffte.

»Exakt.«

»Wie viel Vorsprung hat er?«

»Zwanzig Minuten. Dreißig Minuten, bis wir in der Schweiz sind.«

Brand dachte nach. August Carlsen, Vorstandsvorsitzender von Gebrocur, flog genau in die Richtung, die sie sich aus Hinweisen zu den anderen Opfern zusammengepuzzelt hatten. Brand hielt es für unwahrscheinlich, dass Carlsen über dieselben Informationen verfügte wie sie. Er musste auf andere Weise darauf gekommen sein, wo Hanna stecken könnte. Nur eines war fix – so fix, dass Brand es gleich aussprach: »Er wird alles daransetzen, seine Tochter zu retten.«

»Ja.«

»Es hat garantiert mit dem Papier aus seinem Mülleimer zu tun. Glauben Sie, es handelt sich um einen Erpresserbrief?«

»Würde zu der Pressemitteilung hier passen. Sehen Sie mal«, sagte Björk und hielt ihm den Laptop rüber. »Aber lesen Sie schnell!«

Er nahm das Gerät an sich. Björk hatte eine Mitteilung aufgerufen, die erst vor ein paar Minuten über eine Presseagentur rausgegangen war.

Gebrocur setzt Meilenstein in der sozialen Verantwortung der Pharmaindustrie

Frankfurt. Gebrocur Pharmaceuticals freut sich, mit dem heutigen Tag eine Stiftung ins Leben zu rufen. Diese wird sich um die Erforschung von Nebenwirkungen und die Wiedergutmachung von Schäden kümmern, welche durch die bestimmungsgemäße Verwendung zugelassener Medikamente entstehen. Die Stiftung ist weder auf die Erzeugnisse des Gebrocur-Konzerns noch auf Bürger bestimmter Länder beschränkt. »Wir laden alle Branchenmitglieder dazu ein, sich finanziell an dieser Stiftung zu beteiligen, die völlig losgelöst von Gebrocur existieren soll«, teilt der Vorstandsvorsitzende August Carlsen mit. Die Stiftung »Flügel der Welt« wird von Gebrocur Pharmaceuticals mit einer Zahlung von 100 Millionen Euro dotiert.

»Hundert Millionen Euro!«, staunte Brand und pfiff ins Mikrofon.

»Vermeiden Sie bitte die Störgeräusche«, kam es postwendend von vorne.

»Sorry. Aber damit wäre das Motiv geklärt, oder?«

»Wessen Motiv?«, fragte Björk.

»Das von August Carlsen in jedem Fall, oder?«

»Er wird alles daransetzen, seine Tochter zu retten«, wiederholte sie Brands Worte von vorhin und nickte.

»Es könnte auch ein indirektes Schuldeingeständnis sein. Wegen der alten Sache, von der gestern die Rede war. Dieses Medikament, wie hieß es noch gleich …«

»Ob Eingeständnis oder nicht: Die Stiftung wirkt wie ein … wie sagt man?«

»Ein Ablenkungsmanöver?«

Sie schüttelte den Kopf.

»Nebenschauplatz?«

»Ja.«

Dasselbe dachte er auch. Es war dem Täter schon tags zuvor nicht wirklich darum gegangen, dass Carlsen seinen Konzern mit einem Geständnis ruinierte. Die Aufgabe war genauso absurd wie die mit dem Telefon, das man nicht anrufen sollte. Es war pures Glück gewesen, dass Björk und Brand in der Nähe waren und gerade rechtzeitig nach Königstein kamen, um den Pharmaboss zu einem Geständnis zu drängen.

Bei dieser neuen Stiftung, noch dazu mit der Tochter des Vorstandschefs als Faustpfand, sah die Sache schon anders aus. Für einen börsennotierten Konzern wie Gebrocur waren hundert Millionen leicht zu verkraften, aber eine Stiftung konnte bestimmt viel damit bewegen.

»Ein moderner Robin Hood?«, fragte Brand, der selbst nicht daran glaubte.

Björk rümpfte die Nase – und schüttelte den Kopf.

»Also steckt mehr dahinter.«

»Das denke ich auch. Aber immerhin wissen wir, in welche Richtung es geht.«

Brand erwiderte nichts. Klar, dass sie mit der Richtung nicht die Schweiz meinte, sondern die Motivation der Täter – mindestens zwei, soweit sie wussten.

Hätten sie mehr Zeit gehabt, hätten sie sich diesen angeblichen Medikamentenskandal ansehen und so auf mögliche Opfer stoßen können, die sich an Gebrocur rächen wollten. Doch die Zeit rann ihnen wie Sand durch die Finger …

Erste Turbulenzen erfassten die Maschine. Mehrmals brach sie leicht aus der vorgesehenen Richtung aus, was Brand am unterschiedlich lauten Rauschen des Fahrtwinds erkannte. Trotz der schwierigen Verhältnisse blieb der Pilot auf Höchsttempo. Brand machte das Fliegen nichts aus – doch er erinnerte sich noch gut daran, wie es Björk beim letzten Mal ergangen war. Sie waren schon hinter Pforzheim, als sie ihren Laptop zuklappte und stur geradeaus schaute, als wollte sie dem Co-Piloten ein Loch in den Hinterkopf starren.

Um sie auf andere Gedanken zu bringen, fragte er: »Sie glauben also nicht, dass wir auf der Suche nach Wohltätern sind, stimmt's?«

Sie schloss die Augen, lehnte den Kopf an und atmete tief ein und aus. »Ein Wohltäter bringt keine Leute um«, sagte sie schließlich mit blassem Gesicht und immer noch geschlossenen Augen.

»Was, wenn die Leute in den Zylindern das eigentliche Ziel sind?«

»Darauf gibt es keine Hinweise, oder?«

»Nein«, bestätigte Brand. Die Opfer, die sie bisher kannten, schienen in keiner Verbindung mit Gebrocur zu stehen. Nur bei Hanna Carlsen war das anders. Sippenhaft? Oder doch Erpressung? Dass sie selbst etwas mit dem angeblichen Medikamentenskandal zu tun haben konnte, schloss er schon aufgrund ihres Alters aus.

Die genaue Klärung der Zusammenhänge musste wohl warten. Erst einmal ging es darum, sich auf den bevorstehenden Einsatz vorzubereiten. Brand hatte keine Ahnung, was sie in der Schweiz erwartete. Also wollte er wenigstens für Sicherheit sorgen können. Er hatte aber nichts bei sich, abgesehen von seinem Europol-Dienstausweis und dem schicken Smartphone, das inzwischen keinen Akku mehr hatte und bestenfalls als Wurfgeschoss dienen konnte. »Haben wir eine Waffe oder irgendwas hier?«, fragte er deshalb.

»Wie angefordert«, sagte der Mann vorne links und deutete auf die Tasche, die auf dem Passagiersitz Brand gegenüber festgeschnallt war.

»Was ist das?«

»Bescherung. Aber nicht alles gleichzeitig auspacken«, scherzte der Co-Pilot.

Brand beugte sich vor, kam aber nicht dran, ohne sich abzuschnallen. Er drückte eine Hand gegen die Decke, um seinen Kopf vor plötzlichen Turbulenzen zu schützen, und zog den Reißverschluss auf. Erstaunt musterte er den Inhalt. Overall, Stiefel, zwei schusssichere Westen, sogar ein Helm und Handschuhe waren drin.

»Sollte alles Ihre Größe sein«, sagte Björk. »Bis auf die zweite Weste für mich.«

»Das haben Sie organisiert, während wir im LKA waren?«

»Wir waren schon seit gestern auf Stand-by. Gern geschehen«, kam es vom Co-Piloten vorne.

Brand grinste. Doch obwohl er davon überzeugt war, dass Overall und Stiefel perfekt passten – Björk hatte einen Blick für so was –, legte er bloß die schusssichere Weste an, auf deren Rückseite in riesigen Buchstaben POLIZEI geschrieben stand. Ein dezenterer Auftritt wäre ihm lieber gewesen.

Er wollte gerade nach einer Waffe fragen, als er in der Tasche den kleinen Plastikkoffer fand, der eine Glock 17 samt Holster und Munition enthielt. Brand nahm die Pistole heraus. Es war das Modell, das ihm mehrere Jahre lang als Standardwaffe gedient hatte. Einige Sekunden lang hielt er die Glock still in der Hand. Machte sich klar, was sie anrichten konnte.

Was sie angerichtet *hatte*, in seinen Händen.

In sämtlichen Fällen hat mein Eingreifen wesentlich größeren Personenschaden verhindert, erinnerte er sich an seinen Stardardspruch, mit dem er sich bei seinem Vorgesetzten im EKO Cobra gerechtfertigt hatte, als dieser ihm vorwarf, zu schießfreudig zu sein. Letztlich hatte ihn das den Job gekostet. Das und seine Weigerung, sich psychologisch begleiten zu lassen. Weil es keine andere Möglichkeit gegeben hatte, als zu schießen. Weil er immer noch glaubte, richtig gehandelt zu haben. Und weil er mit den Folgen seines Handelns allein klarkommen wollte.

Eine heftige Turbulenz riss ihn aus seinen Gedanken. Einen Moment lang schwebte er Zentimeter über dem Kabinenboden, dann landete er wieder auf den Füßen. Björk schob ihr Headset nach hinten und beugte sich über den Brechbeutel.

Na bravo, dachte er, nahm Glock, Munition und Magazin und schnallte sich wieder an.

66 Hanna Carlsen

Dunkelheit, Hoffnungslosigkeit und Tod waren zu ihren einzigen Begleitern geworden, seit die Lichter nicht mehr brannten. Nur Margreths Zylinder war noch hell. Hanna konnte nicht hinsehen. Das Blubbern des kochenden Wassers zu hören, reichte ihr.

Alles war tot. Alles und jeder. Loris, Konrad, Margreth und demnächst auch sie und zuletzt die Heulsuse neben ihr. Denn die Maschine lief weiter, immer weiter, mit gnadenloser Präzision. Auch die verdammten Dominosteine hörte sie jetzt wieder.

Die Klapperschlange rasselt, dachte Hanna. Sie würde zuschnappen – wenn nicht jetzt, dann in ein paar Minuten oder einer Stunde. Länger würde sie nicht mehr haben. Denn die Abfolge beschleunigte sich. Bald schon würde die Maschine ihre Giftzähne in sie hauen, sie durchbohren oder in Stücke reißen oder verbrennen lassen oder mit Säure übergießen. Hanna hatte viel Zeit gehabt, sich Todesarten vorzustellen, die zu den bisherigen passten.

Sie verfluchte das Adrenalin in ihren Venen. Es sorgte dafür, dass sie trotz ihres schlechten Zustands hellwach blieb – als erforderte es höchste Konzentration und Alarmbereitschaft, umgebracht zu werden.

Das Klackern der Dominosteine wurde lauter. Oder bildete sie sich das bloß ein? Sie konzentrierte sich auf das Geräusch, das sie zugleich wahnsinnig machte. Doch, es wurde lauter, immer lauter, bis es sich anhörte, als laufe es in Kreisbahnen um ihren Zylinder herum. Und dann verstummte es plötzlich.

Hanna hielt den Atem an, während sie auf das nächste Geräusch wartete. Aber es kam nicht. Zu hören waren nur das kochende Wasser und die Ventilatoren der anderen Zylinder.

Klick.

Hanna schnappte nach Luft, als sie etwas vernahm, direkt über ihr. Ein einziges metallisches Klicken, laut und mächtig, als halte es eine große Kraft im Zaum.

Klack.

Keine drei Sekunden lagen zwischen den Geräuschen, die unverkennbar demselben Mechanismus entsprangen.

Klick.

Klack.

Hanna legte den Kopf in den Nacken und starrte hoch, sah aber nichts. Seit nur noch die Gasbrenner unter Margreth Licht abstrahlten, war fast alles um sie herum schwarz.

Klick.

Klack.

Klick.

Klack.

Wurde auch dieses Geräusch lauter? Und schneller? Oder lag es daran, dass sie sich ganz darauf konzentrierte?

Klick.

Klack.

Plötzlich schien es nur noch dieses eine Geräusch zu geben.

Um sich abzulenken, wollte sie die Finger in die Ohren stecken, doch sie gehorchten ihr nicht. Mit der Anstrengung eines Gewichthebers hob sie ihre Hände zum Kopf. Ihre Schultern knackten, ihre Arme verkrampften. Sie streckte sie aus und stieß oben mit den Fingern an.

Klick.

Ihre Finger ertasteten etwas.

Klack.

Das Etwas kam herunter, Millimeter für Millimeter.

Klick.

Es bewegte sich zusammen mit dem Geräusch.

Klack.

Es war rund. So rund wie ihr Gefängnis.

Klick.

Ein Kolben, der sich in ihren Zylinder presste.

Klack.

67 Christian Brand

Über dem Bodensee wurde es gleich in mehrfacher Hinsicht ernst.

Der Co-Pilot meldete sich. »Wir haben die Einflugerlaubnis, müssen den Zugriff aber den Schweizer Kollegen überlassen.«

War ja klar, dachte Brand, der schon ahnte, dass das noch Schwierigkeiten geben würde.

Außerdem wurden die Turbulenzen heftiger. Die Schlechtwetterfront lag bereits über den Bergen. Je nachdem, wohin sie mussten, konnte die Navigation für die Piloten schwierig werden. Brand wollte sie nicht zusätzlich verunsichern, indem er fragte, ob sie als Flachländer überhaupt Gebirgsflugerfahrung hatten.

»Geht's?«, wandte er sich an Björk, die mittlerweile ihr Headset wieder aufgesetzt hatte und abwechselnd auf den Bildschirm ihres Laptops und nach vorne starrte, gefangen in einem Balanceakt zwischen Pflichtbewusstsein und Übelkeit.

»Ja«, krächzte sie und räusperte sich. »Ging mir nie besser, Brand.«

»Was macht der andere Hubschrauber?«

»Der ist vom Radar verschwunden … vermutlich gelandet, in den Bergen hinter Chur.«

»Der Ort von dem Tattoo?«

»Ja.« Björk nickte und gab dem Piloten die letzten bekannten Koordinaten durch, welche dieser ins Bordnavigationssystem übernahm.

»Das wird nicht angenehm werden«, war das Einzige, was sich der Mann am Steuer entlocken ließ.

Sie ließen Konstanz und den Bodensee hinter sich. Rechts unter ihnen musste Sankt Gallen sein, links voraus lag Liechtenstein. Immer noch flogen sie schneller, als es das Wetter eigentlich zuließ. Der Blick nach vorne verjüngte sich in Richtung Berge. Die Scheibenwischer arbeiteten auf Hochtouren. Das Wasser peitschte in zahllosen Rinnsalen um die Zelle. Immer wieder tauchten vor ihnen Wolkenfetzen auf, die umflogen werden mussten. Im Tal sanken sie bis auf wenige Dutzend Meter über den Boden, um diesen nicht aus den Augen zu verlieren und notfalls vertikal runtergehen zu können.

Wie jeder, der in den Bergen aufgewachsen war, hatte auch Brand gehörigen Respekt vor der Landschaft. Weil er wusste, wie schnell etwas passieren konnte, das man entweder sein Leben lang bereute oder gleich mit dem Leben bezahlte. Er konnte nur hoffen, dass die Piloten vorne wussten, was sie taten.

Der Mann links meldete sich wieder: »Enzian meint, die Verhältnisse erlauben keinen Flug. Sie müssen per Geländewagen rauf. Ankunft ungewiss, aber bestimmt noch eine Stunde.«

»Wir haben keine Stunde mehr«, schaltete sich endlich auch Björk wieder in die Kommunikation ein. »Fliegen Sie zu den Koordinaten«, forderte sie.

»Vorausgesetzt, es geht«, sagte Brand dazu. Er wollte nicht wie ein Angsthase wirken, aber wenn die Schweizer Kollegen nicht hochflogen, sollten sie das erst recht nicht tun. »Waren Sie schon mal in der Gegend … als Pilot?«, fragte er.

Der Typ rechts lachte in sein Mikrofon. »Keine Sorge. Ich war zehn Jahre lang Lawinen sprengen. Warum halten Österreicher eigentlich alle Deutschen für Flachländer?«

Brand erwiderte nichts, ließ die Umgebung der Maschine aber nicht aus den Augen. Links und rechts wuchsen die Berge in die Höhe und traten nur sporadisch aus den Unwettern hervor. Der Eurocopter raste über den Talboden, überflog Straßen, Bahnlinien, landwirtschaftlich genutzte Felder und immer wieder auch den Rhein, der irgendwo hier seinen Ursprung hatte, wenn Brand sich recht erinnerte.

Schließlich offenbarte sich Chur vor ihnen, doch statt weiterhin dem Flusslauf zu folgen, der direkt in die Stadt führte, kippten sie nach links und gewannen an Höhe. Der Pilot verlangsamte die Fahrt, bis sie schließlich schneller stiegen als vorwärts flogen. Obwohl Brand wusste, dass das nun der wesentlich gefährlichere Teil des Fluges war, entspannte er sich etwas und lehnte sich in seinen Sitz zurück. Der Kunststoffgriff der Glock 17 in seiner Hand hatte mittlerweile Körpertemperatur angenommen.

»Irgendwas Neues?«, fragte er zur Seite.

»Nein«, sagte Björk.

»Was ist mit Carlsen?«

»Der Sender befindet sich immer noch am selben Ort. Zwei Kilometer Luftlinie.«

»Ich meinte Hanna Carlsen.«

»Nichts. Die Übertragung ist tot.«

»Was ist mit den direkten Signalen aus dem Raum?«

»Ebenfalls tot.«

Brand rollte die Augen zur Decke. Tot, tot, alles tot. Es fiel ihm schwer, die Hoffnung für Hanna und die letzte Gefangene nicht aufzugeben. Er stellte sich vor, wie sie gleich August Carlsens Hubschrauber finden würden, zerschellt in tausend Teile, irgendwo hier in den Bergen. Das wäre das Ende ihrer Mission. Doch so durfte es nicht enden.

»Uh!«, stöhnte einer der beiden Männer vorne. Gleichzeitig kippten sie schnell vom Gelände weg, das wie hingezaubert vor ihnen aufgetaucht war. »Das ist zu gefährlich. Direkt über uns ist die Wolkenuntergrenze. Wir müssen umdrehen. In Bad Ragaz ist ein Flugplatz, und von dort ...«

»Gehen Sie hier runter«, unterbrach ihn Björk.

»Wo, hier?«

»Auf der Straße da«, sagte sie. »Wo der Kleinwagen steht.«

Brand spähte hinaus, doch er war auf der falschen Seite des Helikopters.

»Okay ... ich versuch's«, sagte der Pilot. Er klang nicht so sicher, wie man sich das von einem Piloten in dieser Situation wünschte.

Sie landeten ohne Zwischenfälle, wenn auch knapp vor dem steil ansteigenden Gelände, in dessen Richtung der Hubschrauber ausgerichtet war. Brand staunte, dass die Rotorblätter den Hang nicht streiften – wobei er wusste, dass der geringe Durchmesser des Rotorkreises einer der Vorzüge des EC 135 war, besonders im Gebirge.

Der Pilot fuhr die Triebwerke herunter. Björk und Brand sprangen aus dem Heli. Björk zog eilig ihre schusssichere Weste über. Sie liefen los, am weißen Clio vorbei bergauf über eine alte, für Pkw unpassierbare Straße. Beide waren sie viel zu leicht angezogen und schon nach wenigen Metern klatschnass. Als hätte das nicht gereicht, berichtete Björk auch noch, dass sie kein Mobilfunknetz mehr hatte – was sie aber brauchte, um sie per Navi-App zu den Koordinaten lotsen zu können. Sie hielt ihre Dienstwaffe in der einen und ihr Smartphone in der anderen Hand und ertrug die widrigen Bedingungen wie selbstverständlich.

»Angenehm hier«, scherzte Brand.

»There's no such thing as bad weather«, sagte Björk.

»Nur schlechte Kleidung«, vervollständigte Brand, der den Spruch schon immer dämlich gefunden hatte. »So wie Ihre?«, spielte er auf ihr übliches weißes Rollkragenoberteil und die dünne Hose an. Jetzt, wo sie nass war, schien das Tattoo an ihren Beinen durch.

»Halten Sie die Klappe.«

Brand grinste. Björk hielt mühelos mit. Der Regen prasselte auf Gras, Erde und Stein. Als sie in die Wolken kamen, verringerte sich die Sichtweite auf unter zehn Meter. Brands Schuhe waren mit Wasser vollgesogen. Nichts hier wirkte, als wären sie auf der richtigen Spur.

Bis er etwas roch.

»Kerosin!«, rief er Björk zu. »Riechen Sie's auch?«

Björk nickte. »Vermutlich von Carlsens Heli. Er muss hier irgendwo stehen. Los!«

Brand horchte in den Nebel hinein, der wie eine Wand vor Augen war, doch es war unmöglich, etwas aus dem Rauschen herauszuhören. Das Gelände schien breiter zu werden, als wären sie auf eine Lichtung gekommen. Brand wusste, wie schnell man ohne Anhaltspunkte im Kreis lief. »Wohin?«, fragte er nach hinten.

Björk antwortete nicht.

»Björk, wohin?«, fragte er und drehte sich um. Der Gedanke, sie könnte plötzlich verschwunden sein, ließ ihn erschaudern.

Aber da war sie und zeigte schräg nach vorne, das Smartphone als Kompass in der Hand.

Im selben Moment hörten sie einen schwachen Hilferuf.

Seite an Seite liefen sie darauf zu.

68 Hanna Carlsen

Klick.

Klack.

Klick.

Klack.

Sie musste sich nicht mehr strecken, um den Kolben fühlen zu können, der sich von oben in ihren Zylinder presste. Mittlerweile reichte es schon, die Arme knapp über den Kopf zu strecken. Sie hatte versucht, ihn zurückzuhalten – doch der Urgewalt dieses Dings hatte sie nichts entgegenzusetzen.

Es wird mich zerquetschen, wusste sie.

Mit jedem Geräusch senkte es sich weiter auf sie herab. Es würde sie nach unten zwingen, in die Position, in der sie sonst schlief.

Und dann?

Was würde zuerst nachgeben? Ihre Beine? Die Wirbelsäule? Das Genick?

Hanna weinte, doch es kamen keine Tränen mehr.

Klick.

Klack.

Plötzlich wollte sie um Hilfe schreien, genau wie Margreth vorhin. Sie wollte flehen und versprechen, was auch immer der Entführer hören wollte. *Ich werde nicht zur Polizei gehen. Ich verrate nichts. Ich gehöre dir, solange ich lebe.* Das Schlimme war: Sie meinte es so. Sie würde alles tun, damit sie am Leben blieb.

Doch sie würde nicht am Leben bleiben. Sie würde sterben. Und genau deswegen musste sie dem Täter diesen letzten Triumph versagen. Sie würde nicht schreien oder um ihr Leben betteln. Würde nicht zulassen, dass er sich an ihrer gebrochenen Seele aufgeilte.

Klick.

Klack.

Der Kolben stieß an ihren Kopf.

Klick.

Klack.

Es dauerte keine Minute, bis sie so schief stand wie ein einsamer Baum im Sturm. Keine zwei Minuten, bis ihr Gesäß und ihre Knie am Glas auflagen. Keine drei Minuten, bis es anatomisch kaum noch weiter ging, ohne Gewalt anzuwenden. Hanna biss die Zähne zusammen. Sie würde nicht schreien. Sie durfte nicht schreien.

Klick.

Klack.

Klick.

Klack.

»Aufhören!«, schrie jemand an ihrer Stelle, dumpf und verzweifelt. Jemand, den sie kannte.

Sie riss die Augen auf und begriff, dass das Licht im Raum wieder an war. Doch den Rest begriff sie nicht.

69 Christian Brand

»Wir müssen die Blutung stillen!«, rief Brand, während er die Umgebung im Auge behielt. Jeden Moment rechnete er damit, dass etwas oder jemand aus dem Nebel brach. Vielleicht derselbe, der den Piloten von Carlsens Hubschrauber angeschossen und diesen mit Kabelbindern so an die Außenseite des Helis gefesselt hatte, dass er nicht mehr an Steuerung und Funkgerät kam.

»Womit denn?«, fragte Björk.

»Verbandskasten«, stöhnte der Mann und deutete in den hinteren Teil der Kabine.

Brand kletterte hinein, riss den roten Koffer aus seiner Halterung, nahm noch die Taschenlampe mit, die daneben befestigt war, und brachte alles raus.

»Kommen Sie zurecht, Björk?«

»Warten Sie, Brand. Ich bin gleich so weit.«

»Sie bleiben hier und kümmern sich um ihn. Holen Sie Hilfe über Funk. Ich sehe mir jetzt das Gebäude an.« Er deutete auf die Ruine, die sich schemenhaft im Nebel abzeichnete. Es war ein riesiger Bau, der nicht in die alpine Lage passen wollte. In besseren Zeiten war es vielleicht ein Hotel oder ein Krankenhaus gewesen. Dass sie hier richtig waren, bewies allein schon die Schusswunde im Unterbauch des Piloten.

»Wer war das?«, fragte Björk den Mann, während sie versuchte, ihm einen Druckverband anzulegen.

»Ich weiß nicht ... es ging so schnell, und dann bin ich weggetreten. Ich habe nichts gesehen!«

»Wer ist mit Ihnen geflogen?«

»Nur Herr Carlsen.«

»Hat er Ihnen gesagt, was er hier will?«

»Nein ... Ich kannte nur die Koordinaten. Er hat mich hier zum Landen gezwungen, obwohl alles dicht war ... Wahnsinn, nur nach Moving Terrain zu fliegen, aber ...«

»Es hat ja geklappt«, beruhigte Brand den Piloten. Brand hatte die Bordinstrumente schon gesehen, die das Gelände trotz Nullsicht visualisierten. Überhaupt schien der Leonardo-Hubschrauber das Teuerste vom Teuersten zu sein und allen möglichen Schnickschnack an Bord zu haben. So nahe am Berg hatte er bei diesen Sichtverhältnissen trotzdem nichts zu suchen.

Er wird alles daransetzen, seine Tochter zu retten, dachte Brand wieder. Wie es aussah, war August Carlsen auch bereit, fremde Leben dafür zu riskieren. Es war Zeit, dem Spuk ein Ende zu bereiten.

Er schnappte sich die Taschenlampe und überprüfte seine Waffe. »Ich gehe jetzt rein. Sie bleiben hier und holen Hilfe.«

»Brand, stopp!«, zischte Björk ihm hinterher.

»Was ist denn noch?«

»Sie sind nicht John McClane, verflucht.«

Er grinste. »Passen Sie auf sich auf«, erwiderte er nur, »und auf ihn, okay?«

Ohne ihre Reaktion abzuwarten, rannte er geduckt zur Ruine, die Waffe im Anschlag. Zuerst fand er den Zugang nicht – alles schien kaputt oder verbarrikadiert zu sein. Also lief er um das Gebäude herum, bis er an der Hinterseite eine offen stehende Tür fand. Glock und Taschenlampe im Anschlag, ging er rein, wie er es unzählige Male trainiert hatte. Allerdings war er dabei immer Teil eines Teams gewesen. *Sie sind nicht John McClane*, hallten Björks Worte in ihm nach. Er hatte nicht vor zu sterben – weder schnell noch langsam. Er würde nicht unnötig viel riskieren und im Zweifel lieber auf Columbo machen. Aber wenn er die Chance bekam, die Sache zu regeln, würde er sie nutzen.

Er leuchtete kurz mit der Taschenlampe, dann knipste er sie wieder aus und schlich durch den ersten Raum, der einige Hindernisse bereithielt. Es musste hier einen schlimmen Brand gegeben haben, und danach hatte man die Ruine anscheinend sich selbst überlassen. Sein Blick fiel auf eine verbrannte Liege mit Gurten, auf der man einst vermutlich Patienten festgeschnallt hatte. Brand schauderte.

Hinter dem ersten Raum stieß er auf einen langen, seltsam glänzenden schwarzen Gang mit einem großen Holztor am Ende. Durch mehrere Risse fiel Tageslicht herein. Brand hielt sich dicht an der Mauer und schlich zu einer runden Tür mit Drehverschluss, die aussah, als habe man sie aus einem U-Boot hinauf in die Berge verfrachtet.

Er nahm Waffe und Taschenlampe in eine Hand und zog die Tür auf.

Dahinter war Licht.

70 Henning Mahler, Straßenbahnfahrer

Mahler saß schon seit Stunden an seinem PC und schaute Netflix, als das Bild mit dem Wolfskopf wieder am Bildschirm erschien. Endlich. Er hatte schon befürchtet, dieser Nachtmann könnte nicht auf Sendung gehen. Weil man ihn vielleicht geschnappt hatte. Oder weil jemand etwas gegen dieses Computervirus unternommen hatte. Womit alles Warten wie auch der zusätzliche Urlaubstag umsonst gewesen wären. Aber dieser Teufelskerl war eben mit allen Wassern gewaschen.

»Schatz, der Müll muss raus!«, rief Maja aus der Küche. Einer der Zwillinge plärrte.

»Jaja, ich geh gleich ...«

»Das sagst du schon den ganzen Tag. Ich kann mich nicht alleine um den Haushalt und die Zwillinge kümmern. Was tust du überhaupt?«

»Ich geh gleich«, wiederholte er wie ferngesteuert und starrte gebannt auf den Bildschirm.

Er konnte es niemandem sagen, Maja schon gar nicht, aber mittlerweile war er wie besessen davon, Nachtmanns Pläne zu verfolgen. Vielleicht, weil der Tod Nachtmanns ständiger Begleiter war und alles, was er sagte, mit einem dicken Ausrufezeichen versah. Ganz bestimmt aber auch, weil er sich seit dem ersten Abend als Nachtmanns Verbündeter empfand. Mittlerweile war er überzeugt davon, dass sein Anruf den Ausschlag gegeben hatte. Er war der Vollstrecker gewesen, der diesem verdammten Kinderschänder das Licht ausgeblasen hatte. Weil er die Nummer angerufen hatte, die auch jetzt wieder auf dem Display seines Smartphones stand. Ein einziger Fingertipp würde über Leben oder Tod entscheiden …

Leider hatte er gestern nicht ins Geschehen eingreifen können. Irgendein Pharma-Heini sollte irgendwas gestehen, bevor ein Ultimatum verstrich. Mahler interessierte sich nicht dafür. In seinen Augen waren die da oben alle gleich, egal, ob sein Fahrdienstleiter oder ein überbezahlter Manager. Umso unterhaltsamer war es gewesen, den Dicken ersticken zu sehen, der Sachen verbrochen hatte, die Mahler genauso wenig interessierten wie irgendein uralter Medikamentenquatsch. Aber es konnte eben nicht jeden Tag ein Hit sein.

Gespannt fragte er sich, welche Aufgabe ihn heute erwartete. Würde er endlich wieder mitmachen können? Als er sich zum tausendsten Mal vorzustellen versuchte, was diesem genialen Geist eingefallen sein konnte, kam ein neues Bild. Mahlers Verstand brauchte einige Momente, um es zu verarbeiten.

Der Bildschirm teilte sich. Links stand ein weinender Mann mit geplatzter Lippe und blutverschmiertem Hemd an einer Stange, grell von oben angestrahlt. Rechts war die junge Frau zu sehen, deren Figur er gestern noch bewundert hatte. Doch sie hielt sich nun nicht mehr aufrecht. Zusammengekrümmt kauerte sie in ihrem Zylinder, als laste irgendein Druck auf ihr. Mahler ging ganz nah an den Bildschirm heran. Als er erkannte, worum es sich handelte, fing er vor Aufregung zu zittern an: Eine Art Kolben senkte sich auf sie hinab.

»Krass«, sagte er und hörte, wie Rocky hinter ihm aus seinem Hundebett stieg und zu ihm trottete, als wäre *Krass* etwas Essbares.

Es klingelte an der Wohnungstür.

»Henning, geh du, ich stille gerade!«, rief Maja aus der Küche.

Mahler antwortete nicht. Bekam kaum mit, was um ihn herum vorging. Der Mann links sagte etwas, aber es war zu leise, als dass er es hätte verstehen können, also stellte er die Lautstärke höher.

»Henning, die Tür!«

»Erwarten wir jemanden?«, rief er genervt.

»Nein.«

»Dann ist's sicher nur der Paketbote. Ich fahre nachher zur Packstation.«

»Was tust du denn die ganze Zeit?«

»Halt die Klappe«, murmelte er.

»Was?«

»Maja, ich kann gerade nicht. Es ist wirklich wichtig. Fünf Minuten.«

Wieder klingelte es. Mahler reagierte nicht.

Der Mann mit dem blutigen Hemd räusperte sich und setzte erneut an, als hätte er auf Mahler gewartet. »Mein Name ist August Carlsen. Ich bin Vorstandsvorsitzender von Gebrocur Pharmaceuticals.«

Der Typ von gestern, begriff Mahler. Neuer Frust machte sich in ihm breit. Der Pharmakonzern hatte seine Chance gehabt und nicht genutzt. Abgehakt. Der Nächste, bitte! Wollte Nachtmann ihn etwa schon wieder enttäuschen?

Maja mühte sich zur Wohnungstür. Er spürte es mehr, als dass er es hörte. Seit sie das doppelte Gewicht auf den Rippen hatte, vibrierte der Boden, wenn sie durch den Gang stampfte.

»Im Jahr 2001 wurde das von uns erzeugte Medikament Trolipidin aus dem Verkehr gezogen, weil …« Der Mann brach ab.

Ein Klicken kam aus den Lautsprecherboxen, und die Frau stöhnte auf.

»Nicht!«, schrie der Pharma-Typ.

Draußen redete Maja mit jemandem. Wer es wohl war? Am Ende brachte eine von den anderen Müttern ihr Kind zum Aufpassen vorbei wie letzte Woche. Das hätte ihm gerade noch gefehlt.

»Es wurde aus dem Verkehr gezogen, weil es eine Reihe von Schadensfällen ...«

Klick.

Klack.

Der Typ am Bildschirm war peinlich. Jetzt flennte er auch noch, statt endlich mit der Wahrheit herauszurücken. *Den* sollte man in den Zylinder sperren. Den und nicht die da!

Maja kam und riss die Tür auf. Dabei hatte er ihr schon tausendmal gesagt, dass sie nicht einfach so hereinplatzen durfte, wenn er gerade am PC saß.

»Was ist?«, fauchte er sie an und machte gleichzeitig den Bildschirm und die Lautsprecher aus.

»Da sind zwei Leute für dich.«

»Ja ... und?«

Erst jetzt sah er die Angst und die Verunsicherung in ihren Augen. »Von der Kripo. Sie sagen, es sei wegen eines Anrufs von deinem Handy. Sie ermitteln in einem Mordfall. Was hast du gemacht, Henning? Was hast du bloß getan?«

71

Christian Brand

Zuerst sah er so gut wie nichts, aber er wollte sich nicht verraten, indem er die Taschenlampe anmachte. Hinter der Tür führte eine Wendeltreppe nach unten in einen Gewölbekeller, der genauso schwarz ausgemalt war wie alles hier. Licht flackerte, aber nur schwach. Am deutlichsten nahm Brand die Geräuschkulisse wahr – hauptsächlich ein beständiges, lautes Surren. Dazwischen klapperte etwas, und auch eine menschliche Stimme glaubte Brand herauszuhören. Was sie sagte, konnte er jedoch nicht verstehen.

Schritt für Schritt, gebückt und die Glock im Anschlag, stieg er nach unten. Solo-Einsätze dieser Art waren unmöglich professionell abzuwickeln. Niemand konnte seine Umgebung im Dreihundertsechzig-Grad-Modus überwachen und dabei seine Waffe in alle Richtungen gleichzeitig halten. Eine Situation wie diese war ein absolutes No-Go und hochgefährlich.

Genau mein Ding, dachte Brand und verzog den Mund. Unausweichlich musste er an Björks Kommentar denken. War er wirklich so ein *Stirb-Langsam*-Verschnitt, wie sie behauptete? Sein ehemaliger Vorgesetzter in Wien hätte ihr wohl zugestimmt. Anstatt auf eigene Faust ins Unbekannte vorzudringen, sollte er besser umdrehen und Björk und den verletzten Piloten sichern. Auf Verstärkung warten und die Leute der Spezialeinheit Enzian über den Stand der Dinge informieren, damit diese das Grobe erledigten. Björk und er konnten sich anschließend immer noch um die Aufklärung kümmern.

Brand hörte ein Klicken. Gleich darauf schrie jemand auf. *Hanna Carlsen*, ahnte er. *Sie lebt noch*.

Ohne eine weitere Sekunde mit Nachdenken zu verschwenden, stürmte er die Stufen hinunter, die Waffe in Blickrichtung. Ein Gewölbebogen versperrte ihm die Sicht. Erst nach zwei weiteren Treppenstufen konnte er etwas sehen.

Die Zylinder.

Der Anblick, der sich gleich im ersten bot, war Übelkeit erregend. Eine Frau in kochendem Wasser. Ohne jeden Zweifel war sie tot. Er spürte, wie sich alles in ihm zusammenzog.

Nicht ablenken lassen, dachte er, riss den Blick von der Frau los und betrachtete die übrigen Zylinder: den Mann mit den Metallspeeren im Körper. Den anderen, kopfüber im Sand erstickt.

Hanna.

Hanna, die in einer grotesken Position nach unten zusammengestaucht war, aber immer noch zu leben schien. Und noch ein weiterer Zylinder stand im Raum. Brand konnte ihn nicht richtig sehen, doch es musste der von der Frau mit dem Koordinaten-Tattoo sein.

Er hörte ein weiteres Klicken, gefolgt von einem weiteren Stöhnen.

»Nein! Aufhören!«, schrie ein Mann. Brand wusste sofort, dass es August Carlsen war, obwohl er ihn nur von hinten sah. Der Vorstandsboss von Gebrocur war an eine Stange gefesselt. Vor ihm stand ein Stativ mit Kamera und ein weiteres mit Scheinwerfer. Er blickte direkt auf Hannas Zylinder. *Er soll es mit ansehen müssen*, dachte Brand. Carlsen sollte sehen, wie seine Tochter stirbt. Und dabei sollte er gestehen. Jede Wette, dass er das gerade machte – und jede Wette, dass es ihm nichts bringen würde. Es ging hier weder um ein Geständnis noch um Geld. Es ging um Rache. Glasharte, kalte, finale Rache – durch den Kerl, der zwei Meter von Carlsen entfernt stand.

Nachtmann.

Dieser trug seine Maske und einen schwarzen Kapuzenpullover, wodurch er in der Dunkelheit nur schwer zu erkennen war. Er hielt etwas in der Hand, das wie ein Handmuskeltrainer aussah und mit Hannas Zylinder verbunden war. *Ein Stromunterbrecher. Damit setzt er den Kolben in Bewegung*, dachte Brand und nahm die letzten Treppenstufen nach unten, ohne Nachtmann aus den Augen zu lassen. Er überlegte, sich zu offenbaren, etwas zu rufen oder zu schießen, aber auf die Entfernung konnte er unmöglich treffen. Außerdem wusste er nicht, was passierte, wenn Nachtmann das Ding ganz losließ. Also musste er sich weiterhin unbemerkt vorarbeiten. Nachtmann sagte etwas zu Carlsen, was Brand nicht verstand. Er musste näher ran. Viel näher. Alles in ihm wollte losrennen und durfte nicht.

Beim nächsten Klicken, beschloss er.

Geduckt schlich er zum ersten Zylinder und spürte die Hitze, die dieser abstrahlte. Er verbot sich, einen Blick auf die Leiche zu werfen, die darin schwebte. Es war wichtig, dass er sich auf den Boden konzentrierte. Er musste höllisch aufpassen, nichts umzustoßen, die Dominoketten zum Beispiel, die zwischen denen standen, deren Steine bereits umgefallen waren.

Vorsichtig arbeitete er sich zu der Frau mit der Tätowierung vor. Sie starrte ihn an. Brand legte den Zeigefinger an die Lippen. Sie nickte. Er inspizierte ihren Zylinder. Etwas hing über ihrem Kopf von der Decke und endete einen halben Meter darüber – ein Metallklöppel, viel kleiner als der Kolben, der in Hannas Zylinder drückte.

Der Klöppel war an einer Vorrichtung befestigt, die Brand an ein elektrisches Umspannwerk erinnerte. Als er dann auch noch sah, dass die Frau auf Metall stand, von dem ein dicker Draht wegführte wie bei einem Blitzableiter, war ihm klar, was ihr drohte: Sie sollte durch einen künstlich erzeugten Blitz sterben. Hier brummte auch etwas. *Ein Transformator*, dachte Brand, und ihm wurde ganz kalt. Keiner hier hatte mehr lange.

Klick.

Zugriff. Brand hob seine Glock, zielte und schoss dreimal. Der zweite Schuss war ein Volltreffer. Die Kamera zerbarst. Damit war die Übertragung des Geständnisses Geschichte.

»Stehen bleiben! Polizei!«, brüllte Brand und nahm Nachtmanns Beine ins Visier.

Klack.

Das Licht ging aus.

Klick.

Brand feuerte erneut dreimal in die Dunkelheit. Dann stürmte er los und schaffte es endlich, die Taschenlampe anzumachen.

Klack.

Er hörte, dass außer ihm noch jemand rannte. Er leuchtete hin, doch die Sicht war verdeckt. Dabei konnte es nur Nachtmann sein. Was hieß, dass er dessen Beine verfehlt hatte. Er durfte ihm nicht entkommen …

Björk, dachte er besorgt und merkte, dass er etwas mit dem Fuß umstieß. Sofort hörte er das Rasseln einer Dominospur. Er leuchtete hin und hörte zugleich ein *Klick* aus Hannas Zylinder.

Als er die Kettenreaktion unter sich endlich sah, wischte er mit dem Fuß Dominosteine weg, wieder und wieder, bis ihr Rasseln verstummte.

Dann drehte er sich um.

Klack.

Er stürmte zu Hannas Zylinder, ließ sich fallen und fand das Kabel, an dem der Stromunterbrecher hing. Nachtmann hatte ihn fallen gelassen. Brand ließ die Taschenlampe los, die sofort wegrollte und in die falsche Richtung leuchtete. *Egal*. Mit einem kräftigen Zug am Kabel holte er den Unterbrecher zu sich, umschloss ihn mit der Hand, sandte ein Stoßgebet zum Himmel – und drückte zu.

Das Klicken verstummte. Sonst passierte nichts. Und zu sehen war auch nichts.

Jemand stöhnte. Brand konnte nicht sagen, wer. »Carlsen?«, rief er in die Dunkelheit.

»Ja!«, kam es aus der Nähe.

Brand tastete sich zu Carlsen vor und stolperte fast über den Scheinwerfer. Kurz bevor er den Pharmaboss erreichte, stieß Brand erneut gegen etwas, das auf dem Boden lag.

72 Inga Björk, Europol

Björk konnte nicht sagen, wie lange der Pilot noch durchhalten würde. Sie hoffte bloß, dass er ihr nicht unter den Händen wegstarb. Und dass Brand wusste, was er tat. Sie konnte ihm nicht nach, weil sie die Wundauflage gegen den Bauch des Schussopfers drücken musste. Obwohl sie fieberhaft überlegte, kam sie auf nichts, was einen behelfsmäßigen Druckverband abgegeben hätte. Sie musste bei ihm bleiben, so aussichtslos es schien.

Immerhin war Hilfe unterwegs. Der Pilot hatte ihr erklären können, welche Frequenz sie am Funkgerät des Hubschraubers einstellen sollte. Den Rest hatte sie improvisiert. Sie wusste, dass kein Wort im Flugverkehr eine ähnliche Wirkung entfaltete wie *Mayday*. Sie hatte es dreimal ausgesprochen und ihre Position genannt. Sofort hatte jemand geantwortet und gefragt, was genau passiert sei. Sie hatte behauptet, der Hubschrauber sei direkt neben einem verlassenen Gebäude abgestürzt, irgendwo in den Bergen über Chur. Der Pilot sei nicht ansprechbar, und es gebe mehrere Verletzte. Dadurch stellte sie sicher, dass genügend Rettungskräfte unterwegs waren, auch für diejenigen, die sich möglicherweise im Gebäude befanden.

»Machen Sie bloß keinen Blödsinn, Brand«, murmelte Björk beschwörend, während sie ihre Hand auf den Bauch des Piloten drückte und mit der anderen ihre Waffe umfasste, jederzeit bereit, auftauchende Personen anzuhalten, notfalls auch gewaltsam zu stoppen. Sie horchte in den Regen hinein, über den sich immer wieder aufgeregte Funksprüche aus dem Hubschrauber legten. Sie bekam aber bloß mit, was sie ohnehin schon wusste – dass nicht geflogen werden konnte, weshalb man die Rettungskräfte über die Straßen hochlotsen musste. Außerdem schnappte sie auf, dass der Hubschrauber, mit dem Brand und sie gekommen waren, wohl der Spezialeinheit Enzian im Weg stand und abfliegen sollte, was aufgrund des Wetters nicht ging. Offensichtlich war die Wolkenuntergrenze mittlerweile unter den Helikopter abgesunken – jeder Startversuch wäre daher im doppelten Sinne einem Himmelfahrtskommando gleichgekommen. Was ferner hieß, dass das Einsatzkommando zu Fuß weitermusste und jederzeit aus dem Nebel auftauchen konnte. Sie musste sich den Leuten der Enzian gegenüber schnellstmöglich als Polizistin outen, während sie andere ins Visier ihrer Dienstwaffe nehmen musste. Dabei konnte sie in dieser Nebelsuppe keinen Baumstumpf von einem Menschen unterscheiden …

»Hallo?«, sagte sie zum Piloten.

Er öffnete kurz die Augen, erwiderte aber nichts. Sie sah, wie er atmete, fühlte sogar seinen Puls unter der Wundauflage. Sie hatte nur wenig Ahnung von Notfallmedizin, doch sie wusste, dass innere Blutungen das größte Risiko darstellten.

»Durchhalten«, redete sie ihm gut zu. »Bleiben Sie bei mir.«

Ihr Herzrhythmus beschleunigte sich, als sie drei dumpfe Schläge hörte, die aus der Richtung des Gebäudes kamen. Wie lange mochte Brand jetzt schon drinnen sein? Zehn Minuten? Oder erst fünf? Wie immer in solchen Situationen verlor sie das Gefühl für die Zeit. Manches geschah wie in Zeitlupe, anderes dafür rasend schnell.

Noch mal kamen drei Schläge aus dem Gebäude.

Schüsse?, überlegte sie und bereute ihre Anspielung auf John McClane. Sie wusste, dass Brands größte Schwäche gleichzeitig auch seine größte Stärke war: dass er Situationen intuitiv, konsequent und fehlerfrei klären konnte. Falls er nun auf sie hörte und sich einbremste, würde er möglicherweise die falsche Entscheidung treffen. Sie hatte kein Recht, ihn seiner Stärken zu berauben, bloß weil …

Ja, warum?

»*Du är en sentimental ko!*«, schimpfte sie sich selbst. Du bist eine sentimentale Kuh! Sie biss sich auf die Lippe. Regentropfen lösten sich aus ihrem kurzen Haar und rannen über ihr Gesicht. Sie sehnte das Geräusch schwerer Stiefel herbei, die das Eintreffen der Schweizer Kollegen ankündigten.

Stattdessen hörte sie etwas völlig anderes.

»Hallo!«, rief eine Frau so zögerlich, als hätte sie Angst davor, dass jemand sie hören könnte. Im ersten Moment glaubte Björk, ihre Sinne spielten ihr einen Streich, doch dann rief die Frau erneut, lauter jetzt.

Eine der Gefangenen, dachte sie. Gleichzeitig wusste sie, dass sie vorsichtig bleiben musste.

Sie hob ihre Waffe in die Richtung, aus der die Rufe gekommen waren, und antwortete: »Hierher!«

Zuerst passierte nichts.

Dann löste sich eine Silhouette aus dem Nebel und wurde schnell dunkler und kontrastreicher, bevor Björk eine große, schlanke Frau erkannte, die stoppte, als sie die Schusswaffe sah.

»Polizei!«, rief Björk ihr entgegen. »Wer sind Sie, und was machen Sie hier?«

Die Frau kam näher und hob ihre gefesselten Hände. Sie trug Jeans und einen Pulli, ihre Sneakers wirkten viel zu leicht für die Gegend hier. Das hervorstechendste Merkmal aber waren ihre roten Haare. »Ich wurde gefangen gehalten. In dem Gebäude. Ich konnte mich gerade noch befreien, bevor …« Sie unterbrach sich, als sie den Mann sah, an dessen Seite Björk kniete. »Ich bin Ärztin«, sagte sie schnell, und: »Was fehlt ihm denn?«

Dich schickt der Himmel, dachte Björk, legte ihre Waffe neben sich auf den Boden und suchte etwas, mit dem sie den dicken Kabelbinder um die Handgelenke der Frau herum durchzwicken konnte. Sie fand eine kleine Schere im Verbandskasten, die bestenfalls für Mullbinden und Pflaster taugte. Für hartes PVC war sie denkbar ungeeignet. Björk presste mit aller Kraft, ruckelte und schnitt erneut, bis sie ihre Finger kaum noch spürte. Als das Plastik schließlich nachgab, stöhnte die Frau auf und rieb sich die Handgelenke, um die sich deutliche Striemen abzeichneten. Dann kniete sie sich zum Piloten hinunter und prüfte Puls und Atmung.

Björk nahm die Waffe wieder an sich und sagte: »Schusswunde im Unterbauch. Vermutlich innere Blutungen. Der Verbandskasten ist da, aber ich habe nichts gefunden, womit …«

»Okay. Keine Sorge, ich arbeite als Unfallchirurgin. Lassen Sie mich nur machen.«

»Hilfe ist unterwegs. Erschrecken Sie nicht, es kommen gleich ein paar bewaffnete Polizisten aus dieser Richtung.«

Die Frau nickte, und Björk lief los zum Gebäude.

73 Christian Brand

Endlich brachte er den Scheinwerfer zum Leuchten und konnte sehen, wogegen sein Fuß gestoßen war.

Vor ihm lag Nachtmann. Brand erkannte eine Schusswunde an seinem Bein. Hatte er ihn also doch getroffen.

Nachtmann keuchte hinter seiner schwarz glänzenden Maske, gab sonst aber keinen Laut von sich.

Aus der Nähe betrachtet, war er größer, als Brand vermutet hatte. Groß und kräftig. Brand nahm Stromunterbrecher und Waffe in die linke Hand und tastete Nachtmann mit der rechten nach Waffen ab, während er überlegte, was er mit ihm anfangen sollte. Davonlaufen konnte er nicht. Aber möglicherweise konnte er etwas in Gang setzen, einen mechanischen Ablauf vielleicht, dessen Wirkung Brand nicht vorhersagen konnte. Er hatte keine Zeit, ihn zu fesseln oder zum Reden zu bringen. Jemand, der so etwas abzog wie das hier, würde sowieso nicht reden.

Doch er hatte Carlsen. Der würde ihm helfen. Er lief zum Pharmaboss und riss das Gewebeband durch, mit dem dieser an die Stange gefesselt war. Augenblicklich stolperte der Mann zu dem Zylinder, in dem seine Tochter steckte, und beugte sich zu ihrem Gesicht hinunter. »Es tut mir so leid! Ich hole dich da raus, Hanna!«, rief er verzweifelt, dann drehte er sich zu Brand um. »Los, tun Sie endlich was!«

»Hier!«, sagte Brand und streckte ihm den Stromunterbrecher entgegen. Dann reichte er ihm seine Glock und deutete auf Nachtmann. »Nehmen Sie die, und kümmern Sie sich um den da. Wenn er auch nur versucht, irgendwo dranzukommen, drücken Sie ab.«

»Aber ich habe noch nie …«

»Anlegen und abdrücken«, sagte Brand knapp, wohl wissend, dass er Carlsen damit die perfekte Gelegenheit zur Rache verschaffte. »Falls es nötig sein sollte«, fügte er daher hinzu. »Machen Sie sich nicht unglücklich.«

Carlsen nickte.

Brand richtete den Scheinwerfer auf Hannas Zylinder aus. Sie lebte, wie er an ihrem flachen Atmen erkannte. Ihr Kopf war nach vorne gebeugt, das Kinn auf die Brust gepresst. Der Rücken war gekrümmt, die Haut rund um die Auflagestellen am Glas weiß wie Schnee.

Brand leuchtete zum oberen Teil des Zylinders und entdeckte eine Hebelstange, drei oder vier Meter lang. Sie war mit einem hydraulischen Zylinder verbunden, der aussah, als hätte er sich mal am Arm eines Baggers befunden. Brand wusste, dass die Kraft von diesem Ding ausging. Also musste er es sabotieren, am besten, indem er die Hydraulikschläuche daran durchtrennte. Aber wie sollte er hochkommen?

»Los, helfen Sie mir«, sagte er zu Carlsen, der zwei Meter vor Nachtmann stand und dessen Kopf anvisierte. Brand sah, wie die Waffe in seinen Händen zitterte.

Carlsen schaute irritiert zu ihm.

»Lassen Sie ihn. Der kommt nicht weit. Ich muss da irgendwie hoch. Helfen Sie mir!

»Aber wie denn?«, wehrte sich Carlsen und fuchtelte hilflos mit Waffe und Stromunterbrecher. Brand nahm ihm die Pistole ab, steckte sie hinten in den Bund und griff nach dem Stromunterbrecher, den er zusammengeklemmt in seiner Hosentasche verstaute. Anschließend bedeutete er Carlsen, eine Räuberleiter zu machen. Eine einfachere Lösung fiel ihm nicht ein.

Er stellte den Fuß in Carlsens Hände und drückte sich hoch, doch Carlsen verschaffte ihm keinen sicheren Stand, sodass er es ein zweites Mal versuchen musste. Diesmal stützte er sich mit einer Hand an Carlsens Kopf ab und streckte den anderen Arm so weit in die Höhe wie möglich, doch es fehlten immer noch zwei oder drei Zentimeter bis zur Hebelstange. »Höher!«, gab er nach unten und machte den Arm so lang, bis seine Finger Halt fanden. Er ließ Carlsens Kopf los und zog die Pistole aus dem Hosenbund, um die Schläuche anzuvisieren. Langsam gaben Carlsens Hände nach.

»Halten Sie ruhig, Carlsen!«

Doch es wurde nicht besser, im Gegenteil: Plötzlich geriet alles ins Wanken.

»Er will abhauen! Das Schwein will abhauen!«, brüllte Carlsen unter ihm.

Brand riss den Kopf herum und sah, wie Nachtmann ins Dunkel robbte, wobei er eine dunkle Spur am Boden hinterließ. Er blutete stark und würde nicht weit kommen.

Der Zylinder war wichtiger.

Brand legte an und feuerte auf die Schläuche, zweimal, dreimal, viermal, bis helles Hydrauliköl herausschoss. Er ließ sich fallen, rannte zum Scheinwerfer und drehte ihn um. Nachtmann war bereits fünf oder sechs Meter weit gekommen.

»Fesseln Sie ihn und sorgen Sie dafür, dass er keinen Blödsinn macht«, befahl Brand und riss an einem Seil, das in seiner Nähe hing. Eines der Enden sah aus, als sei es von einer Flamme durchtrennt worden. Carlsen nickte, nahm es und lief zu Nachtmann.

Brand sah zu Hannas Zylinder. Trotz der nun zerstörten Hydraulik war sie immer noch in ihrer misslichen Lage gefangen. Bestimmt hatte der Kolben beträchtliches Gewicht, doch irgendeinen Weg musste es geben, ihn in die Richtung zurückzubringen, aus der er gekommen war.

»Stopp!«, rief Carlsen plötzlich aus dem dunklen Teil des Raumes. Ein dumpfer Schlag folgte. Nachtmann stöhnte auf. »Du Schwein fasst hier nichts mehr an, verstanden?«, brüllte der Vorstandsboss. Ein weiterer Schlag.

»Prügeln Sie ihn nicht gleich tot, Carlsen.«

»Da läuft irgendwas.«

»Was läuft?«

»Dominosteine. Er hat sie umgeworfen. Ich komme nicht hin!«

Brand verdrehte die Augen. Was lief hier eigentlich noch alles gleichzeitig ab? Das Brummen des Transformators, welches mit dem Schicksal der letzten Gefangenen zu tun haben musste, wurde immer lauter. Brand glaubte fast, die elektrische Ladung spüren zu können, die sich im Raum aufbaute.

Jetzt hätte er Björks Hilfe gebrauchen können. Björk, die wollte, dass er auf sich aufpasste …

Er wusste, dass er seinen Instinkten vertrauen musste. Egal, was sie davon halten würde.

Eilig steckte er die Waffe weg, lief auf Hannas Zylinder zu und sprang. Sein rechter Fuß prallte gegen die Glasröhre, die er wie eine Wand benutzte. Er stieß sich ab, schnellte nach oben und bekam das obere offene Ende des Zylinders zu fassen. Das Glas war scharfkantig und schnitt in seine Handflächen, doch er durfte nicht loslassen. Mit zusammengebissenen Zähnen zog er sich hoch und schob die Füße auf den Rand. Unter ihm stöhnte Hanna auf, was ihm zusätzliche Energie verschaffte.

Seine Hände fühlten sich ölig-nass an. Er wusste, dass es Blut war. Ohne hinzusehen, wischte er die Hände an der Hose ab, dann legte er sie um das Gestänge des Kolbens und zog, so fest er konnte. Doch sofort kam neues Blut nach und ließ ihn abrutschen, Millimeter für Millimeter, während sich der Kolben, der auf Hanna lastete, kein Stück bewegte.

Also musste es anders gehen.

Er sprang vom Zylinder und bekam den vorderen Teil der Querstange zu fassen, die die Kraft der Hydraulik auf den Kolben umlenkte. Verzweifelt kämpfte er gegen das Blut aus seinen Händen, das wie Schmieröl war.

Nicht. Loslassen.

Eine Sekunde lang passierte gar nichts, dann senkte sich die Querstange mit Brand nach unten, zuerst nur millimeterweise, dann schneller, während gleichzeitig neue Hydraulikflüssigkeit aus den zerschossenen Leitungen quoll. Brand sah zu Hanna und zum Kolben, der nach oben zurückwich, immer weiter, bis sie ihren Kopf heben konnte.

Brand war so erleichtert, dass er fast nicht bemerkte, wie die neue Dominokette näher kam, direkt auf ihn zu und weiter in Richtung des Zylinders mit der letzten noch lebenden Gefangenen.

Brand ließ los, fing sich mit den Beinen ab und warf einen besorgten Blick auf Hanna. Der Kolben blieb oben.

Er suchte die Dominospur, konnte sie aber weiterhin bloß hören. Als laufe sie hinter einem Sichtschutz. Wie vorhin folgte er dem Geräusch, als es plötzlich verstummte und ein Licht aufflammte – grelles Blau, das auf die letzte Frau herabstrahlte. Das Brummen des Transformators schwoll binnen weniger Sekunden um ein Vielfaches an.

Jeden Moment konnte die Spannung ausreichen, um die Frau zu töten. Er musste diesen Transformator zerstören. Aber dazu musste er ihn erst einmal finden! Er rannte zum Zylinder und sah das Erdungskabel, das in den Boden führte. Konnte er es durchtrennen? *Sollte* er es durchtrennen? Bestimmt würde sich der Blitz trotzdem seinen Weg suchen, dann vielleicht direkt durch ihn hindurch …

Strom, dachte Brand. Der Trafo brauchte Strom. Wenn er den Trafo nicht fand, musste er eben seine Energiequelle finden …

Zu spät, wusste er.

Der Transformator dröhnte. Brand spürte das elektrische Feld jetzt ganz deutlich.

Zu spät.

Er wusste, dass er schleunigst das Weite suchen sollte, doch er blieb bei der Frau. Ihre Blicke trafen sich ein letztes Mal. »Es tut mir leid«, sagte Brand.

Etwas knallte. Schlagartig wurde es dunkel.

Aber da war kein Blitz gewesen. Nur Donner.

Kein Blitz.

Brand starrte in die Dunkelheit hinein. Zuerst sah er bloß die Gasbrenner, die stoisch ihren Dienst verrichteten.

Dann entdeckte er noch etwas: die Laserstrahlen von Zieleinrichtungen, deren Endpunkte sich auf seinem Körper zu sammeln schienen. Und auf dem von August Carlsen. Und auf einem dritten Ziel, das sich im gegenüberliegenden Teil der Halle befand.

Nachtmann?

Brand war es egal. Er wusste: Die Kollegen waren da.

»Runter!«, brüllte jemand mit Schweizer Akzent – ein Befehl, den Brand liebend gern befolgte. Er hob die Hände, von denen sofort Blut über die Unterarme lief, ließ sich auf die Knie fallen und streckte sich auf dem Boden aus.

»Liegen bleiben!«, schrie ein anderer. »Bleiben Sie von dem Kasten weg!«

Brand starrte in die Dunkelheit, erkannte aber nichts.

Es fiel ein einzelner Schuss.

Dann herrschte Stille.

»Brand?«, hörte er Björks Stimme, die ihn endgültig beruhigte.

Es war vorbei.

Vorbei …

Brand spielte die letzten Minuten noch mal durch. Seine Schüsse auf die Kamera. Dann auf Nachtmann. Er hatte ihn ins Bein getroffen, dennoch hatte er schnelle Schritte im Dunkeln gehört …

Nein, es war noch nicht vorbei.

»Björk! Wo ist der andere?«, rief er.

»Welcher andere?«

»Der, der rausgelaufen ist!«

»*Fan också!*«, schimpfte sie, und: »Los, zwei Männer mit mir!«

74 Benjamin Sommer, 15

Sophia und ich sitzen im Wagen, der uns zum Gericht bringt. Heute ist Prozessbeginn. Bald steht fest, wie lange wir eingesperrt werden, wegen des Feuers in der Anstalt. Dabei hat Pfleger Loris es gelegt. Pfleger Loris, der auch Grimassenpeter aufgehängt hat, nachdem er mit ihm seine Sachen gemacht hat. Ganz sicher. Doch es hat keinen Zweck, es jemandem zu sagen. Niemand glaubt uns. Es ist, als wäre die ganze Welt gegen uns, und heute ist es sogar das Wetter.

Die Beamten vorne sind schlecht gelaunt. Einer der beiden – der, der am Steuer sitzt – flucht alle paar Minuten, weil die anderen Autofahrer nicht aufpassen oder jemand unachtsam über die Straße geht. Vor lauter Nebel und Schnee kann man kaum etwas sehen, auf der Fahrbahn liegt grauer Matsch. Immer wieder geraten wir ins Schlingern, weil wir viel zu schnell dran sind.

»Kein Wort«, bläut Sophia mir ein, »verstanden, Benni?«

»Ja, ja«, sage ich. Ich kann es schon nicht mehr hören. Sophia war komplett sauer, weil ich Herrn Leuenberger so viel erzählt habe. Zuerst konnte sie es gar nicht fassen. Also hat sie mir noch deutlicher gesagt, dass ich unbedingt meine Klappe halten muss, weil wir gegen die da oben sonst keine Chance haben. Hatten wir noch nie. Nicht mal Papa hat eine Chance gehabt.

Dabei will der Anwalt, dass wir alles zugeben. *Weil die Beweise gegen uns sprechen*, hat er gesagt, und weil man mit fünfzehn in der Schweiz höchstens ein Jahr lang eingesperrt werden kann. Ich weiß nicht, welche Beweise sie gefunden haben wollen, wenn doch alles eine Lüge ist. Ich glaube, der Anwalt ist nicht wirklich schlau. Er ist jung und überhaupt nicht so, wie ich mir einen Anwalt vorgestellt habe. Er hat gerade erst angefangen und will uns gar nicht verteidigen, aber er muss, und dafür wird er ganz mies bezahlt. Ich kann nichts daran ändern – schließlich hab ich kein eigenes Geld. Ich weiß bloß, dass wir es nicht waren, weder das mit Grimassenpeter noch das mit dem Feuer, und deshalb gehören wir auch nicht ins Gefängnis.

Trotzdem bin ich eingesperrt, seit Herr Leuenberger mit mir gesprochen hat. Zuerst in dem Krankenhaus, in das sie mich nach dem Brand gebracht haben. Es war so ähnlich wie die Hohenwaldklinik, aber viel moderner. Dort gab es Leute, die sich um mich gekümmert haben. Ich musste immer wieder mit einem Arzt reden, was ich ja schon kenne. Deshalb habe ich auch gleich geschnallt, dass der bloß mehr über das Feuer und über Grimassenpeter herausfinden will. Ich habe aber kein Wort gesagt, genau wie Sophia es wollte. Irgendwann haben die Fragen des Doktors aufgehört und die des Anwalts angefangen.

Mittlerweile bin ich in U-Haft, in einer Einrichtung für Jugendliche in der Nähe von Chur. Einige sind schon viel länger dort als ich, und manche sind sogar richtig nett. Mauro zum Beispiel. Der kommt aus Italien und hat irgendwas geklaut. Was, will er nicht sagen. Ich glaube zwar, dass er lügt, weil man wegen Kleinigkeiten ganz bestimmt nicht in U-Haft muss, aber Mauro ist in Ordnung. Außerdem mag ich die Einrichtung. Wir haben Einzelzimmer und müssen nichts tun, können oft spielen und Fernsehen gucken und kommen auch immer wieder zum Luftschnappen hinaus. Wenn man sich die Gitter vor den Fenstern und die hohen Zäune wegdenkt, ist es gar nicht so übel.

Was mit Felix und Anton los ist, weiß ich immer noch nicht. Nur dass sie leben, einer der zwei aber ziemlich schwer verletzt ist. Mehr darf ich nicht wissen.

»Tomaten auf den Augen?«, schimpft der Fahrer. Fast hätten wir einen vor Nässe triefenden Fahrradfahrer umgenietet. Der schimpft etwas zurück, und der Beamte zeigt ihm den Mittelfinger. »Auf einem Rad. Bei dem Wetter! Vollidiot«, knurrt er, und sein Kollege brummt zustimmend.

Ich will nicht ins Gefängnis. Das habe ich nicht verdient. Andere sehr wohl. Pfleger Loris, Schwester Margreth und Doktor Elmer zum Beispiel. Selbst wenn mir keiner glaubt, dürfen die nicht gewinnen. Und deshalb muss ich weiterhin meine Klappe halten.

Sophia ist das alles egal. Ich wäre gerne so wie sie. So mutig und klug. Dann wäre das Leben leicht. Wäre ich wie sie, würden vielleicht sogar meine Eltern noch leben, weil ich früher mehr richtig gemacht hätte. Ich kann es einfach nicht glauben, dass Mama eine Überdosis genommen hat, wie Herr Leuenberger behauptet. Sie war lange krank, richtig krank, bevor sie in der Klinik gestorben ist. Und Papa hat sich niemals selbst erschossen. Das sind alles Lügen.

»Vorsicht!«, brüllt der Beifahrer. Ich zucke zusammen. Der Fahrer steigt auf die Bremse. Der Wagen bricht aus, und bevor ich einen klaren Gedanken fassen kann, prallen wir gegen die Leitplanke. Von dort schleudern wir auf die Fahrbahn zurück, direkt auf ein entgegenkommendes Auto zu.

»Runter!«, ruft Sophia, und ich lasse mich zwischen die Sitzreihen fallen, nur eine Sekunde, bevor es richtig knallt. Danach herrscht Stille, und ich denke schon, ich bin tot.

Bis ich Sophia höre. »Raus, Benni, raus!«, schreit sie und zeigt aufs Seitenfenster. Es ist zerbrochen. Schnee rieselt durch das Loch herein. Da merke ich erst, dass das Auto auf der Seite liegt.

Ich rapple mich hoch. Schaue nach vorn und erschrecke, als ich die Beamten in den Gurten hängen sehe. Einer blutet stark aus der Nase. Vor ihnen hängen die Airbags herunter wie schlaffe Luftballons.

Ich schaue an mir herab, weil ich nicht glauben kann, dass mir nichts fehlt. Doch bis auf meinen rechten Arm, der ohne Gips noch ziemlich empfindlich ist, tut mir nichts weh.

»Worauf wartest du, Benni? Komm endlich!«, drängt Sophia.

»Okay«, sage ich und strecke mich hoch. Durch das zerbrochene Fenster komme ich an den äußeren Griff der Schiebetür und kann sie mit ordentlich Kraft hochdrücken und dann zur Seite schieben. Ich klettere raus, springe in den Schnee und stelle fest, dass wir mitten auf einem Feld sind. Oben auf der Straße sehe ich das Auto, in das wir gekracht sind, sonst nichts.

»Lauf!«, ruft Sophia. Aber wohin sollten wir denn laufen? Ich blicke mich um. Irgendwo unter uns muss die Stadt sein.

Den Hang hinunter, denke ich, *durch den Schnee*. Ich mache die ersten Schritte und komme schnell voran. Mehrmals rutsche ich aus, aber ich falle weich. Wenige Minuten später erreichen wir Chur, und gerade als ich Sophia fragen will, was wir als Nächstes tun sollen, deutet sie mit dem Zeigefinger auf ein Schild.

Bahnhof.

Wir rennen hin, denken an nichts, spüren nur die Flocken in unseren Gesichtern. Das Wetter wird schlechter und schlechter. In einer Querstraße hören wir die Sirenen von Einsatzwagen, die bestimmt zum Unfall wollen.

Am Bahnhof angekommen, steigen wir in den erstbesten Zug. Wir haben zwar kein Ticket, aber Sophia beruhigt mich. »Heute ist unser Glückstag, Benni«, sagt sie immer wieder. Ich habe längst beschlossen, ihr alles zu glauben und genau das zu tun, was sie sagt.

Auf der Anzeige steht, dass der Zug nach Zürich fährt. Von dort aus geht bestimmt ein weiterer Zug nach Deutschland.

Sophia sieht einen Koffer, auf den niemand aufpasst, und nimmt ihn mit aufs Klo, wo wir uns einsperren.

»Was ist, wenn uns jemand entdeckt?«, frage ich, während Sophia den Koffer durchwühlt.

»Wird schon gut gehen. Irgendwie geht es immer weiter«, sagt sie und holt ein paar Geldscheine aus dem Koffer. »Notfalls damit!«

Ich lächle, als ich merke, dass heute wirklich unser Glückstag ist.

Sophia ist die Größte. Ich will so sein wie sie.

Ich *muss* so sein wie sie.

Ich. Bin. Sie.

Zwei Stunden später klettere ich mit einem Ticket in den ICE nach Hannover, wo ich umsteigen muss.

Ich fühle mich so frei wie niemals zuvor in meinem Leben. Weil nichts mehr sein muss, wie es war. Weil ich das Spiel nicht mehr spielen muss. Ich darf wieder sein, wie ich bin. Wer ich bin. Ich muss es sogar. Weil sie mich dadurch viel schwerer finden und zurückbringen können. Es ist, als hätte Papa das alles vorhergesehen, damals, als er das große Spiel für uns erfunden hat. Als ich ein Junge wurde und bleiben musste. *Ganz egal, was passiert.*

Eine ältere Frau setzt sich neben mich. Zuerst liest sie bloß in einer Zeitschrift, dann fängt sie an zu quatschen.

»Wie heißt du denn?«, fragt sie irgendwann.

»Sophia«, sage ich und lächle.

75 Christian Brand

Brand saß auf der Ladekante des geländegängigen Krankenwagens der Alpinen Rettung Schweiz, der sich über den steilen Weg zur ehemaligen Hohenwaldklinik hatte hochkämpfen können, und sah dem Arzt dabei zu, wie dieser seine Hände verband. Die Schnittwunden waren tief und würden noch genäht werden müssen. Jetzt, wo der Adrenalinspiegel in seinem Blut sank, traten die Schmerzen in den Vordergrund und waren bald so stark, dass Brand sich ein wirksames Schmerzmittel geben ließ.

Es regnete nicht mehr, doch Brand war durchnässt, weshalb man ihm eine Rettungsdecke über die Schultern gelegt hatte. Hinter ihm im Wagen lag Hanna Carlsen auf einer Spezialliege, wie man sie bei Verdacht auf Wirbelsäulenverletzungen verwendete, samt Halskrause und aufblasbaren Elementen, die einen schonenden Transport ins Krankenhaus ermöglichen sollten. Man hatte ihr einen Tropf angehängt und allerlei Medikamente verabreicht. Ein anderer Notfallsanitäter als der, der sich um Brands Hände kümmerte, diskutierte mit einem Mann von der Alpinen Rettung, ob man die Verletzte ins Tal fahren oder auf bessere Flugbedingungen warten solle. Immer noch ließen die Wolken keine Flüge ins Gelände zu, und nur mit einer gehörigen Portion Bauchweh und Können der deutschen Piloten war es gelungen, den Eurocopter so zu versetzen, dass wenigstens die Fahrzeuge vorbeikamen. Was Hannas weitere Versorgung betraf, bahnte sich ein Grenzgang zwischen Tempo und möglichen Folgen dieses Tempos an. Immerhin war sie stabil und konnte ihre Finger und Zehen bewegen. Fünf oder zehn Klicks mehr, und es wäre wohl anders ausgegangen.

Sie und die letzte Gefangene – Marion Lüthi – aus ihren Behältnissen zu befreien, war ein Unterfangen für sich gewesen. Natürlich hatte die Spezialeinheit Enzian kein entsprechendes Bergungsgerät bei sich, und so hatte man erst weitere Unterstützung durch Spezialisten des Schweizer Heeres anfordern müssen. Sie hatten Hanna schnell befreien können. Schwieriger war es bei Marion Lüthi gewesen. Man hatte zuerst die elektrische Restspannung aus der Blitzanlage abführen müssen, die sowohl sie als auch die Retter gefährdete. Aber auch Lüthi war schließlich freigekommen – dehydriert, mit offenen Stellen, Verspannungen und großen Schmerzen, doch außer Lebensgefahr. Sie lag in einem zweiten Fahrzeug der Alpinen Rettung. Jeder medizinische Laie hätte sehen können, dass sie schwer traumatisiert war, worauf Björk und Brand beschlossen hatten, die Befragung vorerst aufzuschieben.

Auch Nachtmann Nummer zwei war tot. Laut den Schweizer Kollegen hatte er versucht, einen Kasten zu erreichen, der die elektrische Entladung in Lüthis Zylinder hätte herbeiführen können. Somit hatte auch das Leben des zweiten Täters durch einen Kopfschuss sein Ende gefunden.

Brand hatte den Typen kurz sehen können. Er schätzte ihn auf fünfundzwanzig, höchstens dreißig. Sein Gesicht war kantig, das Kinn ausgeprägt. Björk war er bisher nicht untergekommen, womit Identitäten, Hintergründe und Motive weiterhin unklar blieben. Bloß der Spuk dieser *Nacht* war vorbei.

Am spannendsten erschien Brand die Geschichte von der Frau mit den roten Haaren, die bei Björk aufgetaucht war und sich als

Ärztin ausgegeben hatte. Nachdem Brand Björk im Gewölbekeller zugerufen hatte, er habe eine zweite Person herauslaufen hören, war sie mit mehreren Kollegen von der Spezialeinheit hinausgestürmt und hatte den Hubschrauber wie auch die weitere Umgebung abgesucht – doch von der Frau fehlte jede Spur. Der Pilot, um den sie sich hatte kümmern wollen, lebte. Den Notärzten zufolge war er zwar behelfsmäßig, aber gekonnt versorgt worden.

Sowohl Björk als auch Brand gingen davon aus, dass die Rothaarige nicht bloß eine Gefangene gewesen war, sondern irgendwie in der Sache mit drinhing. Wenn nicht als Täterin, so zumindest als Mitwisserin. Nun lief eine Großfahndung nach ihr. Doch bei diesen Wetterverhältnissen und den unzähligen Möglichkeiten, wohin sie verschwunden sein konnte, würde jede Fahndung zur berühmten Suche nach der Nadel im Heuhaufen werden.

Somit konnte nur noch August Carlsen Licht in die Angelegenheit bringen. Björk hatte ihn vorhin in Brands Gegenwart befragen wollen, doch der Gebrocur-Vorstandsvorsitzende war zum Telefonieren verschwunden. Nach einer Weile kapierte er offenbar, dass es hier oben keinen Handyempfang gab, und borgte sich ein Satellitentelefon der Kollegen von der Spezialeinheit Enzian. Kurze Zeit später hörten sie, wie er jemandem so resolut den Kopf wusch, dass man sich nur wünschen konnte, August Carlsen niemals als Vorgesetzten oder Geschäftspartner zu haben. Wen er da zurechtstutzte, ließ sich unmöglich sagen, doch offensichtlich fühlte sich Carlsen schlecht beraten und in eine Situation gebracht, die niemals hätte entstehen dürfen. Außerdem verlangte er, zurückgerufen zu werden.

»Und?«, fragte Björk jetzt und betrachtete Brands verbundene Hände, die an Hasenpfoten erinnerten. »Wetten, dass er alles weiß?« Sie nickte in Carlsens Richtung.

»Er wäre sonst nicht ausgerechnet hierher geflogen«, bestätigte Brand, dass er dasselbe dachte. Carlsen wusste viel mehr, als er ihnen in Frankfurt hatte weismachen wollen. »Na dann«, sagte Brand und setzte sich in Bewegung. »Mal sehen, was wir aus ihm herausholen können.«

Björk folgte ihm.

»Was hat Sie hierhergeführt, Carlsen?«, sagte er, sobald sich seine Gestalt im Nebel abzeichnete.

Carlsen wandte sich ihm zu, schwieg aber.

»Woher haben Sie gewusst, dass Ihre Tochter hier sein würde?«, drängte Björk.

»Ich habe es nicht gewusst.«

»Sondern?«

Statt einer Antwort klingelte das Satellitentelefon in Carlsens Hand. Der warf einen Blick aufs Display, schüttelte den Kopf und sagte: »Wenn Sie wollen, können Sie gerne mit meinem Anwalt reden. Und jetzt lassen Sie mich. Ich habe Dringlicheres zu erledigen.« Damit schritt er eilig davon.

Brand riss unwillkürlich die verbundenen Fäuste hoch, als wolle er seinem Ärger mit Boxhieben Luft machen – doch dann spürte er Björks Hand auf seinem Oberarm.

»Wir kriegen ihn«, sagte sie leise und ließ wieder los.

Brand schnaubte und blickte genervt zum Himmel. Ein blassblauer Strich zog sich durch die Wolken. Besserte sich das Wetter etwa? Konnten die Verletzten gleich ausgeflogen werden und sie womöglich auch? Oder war es bloß ein weiterer Hoffnungsschimmer, der im nächsten Moment verschwand wie der Pharma-Fuzzi im Nebel?

»Netter Verband«, riss Björk ihn aus seinen düsteren Gedanken.

»Was?«

»Wie Wattestäbchen.«

»Halten Sie bloß die Klappe, Björk.«

NÄCHSTER TAG

76 Carlo Breguet, Kripo Zürich

Breguet suchte Leuenbergers alte Wohnadresse und tat sich schwer damit, weil ihm der Stadtteil nicht vertraut war. Das Navi führte ihn immer wieder in dieselbe Straße zurück, die ein Kranwagen blockierte, und die Umfahrung klappte nicht. Er musste anhalten und jemanden fragen. Doch bei dem Sauwetter war niemand draußen.

Er wollte in Leuenbergers Haus, weil ihm die Sache mit der Rothaarigen keine Ruhe ließ. Er hatte gleich so eine dunkle Vorahnung gehabt, als sie tags zuvor bei der Kriminalpolizei aufgetaucht war und nach Hans Leuenberger gefragt hatte. Er war noch nicht lange Ermittler, doch zwangsläufig entwickelte man dabei einen sechsten Sinn für Menschen und das, was sie hinter ihrer Fassade verbargen. Er hätte auf sein Bauchgefühl hören sollen, das ihn drängte, die Ärztin aus Berlin mit in sein Büro zu nehmen und sich genauer anzusehen, was sie mit Leuenberger zu schaffen hatte.

Belüg dich nicht selbst, dachte er. Es war kein sechster Sinn gewesen, der ihn gedrängt hatte, sondern der eine zwischen seinen Beinen. Die Frau hatte ihn umgehauen mit ihren roten Haaren, den grünen Augen und der Spitzen-Figur. Er stand immer schon auf den weniger fraulichen, großen und schlanken Typ. Nachdem sie weg gewesen war, hatte er Leuenbergers alte Akten durchgesehen, weniger aus Misstrauen denn aus Faszination – doch er hatte weder ein Foto gefunden noch irgendeinen Fall mit Deutschland-Bezug entdeckt.

Breguet hatte überlegt, Leuenberger im Pflegeheim zu besuchen, es aber wieder verworfen – bis er die Fahndung gesehen hatte. Europol suchte eine Unbekannte, deren Personenbeschreibung und Phantombild wie die Faust aufs Auge zur Rothaarigen passten. Sogar dass sie sich als Ärztin ausgab, stimmte überein.

Also war er mittags zum Pflegezentrum Entlisberg gefahren. Wie erwartet, war Hans Leuenberger tief in sich selbst versunken gewesen und hatte Breguet nicht erkannt. Doch eine Pflegekraft konnte sich noch an die Rothaarige erinnern. Sie sei nur wenige Minuten bei Leuenberger gewesen, bevor dieser zu schreien begonnen habe, was völlig untypisch für ihn war. Dann sei die Frau gegangen.

»Hallo? Hallo, Sie?«, rief Breguet zum Seitenfenster raus, als er endlich jemanden auf der Straße sah. Eine Frau mit Einkaufstasche und Schirm, den sie dem Sturm entgegenhielt.

Er erkundigte sich nach der Straße und deutete auf den Kranwagen, vor dem er nun schon zum dritten Mal gelandet war. Die Passantin nickte und verriet ihm die Gasse, durch die er auf eine Parallelstraße kam. Breguet wendete und gelangte endlich auf die richtige Straße, die zu Leuenbergers leer stehendem Wohnhaus führte. Langsam fuhr er daran vorbei. Der Vorgarten war verwildert, das Haus selbst befand sich ebenfalls in keinem guten Zustand. Ein Fenster im oberen Stockwerk war provisorisch mit Holzplatten vernagelt. Rundum schossen Neubauten in die Höhe, zwischen denen Leuenbergers Haus wie ein Fremdkörper wirkte. Soweit Breguet wusste, hatte Leuenberger keine Angehörigen. Falls doch, würde sich wohl jeder Erbe über den Jackpot seines Lebens freuen und sofort an den Höchstbietenden verkaufen

Noch aber stand das Haus und konnte eine wichtige Auskunftsquelle sein. Weil er inoffiziell hier war, parkte er den Wagen hinter der nächsten Ecke und lief durch den Regen zurück. Er stieg die Steintreppe zur Eingangstür hoch und drückte auf die Klingel – man wusste schließlich nie –, hörte aber nicht einmal ein Schrillen. Bestimmt war der Strom längst abgestellt worden. Nervös blickte er über die Schulter und rüttelte an der Klinke. Wie erwartet, war abgesperrt. Er hätte das alte Türschloss mühelos knacken können. Weil er aber kein unnötiges Aufsehen erregen wollte, schlich er um das Haus herum zur Rückseite, in einen Garten, der viel zu groß für aktuelle Zürcher Verhältnisse wirkte. Die Bäume gaben einen hervorragenden Sichtschutz ab. Die hintere Tür war noch weniger einbruchssicher als die vordere. Es genügte schon, eines der kleinen Fenster einzudrücken, die in die kassettenartige Hintertür eingelassen waren. Breguet griff durch die Öffnung und sperrte auf.

Im Inneren empfing ihn ein Schwall abgestandener Luft. Er befand sich in der Küche. Die Fotos, die hier hingen, waren teilweise noch schwarz-weiß. Breguet glaubte, auf einigen davon den jungen Hans Leuenberger zu erkennen. Er schien ein Einzelkind gewesen zu sein. Bestimmt hatte er sich auf seine alten Tage nach Zürich versetzen lassen, weil er es nicht übers Herz brachte, sein Familienerbe zu verkaufen. Jede Wette, dass er geplant hatte, nach dem Eintritt in den Ruhestand das Haus zu renovieren und hier alt zu werden.

Bis das Vergessen begann …

Ohne sich länger mit Sentimentalitäten aufzuhalten, suchte Breguet nach Leuenbergers alten Notizbüchern. Er hatte ihn im Dienst nie ohne Notizbuch gesehen, und dass er es wegwarf, wenn es vollgeschrieben oder der Fall erledigt war, schloss Breguet aus.

Nach einigen Minuten fand er das erste im Wohnzimmer, aufgeklappt und mit einer Einkaufsliste versehen. Breguet blätterte zum Anfang, stieß aber lediglich auf Arzttermine und wirre Anmerkungen. Es war, als würde er das Protokoll von Leuenbergers geistigem Abschied lesen. Breguet suchte weiter, bis er die gesammelten Notizbücher fand, direkt neben Leuenbergers Ledersessel, unten im Wohnzimmerschrank, sodass er sie auch im Sitzen erreichen konnte. Es waren Dutzende, alle gleich gebunden, die meisten davon abgegriffen, doch auch ein paar wenige brandneue, die noch auf ihren Einsatz warteten.

Angesichts der Fülle an Informationen, die sich vor Breguet ausbreitete, verlor er fast den Mut. Dann aber nahm er das erstbeste an sich und begann zu lesen.

Eine Stunde später stolperte er über einen Fall mit Deutschland-Bezug, der sich 2009 in der Nähe von Chur ereignet hatte, wo Leuenberger den Großteil seiner Berufslaufbahn verbracht hatte.

Eine psychiatrische Klinik war abgebrannt. Bei den Löscharbeiten hatte man einen mutmaßlich ermordeten Jungen gefunden. Leuenberger hatte von Beginn an drei Jugendliche im Visier gehabt: Anton Wolf, Felix Tanner und den aus Deutschland stammenden Benjamin Sommer. Vor allem Letzterer war von Zeugen schwer belastet worden, verschwand aber spurlos, nachdem es auf dem Weg zur Gerichtsverhandlung einen Unfall gegeben hatte. Leuenberger hatte sich regelrecht in die Suche nach Sommer verbissen und alle Hebel in Bewegung gesetzt, auch mit Rechtshilfeersuchen an die deutschen Behörden, doch er hatte den Jungen nicht mehr gefunden.

Als Breguet weiterblätterte, fiel eine Postkarte aus dem Notizbuch heraus. Auf der Vorderseite posierte ein Wolf in verschneiter Landschaft. Die Karte war an Leuenbergers alte Adresse in

Chur geschickt worden. Im Textteil stand bloß: *Die Nacht wird kommen.*

Aufgeregt blätterte Breguet weiter und merkte, dass Leuenberger immer wieder Parallelen zwischen dieser Postkarte und dem Fall in den Bergen zog, doch wieder und wieder auf der Stelle trat. Man konnte förmlich greifen, wie sehr ihn die Sache beschäftigt hatte.

Zwischen einer der nächsten Seiten des Notizbuchs waren lose Blätter eingeklemmt, die beim Umblättern herausfielen. Breguet bückte sich und hob sie auf. Es waren Extraseiten mit weiteren Notizen. Ausdrucke und Bilder …

Bei einem davon schnappte er unwillkürlich nach Luft.

Das Polaroid zeigte drei Jungs, die frech in die Kamera grinsten.

Den in der Mitte erkannte er sofort wieder.

ZWEI TAGE SPÄTER

77 Inga Björk, Europol

Die Nacht war beinahe um. Draußen graute der Morgen, und Björk graute es vor einem weiteren unausgeschlafenen Tag in Frankfurt. Sie wollte endlich nach Den Haag zurück. Doch als kleinen Beitrag zur Völkerversöhnung hatte Europol ihr aufgetragen, den Fall zusammen mit dem Hessischen Landeskriminalamt zu Ende zu bringen. Markus Gerlach hatte sich in Den Haag über sie beschwert. Weil sie den Abteilungsleiter des LKA mehr als nur einmal im Regen stehen gelassen und ihm wichtige Informationen vorenthalten hatte. Also war ihr von der Direktion aufgetragen worden, sämtliche Nacharbeiten des Falls mit ihm abzuwickeln und einen gemeinsamen Bericht zu verfassen.

Vor ihr standen mehrere ausgetrunkene Dosen irgendeines Discounter-Energydrinks. Weder bekam ihr das Zeug, noch wirkte es. Doch sie musste alles versuchen, um wach zu bleiben. Kurz nach zwei Uhr früh war Mick Weilands Kreditkarte benutzt worden. Mick Weiland, Vater von Felix Weiland, Mann von Sophia Weiland – der Frau mit den roten Haaren, der Björk seit ihrem Verschwinden in der Schweiz auf den Fersen war. Seit Stunden saß sie nun schon hier und versuchte, die Frau in einer von Dutzenden Kameraeinstellungen zu entdecken.

Carlo Breguet von der Zürcher Kriminalpolizei hatte den entscheidenden Hinweis zu ihrer Identifikation geliefert. Er hatte

Björk kurz nach der Sache in Chur kontaktiert und ihr ein Foto jener Frau geschickt, die sich in ihrer Kindheit und Jugendzeit als Benjamin Sommer ausgegeben hatte. Sie war jahrelang in der Hohenwaldklinik untergebracht gewesen, in deren Ruine sich nun das Finale der *Nacht* zugetragen hatte. Nach dem Brand der Klinik hatte man gegen Benjamin Sommer ermittelt und ihn angeklagt. Doch er war entwischt und hatte offensichtlich nicht nur seine Personalien geändert, sondern auch sein Geschlecht. Man hatte DNA-Spuren sowohl im Mietwagen als auch am Kabelbinder sichergestellt und so herausgefunden, dass die Person, die sie suchten, die physischen Anlagen einer Frau besaß.

Mit dem Foto aus der Schweiz und der Information, dass sie angeblich in Berlin als Ärztin arbeitete, hatte es nicht lange gedauert, ihre Personalien auszuforschen. Ein SEK hatte am Vortag das Berliner Einfamilienhaus gestürmt, in dem sie gemeldet war. Doch es war niemand dort gewesen. Und obwohl mittlerweile ein europäischer Haftbefehl erlassen worden war, blieben Sophia Weiland und ihre Familie wie vom Erdboden verschluckt.

Bis zu dieser Nacht.

Bestimmt glaubten die Weilands, dass die Kreditkarte, die sie benutzten, nicht zurückverfolgt werden konnte. Sie wurde von einer Internetplattform ausgegeben, die selbstständige Grafiker und Programmierer benutzten, um weltweit Aufträge abwickeln zu können. Die Umsätze liefen über ein Bankhaus auf den Cayman Islands. Vor wenigen Jahren hätte man so noch tatsächlich unsichtbar bleiben können. Doch seitdem die Kollegen aus den Vereinigten Staaten kurzen Prozess mit dem Bankgeheimnis gemacht hatten – selbst die Schweiz konnte ein Lied davon singen –, gab es keine geheimen Kreditkarten mehr. Es gab bloß noch den Glauben daran, und diesen Glauben machten sich die Behörden zunutze.

Mehr als diesen Umsatz, der auf einer Raststätte an der A9 bei Nürnberg getätigt worden war, gab es nicht. Eine Abbuchung von knapp siebzig Euro im Tankstellen-Kiosk. Wohin die Weilands wollten, war unklar. Die Bildaufzeichnungen von der Raststätte ließen auf sich warten. Aber immerhin kannte Björk damit die Himmelsrichtung: Süden. Björk tippte auf den Flughafen München oder auf Österreich und von dort aus weiter südwärts. An den Grenzen waren Zivilbeamte postiert worden, die nach dem Caddy Ausschau halten sollten, der auf Mick Weiland zugelassen war. Solange sie aber in Deutschland blieben, brachte das nichts.

Womit Björk und ihr Spezialtalent ins Spiel kamen. Auf den Monitoren vor ihr waren Dutzende Perspektiven aus dem Süden Deutschlands zu sehen. Flughäfen, Bahnhöfe, öffentliche Plätze. Björk betrachtete die Sache mittlerweile als sportliche Herausforderung. Jemandem mit ihrer Lebenserfahrung passierte es nicht oft, derart übertölpelt zu werden wie von Sophia Weiland in der Schweiz. Sie täuschte sich normalerweise nicht in Menschen. Der Kabelbinder, mit dem sie sich womöglich selbst gefesselt hatte, war bloß ein Element der Täuschung gewesen. Ihr Verhalten war Björk so authentisch vorgekommen, dass sie sich niemals die Frage gestellt hätte, ob die Frau vielleicht noch etwas anderes war als Ärztin und Opfer.

Dass sich Sophia Weiland lange Zeit als Junge ausgegeben hatte – vermutlich sogar hatte ausgeben müssen –, musste eine gute Schule gewesen sein. Björk wusste mittlerweile einiges über die Flüchtige. Geboren als Pia Sommer, hatte sie im Alter von sechs Jahren ihre Mutter Bettina verloren, deren Tod in direktem Zusammenhang mit dem Gebrocur-Medikamentenskandal stand. Ihr Vater Oliver war kein Jahr später von dem damals jungen Anwalt Eric Dornhoff erschossen worden. Obwohl die Indizien ähnlich erdrückend waren wie ein Geständnis, war gegen den Anwalt nicht einmal ermittelt worden. Man hatte Dornhoff bloß des unerlaubten Waffenbesitzes überführt.

Warum aus der kleinen Pia nach dem Tod des Vaters Benjamin Sommer geworden war – oder werden musste –, war noch nicht vollständig geklärt. Als Benjamin hatte sie Jahre in der Hohenwaldklinik verbracht und dort Felix Tanner und Anton Wolf kennengelernt. Die Schweizer Behörden nahmen gerade alles auseinander, doch schon jetzt ahnte Björk, dass die drei Kinder Schreckliches erlebt haben mussten. Zum momentanen Zeitpunkt wussten sie nur, dass Anton Wolf vom eigenen Vater für den gewaltsamen Tod der eigenen Mutter verantwortlich gemacht worden war, wenngleich dieser seine Frau aller Wahrscheinlichkeit nach selbst auf dem Gewissen hatte. Bei Felix Tanner schien Missbrauch im Spiel gewesen zu sein. Er stand im Verdacht, den Partner seiner Tante getötet zu haben, bei der er gelebt hatte. Deshalb war er in die Anstalt gekommen. Die Tante, Marion Lüthi, hatte damals geschworen, nichts von irgendwelchen Übergriffen mitbekommen zu haben, aber Björk war sich da nicht so sicher. Es kam nur allzu oft vor, dass ein Elternteil oder Vormund wegsah, wenn etwas vorfiel, was niemals vorfallen durfte.

Zwischen Anton, Felix und Benni war eine tiefe Freundschaft entstanden, gekrönt von einem Schwur, auf dem die Ereignisse der letzten Tage gründeten. Dieser Schwur war hinten auf dem Polaroid-Sofortbild verewigt, das Breguet in den Aufzeichnungen eines früheren Kriminalbeamten entdeckt hatte. Das Motiv auf der Vorderseite zeigte Benjamin, Anton und Felix. Auf der Rückseite standen bloß vier Sätze:

Wir sind der Club der Nacht.
Wir rächen uns an den Dämonen.
Einer für den anderen.
Alle für uns.

Somit war klar, worum es ging und wie die Sache funktionierte. *Die Nacht* war ein riesiger Racheplan, erdacht von drei Jungs, die es ihren Peinigern heimzahlen wollten. Dabei hatten Felix und Anton ihren Teil der Abmachung offensichtlich eingehalten. Sie hatten drei ehemalige Mitarbeiter der Anstalt getötet und auch Gebrocur und die Drahtzieher hinter dem Pharma-Skandal zur Rechenschaft gezogen. Sophia Weiland hatte ebenfalls versucht, ihrem Versprechen nachzukommen. Um Anton zu rächen, hatte sie offensichtlich Anton Wolfs Vater Gerald töten sollen, der in Liechtenstein lebte. Laut einem weiteren Vergleich zwischen Weilands DNA und Spuren aus Gerald Wolfs Haus in Liechtenstein war sie tatsächlich bei ihm gewesen, bevor sie in die Hohenwaldklinik weitergefahren war. Der Obduktionsbericht hatte ergeben, dass Gerald Wolf bei Sophia Weilands Eintreffen schon tot gewesen war. Er hatte sich mit Tabletten das Leben genommen, als sich Sophia Weiland nachweislich noch in Berlin aufhielt.

Am Ende waren nur Hanna Carlsen und Felix Tanners Tante Marion Lüthi der Kettenreaktion entkommen. Das Koordinaten-Tattoo auf der Schulter der Frau bezog sich auf die Klinik in Chur, in der sie ihr eigenes Kind zur Welt gebracht hatte, dem aber nur ein kurzes Leben vergönnt gewesen war. Jahre später – Felix' Eltern waren bei einem Autounfall ums Leben gekommen, und sie hatte ihn bei sich aufgenommen – war dann die Sache mit dem Lebensgefährten eskaliert. Man hatte gegen Felix ermittelt und bei ihm eine psychische Erkrankung diagnostiziert, die Björk wie so vieles in der Vorgeschichte der Jungs stark anzweifelte. Sie konnte sich ausmalen, was geschehen war, doch beweisen lassen würde es sich nicht.

Wozu auch.

Die beiden Nachtmänner – Felix Tanner und Anton Wolf – waren tot. Somit blieb nur Sophia Weiland übrig, die man nach den letzten Details fragen konnte.

Auch Sophia Weilands jüngere Vergangenheit schrie förmlich nach Aufklärung. Speziell die Zeit nach ihrer ersten Flucht aus der Schweiz. Björk hatte versucht, den Weg zu rekonstruieren. Offensichtlich hatte sie sich selbst in Sophia umbenannt und war zunächst in einem Heim für obdachlose Mädchen untergekommen, wo unter anderem die Ausstellung neuer Papiere veranlasst wurde, bevor sie bei Pflegeeltern unterkam. Innerhalb kürzester Zeit hatte sie das Abitur mit Bestnoten geschafft und anschließend Medizin studiert. Es schien, als hätte mit ihrer Flucht ein ganz neues Leben begonnen, verbunden mit neuem Ehrgeiz, der es ihr ermöglichte, sich eine eigene Existenz aufzubauen, Familienglück inklusive.

Bis zur *Nacht*.

Wieso war sie unter diesen Umständen in die Schweiz und nach Liechtenstein gefahren? Hatte sie Antons Vater wirklich töten wollen? Oder wollte sie ihn warnen und war zu spät gekommen? Und was geschah danach, in der Brandruine der Hohenwaldklinik, in der die fatale Kettenreaktion ablief? Hatte Sophia Weiland versucht, sie zu stoppen, und Anton hatte sie davon abgehalten, indem er sie fesselte? Oder hatte sie alles geduldet, im Wissen um Felix Tanners Schicksal, der sich in Frankfurt für sie geopfert hatte?

Nach alldem und mehr musste Björk Sophia Weiland fragen. Tat sie es nicht, so würde es ein anderer Ermittler tun. Ganz egal, wer sie in die Mangel nahm: Es sah nicht gut für sie aus. Der Beihilfe zum mehrfachen Mord konnte man sie leicht bezichtigen und wohl auch schuldig sprechen. Sie würde in die Schweiz ausgeliefert werden, und ein drittes Mal würde ihr die Flucht aus dem Land nicht mehr gelingen. Obendrein würde sie ihre Approbation als Ärztin verlieren, und mit dem Familienglück wäre es vorbei.

Björk dachte an ihre eigene Vorgeschichte. An die zahllosen falschen Entscheidungen, die sie getroffen hatte. Die falschen Leute, denen sie vertraut hatte. Ihre Jahre als Tattoo-Model in Liverpool und später in London. Die Vorfälle und Grenzerfahrungen, die sie bis heute in ihre Träume verfolgten. Den ständigen Kampf gegen den Abwärtsstrudel, um doch ein ums andere Mal wieder in die Tiefe gerissen zu werden. Aber sie war stärker gewesen, hatte sich befreit und ein neues Leben angefangen. Genau wie Sophia Weiland. Doch während Björk selbst schuld an ihrem Schicksal war, konnte Weiland nur wenig dafür.

Und nun kam Björk, Super Recogniser. Björk, Sophia Weilands Fluch.

Sie sind ein Fluch, Björk!, hallten Brands Worte in ihr nach.

So what?, hatte sie geantwortet.

Sie fuhr erschrocken zusammen, als die Tür zum Medienraum aufgestoßen wurde und Beer hereinstolperte. »Flughafen!«, rief er und eilte zu ihr.

Björk setzte sich auf.

»Flughafen München, Terminal eins. Wieder die Kreditkarte.«

Das flaue Gefühl in ihrem Bauch verstärkte sich, umso mehr, als ihr nun auch noch Beers Geruch in die Nase stieg. Sogar Brands Blumenwiesen-Waschmittel wäre ihr lieber gewesen als der Moschus dieses Ochsen.

»Wo genau?«, fragte sie, legte ihre Hand auf die Maus und zog die verfügbaren Überwachungskameras zusammen. Dabei glaubte sie fast, eine zweite unsichtbare Hand zu spüren, die sich auf ihre legte und sie zur Langsamkeit zwang.

»Ein Automat zwischen den Bereichen C und D.«

»Was für ein Automat?«

»Keine Ahnung. MUC Vending Machines. Könnte alles sein. Ein Kaffeeautomat vielleicht. Oder diese Reise-Elektronikartikel. Oder …«

»Schon gut. Also irgendwo hier«, sagte sie und konzentrierte sich.

»Können wir die Bilder zurücklaufen lassen?«

»Nein – wir haben nur live.«

»Wetten, dass sie einen der Fernflüge nehmen will?«

Schnelldenker, dachte Björk und versuchte, eine Familie aufzuspüren, eine Familie mit einer großen, schlanken Mutter mit roten Haaren. Doch sie sah keine. Nur Geschäftsleute. Touristen. Eine Gruppe Sportler, alle im gleichen Trainingsanzug. Und …

Ihr stockte der Atem, als sie Weiland entdeckte.

»Was ist? Haben Sie sie? Wo?«, schmetterte Beer ihr die Fragen ins Genick. Sofort rief er jemanden an. »Wir haben sie! Terminal eins, Gate D … welches Gate genau?«, hörte Björk und spürte eine Sekunde später, wie er energisch an ihrem Drehstuhl rüttelte.

78 Sophia Weiland, Unfallärztin

Sie sah zur Fassade eines der gegenüberliegenden Gebäude, in dem sich die aufgehende Sonne spiegelte. Ihr war so kalt, dass sie sich einen Tee hatte besorgen müssen. Warum war es auf Flughäfen immer so eisig? Genau wie in den ICEs der Deutschen Bahn, in die sie nicht mehr ohne warme Kleidung einstieg …

Sie versuchte, sich auf diese und andere Banalitäten zu konzentrieren. Weil man so am wenigsten auffiel. Weil sie umso nervöser wurde, je wahrscheinlicher es war, dass ihr Plan tatsächlich aufgehen könnte.

Weil jetzt alles, was kommen würde, auf Messers Schneide stand.

Das Gate war offen, und die ersten Passagiere stiegen ein. Am liebsten wäre sie losgelaufen und hätte sich an den Fluggästen der First Class vorbeigedrängt. Aber sie durfte nicht. Im Moment der größten Ungeduld musste sie schier übermenschliche Geduld beweisen.

Fast geschafft.

Sie dachte an Mick und Felix, die nichts von dem verstehen konnten, was sie von ihnen verlangte. Die beiden waren an einem Ort, den niemand sonst kannte, und warteten darauf, dass Sophia sich bei ihnen meldete. Alles andere, jede Erklärung und jedes Hoffen auf Verständnis musste warten, bis die

Zeit dafür gekommen war. Sophia betete, dass sie ihr vertrauten. Und dass das Glück eines Tages wieder in ihr Leben zurückkehren würde.

»Meine Damen und Herren, herzlichen Dank für Ihre Geduld. Wir bitten nun alle weiteren Passagiere zum Gate und wünschen einen angenehmen Flug.«

Sophia stellte sich in die Schlange. Hinter ihr quengelte ein Kind. Vor ihr lachten die Jugendlichen in den Sportanzügen, die schon die ganze Zeit Radau machten – was Sophia nur recht sein konnte. Sie hoffte bloß, sie würden nicht den ganzen Flug über so weitermachen.

Plötzlich wurde es hektisch. Hinter ihr. Sophia hörte, wie sich eines dieser elektrobetriebenen Terminal-Vehikel näherte. Jemand hupte. Reifen quietschten, standen still. Schwere Schuhe stampften auf den Boden. Ein Kind schrie. Und dann waren sie da. Polizisten oder Sicherheitsleute, wusste Sophia, obwohl sie immer noch nach vorne starrte. Sie war aufgeflogen. Sie wollte ihre Hände heben und auf die Knie gehen, aber sie konnte sich nicht bewegen. Nur zittern.

»He!«, protestierte eine Frau. »Lassen Sie das!«

»Runter!«

»Sie tun mir weh!«

Sophia war verwirrt. Sie hätte erwartet, dass die Klagelaute aus ihrem eigenen Mund kamen. Doch das taten sie nicht.

Niemand stand mehr in der Schlange zum Gate. Alle gafften zurück, an Sophia vorbei, manche hatten ihre Handys gezückt, um alles zu filmen.

Der Weg zum Gate war frei.

Als Sophia einen Schritt nach vorne wagte, gaben ihre Beine fast nach. Sie spürte sie kaum noch. Dafür machte sich ihre Blase bemerkbar. Ihr Gesicht zuckte. Bestimmt sah sie aus wie Grimassenpeter damals, wusste aber, dass es niemandem außer ihr auffallen würde.

Die letzten zwei Meter lagen vor ihr.

Sie öffnete ihre Tasche und zog die Bordkarte und den Reisepass hervor, den sie sich irgendwann hatte machen lassen, in Erwartung der *Nacht*. Sie hatte ihn fast vergessen. Wie so vieles, was sie dennoch wieder eingeholt hatte.

»Hier, bitte«, sagte sie zu der Frau in der Lufthansa-Uniform, die noch vom Trubel am Gate abgelenkt war, und streckte ihr die Papiere entgegen.

Diese zuckte zusammen, warf rasch einen Blick auf ihren Pass und legte die Bordkarte verkehrt herum auf den Scanner. »Angenehmen Flug, Frau Müller.«

»Danke«, sagte Sophia und lächelte.

79 Inga Björk, Europol

Björk verließ das Hessische Landeskriminalamt. *Um sich die Füße zu vertreten*, hatte sie zu Beer gesagt. Doch sie würde nicht mehr zurückkehren. Konsequenzen hin oder her. Sie würde zum Flughafen fahren und nach Hause fliegen. Wobei sie unschlüssig war, ob sie mit diesem Zuhause nun Schweden oder die Niederlande meinte.

Sie war nicht stolz auf das, was sie getan hatte. Vor allem tat es ihr für die Frau leid, die Sophia Weiland kein bisschen ähnlich sah, aber immerhin rötliche Haare hatte und ebenso hochgewachsen war. Björk hatte sie im letzten Moment entdeckt und beschlossen, Weiland einen Aufschub zu verschaffen, bis sie mehr über ihre Taten oder Nichttaten herausgefunden hatte. Beer hatte Björk die falsche Person abgekauft und sie verhaften lassen, während die richtige längst in der Gangway verschwunden war. Bis sich der Irrtum herausstellte – bis man Björk informieren würde, dass sie sich offenbar geirrt hatte –, war der Flieger längst in der Luft.

Irgendwann würde sie mehr über diese Frau in Erfahrung bringen. *Aber nicht heute*, dachte Björk, stieg in den Mietwagen und fuhr los. Ihr Weg führte sie jedoch nicht direkt zum Flughafen, sondern zuerst noch ins Klinikum Höchst – jenes Krankenhaus, in dem Hanna Carlsen lag.

Als Björk das Zimmer betrat, schlief Hanna. Sie erinnerte Björk an eine Märchenfigur. Schneewittchen vielleicht – aber ein Schneewittchen mit Stoppelhaaren. Auf der hellen Haut zeichneten sich die Hämatome, die nun in allen Farben schillerten, besonders deutlich ab. Natürlich war sie nicht deswegen im Krankenhaus, sondern wegen einer Lungenentzündung und *um ihre Organe wieder in Schwung zu bringen*, wie es ein Arzt Björk gegenüber formuliert hatte. Die Gefangenschaft und die damit verbundene Unterversorgung hatten ihr schwer zugesetzt. Neurologisch fehlte ihr zum Glück nichts, und auch ihr Bewegungsapparat würde sich vollständig regenerieren.

In wenigen Wochen wäre sie wieder so hübsch wie auf dem Foto auf August Carlsens Schreibtisch. Doch hinter der Fassade glaubte Björk, Tiefgründiges und Dunkles zu erkennen. Was wohl vor allem mit dem zu tun hatte, was sie in den letzten Tagen hatte durchmachen müssen.

Björk fühlte sich der jungen Frau verbunden – nicht nur, weil sie sie in den letzten Tagen zweimal besucht hatte. Auch sie hatte in den Schlund der Hölle geblickt, als sie in Hannas Alter gewesen war. Björk wusste nur zu gut, was daraus entstehen konnte und dass man zwar leicht in einen Abwärtsstrudel hineinkam, aber nur sehr schwer wieder heraus. Je früher man sich dagegen wehrte und zu schwimmen begann, desto besser.

Sie räusperte sich, um Carlsen aufzuwecken, doch diese reagierte nicht gleich.

Ihr Vater, August Carlsen, saß in Untersuchungshaft. Man würde ihm wohl gleich in mehreren Anklagepunkten den Prozess machen. Der schwerwiegendste war die Anstiftung zum Mord an Oliver Sommer, Vater von Pia Sommer und Mann von Bettina Sommer, die nach der Einnahme des Gebrocur-Präparats Trolipidin vor zwanzig Jahren verstorben war. Brand und Björk hatten bereits vor ihrem Aufbruch in die Schweiz gewusst, dass es damals eine Verbindung zwischen August Carlsen und Eric Dornhoff gegeben hatte. Nun wussten sie auch, worin diese Verbindung bestand. August Carlsen hatte zu dieser Zeit die PR-Abteilung von Gebrocur geleitet und war dafür zuständig gewesen, den Medikamentenskandal zu vertuschen. Eine Zahlung von hunderttausend Euro an Eric Dornhoff warf viele Fragen auf, von denen die spannendste war, ob ein Auftragsmord dahintersteckte – was Björk allerdings nicht glaubte. Eher sollte Dornhoff Oliver Sommer ruhigstellen, der wegen seiner verstorbenen Frau Druck auf Gebrocur machte. Anscheinend war Dornhoff mit seinem Mandat völlig überfordert gewesen.

Doch selbst wenn eine Verurteilung wegen Anstiftung zum Mord ausbleiben sollte, gab es noch andere Straftaten, die August Carlsen zur Last gelegt werden konnten. Veruntreuung zum Beispiel. Carlsen hatte über geheime Konten Zahlungen von Gebrocur an die Hohenwaldklinik in der Schweiz geleistet, viele Jahre lang. Einiges, was dort schiefgelaufen war, hatte dieses Geld erst möglich gemacht, und obwohl die Einrichtung von einem katholischen Frauenorden betrieben wurde, dürfte es dort alles andere als christlich zugegangen sein. Wie Björk inoffiziell von Carlo Breguet erfahren hatte, war Benjamin Sommer alias Sophia Weiland längst nicht der einzige menschliche Schadensfall des Pharmakonzerns gewesen, den Carlsen diskret über die Klinik hatte abwickeln lassen. Während er die Karriereleiter bei Gebrocur hochfiel, spielten sich andernorts Dramen ab, die das Unrecht des Medikamentenskandals noch weit überstiegen. Die Anstalt war nichts anderes als ein Gefängnis, in dem Carlsen Leute verschwinden lassen konnte, wie er wollte – unter anderem mithilfe falscher Atteste, die Doktor Konrad Elmer – der Mann, der verkehrt herum im Sand erstickt war – gegen gute Bezahlung ausgestellt hatte. Björk ahnte: Wenn diese Bombe platzte, würde es einen Knall geben, der auch Gebrocur in Stücke reißen konnte. Weder Carlsens Rauswurf noch die Hundert-Millionen-Euro-Stiftung, an der Gebrocur festhalten wollte, würden dem Pharmakonzern noch helfen können.

Hanna Carlsens Gesicht zuckte kurz, dann änderte sie ihre Schlafposition. Björk legte die Hand auf Carlsens Schulter, wartete weiter und sah aus dem Fenster.

Komm und mach es wieder gut, hatte die simple Botschaft an August Carlsen gelautet, die dieser bei Brands und Björks Besuch aus dem Papierkorb geholt hatte. Nachdem Björk ihm klargemacht hatte, dass seine Tochter nicht auf Wanderschaft war, sondern in einem der Zylinder steckte, hatte der Vorstandsboss verstanden und sofort gewusst, *wo* er hinkommen – und *was* er wiedergutmachen sollte. Die Stiftung war womöglich als vorauseilendes Signal gedacht, wie ernst er es mit dem Wiedergutmachen meinte, doch um Geld war es dem *Club der Nacht* nie gegangen. Am Ende hatte Carlsen vor laufender Kamera medialen, beruflichen und gesellschaftlichen Selbstmord begehen müssen, indem er alles gestand. Aber selbst damit konnte er Hanna nicht retten. Das Miterleben ihres Todes wäre die ultimative Strafe gewesen – die Christian Brand ihm erspart hatte.

»Oh, hallo, Inga«, riss Hanna Björk aus ihren Gedanken und rieb sich verschlafen die Augen.

»Hi, Hanna. Na, wie geht's heute?«

»Ganz okay. Was grinst du?«

Björk erzählte ihr nichts von dem, was vor wenigen Minuten geschehen war. Bloß, dass es wohl vorbei war. Dass sie weiterleben sollte. Weiterleben musste. Und noch ein paar andere Sachen, von denen sie hoffte, dass sie der jungen Frau Mut machen würden.

»Wenn du was brauchst, melde dich«, sagte sie schon ein paar Minuten später. »Du weißt ja, wo du mich findest.«

Hanna schwieg. Ihre Augen glänzten. »Danke, Inga«, sagte sie, als Björk schon bei der Tür war. Sie biss sich auf die Unterlippe. *Sentimental ko!*, schimpfte sie sich im Stillen. »Schon gut«, sagte sie, ohne sich noch einmal umzudrehen, und beeilte sich, das Klinikum Höchst zu verlassen und zum Wagen zu kommen.

Sie war schon unterwegs zum Flughafen, als ihr Handy läutete. Die Nummer war vom Hessischen Landeskriminalamt.

»Nobody's perfect«, sagte sie zum imaginären Beer und lehnte den Anruf ab. Dann wählte sie die Nummer ihres letzten Patienten: Christian Brand. Er lag im Wiener Allgemeinen Krankenhaus und hatte noch eine Operation an den Händen vor sich, dürfte aber bald schon wieder der Alte sein.

»Björk?«, fragte er knapp, wie üblich per Freisprecheinrichtung, über die man den Trubel in seinem Mehrbettzimmer gut mitbekam.

»Hallo, Brand. Was machen die Wattestäbchen? Oder können Sie schon wieder in der Nase bohren?«

»Haben Sie bloß zum Stänkern angerufen?«

Björk grinste.

»Sind Sie noch dran? Gibt's endlich was Neues?«

»Wie man's nimmt. Hören Sie zu, Brand …«

DREI WOCHEN SPÄTER

80 Christian Brand

Brand wartete vor der Glasscheibe des Besucherraums auf Erich Langthaler, der nun schon seit über einem Monat in der Justizanstalt Wien-Josefstadt in Untersuchungshaft saß und auf seinen Prozess wartete.

Ihn überhaupt besuchen zu können, war alles andere als einfach gewesen. Solange es kein Urteil gab, galten strenge Vorschriften, und alles erforderte eine Genehmigung. »*Was* wollen Sie?«, hatte ihn der Staatsanwalt angeraunzt, als Brand bei ihm war. Anschließend faselte er, Brand könne froh sein, dass man nicht weiter gegen ihn ermittle. Schließlich war er bei Langthalers Morden dabei gewesen. Da ihn aber sämtliche Indizien und auch Langthalers Geständnis entlasteten, hätte man die Ermittlungen *wohl oder übel* einstellen müssen. Der Staatsanwalt klang ehrlich traurig darüber. Er nuschelte etwas von »Verabredungsgefahr« – und lehnte Brands Besuchswunsch einfach ab.

Also hatte Brand sich an den Hauptverfahrensrichter gewandt, der zum Glück weniger paranoid war und besser über den Fall und ihn selbst Bescheid wusste. »Machen S' halt keinen Blödsinn, Brand«, hatte er mit breitem Wiener Akzent gesagt und die Genehmigung erteilt.

So saß er nun hier und wartete … und wartete … und fragte sich, ob dieses Warten schon in die dreißig Minuten hineinzählte, die man Untersuchungshäftlinge maximal sehen durfte. Es gab so viel, was er mit Erich besprechen wollte – und so wenig, was ihm nützen würde …

Während er wartete, machte er die Handbewegungen, die ihm eine Physiotherapeutin gezeigt hatte. Die verkürzten Muskeln waren aktuell das schlimmste Problem. Es war unfassbar, wie schnell sich der Körper ans Nichtstun gewöhnte. Binnen weniger Wochen wurden automatisierte Handbewegungen zu scheinbar unmenschlichen Herausforderungen. Wenn Brand jetzt seine Hände öffnete und wieder schloss, glaubte er fast, sie hätten früher einem anderen gehört. Die Genesung ging für seinen Geschmack viel zu langsam voran. Er hatte Schmerzen und verfluchte das scharfkantige Glas, das solchen Schaden angerichtet hatte.

Erst vorletzte Woche war er aus dem Krankenhaus gekommen. Zunächst hatte er mit dem beidseitigen Gips überhaupt nichts machen können, weder das kaputte Türschloss austauschen noch sich anständig waschen. Da er auch nichts kochen und sich höchstens ein Instant-Gericht aufwärmen konnte, ließ er sich das meiste, was er zum Leben brauchte, liefern und lernte dadurch die Annehmlichkeiten der digitalisierten Welt zu schätzen. Gelegentlich telefonierte er mit Björk, die ihn über die Ermittlungen auf dem Laufenden hielt. Viel öfter aber hatte er seine Mutter, seine Schwester Sylvia und andere Verwandte in der Leitung, die sich zu Hause in Hallstatt Sorgen um ihn machten und nicht verstehen konnten, warum er nicht einfach heimkam, wo sie sich um ihn kümmern konnten.

Doch das war ausgeschlossen. Weil zu viel geschehen war, worüber er nachdenken musste. Er wollte seinen Gedanken die Gelegenheit geben zu reifen, ohne dass jemand Einfluss darauf nehmen konnte. Er wollte allein sein. Und deshalb war es ihm auch völlig egal, wenn das Türschloss kaputt war, die Wohnung aussah wie eine Müllhalde und er selbst auch. Seit wenigen Tagen war er den Gips wieder los, doch der Alltag blieb ein Albtraum.

»Gibt's ein Problem?«, fragte er den Justizbeamten, der ihn hereinbegleitet hatte.

»Langthaler kommt gleich«, antwortete dieser schlicht – und ließ ihn weiter warten.

Brand blickte auf seine Hände. Die OP-Narben waren noch tiefrot und sahen aus, als hätte ein Kind sie mit Filzstift auf seine Haut gemalt. An einer Stelle hatte er es mit den Übungen übertrieben, wodurch eine Narbe leicht aufgerissen war und immer wieder blutete. Der dunkle Fleck auf dem Pflaster war wie eine Mahnung, dass alles seine Zeit brauchte – alles und jeder.

Auch er.

Seiner Ansicht nach bot ihm das Schicksal drei Optionen an. Alle drei brachten Umbrüche mit sich. Bargen Chancen und Risiken. Und keine davon war eindeutig richtig oder falsch.

Möglichkeit eins war die Naheliegendste. Er konnte in Wien bleiben, die Wohnung in Ordnung bringen, sich irgendeinen Job suchen und in seiner Freizeit Künstler sein. Er konnte malen, Vernissagen veranstalten und nach einer Galerie für seine Werke suchen. Es wäre ein ausgeglichenes Leben, das nebenbei die Gelegenheit bot, sich um vernachlässigte private Beziehungen zu kümmern. Ganz speziell um Erich. Wenn der Prozess erst vorbei war, würde Brand ihn viel öfter besuchen können, ohne jedes Mal eine Genehmigung zu brauchen. Außerdem würde er sich für seinen Kumpel einsetzen, wo es nur ging.

Option zwei überschnitt sich mit der ersten, würde aber in beruflicher Hinsicht eine größere Herausforderung darstellen. Brands ehemaliger Vorgesetzter, Oberst Hinteregger, hatte ihm niemals ganz die Tür zum Einsatzkommando Cobra zugeworfen. Es gab immer noch einen Weg zurück – allerdings nur auf Bewährung und nur dann, wenn er sich parallel dazu psychologisch begleiten ließ. Hinteregger wollte, dass Brand seine Alleingänge beendete und ein richtiger Teamplayer wurde. Dass er es unterließ, ohne Rücksicht auf Verluste zu handeln, wenn er die Chance dazu sah. Allerdings fragte sich Brand, was dann noch von ihm übrig blieb.

Die dritte Möglichkeit war die radikalste. Europol wollte ihn haben. In Den Haag. So, wie er war, mit all seinen Stärken und Schwächen. Nicht als Björks Untergebener oder fixer Partner. Er sollte flexibel einsetzbar bleiben, einmal in diesem Projekt, einmal in jenem, mit weitreichenden Kompetenzen und Freiheiten. Er würde Einblicke bekommen, von denen seine österreichischen Kollegen nur träumen konnten. Dienstwohnung, ein ordentliches Gehalt und anderer Schnickschnack waren ebenfalls drin.

Vieles sprach für Möglichkeit drei. Auch Björk, wie er zugeben musste. Sie hatte sich sehr für ihn eingesetzt – nicht zum ersten Mal und nicht immer mit dem besten Ergebnis für alle Beteiligten. Die Sache mit Erich Langthaler war unglücklich gelaufen. Aber dafür konnte sie nichts. Brands Plan, seinen Kumpel freiboxen zu wollen, war von Anfang an zum Scheitern verurteilt gewesen. Mit ein paar Wochen Abstand wusste Brand, dass er nichts hätte gewinnen, aber alles hätte verlieren können. Björk hatte viel für ihn riskiert. Wenn er jemandem etwas vorzuwerfen hatte, dann sich selbst – und Erich, der ihn in dieses Dilemma gebracht hatte.

Ein Klopfen riss ihn aus den Gedanken. Erich stand auf der anderen Seite der Glasscheibe, nahm den Hörer in die Hand und setzte sich. Auch Brand griff zum Telefon und verkniff es sich, die Schmerzen zu zeigen, die jede Greifbewegung verursachte.

»Chris, was geht?«, fragte sein Kumpel mit der für ihn typischen Leichtfertigkeit. Erich trug jetzt einen Bart, der seine Wangen voller wirken ließ. Vielleicht hatte er aber auch zugenommen. Die U-Haft schien ihm bisher jedenfalls – rein äußerlich betrachtet – nicht allzu viel ausgemacht zu haben.

»Hallo, Erich«, sagte Brand und konnte seine Emotionen nur schwer zurückdrängen. Die Schmerzen in der Hand, mit der er den Hörer hielt, machten es nicht besser. Er freute sich sehr, seinen Kumpel wiederzusehen, sorgte sich zugleich aber schrecklich um ihn. Er wollte ihm helfen und konnte nicht. Er konnte bloß hoffen, ihm irgendwas mitgeben zu können, was ihm die bevorstehende Zeit erleichterte. Einen Rat, einen aufmunternden Satz, ein Versprechen. Aber die Worte, die er sich zurechtgelegt hatte, kamen ihm jetzt alle dämlich vor.

»Hast du dich beim Malen verletzt?«, fragte Erich und deutete auf Brands Hand.

Dieser zog seine Mundwinkel hoch – mechanisch und kaum glaubwürdig. »Und dir schmeckt das Essen, ja?«, scherzte er hilflos.

»Besser als gedacht.«

»Hör zu, Erich …«

»Passt schon.«

»Was … passt schon?«

»Dass es nicht geklappt hat.«

»Du weißt, dass ich alles getan hätte, um dir zu helfen.«

»War nur leider nicht genug.«

»Was willst du damit sagen?«

»Dass ich niemals auf dich hätte hören sollen.«

»Was?«

»Du hättest mir diese Übergabe nicht vorschlagen dürfen.«

Brand glaubte, er habe sich verhört. »Und du hättest dort nicht auftauchen dürfen«, gab er reflexartig zurück.

»Geschenkt.«

»Du weißt hoffentlich, was ich für dich riskiert habe?«, fragte er lauter, eindringlicher. Wütender. Brand hatte sich keine Dankbarkeit erwartet, aber das jetzt …

»Das Gegenteil von gut ist gut gemeint.«

»Was soll das, Erich? Wieso redest du so?«

»Hör zu, Chris … ich habe schon genug Probleme am Hals. Ich kann mich nicht auch noch um dich kümmern.«

»*Du* dich um *mich*?«

»Um dich und deine Probleme, ja. Seit du aus der Cobra geflogen bist, warst du unausstehlich. Aber weil wir Freunde waren, hab ich's ausgehalten.«

»Freunde … *waren*?«

»Wahrscheinlich waren wir nie richtige Freunde, Chris. Je länger ich darüber nachdenke, desto klarer wird es. Du hast mich immer nötiger gehabt als umgekehrt.«

»Das stimmt nicht.«

»Ach, nicht? Und wieso?«

»Weil sie dich ohne die Übergabe gekillt hätten, Erich. Die Übergabe, die du vermasselt hast.«

»Ohne dich hätte ich es genauso geschafft.«

»Wie denn?«

Erich schwieg.

»Wieso bist du so?«

»Lass mich einfach in Ruhe, Chris. War's das? Oder hast du sonst noch was zu sagen?«

Brand starrte Erich Langthaler in die Augen. Wartete auf eine Regung. Auf irgendeinen Hinweis, dass Erich es nicht so meinte. Dass sein bester Freund ihn gerade absichtlich vor den Kopf stieß, damit er sich nicht zu sehr auf ihn, den Prozess, das Gefängnis und die Dinge einließ, die ihm noch bevorstanden. Aber

Brand erkannte nichts davon. Nur Kälte, die schon an Verachtung grenzte.

»Brauchst du was? Soll ich was für dich erledigen?«, fragte er so beherrscht, wie es ihm möglich war.

Erich Langthaler musterte ihn lange. Dann atmete er einmal tief durch, bevor er sagte: »Chris … erledige bitte nie wieder etwas für mich. Lass mich einfach in Frieden. Und jetzt scher dich weg.«

Als Brand fünf Minuten darauf vor dem Gebäude der Justizanstalt Wien-Josefstadt stand und die ersten Schritte zur Neubaugasse machte, in der sich seine Wohnung befand, fühlte er sich so leer wie selten zuvor. Er konnte und wollte nicht ausschließen, dass Erich sich zu seinem Schutz so verhalten hatte und ihm ersparen wollte, mit ihm hinuntergezogen zu werden.

Doch dann sah er wieder die kalten Augen. Das Gesicht, das nichts als offene Ablehnung verriet.

Wahrscheinlich waren wir nie richtige Freunde, Chris.

Brand spürte, wie Sonnenstrahlen seinen Rücken wärmten. Er war betrübt, gleichzeitig aber auch erleichtert. Unfassbar, unangemessen erleichtert.

Noch ehe er die knapp zwei Kilometer in die Neubaugasse hinter sich gebracht hatte, bot ihm das Schicksal keine drei Optionen mehr an.

Nur noch eine.

Mehr über den Autor Jan Beck und sein Werk, aktuelle Termine sowie einen kostenlosen Kurzthriller aus Inga Björks Vergangenheit finden Sie auf www.beckthrills.com

Jan Beck ist auch hier zu finden:

Instagram: www.instagram.com/beckthrills

Facebook: www.facebook.com/beckthrills

Lesen Sie weiter >>

1 Im Wald

Sie lief und wollte ihr Glück in alle Welt hinausschreien. Sie hatte es geschafft. Endlich war es vorbei.

Endlich war sie frei.

Nie wieder würde sie den Menschen gegenübertreten müssen, die ihr die letzten Jahre zur Hölle gemacht hatten. Diese Scheusale. Aber am Ende hatten sie bezahlen müssen. Und zwar teuer.

Man erntet, was man sät.

Sie lief schneller.

Die Genugtuung, die sie empfand, brannte stark wie ein Feuer in ihr. Vor wenigen Stunden erst war das Urteil im Prozess gegen ihren Arbeitgeber verkündet worden. Aufhebung der Kündigung und volle Wiedergutmachung des ihr entstandenen Schadens. Ersatz aller Behandlungskosten und Nachzahlung des Gehalts seit ihrem Rauswurf. Und: Strafanzeige gegen unbekannt.

Sie würde das Gesicht ihres Chefs niemals vergessen.

Ich habe gewonnen.

Sie bog in die große Waldschleife ab.

Das Gericht sieht es als erwiesen an, dass die Klägerin an ihrem Arbeitsplatz erheblichem, systematischem Druck ausgesetzt war. Als dies nicht zu ihrem freiwilligen Ausscheiden führte, wurde ihre Arbeit nachweislich manipuliert, um eine außerordentliche Kün-

digung aus wichtigen Gründen zu rechtfertigen. Da diese Gründe nicht vorlagen, war der Klage stattzugeben.

Sie lief und lief. Wie jeden Abend würde sie erst anhalten, wenn sie keine Kraft mehr hatte. Aber gerade fühlte sie sich, als könnte sie die ganze Welt umrunden.

Sie wollen Krieg? Den können Sie haben!

Und wie sie Krieg bekommen hatte. Nach allen Regeln hatte die Firma Krieg gegen sie geführt. Tarnen und Täuschen inklusive. Man wusste erst, was systematisches Mobbing hieß, wenn man es am eigenen Leib erlebte. Wenn sich jeder distanzierte, wenn das Opfer zum Täter gemacht wurde, zum Störfaktor, zum Spinner, der sich das alles nur einbildete, bis sogar die eigene Familie sich abwandte. Aber sie hatte durchgehalten. Hatte sich von niemandem unterkriegen lassen. Und hatte diesen Krieg, den sie nie wollte, am Ende gewonnen.

Ohne Mark hätte ich das nie geschafft.

Mark hatte vor Glück geweint, als sie ihn vorhin am Telefon erreicht und ihm alles erzählt hatte. Er kam erst am nächsten Tag aus London zurück. Sie hätte ihn so gerne bei der Urteilsverkündung an ihrer Seite gehabt. Damit er höchstpersönlich mitbekam, dass sein Vertrauen in sie gerechtfertigt war.

Ich war nicht verrückt. Die waren es. Und du hast immer an mich geglaubt. Ich liebe dich, Mark!

Tränen stiegen ihr in die Augen, als ihr klar wurde, dass für sie nun ein neues Leben begann. Mit der Entschädigung konnten sie eine Weltreise machen, wenn sie wollten. Oder eine riesige Hochzeit feiern. Vorausgesetzt, Mark fragte sie endlich. Sogar Kinder konnte sie sich jetzt vorstellen, ein Gedanke, der in den letzten Wochen und Monaten ganz weit in die Ferne gerückt war.

Warmer Sommerwind umstrich ihre Beine. Wie lange hatte sie nicht mehr so befreit laufen können? Wie lange hatte sie sich selbst jede Freude verboten, hatte das Ritual der täglichen Joggingrunde mit verbissener Disziplin durchgezogen, den Blick starr nach vorne gerichtet, aus der irrationalen Überlegung heraus, jeder Genuss vor der Urteilsverkündung könnte böses Karma geben? Wie lange hatte sie sich tief im Innern schuldig gefühlt und fast schon selbst zu glauben begonnen, was die anderen behaupteten? Der eigene Kopf spielte einem die schlimmsten Streiche.

Vorbei, vorbei.

Sie erreichte die Lichtung mit dem kleinen Waldsee. Über ihr leuchteten die Sterne. Die Vorhersage behielt recht: Es würde eine klare Nacht werden. Das war auch nicht schwer zu erraten. Seit Wochen brachte ein riesiges Hochdruckgebiet ganz Europa zum Schwitzen, nur die Nachtstunden waren halbwegs erträglich. Aber sie würde sich niemals darüber beklagen. Kalt wurde es noch früh genug.

In ein paar Tagen war Vollmond. Schon jetzt leuchtete er hell, spiegelte sich im Wasser und tauchte die ganze Umgebung in weißbläuliches Licht. Sie schaltete ihre Stirnlampe aus und konnte trotzdem jede Unebenheit des Weges erkennen. Sie fühlte sich, als würde sie schweben.

Dann blieb sie stehen. Einfach so. Weil sie konnte. Weil sie durfte. Sie war frei. Nichts hielt sie mehr davon ab, ihr Leben zu genießen. Ihr Kopf war leer. Sie atmete ein, sie atmete aus. Was jetzt folgte, war ihre Entscheidung, nicht mehr die eines Anwalts oder eines Richters. Sie bestimmte wieder selbst über sich und ihre Zukunft.

Da kam ihr ein Gedanke.

Soll ich es wagen? Einfach … reinspringen? Nackt?

Es war zu verrückt. Und gerade deshalb perfekt. Perfekt wie dieser ganze Tag. Sie lächelte, zog sich das Top über den Kopf und spürte, wie sie dabei die Stirnlampe abstreifte. Achtlos ließ sie beides ins hohe Gras fallen und schlüpfte aus den Joggingschuhen.

Plötzlich hörte sie etwas und hielt inne. Ein kurzes Rascheln nur, aus der Richtung, aus der sie gekommen war. Sie horchte. Angst hatte sie keine. Im Wald gab es die verschiedensten Geräusche, und sie kannte sie alle. War es ein Vogel, der durchs Unterholz streifte? Zu leise. Außerdem zu dunkel. Ein Reh? Zu laut für das, was sie gehört hatte. Vermutlich war ein Eichhörnchen von einem Baum zum anderen gesprungen.

Sie kannte diesen Wald wie ihre Westentasche. Sie war hier aufgewachsen und hatte einen guten Teil ihrer Kindheit unter den Bäumen verbracht. »Eine Halbwilde« hatten ihre Eltern sie scherzhaft genannt, wenn Leute zu Besuch waren. Es hatte ihr stets ein tierisches Vergnügen bereitet, Kindern aus der Stadt den »dunklen, bösen« Wald zu zeigen.

Der Wald ist mein Freund.

Eine Weile blieb sie ganz ruhig stehen und lauschte, aber das Geräusch wiederholte sich nicht. Schließlich zog sie sich aus, zögerte noch einmal kurz, dann gab sie sich einen Ruck und rannte nackt ins Wasser hinein. Der Kies am Ufer bohrte sich schmerzhaft in ihre Fußsohlen. Das Wasser war kalt, aber angenehm, und wurde schnell tiefer. Eine Sekunde später stürzte sie sich vornüber ins kühle Nass.

Als sie wieder auftauchte, musste sie lachen vor Glück. Was für ein tolles Geschenk, das die Natur ihr da machte! Alles war Sommer, alles war Leben.

Mit ein paar Zügen gelangte sie in die Mitte des Sees, ließ die Füße sinken und bewegte ihre Arme gerade genug, um ihren Kopf über Wasser zu halten. Sie staunte über das Konzert der Grillen um sie herum. Die Vögel waren schon seit Einbruch der Dunkelheit still, aber die Klangwolke, die über der Lichtung aufstieg, aus allen Richtungen zugleich, suchte ihresgleichen. Außer dem Zirpen hörte sie nur ihren Atem und die Geräusche, die ihre Schwimmbewegungen auslösten: weiches, sanftes Wasserplätschern.

Sie atmete tief ein, brachte ihre Beine an die Wasseroberfläche und streckte sich. Ließ sich mit offenen Augen auf dem Rücken treiben. Wieder sah sie Sterne, Sterne, Sterne. Der Mond war zu hell, als dass sie die Milchstraße hätte erkennen können, und doch waren da oben mehr Lichtpunkte, als sie zählen konnte.

Nach einer Minute völliger Harmonie zwischen sich und dem Universum beschloss sie, dass sie Frieden schließen wollte mit der Welt und allem, was war.

»Ich vergebe euch«, sagte sie laut. »Alles ist wieder gut.«

Dann drehte sie sich auf den Bauch zurück und schwamm ans andere Ufer. Dort setzte sie sich auf, vom Bauchnabel abwärts im Wasser, mit den Händen im Kies abgestützt. Immer noch war ihr nicht kalt.

Plötzlich sah sie aus dem Augenwinkel ein Licht aufblitzen. Ganz kurz nur, in etwa dort, wo sie in den See gelaufen war. Vielleicht ein Glühwürmchen.

Zu hell für ein Glühwürmchen.

Sie kniff die Augenlider zusammen. Ihre leichte Kurzsichtigkeit war bei dem schlechten Licht doch hinderlich. Nein, da war nichts. Bestimmt hatte sie sich getäuscht. Vielleicht hatte eine Welle den Mond im Wasser reflektiert.

Welche Welle? Der See war spiegelglatt.

Sie ging in die Hocke, stieß sich vom Ufer ab und schwamm zurück, schneller, als sie ursprünglich wollte. Auch wenn sie es sich niemals eingestanden hätte, war da jetzt noch etwas anderes als Glück und Harmonie in ihr.

Angsthase.

Das mit dem Schwimmen war wohl doch zu verrückt gewesen. Selbst als Kind – als *Halbwilde* – hätte sie sich das nie getraut. Ihre Mutter hatte sie immer vor dem See gewarnt. Und nun war sie mittendrin, und ihre Sinne spielten ihr Streiche. Zum Beispiel, dass da eine Gestalt im Gras kauerte, keine fünf Meter von ihr entfernt.

Sie spürte den Uferkies an ihren Fingerspitzen. Kniete sich hinein. Kniff die Lider noch schmaler zusammen.

Doch, da war etwas. Aber was? Ein Reh? Ein Hund? Jedenfalls etwas, das vorhin nicht dort gewesen war. Etwas Lebendiges. Sie kannte jeden Wurzelstock und jeden größeren Stein in der Gegend. Das da kannte sie nicht.

»Hey!«, rief sie.

Nichts passierte. Sie griff sich eine Handvoll Kies und warf ihn ans Ufer. Die Gestalt wuchs in die Höhe.

Die Silhouette eines Menschen.

Ihr Herz fing an zu rasen, adrenalinbefeuert. »Hau ab, du verdammter Spanner!«, schrie sie mit sich überschlagender Stimme, nahm eine neue Ladung Kies vom Grund und schleuderte ihn der Gestalt mit aller Kraft entgegen. Dann zog sie sich rückwärts ins Wasser zurück, den Blick starr nach vorn gerichtet.

Die Gestalt ließ sich weder von ihrem Geschrei noch dem Kies aus der Ruhe bringen. Im Gegenteil, jetzt kam sie auf sie zu, ganz langsam.

»Hau ab! Hau ab!«

Konnte das ein Scherz sein? Nichts hätte sie lieber geglaubt. Aber sie kannte niemanden, der sich Späße dieser Art erlaubte. Und wenn doch, dann konnte er was erleben. Sie mochte keine unheimlichen Scherze.

Sie glitt ins tiefere Wasser zurück, schwamm vom Ufer weg und überlegte panisch, was sie tun konnte. Rundum lag dichter

Wald. Nur vorne gab es diesen einen Trampelpfad, überall sonst wuchsen dichtes Gras und stacheliges Strauchwerk, auch am anderen Ufer gab es viele Pflanzen, denen man besser nicht mit nackten Beinen begegnete.

Sie paddelte im tiefen Wasser auf der Stelle, drehte sich um sich selbst und suchte einen Ausweg, fand aber keinen. Wollte sie entkommen, musste sie direkt an der Gestalt vorbei.

Wie lange kann ich hier durchhalten?

Langsam wurde ihr nun doch kalt. Sie überlegte, laut um Hilfe zu rufen, aber es wäre reines Glück gewesen, hätte sie jemand gehört. Hier war schon tagsüber kaum etwas los und um diese Uhrzeit gar nichts mehr. Das Zirpen rundum klang jetzt fast spöttisch.

Stark sein, erinnerte sie sich an die Empfehlung im Selbstverteidigungskurs. Die meisten Vergewaltiger wurden von Frauen, die in die Opferrolle verfielen, nur noch angespornt. Man sollte sich stattdessen so ordinär wie möglich verhalten. Nichts törnte einen Vergewaltiger mehr ab als eine Frau, die so tat, als wollte sie es.

Das sagt sich so leicht.

Die Gestalt stand da, am Ufer des Sees, und konnte noch stundenlang durchhalten. Sie selbst würde definitiv früher aufgeben müssen. Und was dann?

Sie zitterte, hatte Gänsehaut am ganzen Körper, klapperte mit den Zähnen. Aber innerlich loderte die nackte Angst.

Eine weitere Minute verging. Dann, von einem Moment auf den anderen, drehte sich die Gestalt um und entfernte sich in aller Seelenruhe, bog links ab und nahm den Weg, der weiter in den Wald hineinführte.

Der Rückweg war frei. Aber wie lange? Jetzt musste sie schnell sein. Mit wenigen kräftigen Zügen schwamm sie ans Ufer und eilte mit großen Schritten aus dem Wasser. Zweimal verlor sie fast die Balance im feinen Kies, aber dann hatte sie Gras unter den Füßen und lief zu der Stelle, an der sie sich ausgezogen hatte. Ihr Blick schweifte über den Boden auf der Suche nach ihren Sachen, sie überlegte, suchte weiter – aber ihr Zeug war weg. Ihre Kleidung, die Stirnlampe, das Täschchen mit dem Handy …

Nichts, was sich nicht ersetzen ließ.

Der Schlüsselbund. Verdammt!

Wenn der Dieb wusste, wo sie wohnte, hatte er jetzt freien Zutritt zu ihrem Haus. Sie musste sofort einen Schlosser rufen, wenn sie zu Hause war.

Und wie komm ich ohne Schlüssel rein? Sie hatte keine Ersatzschlüssel deponiert, da sie das für ein Sicherheitsrisiko hielt.

Zu den Nachbarn. Notfalls nackt.

Sie lief los. Ohne ihre Joggingschuhe wurde jeder Schritt zur Qual. Aber sie konnte, sie durfte nicht zögern. Tempo war das Einzige, was jetzt zählte. Sie lief zum Weg und rechts weiter auf den Joggingpfad, der aus dem Wald herausführte.

Da raschelte etwas hinter ihr. Ein winziges Ästchen brach. Rhythmische Schritte ertönten. Die andere Person folgte ihr. Sie war getäuscht worden!

Sie öffnete den Mund zu einem Schrei, doch sie brachte keinen Ton heraus. *Schneller, lauf schneller!* Sie ignorierte alles – Steine, Wurzeln, Dornen, Brennnesseln –, nichts war wichtig, außer dass sie rannte. Noch konnte sie entkommen. Sie war gut im Laufen. Wochen- und monatelang war sie wie eine Besessene gelaufen. Ihre Kondition war besser denn je, ihre Muskulatur gestählt.

Wenn ich nur meine Schuhe hätte …

Sie streckte die Hand aus, als sie den dicken Zweig eines Strauchs erkannte, der in den Pfad hereinragte. Sie kannte ihn, wie so viele Details dieser Strecke. Wieso machte sich eigentlich niemand die Mühe, ihn abzuschneiden? Sie bog ihn von sich weg und ließ ihn zurückpeitschen, lief weiter, so schnell sie konnte.

Gleich darauf hörte sie, wie der Zweig ihren Verfolger traf, der einen erstickten Fluch ausstieß. Die Schritte wurden langsamer, aber höchstens für eine Sekunde. Von einem Zweig würde er sich nicht aufhalten lassen.

Sie erreichte dichter bewachsenes Gelände. Hinter ihr leuchtete etwas auf. Eine Taschenlampe. Ihr Verfolger gab sich also keine Mühe mehr, unentdeckt zu bleiben. Der Lichtkegel zitterte aufgeregt. Sie sah, wie sich ihre Silhouette auf dem Waldboden vor ihr abzeichnete. Die Schritte hinter ihr wurden lauter.

Er holt auf.

Aber noch konnte sie entkommen. Gleich gelangte sie an einen ihrer vielen Geheimplätze. Wenn sie nur schnell genug hinter der nächsten Biegung verschwand, sich fallen ließ und dann gleich links im Dickicht verkroch, würde er sie niemals finden. In der Kindheit war das ihr bestes Versteck gewesen.

Ob ich überhaupt noch reinpasse? Vielleicht ist es längst zugewachsen!

Sie verbot sich jeden Zweifel und lief, so schnell sie konnte. Noch zehn Meter … noch fünf …

Geschafft!, dachte sie noch.

Und dann ging alles ganz schnell. Sie wusste, dass sie eben noch gerannt war und jetzt ausgestreckt dalag, dass sie mit dem Gesicht voran auf dem Waldboden aufgeschlagen war, ohne sich mit den Händen schützen zu können. Nur das Dazwischen fehlte. War sie gestolpert? Aber worüber? Hier gab es keine hohen Wurzeln. Was konnte sonst noch so scharf, so unnachgiebig, so unvorhersehbar gemein sein?

Ein gespannter Draht?

Was immer es gewesen war, es hatte sie ihrem Verfolger ausgeliefert. Sie wurde gepackt und brutal in die Höhe gerissen, schmeckte das Blut, das warm über ihr Gesicht lief. Sie wollte es mit der Hand abwischen, aber ihre Hände gehorchten ihr nicht. Völlig benommen spürte sie, wie sie ins Unterholz gezerrt wurde, weiter und weiter. Gestrüpp streifte an ihrem nackten Körper entlang. Der Wald war hier so dicht, dass man selbst bei Tageslicht kaum zwei Meter weit sehen konnte, das wusste sie. Ein Dornenzweig verhakte sich in ihrer Seite und riss ihr die Haut auf. Sie stöhnte.

»Hier!«, zischte jemand.

Sie spürte die spröde Rinde eines Baums an ihrem Rücken. Ihre Arme wurden nach hinten gezogen und mit schnellen, kräftigen Bewegungen zusammengebunden.

»Bitte nicht«, flehte sie. Die eigenen Worte klangen merkwürdig verwaschen. Da war Blut in ihrem Mund. Etwas stimmte nicht mit ihren Zähnen. Sie fuhr mit der Zunge darüber. Mehrere Schneidezähne waren ausgeschlagen. Sie hatte es gar nicht gespürt.

»Bitte nicht«, wiederholte sie, schloss die Augen und fing an zu weinen. Was mochte ihr Verfolger wollen? War er ein Sexualstraftäter, ein Perverser, der sie beim Nacktbaden beobachtet hatte? Und warum war da noch jemand? Wollten sie etwa gemeinsam über sie herfallen? Aber so zugerichtet, wie sie war, musste ihnen doch jede Lust vergehen.

Als sie eine Hand an ihrer Schulter fühlte, beschloss sie, dass sie sich nicht wehren würde. Sollten sie ihren Körper nehmen. Ihren Geist bekämen sie nicht. Sie würde das hier überleben, so schlimm es auch werden mochte. Und eines Tages würde sie die Gelegenheit haben, sich an ihnen zu rächen. Ja, das würde sie. Sie würde sie finden und sich rächen. Der Gedanke gab ihr Kraft.

»Da ist es«, hörte sie eine Männerstimme mit italienischem Akzent sagen. »Das Mal. Siehst du?«

Das Mal?

»Ja!«, antwortete eine Frau.

Die beiden gaben sich keine Mühe, ihre Stimmen zu verstellen. Sie ahnte, dass das kein gutes Zeichen war.

Sie zwang sich, die Augen zu öffnen. Blut und Tränen machten es ihr fast unmöglich, etwas zu erkennen. Dennoch sah sie die Umrisse zweier Gestalten, direkt vor ihr, in bläuliches Licht getaucht, anders als das der Taschenlampe, beinahe violett. Oder spielten ihr die Sinne einen Streich?

»Also, was sollen wir tun?«, fragte die Frau nahezu gleichgültig.

»Warte ...«

Sie fühlte eine Hand an ihrem Bauch. Die Finger drückten und zogen, fuhren über die Haut rund um ihren Nabel.

»In der Mitte durch.«

»Quer durch? Lass sehen ... Mist, du hast recht.«

Sie verstand nicht, wovon die zwei sprachen. Als sie den Kopf senkte, sah sie nichts als das seltsame blaue Licht. Und dann noch etwas: ein Leuchten. An ihrem Bauch. Sie erkannte nicht, was es darstellen sollte.

Malen die mich gerade an? Ist das vielleicht doch alles nur ein ... ein verdammt schlechter Scherz?

Sie durfte sich nicht wehren. Musste das, was auch immer da passierte, über sich ergehen lassen. Konnte sich später rächen.

»Los jetzt!«

Eine rasiermesserscharfe Klinge drang in ihren Bauch ein. Der Schmerz raubte ihr den Atem. Sofort rann warmes Blut aus der Wunde, über den Unterbauch, über ihre Scham, die Beine hinunter.

Die wollen mich schlachten.

Die Erkenntnis traf sie wie ein Hammerschlag. Sich nicht zu wehren, würde ihren sicheren Tod bedeuten. Sie riss an ihren Fesseln, scheuerte daran, wehrte sich, zog ein Bein in die Höhe und trat aus, traf jemanden, wiederholte die Bewegung, aber dieses Mal fuhr ihr Fuß ins Leere.

»Dämliche Bitch!«, hörte sie die Frau schreien.

Jemand riss an ihren Haaren und drückte ihren Kopf mit Gewalt gegen den Baum.

Sie spürte das Messer, links an ihrem Hals, spürte, wie es gegen ihre Haut drückte, bevor es tief durch ihre Kehle schnitt.

Mark, dachte sie noch.